北京高等教育精品教材
BEIJING GAODENG JIAOYU JINGPIN JIAOCAI

西方叙事学

经典与后经典

（第二版）

申丹　王丽亚 /著

图书在版编目(CIP)数据

西方叙事学：经典与后经典 / 申丹，王丽亚著 .—2 版 .—北京：北京大学出版社，2023.1

ISBN 978-7-301-33301-3

Ⅰ.①西… Ⅱ.①申…②王… Ⅲ.①叙述学－研究－西方国家 Ⅳ.① I045

中国版本图书馆 CIP 数据核字（2022）第 165751 号

书　　　名	西方叙事学：经典与后经典（第二版） XIFANG XUSHIXUE：JINGDIAN YU HOUJINGDIAN（DI-ER BAN）
著作责任者	申　丹　王丽亚　著
责任编辑	张　冰
标准书号	ISBN 978-7-301-33301-3
出版发行	北京大学出版社
地　　　址	北京市海淀区成府路 205 号　100871
网　　　址	http://www.pup.cn　新浪微博：@ 北京大学出版社
电子邮箱	编辑部 pupwaiwen@pup.cn　总编室 zpup@pup.cn
电　　　话	邮购部 010-62752015　发行部 010-62750672　编辑部 010-62754149
印刷者	大厂回族自治县彩虹印刷有限公司
经销者	新华书店
	650 毫米 ×980 毫米　16 开本　23.25 印张　360 千字 2010 年 3 月第 1 版 2023 年 1 月第 2 版　2024 年 10 月第 2 次印刷
定　　　价	68.00 元

未经许可，不得以任何方式复制或抄袭本书之部分或全部内容。
版权所有，侵权必究
举报电话：010-62752024　电子邮箱：fd@pup.cn
图书如有印装质量问题，请与出版部联系，电话：010-62756370

目 录

绪 论 …………………………………………………………… 1

上 篇

第一章 故事与话语 ……………………………………… 15
  第一节 故事与话语之分的优势 ……………………… 15
  第二节 何时需要三分法? ……………………………… 18
  第三节 故事与话语是否总是可以区分? ……………… 23
    思考题和练习 ………………………………………… 36

第二章 情节结构 ………………………………………… 38
  第一节 亚里士多德的情节观 ………………………… 38
  第二节 传统情节观 …………………………………… 43
  第三节 经典叙事学的情节观 ………………………… 47
    思考题和练习 ………………………………………… 57

第三章 人物性质和塑造手法 …………………………… 58
  第一节 "功能型"人物观 …………………………… 58
  第二节 "心理型"人物观 …………………………… 60
  第三节 直接塑造法与间接塑造法 …………………… 66
    思考题和练习 ………………………………………… 75

第四章 叙事交流 ………………………………………… 76
  第一节 叙事交流模式 ………………………………… 77

第二节　隐含作者与隐含读者 ················· 79
　　第三节　叙述者与受述者 ····················· 87
　　第四节　不可靠叙述 ························· 91
　　　　思考题和练习 ··························· 96

第五章　叙述视角 ································ 97
　　第一节　视角研究的发展过程 ················· 97
　　第二节　叙述者与感知者 ····················· 101
　　第三节　不同的视角模式 ····················· 104
　　第四节　不同视角的实例分析 ················· 109
　　　　思考题和练习 ··························· 122

第六章　叙事时间 ································ 123
　　第一节　故事时间与话语时间 ················· 124
　　第二节　时　序 ····························· 126
　　第三节　时　距 ····························· 130
　　第四节　频　率 ····························· 136
　　　　思考题和练习 ··························· 138

第七章　叙事空间 ································ 139
　　第一节　故事空间与话语空间 ················· 140
　　第二节　故事空间与视角 ····················· 145
　　第三节　故事空间与情节 ····················· 150
　　第四节　故事空间的阐释 ····················· 154
　　　　思考题和练习 ··························· 156

第八章　人物话语表达方式 ······················· 158
　　第一节　人物话语表达形式的分类 ············· 159
　　第二节　不同形式的不同审美功能 ············· 171
　　第三节　自由间接引语面面观 ················· 176

思考题和练习 ………………………………………………… 183

下 篇

第九章　修辞性叙事学 …………………………………… 187
　第一节　布思的小说修辞学 …………………………………… 187
　第二节　查特曼的叙事修辞学 ………………………………… 194
　第三节　费伦的修辞性叙事理论 ……………………………… 201
　　思考题和练习 ………………………………………………… 211

第十章　女性主义叙事学 ………………………………… 213
　第一节　女性主义叙事学的发展过程 ………………………… 214
　第二节　与女性主义批评的差异 ……………………………… 216
　第三节　与经典叙事学的关系 ………………………………… 224
　第四节　"话语"研究模式 …………………………………… 228
　　思考题和练习 ………………………………………………… 243

第十一章　认知叙事学 …………………………………… 244
　第一节　规约性语境和读者 …………………………………… 245
　第二节　普适认知模式 ………………………………………… 248
　第三节　作为认知风格的叙事 ………………………………… 254
　第四节　认知地图与叙事空间的建构 ………………………… 263
　第五节　三种方法并用 ………………………………………… 266
　　思考题和练习 ………………………………………………… 269

第十二章　后殖民叙事学 ………………………………… 270
　第一节　后殖民叙事学发生过程 ……………………………… 271
　第二节　与后殖民文学批评的差异 …………………………… 276
　第三节　"后殖民叙事学"形式分析要点 …………………… 279
　　思考题和练习 ………………………………………………… 287

第十三章 "隐性进程"与双重叙事进程 ························· 288
  第一节 "隐性进程"如何不同于其他深层意义？ ············ 289
  第二节 隐性进程与情节发展之间的不同关系 ············· 296
  第三节 理论拓展和革新 ···································· 305
    思考题和练习 ·· 310

第十四章 非文字媒介的叙事 ···································· 311
  第一节 电影叙事 ·· 311
  第二节 绘画叙事 ·· 318
  第三节 戏剧叙事 ·· 323
    思考题和练习 ·· 328

第十五章 叙事学与文体学的互补性 ····························· 329
  第一节 "话语"与"文体"的差异 ························ 329
  第二节 "话语"与"文体"的差异之源 ·················· 334
  第三节 跨越"话语"与"文体"的界限 ·················· 335
  第四节 跨学科实例分析 ···································· 337
    思考题和练习 ·· 343

引用文献 ··· 345

绪　论

进入新世纪以来,西方叙事学(也称叙述学,法文为"narratologie",英文为"narratology")达到了新的研究高潮。① 总部设在伦敦的劳特利奇出版社推出了《叙事理论百科全书》,牛津的布莱克韦尔出版社出版了《当代叙事理论指南》,剑桥大学出版社分别推出了《剑桥叙事学导论》和《叙事指南》,柏林的瓦尔特·德·格鲁伊特出版公司也推出了《叙事学手册》。② 各种新的研究论著纷纷面世③,越来越多的大学开设了叙事学方面的课程。国内的叙事学研究也出现了新的高潮,主要表现在期刊论文的快速增长(硕士和博士论文的数量也大幅度增加)。据中国期刊网"哲学与人文科学"专栏的统计,2000 年以前共有一千四百多篇"叙事学"方面的期刊论文面世,而 2001 年至 2021 年则超过了一万篇(同期,"叙述学"方面的也从 215 篇增长至 1590 篇)。毫无疑问,叙事(述)学研究已经发展成国内的一门显

---

① 关于究竟是译为"叙事学"还是"叙述学",参见申丹《也谈"叙事"还是"叙述"?》(《外国文学评论》2009 年第 3 期)的详细探讨。在此,让我们看看汉语中"叙事"和"叙述"这两个词的结构。"叙事"一词为动宾结构,同时指涉讲述行为(叙)和所述对象(事);而"叙述"一词为联合或并列结构,重复指涉讲述行为(叙+述)。也就是说,"叙述"宜指表达层的叙述技巧,而"叙事"一词则更适合全面涵盖表达技巧和故事结构这两个层面。本书的探讨既涉及叙述表达,又涉及所述故事的结构,故采用"叙事学"一词。

② David Herman et. al., eds. *Routledge Encyclopedia of Narrative Theory* (London: Routledge, 2005); James Phelan and Peter J. Rabinowitz, eds. *A Companion to Narrative Theory* (Oxford: Blackwell, 2005); H. Porter Abbott, *The Cambridge Introduction to Narrative* (Cambridge: Cambridge UP, 2002); David Heman, ed. *The Cambridge Companion to Narrative* (Cambridge: Cambridge UP, 2007); Peter Hühn et. al. eds., *Handbook of Narratology*, 2nd edn. (Berlin: de Gruyter, 2014[2009]).

③ 从最新出版的一些专著,我们也可以看到叙事学研究的一些新动向,例如 Christine Schwanecke, *A Narratology of Drama* (Berlin: de Gruyter, 2022); Lilla Farmasi, *Narrative, Perception, and the Embodied Mind: Towards a Neuro-narratology* (London: Routledge, 2022)。

学,而且跟国际接轨的程度越来越高。

中国自古以来就有自己的叙事传统和叙事理论,但作为一门独立学科的当代叙事学首先产生于西方,中国当代叙事学是在西方叙事学影响下发展起来的。本书集中介绍西方叙事学。在概述本书主要内容之前,我们首先应该明确以下两个问题:什么是西方叙事学?经典叙事学与后经典叙事学是什么关系?

什么是西方叙事学?

首先一个问题:什么是叙事?顾名思义,就是叙述事情(叙+事),即通过语言或其他媒介来再现发生在特定时间和空间里的事件。事实上,叙述伴随着人类历史和文化的发展而不断演进。人类从钻木取火的远古时代对神话故事的讲述,到有文字记载以来历史学家们对历史事件进行的编撰、解释,及至电影表达、舞台再现、网络讲述,都是最宽泛意义上的叙述。

那么,"事"又是什么呢?我们马上会想到日常生活中发生的事情和文学、影视中的虚构事件。但叙事学中的"叙事"所涉及的"事"并不是一件简单的事情,这从叙事学家对叙事的界定就可见出。有的叙事学家把"叙事"界定为至少叙述两件真实或虚构的事件,其中任何一件都不预设另一件;有的叙事学家把叙事界定为叙述因果相连的一系列事件。① 美国叙事学家普林斯(Gerald Prince)给出了这么一个简例:"约翰很快乐,后来,他遇见了彼得,于是,他就不高兴了。"② 这个例子涉及一个由事件导致的状态的变化,包含因果关系。叙事学家对于因果关系究竟是否构成叙事的必要条件意见不一(越来越多的学者把缺乏因果关系的现代或后现代作品视为一种叙事类型),但有一点大家没有争议,即叙事必须涉及两个或两个以上的事件或状态。若仅仅叙述"约翰很快乐",或仅仅叙述"约翰遇见了彼得",都难以构成"叙事"。在《剑桥叙事学导论》中,阿博特(H. Porter

---

① Roy Sommer, "Drama and Narrative," *Routledge Encyclopedia of Narrative Theory*, eds. David Herman et al. (London & New York: Routledge, 2005), p.120.

② Gerald Prince, *Dictionary of Narratology* (Lincoln & London: U of Nebraska P, 2003 [1987]), p.53.

Abbott)提出:一句简单的"我开了车去上班"(I took the car to work.)就可视为叙事,①这句话毕竟涉及了"开车"和"上班"这两件不同的事。

明确"叙事"的所指之后,我们来看看研究叙事的"西方叙事学"的产生和发展过程。

经典叙事学就是结构主义叙事学,它是在俄国形式主义,尤其是法国结构主义的影响下诞生的。经典叙事学是直接采用结构主义的方法来研究叙事作品的学科。结构主义语言学的创始人索绪尔(Ferdinand de Saussure)改(分析语言变化的)历时语言学研究为(分析同时代语言结构)的共时语言学研究,认为语言学的着眼点应为当今的语言这一符号系统的内在结构,即语言成分之间的相互关系,而不是这些成分各自的历史演变过程。索绪尔的理论为结构主义奠定了基石。结构主义将文学视为一个具有内在规律、自成一体的自足符号系统,注重其内部各组成成分之间的关系。与传统小说批评理论相对照,结构主义叙事学将注意力从文本的外部(探讨作者的生平,挖掘作者的意图等)转向文本的内部,着力探讨叙事作品内部的结构规律和各种要素之间的关联。

结构主义叙事学诞生的标志为在巴黎出版的《交际》杂志 1966 年第 8 期,该期是以"符号学研究——叙事作品结构分析"为题的专刊,它通过一系列文章将叙事学的基本理论和方法公之于众。但"叙事学"(narratologie)一词 1969 年才出现在法国学者茨维坦·托多罗夫(Tzvetan Todorov)的《〈十日谈〉语法》一书中。② 该书对《十日谈》进行了结构上的"语法"分析:人物被看作名词,人物特征被看作形容词,人物行动被看作动词。从这一角度来看,每一个故事都是一个延伸了的句子,以不同方式将各种成分组合起来。20 世纪 70 年代以来,叙事学成为一门具有独立研究对象和理论体系的学科,为小说研究提供了重要的模式和方法。与此同时,西方学者开始将"叙事"这一概念引入各种文化活动。学者们认为,叙事活动和叙事文本构成了人类文明、文化的一个重要方面。依照批评家沃尔特·费希尔(Walter Fisher)的说法,在人类文化活动中,"故事"是最基本的;世上一

---

① Abbott, *The Cambridge Introduction to Narrative*, p. xi.
② Tzvetan Todorov, *Grammaire du Décaméron* (The Hague: Mouton, 1969).

切,不论是事实上发生的事,还是人们内心的不同体验,都是以某种叙事形式展现其存在,并通过叙事形式使各种观念深入人心。据此,费希尔认为,我们赖以生存的整个世界实际上由一连串"故事"组成。不仅如此,他还认为,我们每一个人既是"故事"的讲述者,同时又是"故事"的聆听者。[①] 诚然,费希尔这里反复提到的"故事"和"叙事"已经超出了叙事学最初涉及的框架。不过,学者们同样意识到,作为一门学科,叙事学的意义似乎回到了其词源意义,成为一门研究各种叙事文本的综合学科,研究对象包括叙事诗、日常口头叙事、法律叙事、电影叙事、戏剧叙事、历史叙事、绘画叙事、广告叙事等。

尽管如此,小说依然是叙事学研究的中心对象。我们知道,在欧洲,小说艺术兴起于17、18世纪,但是,相对于其他文艺类型,如诗歌、戏剧,小说在当时被视为难登大雅之堂的小技小艺。关于小说艺术的理论研究自然也就无从谈起。但在18世纪末,欧洲小说在内容、技巧方面渐趋成熟,小说家开始了小说技巧方面的种种试验,小说理论也开始起步。不过,直到19世纪小说艺术才达到高峰。这一阶段的小说研究虽然具备了理论的雏形,例如,小说评论家已经将情节、人物、场景描写视为评判小说艺术成功与否的重要因素。然而,由于小说评论在总体上强调的依然是社会道德功能,因此,这一时期的小说家和评论家大多注重人物和社会环境描写方面的典型性和逼真性。相对而言,侧重于描写人物行动的小说则倾向于被认为等同于传奇的次等作品。结果,"人物小说"(novel of character)便成为这一时期评判小说艺术成就的一个重要术语。这当然不是一种辩证认识。事实上,人物与事件互为关联,缺一不可。但是,我们必须看到,这一时期的小说家在人物形象塑造、内在心理揭示以及人物关系描述方面已经取得了巨大的成就。

19世纪末20世纪初,小说家们通过各自的实践提出各种观点,小说理论也渐趋成熟。现代小说理论的奠基人为法国作家福楼拜(Gustave Flaubert,1821—1880)和美国作家、评论家亨利·詹姆斯(Henry James,

---

① Walter Fisher, *Human Communication as Narration: Toward a Philosophy of Reason, Value and Action* (Columbia: U of South Carolina P, 1987), p.193.

1843—1916),他们把小说视为自律自足的艺术品,因而将注意力转向了小说的形式技巧。福楼拜十分强调文体风格的重要性,詹姆斯则特别注重叙述视角的作用(见第五章)。詹姆斯反对小说家事无巨细地向读者交代小说中的一切,而是提倡一种客观的叙述方法,采用故事中人物的感官和意识来限定叙述信息,使小说叙事具有生活真实性和戏剧效果。詹姆斯的小说理论对现代小说叙事理论的形成产生了深远的影响。

20世纪20至30年代,随着极为关注形式的现代主义文学的兴盛,有关小说叙事的理论正式走向关于叙事形式的探讨。英美新批评理论倡导的"细读"文本的原则将小说批评从文本外部(作者生平、作者意图等)转向了文本的内部(作品本身的语言)。虽然小说叙事本身并不是新批评理论家的关注重点,但是,在该理论的影响下,小说的形式受到格外重视。20世纪50年代,出现了一些涉及叙事结构和叙述技巧的批评术语,如,"自由间接引语""内心独白""叙述焦点""摄像式视角"等。60年代至70年代,随着结构主义叙事学的诞生,一大批理论家从不同侧面论述了小说叙事的内部结构成分以及成分之间的关系,使小说叙事学发展成文学研究领域的一门独立学科。

首先,理论家们从形式和内容两个层面对小说结构进行了区分。早在20世纪初期,俄国形式主义者什克洛夫斯基(Viktor Shklovsky, 1893—1984)和艾亨鲍姆(Boris Eichenbaum, 1886—1959)就区分了"故事"(素材)与"情节"(文本表达)。故事指按照自然时间、因果关系排列的事件,情节则是从形式上对素材进行的艺术处理。至1966年,当法国学者托多罗夫提出"故事"(表达对象)与"话语"(表达形式)这一区分的时候,叙事学的理论雏形可谓基本完成(详见第一章)。在故事层面,理论家们聚焦于事件和人物的结构;在话语层面,叙述者与故事的关系、时间安排、观察故事的角度等成为主要关注对象。

普林斯根据研究对象将叙事学的诗学(或语法)研究分成了三种类型。第一类仅关注被叙述的故事的结构,着力探讨事件的功能、结构规律、发展逻辑等(详见第二章)。在理论上,这一派叙事学家认为对叙事作品的研究不受媒介的局限,因为文字、电影、芭蕾舞、叙事性的绘画等不同媒介可以叙述出同样的故事。然而,在20世纪60至80年代,叙事学聚焦于文字媒介的叙事,对其他媒介关注不多。不过,近二三十年来,越来越多的叙事学家将注意力转向了其他媒介。第二类以热奈特(Gérard Genette)为典型代表,他们认为叙事作品以口头或笔头的语言表达为本,叙述者的作用至关重要。在研究中,他们关注的是叙述者在"话语"层次上表达事件的各种方法,如倒叙或预叙、视角的运用等。第三类以普林斯本人和查特曼(Seymour Chatman)等人为代表,他们认为事件的结构和叙述话语均很重要,因此在研究中兼顾两者。这一派被普林斯称为"总体的"或"融合的"叙事学。① 从国内外的批评实践来看,叙事诗学在"话语"层次上提出的概念和模式是最为有用的作品分析工具,20世纪90年代以来的叙事学批评明显偏重于话语结构和技巧。本书也将重点介绍叙事学的话语研究。

经典与后经典叙事学是什么关系?

20世纪60至80年代初的西方结构主义叙事学被称为"经典叙事学",80年代中后期以来在西方产生的女性主义叙事学、修辞性叙事学、认知叙事学等各种跨学科流派则被称为"后经典叙事学"。前者的特点是以文本为中心,将叙事作品视为独立自足的体系,隔断了作品与社会、历史、文化环境的关联;后者的特点则是将叙事作品视为文化语境中的产物,关注作品与其创作语境和接受语境的关联。80年代以来经典叙事学在西方遭到后结构主义和政治文化批评的夹攻,研究势头大幅回落,学者们纷纷宣告经典叙事学的过时或者死亡。而事实上,这些年来经典叙事学的著作依然在西方出版发行。1997年加拿大多伦多大学出版社再版了荷兰叙事学家米克·巴尔(Mieke Bal,1946—)《叙事学》一书的英译本,2017年又推出了该书的第四版。伦敦和纽约的劳特利奇出版社也于2002年秋再版了里蒙-凯南(Shlomith Rimmon-Kenan)的《叙事虚构作品:当代诗学》,且迄今一直在重印和发行。2003年11月在德国汉堡大学举行的国际叙事学

---

① Gerald Prince, "Narratology," *The Johns Hopkins Guide to Literary Theory and Criticism*, eds. Michael Groden and Martin Kreiswirth (Baltimore: The Johns Hopkins UP, 1994), pp. 524—527.

研讨会的一个中心议题是如何将传统的叙事学概念运用于非文学文本。不难看出,其理论模式依然是经典叙事学,只是拓展了实际运用的范畴。在20世纪80年代至21世纪初的西方叙事学领域,可以看到一种十分奇怪的现象:后经典叙事学家往往认为经典叙事学已经过时,但在分析作品时,他们经常以经典叙事学的概念和模式为技术支撑;在教学时,也总是让学生学习经典叙事学的著作,以掌握基本的结构分析方法。伦敦和纽约的劳特利奇出版社2005年出版了国际上首部《叙事理论百科全书》,其中大多数辞条为经典叙事学的基本概念和分类。可以说,编撰这些辞条的学者是在继续进行经典叙事学研究,而这些学者以美国人居多。这种舆论评价与实际情况的脱节源于没有把握经典叙事学的实质,没有廓清叙事诗学(或语法)与叙事批评之间的关系。经典叙事学的主体是叙事诗学(或语法),只有少量叙事作品阐释。正如通常的诗学和语法研究一样,叙事诗学探讨的是叙事作品共有的结构特征,无须考虑语境,因此脱离语境的叙事诗学研究直至今日,还不断出现在叙事学的论著之中。① 就具体叙事作品的阐释而言,则需要考虑作品的创作语境和接受语境。正因为如此,很多后经典叙事学家把注意力转向了作品分析。经典叙事学脱离语境来分析作品的方法确实已经过时,我们在分析作品时应充分关注社会历史语境的影响,但脱离语境的叙事诗学的不少模式和概念在今天依然是十分有用的分析工具,本书将予以重点介绍。

后经典叙事学的诞生与政治批评、文化研究直接相关,也受到认知科学等其他学科发展的影响。后经典叙事学家在作品分析中关注读者的能动作用,关注社会历史语境如何作用于作品的创作和接受。后经典叙事学家注重跨学科研究,将叙事学的研究与女性主义文学批评、精神分析学、修辞学、计算机科学、认知科学、后殖民主义等各种其他流派、思潮和学科相

---

① 参见 Dan Shen(申丹),"Why Contextual and Formal Narratologies Need Each Other," *JNT: Journal of Narrative Theory* 35.2 (2005), pp.141—171。在2013年于巴黎召开的欧洲叙事学协会第三届双年会上,申丹应邀做了捍卫经典叙事学的大会主旨报告,题目是"'Contextualized Poetics' and Contextualized Rhetoric: Consolidation or Subversion?"这篇论文被首篇发表于Per Krogh Hansen, et al. 主编的会议论文集: *Emerging Vectors of Narratology* (Berlin: De Gruyter, 2017), pp.3—24。

结合,大大拓展了叙事学的研究范畴,丰富了叙事学的研究方法。本书将介绍"修辞性叙事学""女性主义叙事学"和"认知叙事学"这三个最为重要的后经典叙事学流派,以及新兴的"后殖民主义叙事学"和申丹在国际上首创的"隐性进程/双重叙事进程"理论。近年来,随着文化研究的展开和深入,叙事学家越来越注重非文字媒介叙事(如电影、戏剧、绘画叙事等),对此,我们也将加以介绍。

本书内容梗概

本书分上、下两篇。上篇共有八章,集中介绍经典叙事诗学的基本概念和分析模式。下篇共有七章,转而介绍后经典叙事学流派和理论,以及跨媒介和跨学科的叙事学研究(申丹撰写了第一、五、八、九、十、十一、十三、十五章,王丽亚撰写了第二、三、六、七、十二、十四章,第四章由两人合作撰写,申丹负责全文统稿)。上下篇都结合中外名著的解读,通过实例分析阐明相关理论概念、分析模式或流派特征。每一章后面都配有思考题和练习,邀请学生积极参与思考和讨论。

上篇第一章介绍叙事学的一个基本区分:"故事"和"话语"的区分,探讨这一两分法与传统的两分法相比有何特点,有何长处。一些叙事学家采用了三分法,以此取代两分法,这样做造成了一些混乱,我们将对此予以澄清,并说明在什么情况下才会需要三分法。我们还将探讨"故事"与"话语"是否总是可以区分。第二章和第三章分别探讨"故事"的两个基本成分:情节和人物。第二章首先介绍叙事学的鼻祖亚里士多德的情节观和传统情节观,以此为铺垫,探讨叙事学研究情节结构的种种模式,说明这些模式与先前的情节研究模式的关系。第三章介绍叙事学的人物分析模式,比较叙事学的人物观与传统人物观,并从叙事学的角度,介绍人物塑造的方法。

明确了叙事结构的基本成分以后,我们将在第四章里介绍叙事学家对小说叙事交流模式的看法,廓清叙事交流的一些基本环节,说明叙事学家对隐含作者、隐含读者、叙述者、受述者等交流参与者的看法,并评介"不可靠叙述"这一概念。第五章探讨叙述视角。"视角"指叙述时观察或感知故事的角度。叙事学家十分关注叙事作品如何采用不同的视角来表达主题意义和产生审美效果。我们将在这一章里追溯视角研究的发展过程,阐明相关理论概念,对不同的视角模式进行分类,并通过对一个实例的具体分析来说明各种视角的不同作用。

小说虽然是虚构性质的艺术,但与现实生活相似,时间与空间决定了小说的存在方式。在第六章和第七章中,我们将介绍叙事学对叙事时间与叙事空间的看法。叙事学理论将叙事时间分为"故事时间"和"话语时间"。"故事时间"指虚构世界里事件"实际"发生的时间,"话语时间"则是在叙述表达层次上对故事时间的再现或重新安排,涉及叙述与故事之间的时间关系。据此,我们将在第六章里着重介绍叙述"时序"(order)、"时距"(duration)和"频率"(frequency),探讨这些叙述手法与主题意义和审美效果的关联。正如我们经验世界中的时空关系一样,叙事时间与空间密不可分。在传统叙事理论中,空间通常仅仅指涉虚构世界中人物活动或事件发生的场所,其作用无非在于增加小说叙事的似真效果,或是被视为独立于情节发展的一个框架性成分。与此相对照,叙事学区分叙述者所处的话语空间和人物所处的故事空间,后者通常与叙述视角、情节进程和主题意义密切相关。我们将从叙事学的角度来介绍叙事空间的性质、特点和作用。

第八章聚焦于表达人物话语的不同方式。如果把小说同电影和戏剧加以比较,就会发现人物话语的不同表达形式是小说艺术的"专利"。小说叙述者可原原本本地引述人物言词,也可仅概要转述人物话语的内容;可以用引号,也可省去引号;可以在人物话语前面加上引述句,也可省略引述句,如此等等。我们将在这一章里介绍对人物话语不同表达形式的分类,探讨不同表达形式的不同审美功能,尤其是自由间接引语的各种表达优势。本章的探讨旨在说明,像视角模式的转换一样,变换人物话语的表达方式可成为小说家控制叙述角度和距离,变换感情色彩和表达主题意义的有效工具。

下篇的前三章,即第九章至第十一章,分别介绍三个最重要的后经典叙事学流派。第九章集中介绍修辞性叙事学。传统上的修辞学可分为对修辞格(文字艺术)的研究和对话语说服力(作者如何劝服听众或读者)的研究这两个分支。修辞性叙事学涉及的是后面这一范畴,聚焦于作者与读者进行交流的各种方式和技巧。本章以对小说修辞学家布思(Wayne C.

Booth)的介绍为铺垫,探讨修辞性叙事学的主要性质和特征,评介该流派主要代表人物的理论立场和研究模式。第十章介绍女性主义叙事学。女性主义叙事学将叙事形式分析与性别政治融为一体,打破了西方学界形式主义与反形式主义之间的长期对立。本章将简要概述女性主义叙事学的发展过程,介绍这一流派的基本特征,廓清其与女性主义文学批评的差异以及与结构主义叙事学的关系,阐明女性主义叙事学的分析模式,着重说明这一后经典叙事学流派如何从性别政治出发,对各种话语表达技巧展开探讨。第十一章聚焦于"认知叙事学"。20世纪90年代以来,认知科学在西方引起了日益广泛的兴趣。将叙事学与认知科学相结合的"认知叙事学"这一交叉学科应运而生,且近来发展势头旺盛。本章将介绍认知叙事学的一些主要研究模式,廓清每一模式的特点,说明其有何长何短,并阐明认知叙事学与相关流派之间的关系。第十二章介绍"后殖民叙事学"的基本立场与阐释方法,评述其理论要义。首先概述后殖民叙事学的发生与发展过程,梳理其思想内涵;然后以"阅读立场"为观察点,概述后殖民叙事学与"后殖民文学批评"在观察角度和分析方法上的差异;最后以语言样式、叙述人称和"未叙述"(unnarration)三种现象为例,说明后殖民叙事学从结构主义叙事学分析方法中获得的技术帮助,以及在具体阐释实践中对相关概念和术语进行的延展。第十三章介绍申丹在国际上首创的"'隐性进程'与双重叙事进程"理论。法国的叙事学网站已将"隐性进程"作为国际叙事学界的常用术语收入;国际顶级期刊《文体》(*Style*,美国)将2021年春季刊的全部篇幅用于探讨双重叙事进程理论。该章将说明"隐性进程"如何不同于其他深层意义,阐述隐性进程与情节发展之间的不同关系,以及为了应对双重叙事进程带来的挑战,需要如何拓展和革新叙事学的理论概念和研究模式。

本书最后两章介绍小说叙事与其他媒介的叙事,以及叙事学与其他学科之间的关系。第十四章将讨论电影、绘画、戏剧等三种非文字媒介的叙事,探究通常的叙事学概念是否可运用到这些不同的媒介叙事中。其间,我们将以小说叙事为参照,探讨在这些媒介中叙事的不同运作方式。第十五章讨论叙事学和文体学的关系。从表面上看,叙事学的"话语"与文体学的"文体"都是对小说整个形式层面的定义,而实际上,"话语"与"文体"

的涵盖面相去甚远:叙事学聚焦于组合事件的结构技巧,而文体学关注的则是小说的遣词造句。本章将廓清叙事学的"话语"和文体学"文体"之间既相异又互补的关系,并通过实例分析,说明将叙事学分析与文体学分析相结合的必要性。

总之,本书力求较为全面、系统和深入浅出地介绍西方经典和后经典叙事学的基本概念、分析模式和流派特征。希望通过本书,学习者能较好地了解西方叙事学的目的、性质、特点和作用,提高阅读欣赏和分析研究叙事作品,尤其是小说作品的水平。

上 篇

第一章　故事与话语

无论是现实世界中发生的事,还是文学创作中的虚构,故事事件在叙事作品中总是以某种方式得到再现。再现手段可以是文字,也可以是电影镜头、舞蹈动作等。也就是说,可以区分所表达的对象和表达的方式。西方叙事学家一般采用"故事"(story)与"话语"(discourse)来指代这两个层次。① 叙事作品的意义在很大程度上源于这两个层次之间的相互作用。我们知道,以两分法来描述叙事作品是西方文学批评的传统,所以在探讨"故事"(涉及"叙述了什么",包括事件、人物、背景等)与"话语"(涉及"是怎么叙述的",包括各种叙述形式和技巧)这一区分时,我们不妨先看看这一两分法与传统的两分法相比有何长处。在当今叙事学界也出现了对两分法的修正,即三分法。我们将探讨在什么情况下难以采用三分法,而在什么情况下又需要三分法。我们还将探讨"故事"与"话语"是否总是可以区分。②

第一节　故事与话语之分的优势

在西方传统文学批评中,对叙事作品层次的划分均采用两分法,如"内容"与"形式"、"素材"与"手法"、"实质"与"语气"、"内容"与"文体"等。那

---

① See Dan Shen(申丹), "Story-Discourse Distinction," *Routledge Encyclopedia of Narrative Theory*, eds. David Herman et al. (London & New York: Routledge, 2005), pp. 566—567; Dan Shen, "Defense and Challenge: Reflections on the Relation Between Story and Discourse," *Narrative* 10 (2002), pp. 422—443.

② 参见申丹:《叙述学与小说文体学研究》(第三版)第一章,北京:北京大学出版社,2004年,本教材这一章中的部分材料取自那一章;也请参见申丹、韩加明、王丽亚:《英美小说叙事理论研究》第十四章(申丹撰写),北京:北京大学出版社,2005年,本章也从该章取了一些材料。

么,与传统的两分法相比,故事与话语之分有什么优势呢?

一、有利于关注超出遣词造句的结构技巧

在研究文学作品的表达方式时,西方传统批评家一般仅注意作者的遣词造句。"手法""形式""文体"等指称作品表达方式的词语涵盖的范畴往往较为狭窄,不涉及叙述视角、叙述层次、时间安排、叙述者的不可靠性等(详见后面的讨论)。这与小说家的创作实践有关。在法国作家福楼拜和美国作家亨利·詹姆斯之前,小说家一般不太注意视角问题。至于小说批评、理论界,在 20 世纪以前往往偏重于作品的思想内容和社会作用而忽略作品的形式技巧。

以福楼拜和詹姆斯为先驱的现代小说理论对作品的形式技巧日益重视。俄国形式主义者什克洛夫斯基和艾亨鲍姆率先提出了新的两分法,即"故事"(фабула)与"情节"(сюжет)的区分。"故事"指作品叙述的按实际时间、因果关系排列的事件,"情节"则指对这些素材的艺术处理或形式上的加工。与传统上指代作品表达方式的术语相比,"情节"所指范围较广,特别指大的篇章结构上的叙述技巧,尤指叙述者在时间上对故事事件的重新安排(比如倒叙、从中间开始的叙述等)。

法国结构主义叙事学家托多罗夫受什克洛夫斯基等人的影响,于 1966 年提出了"故事"(histoire)与"话语"(discours)这两个概念来区分叙事作品的表达对象与表达形式。① "话语"与"情节"的指代范围基本一致,但前者优于后者,因为传统上的"情节"一词指故事事件本身的结构,用该词来指代作品的形式层面容易造成概念上的混乱。"故事"与"话语"的区分在叙事学界很有影响。美国叙事学家查特曼就用了《故事与话语》来命名他的一本论述小说和电影叙事结构的专著。②

---

① Tzvetan Todorov, "Les catégories du récit littéraire," *Communications* 8 (1966), pp. 125—151.
② Seymour Chatman, *Story and Discourse: Narrative Structure in Fiction and Film* (Ithaca: Cornell UP, 1978).

二、有利于分析处于"语义"这一层次的技巧

传统的"内容"与"文体"之分将"内容"视为不变量,只有"文体"才是变量。不同"文体"就是用不同的方式来表达同样的内容。在20世纪以来的第三人称小说中,叙述者常常采用一种被称为"人物的思维风格"(mind-style)的叙述手法,这种手法对传统的"内容"与"文体"之分提出了挑战。所谓"人物的思维风格"就是叙述者在叙述层面暗暗采用人物的眼光。表面上看,我们读到的是叙述者的话,实际上这些话体现的是人物的思维方式,而不是叙述者的。① 英国当代小说家威廉·戈尔丁在《继承人》一书中突出地采用了这一手法。试比较下面几种不同叙述方式:

(1) 一根棍子竖了起来,棍子中间有块骨头……棍子的两端变短了,然后又绷直了。洛克耳边的死树得到了一个声音"嚓!"(第五章)

(2) 一个男人举起了弓和箭,洛克还以为是一根棍子竖了起来,他不认识箭头,以为是棍子中间的一块骨头……当那人将弓拉紧射向他时,他还以为是棍子两端变短后又绷直了。射出的箭击中了他耳边的死树,他只觉得从那棵树传来了一个声音"嚓!"

(3) 一个男人举起了弓和箭……他将弓拉紧箭头对着洛克射了过来。射出的箭击中了洛克耳边的死树,发出"嚓!"的一声响。

[(1)为紧扣原文的翻译;(2)与(3)为意译]

《继承人》叙述的是史前期一个原始部落被智人灭绝的故事。洛克是原始部落的一员,他不认识智人手中的武器,也不能理解智人的进攻行为。不难看出,(2)与(3)均采用了传统上的叙述手法,但在(1)中(即《继承人》的原文中),叙述者借用了洛克的思维风格,因此叙述话语体现的是洛克的认知方式。② 英国文体学家利奇和肖特指出,根据传统上对"内容"与"文体"的区分,只能将(1)中洛克的思维方式视为内容本身,不能将"一根棍子

---

① Dan Shen(申丹),"Mind-style," *Routledge Encyclopedia of Narrative Theory*, eds. David Herman et al. (London: Routledge, 2005), pp. 311—312.

② 关于"narrative discourse"究竟是应译为"叙述话语"还是"叙事话语",参见申丹:《也谈"叙事"还是"叙述"?》,《外国文学评论》2009年第3期。

竖了起来,棍子中间有一块骨头"与"一个男人举起了弓和箭"视为对同一内容的不同表达形式。① 而实际上,这两者表达的确实是同一事件。在此,我们看到的是"内容"与"文体"这一两分法的某种局限性。"内容"这一概念涉及的是语义这一层次。"对同一内容的不同表达形式"指的是语义(意思)相同但句型、词语(各种同义词)、标点等方面不同的句子。"小王上完课后去了图书馆"与"上完课后,小王去了图书馆"可视为对同一内容的不同表达形式。然而,"小王1月4日下课后去了图书馆"与"昨天下课后我去了图书馆"(小王1月5日说)则不能视为对同一内容的不同表达形式,因为尽管这两句话指的是同一件事,但它们在语义上不尽相同,因此只能视为内容不同的句子。"一根棍子竖了起来,棍子中间有一块骨头"与"一个男人举起了弓和箭"也是语义相左但"所指"相同的句子。按照传统的二分法,只能将它们的不同视为内容上的不同,因而也就无从探讨它们所体现的两种不同思维方式所产生的不同表达效果。"故事"与"话语"的区分则摆脱了这一局限性。"故事"涉及的是"所指"这一层次。两句话,只要"所指"一致,哪怕语义相左,也可看成是对同一内容的不同表达形式,因此可以探讨它们的不同表达效果。

第二节　何时需要三分法?

在口头叙事中,总有一个人在讲故事。书面叙事由口头叙事发展而来。就书面叙事来说,虽然读者面对的是文字,但无论叙述者是否露面,读者总觉得那些文字是叙述者说出来的。出于对叙述行为的重视,法国叙事学家热奈特1972年在《叙述话语》这一经典名篇中对两分法进行了修正,提出三分法:(1)"故事"(histoire),即被叙述的事件;(2)"叙述话语"(récit),即叙述故事的口头或笔头的话语,在文学中,也就是读者所读到的文本;(3)"叙述行为"(narration),即产生话语的行为或过程,比如讲故事的过程。也就是说热奈特将"话语"进一步分成了"话语"与"产生它的行

---

① Geoffrey Leech and Michael Short, *Style in Fiction* (London: Longman, 1981), pp. 32—33.

第一章　故事与话语

为"这两个不同的层次。在建构此三分模式时,热奈特反复强调了叙述行为的重要性和首要性:没有叙述行为就不会有叙述话语,也不会有被叙述出来的虚构事件。①

热奈特的三分法颇有影响。在《叙事性虚构作品:当代诗学》一书中,以色列叙事学家里蒙-凯南效法热奈特区分了"故事"(story)、"文本"(text)与"叙述行为"(narration)这三个层次。② 里蒙-凯南将"文本"定义为"用于叙述故事事件的口头或笔头的话语",这与热奈特对"叙述话语"的定义一致。至于第三个层次,两者所下定义也相吻合。然而,我们应该认识到,就书面叙事作品而言,一般并没有必要区分"叙述话语"和"产生它的行为或过程",因为读者能接触到的只是叙述话语(即文本)。作家写作过程中发生的事或者与作品无关,或者会在作品中有所反映,而反映出来的东西又自然成了叙述话语或所述故事的构成成分。③ 当然,"叙述行为"也指(甚至可以说主要是指)作品内部不同叙述者的叙述行为或过程。至于这些虚构的叙述者,他们所说的话与他们说话的行为或过程通常是难以分离的。元小说中对叙述行为进行的滑稽模仿则是例外。让我们看看英国作家斯特恩所著元小说《项狄传》中的一段:

在我讨论了我与读者之间的奇特事态之前,我是不会写完那句话的……我这个月比12个月前又长了一岁,而且,如您所见,已差不多写完第四卷的一半了,但才刚刚写完我出生后的第一天……

这段文字体现了元小说的典型特点:告诉读者"作者"在如何写作,声明"作者"是在虚构作品。在此有两个不同的叙述过程:一是第一人称叙述

---

① Gérard Genette, *Figures III* (Paris: Seuil, 1972), pp. 71—76. 热奈特的《叙述话语》为该书的主要部分。英文版见 *Narrative Discourse*, trans. Jane E. Lewin (Ithaca: Cornell UP, 1980);中文版见王文融译:《叙事话语 新叙事话语》,中国社会科学出版社,1990年。本教材的中译文尤其是有关术语的翻译参考了王文融先生的中译文,但考虑到叙事学对叙述话语和所述故事的区分,我们将热奈特的书名翻成《叙述话语》。
② Shlomith Rimmon-Kenan, *Narrative Ficiton: Contemporary Poetics*, 2nd edn. (London: Routledge, 2002).
③ See Dan Shen, "Narrative, Reality and Narrator as Construct: Reflections on Genette's Narration," *Narrative* 9 (2001), pp. 123—129.

者项狄叙述这段话的过程,二是项狄叙述出来的他写作这本书的过程。第一个过程读者根本看不到(仅能看到叙述出来的话);第二个过程则被清楚地摆到了读者面前。其实,第一个过程才是真正的叙述过程;第二个过程实际上是故事内容的一部分。真正写作这本书(写完了这三卷半书)的是作者斯特恩而不是第一人称叙述者项狄。这段话中提到的项狄写作这本书的过程纯属虚构出来的"故事事件"。作者意在通过这些虚构事件来对真正的写作过程进行滑稽模仿。无论是在元小说还是在一般小说中,通常只有在作为叙述的对象时,叙述行为或过程才有可能被展现在读者面前,而一旦成为叙述对象,也就会成为故事或话语的组成成分。让我们看看康拉德的《黑暗的心》中的两段话:

(1)他(马洛)沉默了一会……他又沉默了一下,好像在思考什么,然后接着说——(第一章)

(2)他停顿了一下,一阵深不可测的沉寂之后,一根火柴划亮了,映出马洛消瘦憔悴的面孔,双颊凹陷,皱纹松垂,眼皮往下耷拉着,神情十分专注……火柴熄灭了。"荒唐!"他嚷道……(第二章)

《黑暗的心》的主体部分是马洛的第一人称叙述。但在马洛的叙述层上面还有作为外围框架的另一位第一人称叙述者。如上面引文所示,我们只有在这位框架叙述者对马洛加以描述时,才能偶尔观察到马洛的叙述行为。而任何叙述行为或叙述过程,一旦成为上一层叙述的对象,就自然变成了上一层叙述中的故事内容。作品中未成为叙述对象的叙述过程一般不为读者所知,也可谓"不存在"。热奈特在《叙述话语》中写道:

十分奇怪的是,在除了《项狄传》之外的几乎世上所有的小说中,对故事的叙述被认为是不占时间的……文字叙述中有一种强有力的幻象,即叙述行为是不占时间的瞬间行为,而这一点却未被人们察觉。①

热奈特的这段话可证实文学作品中的叙述过程通常不可知。其实这

---

① Genette, *Narrative Discourse*, p. 222.

并不奇怪。这些叙述者是作者用文字创造出来的看不见、摸不着的虚构物,读者只能读到他们说出来的话,至于他们说话时用了多少时间、做了何事或发生了何事,读者一般无从了解(除非由叙述者自己或上一层叙述者告诉读者),因此也就当它不存在了。作者的写作过程我们在作品中是看不到的,《项狄传》中的项狄的所谓写作过程是例外,但这一过程实际上是《项狄传》故事内容的一部分。热奈特显然未意识到这一点。他将这一实质为叙述对象的所谓"写作"过程与其他小说中真正的叙述过程摆在了同一层次上。

既然文学作品中的叙述过程通常不可知,也就无法单独分析它。我们所能分析的只是话语中反映出来的叙述者与故事之间的关系。从话语中的人称我们可判断究竟是第一人称叙述、第二人称叙述还是第三人称叙述;从话语中的时态我们可判断叙述者与故事在时间上的关系,如他讲的是已经发生了的事还是正在发生的事。话语还会反映出叙述者为何人,有几个叙述层次,这些层次之间的关系如何等等。值得强调的是,这些成分是叙述话语不可分离的组成部分,对它们的分析就是对叙述话语的分析。热奈特只能承认这一点,因为他本人在《叙述话语》中,以"语态"为题,毫不含糊地将上面列举的这些成分作为叙述话语的一个组成部分进行了分析。效法热奈特的里蒙-凯南也明确指出:"(热奈特的)叙述行为成了叙述话语的一个方面(即'语态'),结果三分法在实践中变成了二分法。"[①]里蒙-凯南接着说:"我自己注意不让三分法瓦解成二分法,我仍坚持让'叙述行为'成为一个独立的类别。这一类别由两部分组成:(1)'叙述层次和语态'(和热奈特的用法一样,'语态'指的是叙述者与故事的关系);(2)'对人物语言的表达'。"遗憾的是,里蒙-凯南的挽救方法不仅于事无补,而且造成了新的混乱。"叙述层次和语态"是话语层面上的结构技巧,没有理由将其视为独立于话语的"叙述行为"的一部分。此外,人物所做的事和所说的话在层次上并无区别。里蒙-凯南在话语(文本)这一层次分析了对人物动作的描述,但却把对人物语言的描述摆到"叙述行为"这一不同层次上,这显然

[①] Shlomith Rimmon-Kenan, "How the Model Neglects the Medium," *The Journal of Narrative Technique* 19.1 (1989), p. 159.

不合情理。

我们不妨对比一下荷兰叙事学家米克·巴尔的三分法。巴尔在用法语写的《叙事学》(1977)一书中①,区分了"histoire""recit""texte narratif"这三个层次,据其所指,可译为"故事"、"叙述技巧"和"叙述文本"。值得注意的是,巴尔的三分法与里蒙-凯南的三分法在某种程度上是完全对立的。两者仅在"故事"这一层次上相吻合,在第二和第三层次上却完全不相容。被里蒙-凯南视为"文本"这一层次的三种因素(时间上的重新安排、人物塑造手法和叙述聚焦)全被巴尔开除出"文本"这一层次,另外列入"叙述技巧"这一类别。巴尔在"文本"这一层次讨论的主要内容正是被里蒙-凯南开除出"文本"而列入"叙述行为"这一层次的内容。这种互为矛盾的现象进一步说明了三分法的问题。所谓"文本"即叙述"话语",而叙述技巧是叙述话语的组成部分。就书面叙事而言,只有采用"故事"和"话语"的两分法才能避免混乱。

在区分叙事层次时,我们需要特别注意笔头和口头的不同。若为口头讲述,叙述者和受话者面对面,后者可直接观察到前者的叙述过程。叙述者的声音、表情、动作等对于叙述的效果往往有重要影响。在这种情况下,显然需要采用三分法。在探讨书面叙事时,西方叙事学家常常提到在柏拉图的《国家篇》第三卷中,苏格拉底对"纯叙述"和"模仿"的区分。"纯叙述"指诗人用自己的语气概述人物的言辞,比如"祭师来了,祈求天神保佑亚加亚人攻下特洛伊城,平安返回家园";而"模仿"则指诗人假扮人物,模仿人物的声音说话。西方叙事学家普遍认为这一区分就是对间接引语和直接引语的区分(就事件而言,则是对总结概述和直接展示的区分)。其实,苏格拉底所说的"纯叙述"和"模仿"是针对口头叙述过程进行的区分,因此明确提到像荷马那样的行吟诗人如何用"声音""手势"等来"模仿"人物。②这需要用三分法来进行分析:(1)人物说了什么——故事层;(2)采用何种形式来表达,比如究竟是用直接引语还是用间接引语——话语层;(3)叙述过程中的声音、表情、手势等——叙述行为。

---

① Mieke Bal, *Narratologie* (Paris: Klincksieck, 1977).
② Plato, *The Republic* (London: Penguin, 2003), p.87.

值得注意的是,在口头叙事中,由于讲故事的人和听众面对面,因此无法进行虚构的第一人称叙述,也无法进行多层次叙述。只有在书面叙事诞生之后,才有可能出现笛福的《摩尔·弗兰德斯》这样第一人称叙述者与作者性别和品格相异的叙事作品:作者为男性,作品中的"我"则为女性,且做了多年的妓女和扒手。此外,只有在书面叙事诞生之后,才有可能出现理查森的《帕梅拉》这样的书信体作品,以及《项狄传》这样的元小说。

第三节 故事与话语是否总是可以区分?

"故事"与"话语"的区分必须建立在"故事"的相对独立性之上。法国叙事学家布雷蒙有段名言:"一部小说的内容可由舞台或银幕重现出来;电影的内容可用文字转述给未看到电影的人。通过读到的文字,看到的影像或舞蹈动作,我们得到一个故事——可以是同样的故事。"[1]布雷蒙的这段话涉及不同的媒介。叙事学界公认"故事"与"话语"的区分适用于不同媒介的叙事作品。若同一故事可由不同的媒介表达出来则可证明故事具有相对的独立性,它不随话语形式的变化而变化。里蒙-凯南在《叙事性虚构作品》一书中提出故事从三个方面独立于话语:一是独立于作家的写作风格(如詹姆斯在晚期创作中大量使用从句的风格或福克纳模仿南方方言和节奏的风格——不同的风格可表达同样的故事);二是独立于作者采用的语言种类(英文、法文或希伯来文);三是独立于不同的媒介或符号系统(语言、电影影像或舞蹈动作)。[2] 不难看出,里蒙-凯南在此混淆了两个不同的范畴。她在第一点和第二点中仅考虑了语言这一媒介,但在第三点中讨论的却是语言与其他不同媒介的关系。既然考虑到了不同的媒介,第一点就应扩展为"独立于不同作家、舞台编导或电影摄制者的不同创作风格"。第二点也应扩展为"独立于表达故事所采用的语言种类(英文、法文),舞蹈种类(芭蕾舞、民间舞),电影种类(无声电影、有声电影——当然这不完全对应)"。

---

[1] Claude Bremond, "Le message narritif," *Communications* 4 (1964), p. 4.
[2] Rimmon-Kenan, *Narrative Ficiton*, p. 7.

我们现在不妨沿着两条不同线索来考察故事和话语是否总是可以区分。一条线索涉及现实主义、现代派、后现代派这些不同的文类;另一条线索则涉及热奈特区分的叙述话语的不同方面。

一、从现实主义小说到后现代派小说中的故事与话语之分

承认故事的独立性实际上也就承认了生活经验的首要性。无论话语层次怎么表达,读者总是依据生活经验来建构独立于话语的故事。《红楼梦》第六回里有这样一段话:

> 刚说到这里,只听二门上小厮们回说:"东府里的小大爷进来了。"凤姐忙止刘姥姥:"不必说了。"一面便问:"你蓉大爷在哪里呢?"

这段中的副词"一面"表示一个动作跟另一个动作同时进行。但生活经验告诉读者,凤姐不可能在对刘姥姥说话的同时问另外一个问题,因此读者在建构故事内容时不会将这两个动作视为"共时",而会将它们建构为一前一后的关系。在这一建构模式中起首要作用的就是生活经验。读者以生活经验为依据,仅将话语层次上的"共时"视为一种夸张形式或修辞手法(用以强调凤姐的敏捷及暗示她与贾蓉的暧昧关系)。

也许有人会认为在现实主义小说中,读者完全可以根据生活经验来建构独立于话语的故事。而实际上,即使在这一文类中,有时故事也不能完全独立于话语。让我们再看看钱锺书《围城》中的一段:

> [方鸿渐和鲍小姐]便找到一家门面还像样的西菜馆。谁知道从冷盘到咖啡,没有一样东西可口;上来的汤是凉的,冰淇淋倒是热的;鱼像海军陆战队,已登陆了好几天;肉像潜水艇士兵,会长时期伏在水里;除醋以外,面包、牛油、红酒无一不酸。

读者或许会依据生活经验推断出冰淇淋不可能是"热"的,这是话语上的夸张。但究竟是不够冰、不够凉还是温的却无从判断,或许它确实是热的?在此读者已无法根据生活经验来建构独立于话语的故事内容。同样,读者很可能会怀疑肉曾"长时期"泡在水里,但只能怀疑,无法确定。诚然,在传统现实主义小说中,读者一般能依据生活经验来建构故事,并较为确切地推断出作者在话语层次上进行了何种程度的夸张。但在有的情况下,比如《围城》的这一段中,我们却难以依据生活经验将话语形式与故事内容分离开来,这也许与钱锺书受现代派的影响不无关系。然而,即便在现代派小说中,"故事"与"话语"也并非总是难以区分。我们不妨看看下面这两个取自现代派小说的例子:

(1) 鲍勃·考利伸出他的爪子,紧紧抓住了黑色深沉的和弦。(詹姆斯·乔伊斯《尤利西斯》)

(2) 荒野拍打过库尔兹的脑袋,你们瞧,这脑袋就像个球——一个象牙球。荒野抚摸了他——看!他已经枯萎了。荒野曾捉住他,爱他,拥抱他,钻进他的血液,吞噬他的肌肤,并通过不可思议的入门仪式,用自己的灵魂锁住了他的灵魂。(康拉德《黑暗的心》)

例(1)描述的是鲍勃·考利弹奏钢琴时的情景。因为弹钢琴是读者较为熟悉的具体活动,因此在阅读时一般会依据生活经验推断出考利伸出的是手而不是爪子,他只可能弹奏键盘,不可能抓住和弦音,乐声也不可能带颜色。遇到这种句子,读者往往会进行双重解码:一是对句中体现的非同寻常的眼光的诠释,二是对事物"本来面貌"的推断。在例(1)中,这两者之间的界限仍比较清晰,因此,尽管该例取自《尤利西斯》这一典型的现代派小说,"故事"与"话语"的区分对它依然适用。与例(1)相对照,在例(2)中,读者很难依据生活经验建构出独立于话语的现实。康拉德在《黑暗的心》中,大规模采用了象征手法,荒野可以说是黑暗人性的象征,它积极作用于库尔兹,诱使他脱离文明的约束,返回到无道德制约的原始本能状态。在作品中,荒野持续不断地被赋予生命、能动性和征服力。在这一语境中,读者对于荒野的常识性认识(无生命的被动体)一般会处于某种"休眠"状态,取而代之的是作者描述出来的富有生命、施动于人的荒野形象。也就是说,"话语"在某种意义上创造了一种新的"现实",从而模糊了两者之间的界限。当然,跟卡夫卡的《变形记》那样的作品相比,《黑暗的心》在这方面走得不是太远。

在现代派小说中(后现代派小说更是如此),"故事"常常不同程度地失去了独立性,话语形式的重要性则得到增强。我们知道,不少现代派作家受象征美学影响很深,刻意利用语言的模糊性,广泛采用晦涩离奇的象征和比喻。有的现代派作家还蓄意打破语法常规、生造词语、歪曲拼写,这对于依据生活经验来建构故事内容造成了困难。其实,在一些实验性很强的作品中(如乔伊斯的《尤利西斯》《芬尼根守灵夜》),对语言的利用和革新已成为作品的首要成分。如果说在传统现实主义小说中,话语和故事只是偶有重合,那么在现代派小说中,话语与故事的重合则屡见不鲜。读者常常感到不能依据生活经验来建构独立于话语的故事,有些段落甚至是无故事内容可言的纯文字"游戏"。此外,有的现代派小说完全打破了客观现实与主观感受之间的界限,卡夫卡的《变形记》就是一个典型的例子。这一短篇小说描写的是一位推销员丧失人形,变成一只大甲虫的悲剧。尽管读者可根据生活经验推断出人不可能变为甲虫,这只是话语层面上的变形、夸张和象征,实际上在作品中我们根本无法建构一个独立于话语、符合现实的故事。我们必须承认《变形记》中的故事就是一位推销员丧失人形变成一只大甲虫的悲剧。像《变形记》这样的现代派小说已构建了一种新的艺术上的"现实"。在传统现实主义小说中仅仅被视为话语层次上的主观夸张和变形的成分(与阅读神话和民间故事不同,在阅读小说时,读者一般依据生活经验来建构故事),在这样的现代派小说中也许只能视为故事的内容,也就是说话语和故事在这一方面已经不可区分。

在晚期现代和后现代小说中有时会出现"消解叙述"(denarration)。所谓"消解叙述"就是先报道一些信息,然后又对之加以否定。美国叙事学家理查森曾专门发文探讨这一问题[①],认为消解叙述在有的作品中颠覆了故事与话语的区分。他举了塞缪尔·贝克特的《莫洛伊》为例。在这一作品中,叙述者先说自己坐在岩石上,看到人物甲和人物丙慢慢朝对方走去。他很肯定这发生在农村,那条路旁边"没有围篱和沟渠","母牛在广阔的田野里吃草"。但后来他却说:"或许我将不同的场合混到一起了,还有不同的时间……或许人物甲是某一天在某一个地方,而人物丙是在另一个场合,那块岩石和我本人则是在又一个场合。至于母牛、天空、海洋、山脉等

---

① Brian Richardson, "Denarration in Fiction: Erasing the Story in Beckett and Others," *Narrative* 9 (2001), pp.168—175.

其他因素,也是如此。"理查森对此评论道:

> 因果和时间关系变得含糊不清;只剩下那些因素自身。它们相互之间缺乏关联,看上去,能够以任何方式形成别的组合。当然,当因果和时间关系这么轻而易举地否定之后,那些因素本身的事实性也就大受影响。可以肯定那确实是一头母牛,而不是一只羊,一只鸟,或是一个男孩吗?……①

虽然从表面上看,我们已难以区分叙述话语与故事事实,但实际上这一区分依然在发挥关键作用。正是由于这一区分,理查森才会发问:"可以肯定那确实是一头母牛,而不是一只羊,一只鸟,或是一个男孩吗?"也就是说,读者相信在极不稳定的叙述后面,依然存在稳定的故事事实。如果说这里的"消解叙述"仅囿于局部的话,有的地方的消解叙述涉及的范围则更广,比如,叙述者说:"当我说'我曾说'等等时,我的意思是我模模糊糊地知道事情是这样,但并不清楚究竟是怎么回事。"理查森断言,这样的消解叙述在整部作品中颠覆了故事与话语的区分,"因为到头来,我们只能肯定叙述者告诉我们的与'真正发生了的事相去甚远'"②。其实,这样的宏观消解叙述依然没有颠覆故事与话语之分,因为正是由于这一区分,我们才会区别"真正发生了的事"(故事)与"叙述者告诉我们的"(话语)。消解叙述究竟是否影响故事与话语之分取决于在作者和叙述者之间是否有距离。如果存在距离,读者就会相信存在为作者所知的稳定的故事事实,只是因为叙述者自己前后矛盾,才给建构事实带来了困难。这种情况往往不会影响读者对"真正发生了什么"的追问——无论答案多么难以寻觅。但倘若作者创造作品(或作品的某些部分)只是为了玩一种由消解叙述构成的叙述游戏,那么在作者和叙述者之间就不会有距离。而既然作品仅仅构成作者的叙述游戏或者文字游戏,模仿性也就不复存在,读者也不会再追问"真正发生了什么?",故事与话语之分自然也就不再相关。

---

① Richardson, "Denarration in Fiction," pp. 168—169.
② Ibid., p. 170.

二、不同范畴所涉及的故事与话语之分

热奈特在《叙述话语》这一经典名篇中,探讨了话语的五个方面:(1)顺序(是否打破自然时序),(2)时距(用多少文本篇幅来描述在某一时间段中发生的事),(3)频率(叙述的次数与事件发生的次数之间的关系),(4)语式(通过控制距离或选择视角等来调节叙事信息),(5)语态(叙述层次和叙述类型等)。前三个方面均属于时间或"时态"这一范畴,与"语式"和"语态"共同构成"话语"的三大范畴。可以说,故事与话语之分在时间范畴是较为清晰的。

诚然,在现代派和后现代派小说中,时序的颠倒错乱是惯有现象,但除了格特鲁德·斯坦因这样"将时钟捣碎并将它的碎片像撒太阳神的肢体一样撒向了世界"[①]的极端例子,现代派和后现代派作品中的时序一般是可以辨认的。我们可以区分:(1)故事事件向前发展的自然时序;(2)叙述者在话语层次上做的重新安排(如倒叙、预叙或从中间开始叙述等——详见第五章)。无论叙述时序如何错乱复杂,读者一般能重新建构出事件原来的时序。也就是说"话语"与"故事"在这方面一般不会重合。就时距和频率而言也是如此。

我们知道,虚构世界中的故事顺序、时距、频率不仅与作者和读者的生活经验相关,而且与文学规约不无关联。正如在卡夫卡的作品中人可变为大甲虫一样,虚构故事中的时间可以偏离现实中的时间。在《时间的杂乱无章:叙事模式与戏剧时间》一文中,理查森说:"结构主义模式的前提是故事事件的顺序与文本表达顺序之间的区分……然而,我所探讨的好几部戏剧却抵制甚至排除了这一理论区分。在《仲夏夜之梦》里,出现了一个极为大胆的对故事时间的偏离。在该剧中,莎士比亚创造了两个自身连贯但互为冲突的时间结构。"[②]在那部剧中,城市里的女王和公爵等人过了四天;与此同时,在离城几英里远的一个树林里,情侣们和众仙子等则只过了一

---

① E. M. Forster, *Aspects of the Novel* (Harmondsworth: Penguin, reprinted 1966), p. 48.

② Brian Richardson, "'Time Is out of Joint': Narrative Models and the Temporality of the Drama," *Poetics Today* 8 (1987), p. 299.

第一章　故事与话语

个晚上。然而,这并没有真正对故事与话语之分造成威胁,因为我们可以将这两种时间结构的冲突视为莎士比亚创造的虚构世界里面的故事"事实"。这是一个具有魔法的世界,是一个人类和神仙共存的世界。在认识到这种奇怪的时间结构是文中的"事实"之后,我们就可以接下去探讨叙述话语是如何表达这种时间结构的了。① 在同一篇论文中,理查森还发表了这样的评论:"最后,我们想知道结构主义者究竟会如何看待取自尤内斯库《秃头歌女》的下面这段舞台指示:'钟敲了七下。寂静。钟敲了三下。寂静。钟没有敲。'叙事诗学应该探讨和解释这样的文学时间因素,而不应该回避不谈。"② 若要解释这样的文学现象,我们首先需要看清小说和戏剧的本质差别。在戏剧舞台上,"钟敲了七下。寂静。钟敲了三下。寂静。"会被表演出来③,亲耳听到表演的观众会将之视为虚构事实,视为那一荒诞世界中的"真实存在"。在剧院里直接观看表演的观众不难判断"究竟发生了什么"。④ 无论舞台上发生的事如何偏离现实生活,只要是观众亲眼所见或亲耳所闻,那就必定会成为"真正发生的事"。与此相对照,在小说中,读到"钟敲了七下。寂静。钟敲了三下。寂静。钟没有敲。"这样的文字时,读者则很可能会将之视为理查森所界定的"消解叙述"。正如前面所提到的,"消解叙述"究竟是否会模糊故事与话语之间的界限,取决于作品究竟是否依然具有隐而不见的模仿性。

当作品具有模仿性时,我们一般可以区分故事的顺序/时距/频率和话

---

① See Dan Shen, "What Do Temporal Antinomies Do to the Story-Discourse Distinction?: A Reply to Brian Richardson's Response," *Narrative* 11 (2003), pp. 237–241.

② Richardson, "'Time Is out of Joint'," p. 306.

③ 就剧院里的观众而言,"钟没有敲"这一句与前面那句"寂静"是无法区分的。这句话似乎是特意为剧本的读者写的(see Zongxin Feng [封宗信] and Dan Shen, "The Play off the Stage: The Writer-Reader Relationship in Drama," *Language and Literature* 10 [2001], pp. 79–93)。

④ 戏剧有其自身独特的规约。在《仲夏夜之梦》里,有一个场景是由持续进行的对话组成的,台上的对话只进行了 20 分钟,但演员却说已过了三个小时。理查森认为这种实际对话时间和演员所说的对话时间之间的"戏剧冲突"是对故事和话语之分的挑战。("Time," pp. 299–300)然而,这里的故事时间(三个小时)和话语[表演]时间(20 分钟)之间确实有清晰的界限。然而,这样的戏剧场景确实挑战了热奈特对于"场景"的界定:表达时间=故事时间(*Narrative Discourse* p. 95)。哪怕根据古典戏剧的"三一律",大约两个小时的演出时间(表达时间)也可以与 24 小时的行动时间(故事时间)相对应。

语的顺序/时距/频率(详见第五章)。诚然,两者之间可互为对照,产生多种冲突,但话语时间一般不会改变故事时间,因此两者之间的界限通常是清晰可辨的。我们知道,话语层的选择不同于故事层的选择。对"约翰帮助了玛丽"和"约翰阻碍了玛丽"的选择是对故事事实的选择,而对"约翰帮助了玛丽"和"玛丽得到了约翰的帮助"的选择则是对话语表达的选择,后一种选择未改变所叙述的事件。倘若话语层次上的选择导致了故事事实的改变,或一个因素同时既属于故事层又属于话语层,那么故事与话语之间的界限就会变得模糊不清。这样的情形倾向于在"语式"和"语态"这两个范畴出现,尤其是以下三种情况:当人物话语被加以叙述化时;当人物感知被用作叙述视角时;第一人称叙述中的叙述者功能与人物功能相重合时。

1. 人物话语的叙述化

首先,我们简要探讨一下人物话语的叙述化这一问题。与故事时间的表达相对照,人物话语的表达涉及两个声音和两个主体(人物的和叙述者的),同时也涉及两个具有不同"发话者—受话者"之关系的交流语境(人物—人物、叙述者—受述者①)。叙述者可以用直接引语来转述人物的原话,也可以用自己的话来概述人物的言辞,从而将人物话语叙述化。请比较以下两例:

(1) "There are some happy creeturs," Mrs Gamp observed, "as time runs back'ds with, and you are one, Mrs Mould..."("有那么些幸运的人儿",甘朴太太说,"连时光都跟着他们往回溜,您就是这么个人,莫尔德太太……"——引自狄更斯的《马丁·朱述尔维特》)。

(2) Mrs Gamp complimented Mrs Mould on her youthful appearance.(甘朴太太恭维了莫尔德太太年轻的外貌)。

第二句来自诺曼·佩奇的著作,他将狄更斯的直接引语转换成了"被遮覆的引语"②,即热奈特所说的"叙述化的人物话语"(narratized or

---

① 关于"受述者"(narratee)这一概念,详见第四章。
② Norman Page, *Speech in the English Novel*, 2nd edn. (London: Macmillan, 1988 [1973]), p.35.

第一章　故事与话语

narrated speech)。① 值得注意的是,这一转换使叙述者不觉之中确认了"莫尔德太太年轻的外貌",因为这是出现在叙述层的表达。这种情况在自由间接引语,甚至间接引语(甘朴太太说……)中都不会发生,但倘若叙述者选择了"叙述化的人物话语"这样概述性的表达方式,人物的话语或想法就会被叙述者的言词所覆盖,就很可能会发生对人物看法的各种歪曲。倘若莫尔德太太看上去不再年轻,此处的叙述化就会歪曲事实,因为叙述者将"莫尔德太太年轻的外貌"作为事实加以了叙述。而只要叙述者是可靠的,读者就会相信这一并不存在的"事实"。如果表达形式的改变本身导致了虚构现实的变化,那么故事与话语之间的界限自然会变得模糊不清。

2. 人物视角

接下来,让我们把注意力转向"人物视角"。"人物视角"指的是叙述者采用人物的感知来观察过滤故事事件。为了看清这一问题,让我们先考察一下热奈特对于视角的两种不同界定:

(1) 是哪位人物的视点决定了叙述视角?②

(2) 在我看来,不存在聚焦或被聚焦的人物:被聚焦的只能是故事本身;如果有聚焦者,那也只能是对故事聚焦的人,即叙述者。③

表面上看,这两种定义互为矛盾,第一种认为视角取决于故事中的人物,第二种则认为只有叙述者才能对故事聚焦。然而,若透过现象看本质,就能发现逻辑上的一致性:叙述者(作为作者之代理)是叙述视角的操控者,他/她既可以自己对故事聚焦,也可以借用人物的感知来聚焦。我们在采用"人物视角"这一术语时,可将之理解为"叙述者在叙述层面用于展示故事世界的人物感知"。人物视角可以在叙事作品中短暂出现,在传统的全知叙述中尤为如此。请看哈代的《德伯家的苔丝》第五章中的一段:

苔丝仍然站在那里犹豫不决,宛如准备跳入水中的游泳者,不知是该退却还是该坚持完成使命。这时,有个人影从帐篷黑黑的三角形

---

① Genette, *Narrative Discourse*, p. 171.
② Ibid., p. 186.
③ Gerard Genette, *Narrative Discourse Revisited*, trans. Jane E. Lewin (Ithaca: Cornell UP, 1988), p. 73.

门洞里走了出来。这是位高个子的年轻人,正抽着烟……看到她满脸困惑地站着不动,他说:"别担心。我是德伯维尔先生。你是来找我还是找我母亲的?"

请比较:

> ……苔丝看到德伯维尔先生从帐篷黑黑的三角形门洞里走了出来,但她不知道他是谁……

在原文中,我们之所以开始时不知道走出来的是谁("一个人影""高个子的年轻人"),是因为全知视角临时换成了苔丝这一人物的视角。全知叙述者让读者直接通过苔丝的眼睛来观察德伯维尔夫人的儿子:"这时,有个人影从帐篷黑黑的三角形门洞中走了出来。这是位高个子的年轻人……"这种向人物有限视角的转换可以产生短暂的悬念,读者只能跟苔丝一起去发现走出来的究竟是谁,从而增强了作品的戏剧性。虽然苔丝的感知与其言行一样,都属于故事这一层次,但在这一时刻,苔丝的感知却替代叙述者的感知,成为观察故事的叙述工具和技巧,因此又属于话语这一层次。由于"人物视角"同时属于故事层和话语层,故事与话语在这里自然也就难以区分。在意识流小说中,作品往往自始至终都采用人物视角。也就是说,人物的感知很可能一直都既属于故事层(如同人物的言行),又属于话语层(如同其他叙述技巧),从而导致故事与话语持续地难以区分。

3. 第一人称叙述中"我"的叙述者功能与人物功能的重合

在第一人称叙述中,"我"往往既是叙述者,又是故事中的人物(当然,有时"我"仅仅作为旁观者来观察他人的故事)。倘若一位70岁的老人叙述自己20岁时发生的事,年老的"我"作为叙述者在话语层运作,年轻的"我"则作为人物在故事层运作。但在有的情况下,"我"的叙述者功能和人物功能可能会发生重合,从而导致"故事"与"话语"难以区分。比如,由于叙述者在表达自己的故事,因此有时难以区分作为叙述者的"我"之眼光(话语层)和作为人物的"我"之眼光(故事层)。此外,由于叙述者在讲自己的故事,其眼光可能会直接作用于故事,有意或无意地对故事进行变形和扭曲。在有的作品中,叙述开始时故事并没有结束,故事和话语就会更加难以区分。在海明威的《我的老爸》这篇由乔(Joe)叙述的作品中,作为叙

第一章　故事与话语

述者的乔与作为人物的乔几乎同样天真。如题目所示,乔叙述的是当骑师的父亲,但父子之间的关系一直是叙事兴趣的焦点。作为叙述者的乔如何看待父亲显然会直接作用于父子之间的关系。① 在故事的结尾处,乔的父亲在一次赛马事故中丧生,这时乔听到了两位赛马赌徒对父亲充满怨恨的评价,这番评价打碎了父亲在乔心中的高大形象。有人试图安慰乔,说他的父亲"是个大好人"。叙述至此,文中突然出现了两个采用现在时的句子:"可我说不上来。好像他们一开始,就让人一无所有"(But I don't know. Seems like when they get started they don't leave a guy nothing.)。这两个采用现在时的句子似乎同时表达了作为人物的乔当时对其他人物话语的反应(自由直接引语)和作为叙述者的乔现在对这一往事的看法(叙述评论),前者属于故事层,后者则属于话语层。两种阐释的模棱两可无疑模糊了故事与话语之分。

在"自我叙述"(autodiegetic narration,即"我"为故事主人公的叙述)中,如果叙述开始时,故事尚未完全结束,"我"依然作为主人公在故事中起作用,那么目前的"我"就会同时充当(属于话语层的)叙述者角色和(属于故事层的)人物角色。纳博科夫的《洛莉塔》就是一个很好的实例。亨伯特开始叙述时,他是被囚于狱中的犯人,对将要到来的审讯作出各种反应,这些都是整个故事的一部分。目前的亨伯特只不过是更年长的主人公,他不得不对自己过去的行为负责,但与此同时,他又是讲述自己故事的叙述者。

然而,这两个角色——叙述者和主人公——并非总是保持平衡。亨伯特的叙述对象可分为三类:(1)过去他跟洛莉塔和其他人物在一起时所发生的事;(2)他目前的情形,包括他的狱中生活和对于审讯的各种想法;(3)他叙述故事的方式,包括叙述时的文字游戏、自我辩护或自我质疑等。就第一类而言,如果亨伯特在叙述时未插入自己目前的想法和情感,我们就会集中关注如何从亨伯特不可靠的叙述中重新建构出以往的故事事实。这样一来,目前的亨伯特作为人物的角色就会退居二线或隐而不见,而他作为叙述者的角色就会占据前台。在这种情况下,故事与

---

① See James Phelan, *Narrative as Rhetoric* (Columbus: Ohio State UP, 1996), pp. 92—104.

话语之间的界限就会比较清晰。就第二类而言,亨伯特目前的人物角色则会显得比较突出。但狱中的亨伯特不仅是主人公,而且也是叙述者,因此故事与话语之间的界限有时较难分辨,尤其是当这一类与第一类或第三类共同出现在同一片段中时。请看《洛丽塔》第一部分第十章中的一段:

> [1]在这两个事件之间,只是一连串的探索和犯错误,没有真正的欢乐。这两个事件的共同特点使它们合为一体。[2]然而,我并不抱幻想,我的法官会将我的话都看成一个有恋女童癖的疯男人虚假做作的表演。其实,这个我一点也不在乎。[1]我知道的只是当黑兹家的女人和我下了台阶进入令人屏息神往的花园之后,我的双膝犹如在微波中蹚水,我的双唇也犹如细沙,而且——"那是我的洛[丽]塔,"她说,"这些是我的百合花。""是的,是的,"我说,"她们很美,很美,很美。"

在上面这段中,看到用[1]标示的属于第一类的文字时,我们会集中关注过去发生了什么。文中有时会出现大段的对往事的追忆,眼前的亨伯特在这些追忆中,主要是以叙述者的身份出现,读者聚焦于他讲述的往事和他对往事的评价。与此相对照,在读到用[2]标示的属于第二类的文字时,读者关注的是亨伯特面对将要来临的审讯之所思所为,因此眼前的亨伯特的人物角色就会突显出来。然而,第二类文字也是由眼前的亨伯特叙述出来的,加之前后都是凸显亨伯特叙述者角色的第一类文字,读者也同样会关注眼前的亨伯特之叙述者角色。这是作为"主人公——叙述者"的亨伯特在思考将要来临的审讯。这两种角色的共同作用难免导致故事与话语的无法区分。

至于第三类文字,即亨伯特叙述时的文字游戏、自我辩护、自我忏悔、自我谴责、自我审视,如此等等,都往往具有既属于话语层又属于故事层的双重性质。我们不妨看看小说第一部分第四章中的一小段:

> 我一遍又一遍地回忆着这些令人心碎的往事,反复问自己,我的生活是在那个闪闪发光的遥远的夏季开始破裂的吗?或者说,我对那个女孩过度的欲望只不过是我固有的奇怪癖好的第一个证据呢?……

这些思维活动发生在亨伯特的叙述过程之中,因此属于话语这一层次。但与此同时,这些思维活动又是作为主人公的亨伯特之心理活动的一部分,因此也属于故事这一层次。在《洛丽塔》这部小说中,对往事的叙述构成了文本的主体,因此,故事与话语之间的界限总的来说较为清晰。然而,小说中也不时出现一些片段,其中同样的文字既跟作为叙述者的亨伯特相关,又跟作为人物的亨伯特相关。也就是说,这些文字在局部消解了故事与话语之分。

※　　※　　※　　※

故事与话语的区分是以二元论为基础的。西方批评界历来有一元论与二元论之争。持一元论的批评家认为不同的形式必然会产生不同的内容,形式与内容不可区分。持二元论的批评家则认为不同的形式可表达出大致相同的内容,形式与内容可以区分。一元论在诗歌批评中较为盛行;二元论则在小说批评中较有市场。而率先提出故事与话语之区分的托多罗夫却不止一次地陈述了一元论的观点。他在《文学作品分析》一文中写道:"在文学中,我们从来不曾和原始的未经处理的事件或事实打交道,我们所接触的总是通过某种方式介绍的事件。对同一事件的两种不同的视角便产生两个不同的事实。事物的各个方面都由使之呈现于我们面前的视角所决定。"[①]托多罗夫的一元论观点与他提出的故事与话语的区分相矛盾。倘若不同的话语形式"总是"能产生不同的事实,话语与故事自然无法区分。可以说,托多罗夫的一元论观点有走极端之嫌。在上面引述的《继承人》的那段文字中,原始人洛克将"一个男人举起了弓和箭"这件事看成是"一根棍子竖了起来,棍子中间有块骨头"。按照托多罗夫的观点,我们只能将洛克离奇的视角当作事实本身。而倘若我们将"一根棍子竖了起来,棍子中间有块骨头"视为事实本身,洛克的视角也就不复存在了。值得注意的是,在《继承人》中,叙述者并未告诉读者洛克看到的实际上是"一个男人举起了弓和箭"这件事;这是读者依据生活经验和上下文,透过洛克的

---

① 收入王泰来等编译:《叙事美学》,重庆:重庆出版社,1987年,第27页。

无知视角建构出来的,①批评界对这一事实没有争议。实际上人物的视角只有在与这一事实相左时才有可能显现出来。倘若在视角与事实之间画等号,事实自然会取代视角,视角也就消失了。人物视角可反映出人物的思维方式、心情和价值观等,但往往不会改变所视事物,产生新的事实(总体叙述模式的变化则是另一回事——见本书第五章第四节)。同样,无论叙述者如何打乱时序,话语上的时序一般不会产生新的"事实上"的时序。不同的语言种类、不同的文体风格、不同的表达方式等一般都不会产生不同的事实或事件。尽管托多罗夫在理论上自相矛盾,他在分析实践中表现出来的基本上仍为二元论的立场。其他西方叙事学家一般均持较为强硬的二元论立场,强调故事是独立于话语的结构。我们赞同叙事作品分析中的二元论,但认为不应一味强调故事与话语可以区分。正如前面所分析的,故事与话语有时会发生重合,这不仅在现代派和后现代派小说中较为频繁,而且在现实主义小说中也有可能发生。当故事与话语相重合时,故事与话语的区分也就失去了意义。

思考题和练习

1. 与传统的两分法相比,故事与话语这一两分法有何优越性?
2. 热奈特的三分法为何在书面叙事中往往难以应用?
3. 里蒙-凯南和巴尔分别提出的两种三分法为何会互相矛盾?
4. 就叙事层次的划分来说,口头叙事与笔头叙事有何不同?
5. 为什么叙述行为在口头叙事中清晰可见,但在笔头叙事中却难以看到?
6. 叙述行为在口头叙事中有何重要性?请举例说明。
7. 举例说明是否可用不同的叙述方式表达出同样的故事。
8. 叙述话语和所述故事为何并非总是可以区分?
9. 举例说明故事与话语难以区分的一些情况。这些情况是否与不同文类的性质相关?在什么文类中故事与话语更难区分?为何原因?

---

① 有时叙述者会采用两种以上的视角来叙述同一事件。在这种情况下,读者需要根据生活经验,透过这些不同的视角,建构出最合乎情理的"事实"。

10. 在一部作品的哪些方面,故事与话语更难区分?为何原因?请举例说明。
11. 为何人物话语的叙述化容易造成故事与话语难以区分?
12. 为何人物视角会同时属于故事层和话语层?
13. 在第一人称回顾性叙述中,一般有两个不同的"我",这两个"我"在什么层次上运作,起什么作用?在什么情况下这两个"我"的功能会发生重合,从而导致故事与话语难以区分?
14. 分析一个短篇小说中故事与话语的交互作用,考察这种交互作用如何表达作品的主题意义。

第二章　情节结构

第一章评介了叙事学的一个基本区分:"故事"和"话语",前者指按照实际时间和因果关系排列的事件,后者指对素材进行的艺术加工。通常的看法是,情节结构构成"故事"的骨架。亚里士多德在《诗学》中对情节进行了较为详细的探讨,这一探讨构成叙事情节研究的开山鼻祖。传统小说家也对情节进行了较多探讨,尽管各有不同侧重点,但传统情节观在整体上与叙事学的情节观形成了鲜明对照。这一章将首先介绍亚里士多德的情节观,接着介绍传统情节观。以此为铺垫,本章将阐述叙事学家对情节的表层结构和深层结构的研究。

第一节　亚里士多德的情节观

小说情节探讨的理论渊源可追溯到亚里士多德的美学著作《诗学》。《诗学》虽然以悲剧和史诗作为分析对象,但是,其中涉及悲剧情节的论述为现代小说叙事理论的情节观奠定了重要的认识基础。

关于情节,亚里士多德这样说:

> 悲剧是行动的模仿,而行动是由某些人物来表达的,这些人物必然在"性格"和"思想"两方面都具有某些特点(这决定他们的行动的性质["性格"和"思想"是行动的造因],所有的人物的成败取决于他们的行动);情节是行动的模仿(所谓"情节",指事件的安排),性格是人物的品质的决定因素,"思想"指证明论点或讲述真理的话,因此整个悲剧艺术的成分必然是六个——因为悲剧艺术是一种特别艺术——(即

情节、"性格",言词、"思想"、形象与歌曲)。①

在这段阐述中,亚里士多德把情节看作悲剧艺术中最为重要的成分,把情节界定为对"事件的安排"。值得注意的是,这种安排是对故事结构本身的建构,而不是在话语层次上对故事事件的重新安排。那么,亚里士多德为何把情节界定为"对事件的安排"?他认为应该如何安排情节?为何情节被赋予首要位置?

情节是对事件的安排,这一定义包含了"人物"与"行动"两方面意思。首先,事件主要指人物行动,悲剧中若"没有行动,则不成为悲剧";但同时,"行动是由某些人物来表达的"。② 此外,"所有人物的成败取决于他们的行动"。所以说,"情节是行动的模仿","悲剧所模仿的不是人,而是人的行动、生活、幸福"。③ 这些论述表明了亚里士多德在对待人物与行动关系上的一个辩证认识:人物是行动的发出者,但是,人物不是为了表现"性格"而行动,而是在行动的时候附带表现"性格"。换言之,真正决定人物性格的是行动,而行动才是戏剧模仿的对象。据此,亚里士多德明确指出,"悲剧是行动的模仿,主要是为了模仿行动,才去模仿行动中的人。"④亚里士多德提出,立足于人物"行动",我们可以把"行动"看作分别代表"好人"和"坏人""品格"(性格)的两类作品:悲剧和喜剧。需要指出,亚里士多德这里提到的"坏人"不是指道德意义上的评判,而是指那些使观众觉得滑稽可笑的喜剧人物。用亚里士多德的话来描述,"坏"不是指一切恶而言,而是指丑而言,是滑稽效果。滑稽的人和事代表某种错误或丑陋,不至于引起痛苦或伤害。与喜剧不同,悲剧展现"比较严肃的人模仿高尚的行动",其目的在于"引起怜悯与恐惧来使这种情感得到陶冶"。⑤ 从这些论述中我们看到,亚里士多德的情节观强调"行动",但同样关注人物,并且从观众审美的角度强调对事件进行安排。

情节是"对事件的安排",这一命题还包含了另外一层意思,它与亚里

---

① 亚里士多德:《诗学》,罗念生译,北京:人民人学出版社,2000年,第20页。
②③ 同上书,第21页。
④ 同上书,第23页。
⑤ 同上书,第12页。

士多德的模仿论有关。不同于柏拉图的唯心主义观点,亚里士多德肯定现实世界的真实存在,并且认为模仿现实世界的文艺作品也是真实的,这一立场充分肯定了文艺作品的本体意义。同时,他指出,"诗人的职责不在于描述已发生的事,而在于描述可能发生的事"①。这些观点表明,亚里士多德的模仿不是对现实生活的机械复制或镜像式反映,而是再现与创造。我们知道,现实生活中的各种事件都发生在"实际时间"中,但这并不意味着事件之间在逻辑、因果关系方面存在必然的有序结构。很多时候,实际时间恰恰表明了事件之间的无序与混乱。因此,亚里士多德将情节界定为"对事件的安排",这一观点强调了诗人对事件及其关系进行的重新理解与展示,并且将它视为悲剧艺术的第一重要成分。在他看来,诗人对事件进行安排不仅创造了艺术,而且揭示了某些普遍的规律:"写诗这种活动比写历史更富于哲学意味……因为诗所描述的事带有普遍性,历史则叙述个别的事。所谓'有普遍性的事',指某一种人,按照可然律或必然律,会说的话,会行的事。"②因此,诗的创作者实际上是"情节的创作者"③。

那么,应该怎样安排事件、组织情节?亚里士多德认为,有机完整性原则是第一要义:

> 按照我们的定义,悲剧是一个完整而具有一定长度的行动的模仿(一件事物可能完整而缺乏长度)。所谓"完整",指事之有头,有身,有尾。所谓"头",指事之不必然上承他事,但自然引起他事发生者;所谓"尾",恰与此相反,指事情之按照必然律或常规自然的上承某事者,但无他事继其后;所谓"身",指事之承前启后者。所以结构完美的布局不能随便起讫,而必须遵照此处所说的方式。④

亚里士多德在这段论述中用生物学概念"头""身""尾"强调了情节结构必须完整,强调了所有事件序列在起因、发展和结局过程中必须有因果关系和有机联系。在他看来,这种完整性源于故事内部各事件之间的有机

---

① 《诗学》,第28页。
② 同上书,第29页。
③ 同上书,第30页。
④ 同上书,第25页。

结合,"任何一部分一经挪动或删削,就会使整体松动脱节。要是某一部分可有可无,并不引起显著的差异,那就不是整体中的有机部分。"① 这些论述都是以生物学范畴的"有机体"作为类比,反复阐述,其目的在于说明情节的内在联系以及整体性对于悲剧美学结构的重要性,以及对于揭示悲剧人物性格的审美意义。他指出,"悲剧艺术的目的在于组织情节(亦即布局)","由悲剧引起我们的怜悯与恐惧之情,通过诗人的模仿而产生的,那么,显然应通过情节来产生这种效果"。② 不难看出,亚里士多德将情节内在的完整性视为悲剧艺术的形式规律,由此反复论述有机结构对审美效果的重要作用。除了这些基本原则,亚里士多德还从技术层面阐述了应该如何安排事件、组织情节。他认为,不应该将发生在同一个人身上的所有事件都作为叙述对象,因为有些行动可能无法构成一个完整的事件。以《奥德赛》为例子。作者并没有把俄底修斯的所有经历都写进去,而是"围绕着一个像我们所说的这种有整一性的行动"来叙述俄底修斯的英雄事迹,③ 使得那些"足以引起恐惧与怜悯之情的事件"成为情节内容。④ 此外,他还从大小比例的角度阐述情节安排的合理布局:

> 一个美的事物——一个活东西或一个由某些部分组成之物——不但它的各部分应有一定的安排,而且它的体积也应有一定的大小;因为美要倚靠体积与安排,一个非常小的活东西不能美,因为我们的观察处于不可感知时间内,以致模糊不清;一个非常大的活东西,例如一个一千里长的活东西,也不能美,因为不能一览而尽,看不出它的整一性;因此,情节也须有长度(以易于记忆者为限),正如身体,亦即活东西,须有长度(易于观察者为限)一样。⑤

亚里士多德依然使用生物学概念"活体"论述情节各部分之间的有机结构。需要注意的是,这里的大小比例不仅是指彼此间的相对关系,同时

---

① 《诗学》,第28页。
② 同上书,第21、43页。
③ 同上书,第28页。
④ 同上书,第37页。
⑤ 同上书,第25—26页。

也是指从审美主体角度可以感知的整体性。这就必然涉及情节与主人公之间的关系。亚里士多德指出:"有人以为只要主人公是一个,情节就有整一性,其实不然;因为有许多事件——数不清的事件发生在一个人身上,其中一些是不能并成一桩事件的;同样,一个人有许多行动,这些行动是不能并成一个行动的。"①他指出,诗人应该依照"整一性的行动"原则来安排悲剧情节,如《奥德赛》将俄底修斯回家这一行动作为情节发展的主线。为了进一步说明这种整一性原则,亚里士多德以主人公命运题材为例,详细阐述了这类悲剧故事在情节结构方面的基本要领:第一,避免安排好人由顺境转入逆境的情节,因为这只能使人感到厌倦;第二,避免安排坏人由逆境转入顺境的情节,因为这种做法无法打动人们的仁慈之心,也不能引起怜悯或恐惧之情;第三,避免描写恶人由顺境转入逆境,因为这种安排虽然可能引发恻隐之心,但不能引起怜悯或恐惧之情。显然,亚里士多德认为,整一性原则不仅有利于建构具有完整结构的情节,同时也有助于引发观众的怜悯与同情,实现悲剧艺术的审美效果。② 除了完整性,亚里士多德对于一些引起情节突转的事件予以了肯定。他指出:"悲剧所以能够使人惊心动魄,主要靠'突转'(reversal)与'发现'(recognition),此二者是"情节成分。"③这一观点的意义在于强调事件序列与审美效果之间的密切关系。他以亲属间仇杀故事为典型题材作了说明。第一种方式是安排人物在知道对方身份的情况下实施行动,如美狄亚在得知丈夫伊阿宋另娶妻室后愤而杀死两个儿子;第二种方式是人物在施行可怕的杀人行为时并不知道对方与自己存在血缘关系,如俄狄浦斯在弑父前并不知道对方是自己的生父;第三种是施行者虽然在不明对方身份的情形下预谋一件不可挽回的计划,但因及时"发现"真相而中止计划。例如,在《克瑞斯丰忒斯》中,墨洛珀企图杀死她的儿子,但因突然"发现"对方是自己儿子而终止计划。在这三种方式中,亚里士多德认为最后一种"突转"为最佳选择。至于选择什么样的事件作为情节"突转",亚里士多德认为这并非完全取决于技术层面的处

---

① 《诗学》,第27页。
② 同上书,第38页。
③ 同上书,第22页。

理,有时候源于巧合,①比如说,人物对某个事实的"知道"或"不知道"在很大程度上决定了情节是否会发生"突转"。

综上所述,亚里士多德的情节观提倡诗人以悲剧审美效果为目的对素材进行安排,强调情节结构在布局上的完整性,同时将诗人对素材进行加工的艺术水平看作能否实现悲剧审美效果的关键问题。亚里士多德的情节观为后来各种情节探讨包括叙事学的情节研究作了重要铺垫。

第二节 传统情节观

以上我们阐述了亚里斯多的情节观。在这一节的讨论中,我们将关注亚里士多德以后、经典结构主义叙事理论之前的情节观。在这段时间中,关于小说情节结构的讨论往往显现出这样两个特点:第一,将"情节"视为"故事"的一部分;第二,强调"情节"结构的完整性。这两种观点主要体现在小说家关于小说艺术的经验式漫谈中:

> 良好的情节——是故事最重要的部分……小说家应该以幽默和情感展现日常生活景象。为了使得景象受人关注,小说中应该充满真实的人物……我以为,情节就是表现这种图景的载体。②

这是英国小说家特罗洛普就情节重要性发表的议论。特罗洛普虽然没有给情节下一个定义,但他从情节角度强调人物的重要性,把情节看作"故事最重要的部分"。这种观点在很大程度上代表了传统小说家把情节看作故事内容的倾向。例如,小说家兼评论家康普顿-伯尼指出:"假如我们把情节从小说中抽出,那么,小说中所剩的一切就会显得松散而缺乏联系……情节犹如一个人的骨架,不如脸部表情或符号那样有趣,但它支撑着整个人的结构。"③与特罗洛普不同,伯尼通过一个生动的类比强调了情

---

① 《诗学》,第 46—47 页。
② Anthony Trollope, *An Autobiography*, *Novelists on the Novel*, ed. Miriam Allott (London: Routledge & Kegan Paul, 1959), p.247.
③ Ivy Compton-Burnett, "A Conversation Between I. Compton-Burnett and M. Jourdain," *Novelists on the Novel*, ed. Miriam Allott (London: Routledge & Kegan Paul, 1959), p.249.

节对于小说整体的结构功能,而不仅仅是作为"故事"内容的"情节"。小说评论家罗伯特·斯格尔斯和他的兄弟凯洛格指出,即便在传统小说评论中,我们也能看到,"故事"(story)、"情节"(plot)和"行动"(action)分别指代不同的对象。在他们看来,一个基本的立场是将"故事"看作包括人物和行动在内的所述内容;"情节"指行动,"几乎不与人物相关"。[①] 不过,他们指出:

> 可以把情节界定为叙事文学中动态的、具有序列的成分。叙事作品中的人物,或其他成分变为动态时,这些成分就成为情节中的一部分。空间艺术总是同时将素材展现在人们眼前,或者表现为一种无序状态,因此,空间艺术没有情节;但是,如果把相似的一系列图片排列成一个有意义的秩序,图片就有了情节,因为它们之间出现了动态的序列安排。[②]

以上引文中出现的"序列""排列"等词语值得我们注意。这些词语显然指向亚里士多德意义上的"对事件的安排"。事实上,这两位学者的确继承了亚里士多德的情节观,认为事件的安排必须包括开端、中段和结尾三个部分。例如,小说家在处理题材时,不仅需要将各种事件进行选择与安排,而且需要对那些只有时间关系的事件作些删减或重新安排。他们认为,那些以叙述个人生活为主的小说或传记虽然借鉴了古代史诗依照时间秩序的叙述方法,但作家必然需要对各种杂乱无章的事件进行筛选与安排,这种现象表明现代小说的情节结构正朝着"更具审美旨趣(的)情节图式"发展。[③] 的确,稍稍回顾英美小说史,我们就会发现这样的例子。例如,18、19世纪英国出现了不少依照主人公成长经历进行描述的流浪汉小说和传记小说(如《汤姆·琼斯》《鲁滨逊漂流记》《简·爱》《大卫·科波菲尔》)。而到了20世纪,如何对事件进行筛选、建构情节已经成为一个普遍关注的小说艺术问题,体现在小说中的情节也显得更为复杂。例如,高尔

[①] Robert Scholes & Robert Kellogg, *The Nature of Narrative* (Oxford: Oxford UP, 1966), p. 208.
[②] Ibid., p. 207.
[③] Ibid., p. 217.

第二章　情节结构

斯华绥的《福尔赛世家》对流传在冰岛的一个家族故事进行了改编,将故事时间延长至三代人,并对事件的先后次序做了重新调整;劳伦斯的《虹》和《恋爱中的妇女》、斯诺(C. P. Snow)的《陌生人与兄弟》都属于同样的情形。罗伯特兄弟指出,小说故事可能千变万化,但是,情节却具有一定的固定性,因为"仅仅从情节概述看,我们很难判断具体作品的优劣档次",倘若"以最宽泛意义上的情节观来看,像奥斯丁那样的作家,一个情节就足以说明她全部的小说"。① 这些论述虽然带有明显的经验主义色彩,但也说明他们已经认识到情节并不等于故事,而是故事中的结构成分,并且与其他要素一起构成整体结构关系。从形式上强调"情节"有机整体性的小说家是亨利·詹姆斯。这位现代小说理论奠基人在他的评论文章中反复阐述这样一个观念:小说是形式的艺术,为了构建完美的艺术形式,小说家应该从结构层面对素材进行重新安排,小说创作就是一个对素材的"筛选过程"(a process of selection)。② 此后,一些小说评论家更为关注对素材进行处理的方法,同时,进一步发展自亚里士多德提倡的情节结构"整体性"和"有机性"原则,③注重事件安排与人物戏剧冲突之间的关系,强调事件安排与作品主题之间的有机联系。④

我们已知,亚里士多德的古典情节观是以悲剧审美效果为目的,十分关注主人公命运演变与情节布局之间的内在关系。在这一点上,传统小说理论关于情节的论述表现了相当程度的连续性。例如,克莱恩提出,构成小说情节的三个因素是"行动""性格"和"思想",因此,他认为情节通常是由这三要素构成的聚合体。据此,他提出,可以把情节分为"行动情节""性格情节"和"思想情节";所谓"行动情节"主要表现为突出故事主人公命运变化的事件安排,如托思妥耶夫斯基的《卡拉马佐夫兄弟》;"性格情节"则

---

① Robert Scholes & Robert Kellogg, *The Nature of Narrative* (Oxford: Oxford UP, 1966), pp. 238—239.
② Henry James, *The Art of the Novel*, ed. R. P. Blackmur (Boston: Northeastern UP, 1984), p. 6.
③ Norman Friedman, "Forms of the Plot," *The Theory of the Novel*, ed. Philip Stevick (London: The Free Press, 1967), pp. 145—166, pp. 150—151.
④ R. S. Crane, "The Concept of Plot," *The Theory of the Novel*, ed. Philip Stevick (London: The Free Press, 1967), pp. 141—145, p. 143.

着重展示主人公性格发展变化,如亨利·詹姆斯的《女士画像》;"思想情节"一般都围绕主人公思想、情感发展轨迹展开,如沃尔特·佩特(Walter Pater)的《享乐主义者马力乌》。克莱恩指出,这三类情节具有这样一个共同点:无论以哪一方面为主导,情节必然表现为一个"完整的演变过程"。①1955年,弗雷德曼把克莱恩的情节分类作了更为具体的细化:他将"关于行动的情节"改为"命运情节",并进一步区分出"行动情节""悲苦情节""悲剧情节""惩罚情节""感伤情节"和"引人羡慕情节";至于"关于性格的情节",弗雷德曼认为可以进一步细分为"成长情节""改过情节""考验情节""堕落情节";"关于思想的情节"可以进一步分为"教育情节""觉悟情节"和"感情转变情节"。②

值得注意的是,上述评论虽然继承了亚里士多德情节观对结构完整性以及审美效果的重视,但都在不同程度上突出人物的重要性,强调从故事内容上论述人物与情节发展的关系。事实上,许多经验式的点评常常将故事作为情节的代名词,并因此产生了关于"人物"与"行动"孰重孰轻的争论。例如,特罗洛普认为,费尔丁的《汤姆·琼斯》成为小说典范是因为小说家构建了结构完整的情节,而费尔丁的《艾米莉娅》成为经典是因为小说家塑造了复杂细腻的人物性格。在他看来,人物性格更为重要,因为情节仅仅是展现人物个性的一种手段。③ 对此,福斯特提出,以人物为叙述重点的小说,或是以行动为情节线条的小说,都只能满足读者粗浅的好奇心,它们仅仅是讲述"故事",而不是建构"情节";他认为,虽然"情节"与"故事"都是"关于多个事件的叙述",但"情节"强调的是事件之间的因果关系。④也正是在这个意义上,福斯特提出,"国王死了,然后,王后也死了"——这是故事;"国王死了,然后王后因为悲伤而死"——这是情节。显然,福斯特

---

① R. S. Crane, "The Concept of Plot," *The Theory of the Novel*, ed. Philip Stevick (London: The Free Press, 1967), p. 142.

② Norman Friedman, "Forms of the Plot," *The Theory of the Novel*, ed. Philip Stevick (London: The Free Press, 1967), pp. 145–166.

③ Miriam Allott, *Novelists on the Novel* (London: Routledge & Kegan Paul, 1965), p. 247.

④ E. M. Forster, *Aspects of the Novel*, (London: Hodder & Stoughton, [1927], 1974), p. 60.

认为情节与故事都包含时间关系,但因果关系在情节中占据主导作用,引导着读者了解事件之间的逻辑关系。因此,福斯特认为,情节与读者的理解力和记忆力密切相关。这种将因果关系和时间进行截然分割的做法显然是有问题的,因为很多故事情节(如流浪汉小说或编年史小说的情节)是以时间而非因果关系为结构原则的。但需要指出,福斯特从故事层面关注情节,同时将因果关系视为情节的界定成分,主要是从读者审美心理角度考虑。这一点继承了亚里士多德的情节观,与后来的结构主义叙事学情节观形成差异。福斯特认为,小说家在安排故事事件时,应该在情节结构中设置一些使得主题发展、人物性格产生突转效果的事件。他明确提出,布局良好的情节应该包含某些"秘密",随着故事发展,"秘密"将显现在读者面前,并且使得整个故事体现出完整的结构之美。① 以梅瑞狄斯(George Meredith)的小说《利己者》为例,福斯特认为,当男主人公韦勒拜爵士两次拒绝女主人公莱蒂夏示爱时,作者并没有描写女主人公的心理活动;这显然是作者的巧妙设计。当男主人公因为无法获得另一位女主人公克拉拉的爱情转而主动向莱蒂夏求婚时,小说家让她毫不犹疑地拒绝了爵士。由于此前作者并没有向读者交代女主人公的心理活动,因此,这一行为就成了让读者感到困惑的一个"突转"。福斯特在论述情节时大量引入关于人物的讨论,并且将人物视为情节发展中的关键问题,这一立场与亚里士多德和经典叙事学的情节观形成鲜明对照。

第三节　经典叙事学的情节观

我们已经了解,叙事学研究认为叙事作品包含了涉及内容的"故事层"和涉及艺术手法的"话语层"两个部分。俄国形式主义学者不把情节看作叙事作品的内容,而是把它视为对故事事件进行的重新安排。这是俄国形式主义情节观的一个重要立场。例如,俄国形式主义理论家什克洛夫斯基认为,"故事"仅仅是情节结构的素材而已,它构成了作品的"潜在结构"(underlying structure),而"情节"则是作家从审美角度对素材进行的重新

---

① E. M. Forster, *Aspects of the Novel*, p.61.

安排,体现了情节结构的"文学性"(literariness)。① 托马舍夫斯基则更加明确地指出,研究者应该区分"情节"与"故事":虽然"故事"和"情节"都包括相同的"事件",但是,故事中的"事件"按照自然时序和因果关系排列,情节强调的是对事件的重新安排与组合②。这一观点在一些结构主义理论家那里得到了延续。例如,查特曼认为,"每一种安排都会产生一个不同的情节,而很多不同的情节可能源于同样的故事"③。很明显,这种观点实际上切割了情节与故事素材之间的关系。什克洛夫斯基基本上将"情节"解释为作家对素材进行的艺术处理,把"故事"看作事件的本来面目(包括时间先后次序、因果关系)。

然而,并非所有俄国形式主义都持相同观点。此外,几乎所有结构主义叙事学家的"情节"都停留在故事结构层次。④

我们先来看一看俄国形式主义重要代表人物普罗普(Vladimir Propp)提出的情节观。在他的理论名著《故事形态学》中,普罗普率先提出了"故事形态学"这一概念。他以植物学研究领域的结构关系为类比,阐述了如何运用同样的分析方法对故事事件之间的结构关系进行分析,揭示故事形态的基本规律,力求故事形态研究"像有机物的形态学一样地精确"。⑤ 他仔细分析了一百个俄罗斯民间故事,发现这些民间故事虽然内容各不相同,但在情节内在结构方面存在许多相似之处。我们不妨以普罗普列举的一些故事形态作为观察点:

1. 沙皇赠给好汉一只鹰。鹰将好汉送到了另一个王国。
2. 老人赠给苏钦科一匹马。马将苏钦科驮到了另一个王国。
3. 巫师赠给伊万一艘小船。小船将伊万载到了另一个王国。

---

① Victor Shklovsky, "Sterne's Tristram Shandy: Stylistic Commentary," *Russian Formalist Criticism: Four Essays*, trans. Lee T. Lemon & Marion J. Reis (Lincoln: U of Nebraska P, 1965), p.56.
② Boris Tomashevsky, "Thematics," *Russian Formalist Criticism: Four Essays*, trans. Lee T. Lemon & Marion J. Reis (Lincoln: U of Nebraska P, 1965), p.67.
③ Chatman, *Story and Discourse*, p.43.
④ 申丹:《叙述学与小说文体学研究》,北京:北京大学出版社,1998年,第30—50页。
⑤ 普罗普:《故事形态学》,贾放译,北京:中华书局,2006年,第7页。

4. 公主赠给伊万一个指环。从指环中出来的好汉们将伊万送到了另一个王国。①

普罗普认为,上述四个故事中存在两种叙事因素:不变的人物行动(功能)和变化的人物角色。此外,故事将相同的行动分派给不同的人物,使功能出现重复特性,如,出现在四个不同故事中的"赠与"行动。如果我们将这些重复的行动抽象出来,就可以得出一个相同的形态结构:"A 赠与 B 某物,使 B 来到了某地"。因此,普罗普提出,无论故事中的人物如何变化,人物在抽象的结构层面承担的功能是相同的。在这个意义上,他提出,我们可以把"功能"看作故事的基本叙事成分,依照人物行动产生的意义对行动角色进行归纳,然后把故事的一些基本结构形态进行分类。普罗普的分析结果是:一百个俄罗斯民间故事的深层结构可以被抽象出 31 项功能,它们在故事发展的六个时间单元中影响情节发展方向。如下所示:

第一单元,初始情景:

1) 一位家庭成员离家外出(离开)

2) 对主人公下一道禁令(禁止)

3) 打破禁令(违禁)

4) 对头试图刺探消息(刺探)

5) 对头获知其受害者的信息(获悉)

6) 对头企图欺骗其受害者,以掌握他或他的财物(设圈套)

7) 受害人上当并无意中帮助了敌人(协同)

第二单元,推动故事展开:

8) 对头给一个家庭成员带来危害或损失(加害)

  8a) 家庭成员之一缺少某种东西,他想得到某种东西(缺失)

9) 灾难或缺失被告知,向主人公提出请求或发出命令,派遣他或允许他出发(调停,承上启下的环节)

10) 寻找者应允或决定反抗(最初的反抗)

---

① 普罗普:《故事形态学》,第 17 页。

第三单元,转移:

11) 主人公离家(出发)

12) 主人公经受考验,遭到盘问,遭受攻击等等,以此为他获得魔法或相助者做铺垫(赠与者的第一项功能)

13) 主人公对未来赠与者的行动做出反应(主人公的反应)

14) 宝物落入主人公的掌握之中(宝物的提供、获得)

15) 主人公转移,他被送到或被引领到所寻之物的所在之处(在两国之间的空间移动)

第四单元,对抗:

16) 主人公与对头正面交锋(交锋)

17) 给主人公做标记(打印记)

18) 对头被打败(战胜)

19) 最初灾难或缺失被消除(灾难或缺失的消除)

第五单元,归来:

20) 主人公归来(归来)

21) 主人公遭受追捕(追捕)

22) 主人公从追捕中获救(获救)

23) 主人公以让人认不出的面貌回到家中或到达另一个国度(不被察觉的抵达)

24) 假冒主人公提出非分要求(非分要求)

25) 给主人出难题(难题)

26) 难题被解答(解答)

27) 主人公被认出(认出)

第六单元,接受:

28) 假冒主人公或对头被揭露(揭露)

29) 主人公改头换面(摇身一变)

30) 敌人受到惩罚(惩罚)

31) 主人公成婚并加冕为王(举行婚礼)

　　仔细观察,我们不难发现,普罗普提出这一模式的主要用意在于说明:故事虽然在内容层面各不相同,但它们的结构由一系列同样的叙事功能构成,并且显现出某些规律性。例如,故事必然从主人公遭遇不幸,或缺少某种东西开始,中间过程通常因为某些条件制约而遭遇种种障碍,而主人公最终都会在某种法力的帮助下战胜困难,赢得胜利。进一步留意,我们可以发现,在31项功能中,承担这些功能的人物实际上只有7种角色:主人公、假主人公、对头、赠与者、帮助者、公主或被追求的人、派遣者。这些角色虽然在年龄、性别、性格方面各有不同,但他们的行动范围以及功能则有着相似性。例如,帮助者的行动范围包括:1)帮助主人公从此地到彼地(第15项功能);2)帮助主人公走出灾难(第19项功能);3)在追捕过程中救助主人公(第22项功能);4)完成艰巨任务(第26项功能);5)显现主人公身份(第29项功能)。普罗普把这些由不同人物承担的行动称为"角色的功能",并且认为这些相对稳定的角色功能构成了情节的基本构架。这些论述表明,普罗普的"角色功能"是对故事人物和事件(故事内容)进行的理论抽象。倘若以结构主义叙事学的"故事"和"话语"两分法来衡量,普罗普的情节概念属于"故事"层。也正是因为这一基本立场,普罗普在提到功能序列的时候十分注重人物行为的自然逻辑关系,而不是关注小说家对事件进行的重新排列。他明确指出:"不是所有的故事都具有所有的功能项。但这丝毫也不会改变排列顺序的规律。缺少几个功能项不会改变其余功能项的顺序。"①

　　普罗普的分析模式将人物行动抽象为功能,这一方法有助于我们了解民间故事、神幻故事在内容层显现的相似规律,具有一定的普遍意义。不妨以我们大家熟悉的"灰姑娘"故事为例作简要说明。民间故事研究者们发现,虽然"灰姑娘"故事以不同的版本在世界许多不同文化区域流传,但其故事情节却大同小异。依照普罗普的分析模式,我们可以列出以下单元

---

① 普罗普:《故事形态学》,第19页。

和叙事功能项:

第一单元:

1) 灰姑娘出生不久,母亲便去世了。(家庭成员离去)
2) 父亲再婚。后妈带着两个女儿来到了灰姑娘家里。这三个女人外表美丽但内心邪恶。(遭遇恶行)

第二单元:

3) 灰姑娘被赶到厨房做苦力,而且还要忍受她们的凌辱。(中间过渡段:主人公受苦)
4) 灰姑娘把父亲带回家的榛树枝种在母亲坟头。树枝长成大树,引来具有法力的小鸟筑巢。(获得具有法力的帮助)
5) 后妈阻止灰姑娘参加舞会,并嘲笑她。(受辱)
6) 小鸟帮忙。(具有法力的帮助者实施帮助)

第三单元:

7) 灰姑娘变成公主参加舞会。(空间转换)
8) 灰姑娘吸引王子。(最初胜利)

第四单元:

9) 灰姑娘再次参加舞会。(主人公反抗假主人公)
10) 午夜逃离,匆忙中丢下了金舞鞋。(暂时解决问题)

第五单元:

11) 王子错认"公主"。(假主人公变形)

第六单元:

12) 鸽子帮助王子辨认真公主"灰姑娘"。(法力再次帮忙)
13) 王子迎娶灰姑娘。(婚礼)

在上面的概括中,我们并没有看到普罗普列出的31个功能,但是,故事事件的自然时间序列并没有改变。此外,构成情节主干部分的是人物行动功能,而不是如何安排故事事件的艺术手段。有意思的是,这种分析模式虽然依照人物的经历描述情节发展过程中的各种事件,但是,人物本身不仅不是关注对象,而且人物性格是几乎可以忽略的一个叙事成分。将人物抽象为"角色",关注人物行动在故事发展自然时序中的功能,这是普罗普分析模式的基本特点。对比亚里士多德关于情节的论述,我们就会发现两者之间的明显差异:虽然同样关注人物行动,但是,亚里士多德的"情节"强调对事件的重新安排,普罗普注重事件的实际自然时序。作为民俗研究,这一模式具有文化上的启发意义。

《故事形态学》于1958年被译入英语国家,此后在世界范围的叙事研究领域产生了一定影响。法国结构主义叙事学家布雷蒙(Claude Bremond)和格雷马斯(A. J. Greimas)的相关研究在许多方面与普罗普的分析模式具有相似性。与普罗普一样,布雷蒙同样关注故事人物的行动功能。不过,他认为每个行动功能都为故事发展提供了两种可能性:成功或者失败。[①] 以人物拿起弓箭准备射击这一动作为例。当人物拉紧弓把箭头对准射击目标时,出现了两种可能性:成功或者失败。布雷蒙认为,一部叙事作品的初始情景往往是主人公面临的某个问题或困境,由此触发了故事发展的两种可能性:试图解决问题,打破困境;或者问题无从解决,主人公陷入僵局。这种分析范式强调的是故事表层的逻辑发展。普罗普的模式涉及的也是较为表层的故事结构。与此相比,格雷马斯认为,应该从故事深层结构分析情节要素之间的逻辑关系。在《语义结构》(1966)一书中,他提出了这样一个假设:一部叙事作品与一个句子一样,尽管表面形式结构各有差异,但深层结构的"叙事语法"恒定不变,构成作品的本质结构。在他看来,构成情节本质要素的基本单位是"行动素"(actant),即行动在情节深层结构中的抽象意义。在他看来,任何一部叙事作品的情节结构都包含了六个行动素:主体、客体、发送者、接收者、帮助者、反对者;而它们之间

---

① 申丹:《叙述学与小说文体学研究》,第35页。

的连接在于相互之间的深层关系:主体对客体产生欲望,二者处于发送者和接收者构成的交流情景中,主体与客体间的欲望关系受制于帮助者和反对者的关系。① 很显然,格雷马斯实际上将普罗普的七种角色概括为由六个行动素组成的三个对立项:

主体/客体;发送者/接受者;帮助者/反对者

格雷马斯提出,三个对立项由于相互之间的张力关系通常显现为以下三种基本模式:

寻找目标(主体/客体)
交流(发送者/接受者)
辅助性的帮助或阻碍(帮助者/反对者)

我们可以从下面示意图中看到它们之间的关系:

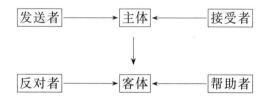

从图表中我们可以看到,主体(通常是主人公)与客体(寻找或渴望得到的人或事物)的关系为主客体关系,这一关系又分别处于交流关系(发送者/接收者)和对立关系(帮助者/反对者)中。格雷马斯认为,叙事作品看似复杂的对立或对应关系实际上源于某一个核心二元对立项(设为 A/B),而这个二元对立项又必然引出另一组与此相关的二元对立项(设为 ⁻A/⁻B)。如果我们把这两组二元对立项排列为一个四方形结构,就可以得到这样一个意义矩阵:

---

① David Herman, "Actant," *Routledge Encyclopedia of Narrative Theory*, eds. David Herman et al. (London & New York: Routledge, 2005), pp. 1—2.

第二章　情节结构

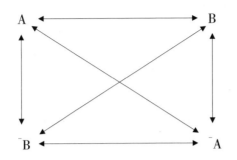

如图所示,A 与 B、⁻B 与 ⁻A 之间属于对抗关系,A 与 ⁻B,B 与 ⁻A 之间是互补关系,A 与 ⁻A、B 与 ⁻B 之间是矛盾交叉关系。这一分析模式的独特之处在于:以二元对立为核心结构,突出了行动素之间的相互对立或对应关系,揭示故事的深层关系结构。在事件中,一个行动素可通过几个不同的人物来体现,而几个行动素也可以通过一位人物来体现。比如说,在一个历险故事中,主人公可能有好几个敌人,而所有敌人都是作为"反对者"这一行动素出现在情节发展过程中。在具体分析中,如果我们能够发现一个故事中的核心行动素模式,或许就能发现某种意义结构。例如,如果发送者和接受者属于同一个象征正义和秩序的社会,而对手是来自其对立面,我们可以基本判断故事属于正义与邪恶之争的叙事类型,并由此将故事中的人物行动进行归类,分析情节结构关系。不过,格雷马斯的分析模式基于严格的二元对立结构,因此,这种模式通常只适用于解释一些像民间故事那样的叙事作品。

格雷马斯的情节分析强调故事深层结构中的逻辑关系,普罗普的模式涉及的则是较为表层的故事结构,二者均受到结构主义语言学的影响。我们知道,结构主义语言学家索绪尔在 1906 年至 1911 年间提出这样一种观点:为了能够科学地分析语言内部体系,应该将"语言"区别于其他学科,如心理学、人类学、语文学。在他看来,作为符号系统的语言(langue)不同于作为言说行为的言语(parole)。与以往注重语言发生、发展、变化的历时分析不同,这一分析方式强调从语言体系本身发现其中的普遍特征,即语言的结构关系或属性[①]。索绪尔提倡从语言系统内部进行分析,强调形式与

[①] Ferdinand Saussure, *Course in General Linguistics*, ed. and trans. Wade Baskin (London: Peter Owen, 1959), p.9.

功能的"科学"分析方法对结构主义叙事学研究产生了很大的影响,使得研究者们关注叙事作品的结构成分关系,有效地纠正了先前的经验式或印象式批评。可以说,普罗普从民间故事内容层抽象出来的"行动功能"、格雷马斯从故事深层关注的"行动素"是依照语义结构探究的情节结构,代表了结构主义叙事学为建立"叙事语法"做出的努力。这种努力在托多罗夫的模式中得到更为直接、更为明显的体现。托多罗夫认为,一部叙事作品的结构和一个句子的结构十分类似,因此,可以根据谓语动词(动词性谓语和形容词性谓语)把人物行动的功能分为改变人物境遇、做坏事、惩罚坏人三类,并且依照占据主导地位的动词谓语对故事情节进行分类。他以《十日谈》中的故事作为分析对象,归纳出这样一个观点:无论人物的行动是否受到惩罚,一个理想的情节结构通常包括静止状态——不平衡状态——重新达到平衡这样三个过程。① 但是,经过这样一个过程后,前后两个情形虽然在结构上显得平衡,这两种平衡却是经过变化后的平衡。②

综上所述,以普罗普为先驱的结构主义叙事学情节观与传统情节观存在较大差异。叙事学家往往抛开故事细节和具体人物,深入到故事的结构层,探讨故事的表层或深层结构,这与亚里士多德的宏观情节结构有相通之处。从这一角度看,不同作品中的不同故事可以具有同样的情节,而传统批评中的情节则往往是每一个故事所特有的。经典叙事学家聚焦于人物行动,这与亚里士多德对行动的重视也有相通性。但经典叙事学家在描述情节结构时,完全忽略人物性格和读者反应,又与亚里士多德尤其是后来的传统情节研究形成了对照。

※　　※　　※　　※

纵观自亚里士多德到传统小说情节观,至结构主义叙事学关于小说情节的阐述,我们发现,亚里士多德提倡的以行动为中心的情节观在后面不同时期的研究中都可以看到。诚然,"所谓情节,指事件的安排"——亚里士多德这一经典定义不仅涉及故事结构,也涉及对读者审美心理的关注。

---

① Tzvetan Todorov, "Structural Analysis of Narrative," *Contemporary Literary Criticism*, ed. Robert Con Davis (New York & London: Longman, 1986), pp. 323—329.

② Tzvetan Todorov, *The Poetics of Prose*, trans. Richard Howard (Ithaca: Cornel UP, 1977).

这种关注在经典叙事学深入到故事结构的分析中被抛开。同时,我们也注意到,什克洛夫斯基极具形式主义倾向的情节观并不能代表形式主义理论关于情节讨论的全貌。这种聚焦于话语技巧的情节观不仅有别于结构主义叙事学的情节观,而且与亚里士多德的情节观形成断裂。作为结构主义叙事学理论产生前的过渡阶段,传统小说评论界关于小说情节的讨论虽然远不如结构主义情节分析那样抽象,但同样值得关注。了解期间的认识变化,我们可以看到西方文艺学理论关于情节的认识发展过程,从而对不同立场、不同时期的分析模式加以区别。

思考题和练习

1. 简述亚里士多德情节观的基本立场。
2. 依照亚里士多德的诗学理论,情节如何体现有机完整性?
3. 普罗普在《故事形态学》中提出的核心观点是什么?普罗普的情节观在哪些方面不同于亚里士多德关于情节布局的审美阐述?
4. 格雷马斯与托多罗夫关于情节有哪些主要观点?
5. 俄国形式主义与法国结构主义在对待情节问题上存在差异吗?主要有哪些方面?
6. 福斯特认为:"国王死了,然后,王后也死了"——这是故事;"国王死了,然后王后因为悲伤而死"——这是情节。这种区分存在什么问题?
7. 经典叙事学的情节观与传统情节观存在哪些差异?

第三章　人物性质和塑造手法

在第一章关于"故事"与"话语"二分法的讨论中,我们已经了解,"故事"指作品所述对象,主要包括事件、人物、背景等。因此,小说人物(character)属于"故事"层,有别于"话语"层的叙述者(narrator)和受述者(narratee)。① 此外,当我们谈及故事或事件时,必然涉及人物及其行动。同时,在探讨塑造人物的方法时,人物又与叙述视角、叙述声音等密切相关。因此,关于小说人物的分析应该与其他结构成分的分析一起进行。这一章将围绕人物性质和塑造手法两个基本问题介绍、阐述结构主义叙事学关于小说人物的主要观点。我们将对比叙事学注重叙事功能的人物观和传统上强调心理意识的人物观。在此基础上,我们还将阐述两种人物塑造方法:直接塑造法和间接塑造法。

第一节　"功能型"人物观

我们在第一章论及情节结构时提到,绝大部分结构主义叙事学家的情节观表现了与亚里士多德诗学的传承关系;不过,结构主义叙事学家在对待人物的问题上表现了一定的差异。他们往往把人物当作一个叙事功能对人物进行抽象化,完全不考虑人物的性格和思想。普罗普感兴趣的是通过对人物行动进行抽象化归纳,对故事基本形态进行分类。格雷玛斯以语义学为基础的分析模式,仅仅是把普罗普的七种行动角色改为三个对立关系中的行动者:主体/客体、发送者/接受者、帮助者/反对者,并没有将人物提升到亚里士多德意义上的人物。鉴于我们已经在第二章对此有过详细陈述,此处不再重复。

---

① Uri Margolin, "Character," *Routledge Encyclopedia of Narrative Theory*, p. 52.

另外一位持"功能型"人物观的代表人物是法国结构主义学者罗兰·巴尔特(Roland Barthes)。他在《叙事结构分析导论》中明确指出,为了能够对人物进行清晰的分类,必须将人物的行动视为"从属于不是心理学而是语法范畴的人",据此,他提倡"再一次回到语言学,以便能够对行动之人称的(je/tu)或非人称的(il)、单一的、双元的或多元的层级,进行描述和分类"①。巴尔特之所以借鉴语言学模式,除了强调演绎法对于结构主义叙事分析的重要性,也是为了对已有人物分类法作进一步抽象化。在他看来,普罗普等人的分析方法基本上采取了归纳法,即首先通过研究一种叙事样式、一个时期、一个社会的全部故事,然后再过渡到研究一般模式。但是,这种方法显然不能用于对无限多的叙事作品进行描述。巴尔特认为,自普罗普以来的人物分类已经避免按照心理本质来规定人物,不把人物定义为一个"存在者",而是强调人物作为"参与者",关注人物在叙事作品中的结构关系。例如,布雷蒙德认为,每一人物可能都是与它相应行动序列(如欺诈、引诱)的执行者(agent);再如,格雷马斯提出的"行动者"或"角色"可以指作品中的一个或数个人物。这些方法基本上立足于置换规则,但都没有确切地描述"主语在各种行动位矩阵中的位置";此外,由于这些方法大多强调众多人物中的几位,因而,它们无法说明一切叙事文学中的人物功能。② 因此,巴尔特强调指出,叙事作品在对行为主体(主语)或客体(宾语)加以详细说明之前并不会对行动进行分类,而合理的做法应该是把行动项看作一个纯语义素。③ 巴尔特的论述在很大程度上代表了结构主义叙事学"功能型"人物观的基本立场。首先,"功能型"人物观都聚焦于人物行动,重视行动对故事结构的意义;其次,在方法上通常采用语言学模式,以动词作为中心,提倡构建一种普遍适用的"叙事语法"。

---

① 罗兰·巴尔特:《罗兰·巴尔特文集》,李幼蒸译,北京:人民大学出版社,2008年,第130页。
② 同上书,第129页。
③ 张寅德:《叙述学研究》,北京:中国社会科学出版社,1989年,第24—25页。

第二节 "心理型"人物观

我们已经了解,结构主义叙事学研究基本上将小说人物视为"行动者",认为人物从属于行动,是情节的产物。遵照这一观念进行的人物分析通常聚焦于人物行动在作品叙事结构中的"语法"功能,忽视对人物自身的研究。对此现象,小说评论家哈维曾有过这样的概括:"现代批评基本上将小说人物置于边缘地位,其最高地位不过是赋予人物以某种功能,很多时候被描述为一个抽象概念。"① 与此相对,传统小说批评关注人物本身,认为"作品中的人物是具有心理可靠性或心理实质的(逼真的)'人',而不是'功能'"②。这种观点承认人物的语言属性,但提倡研究者们应该从似真效果角度关注人物的"人格"特征。很显然,这种认识与前述的"功能型"人物观构成对比,我们不妨称之为"心理型"人物观。

诚然,"心理"一词容易让我们联想到现代心理学意义上的人物个性。不过,在叙事研究领域,"心理型"人物观指注重人物内心活动、强调人物性格的一种认识倾向。依照刘再复先生的观点,小说中的人物以各种形式组合的差别和变动显现出不可重复的个性。③ 在这个意义上,我们可以认为,虽然小说人物在本质上属于语言建构,但是,人物内心世界的丰富性与复杂性丝毫不亚于现实生活中的真人。事实上,这也是被誉为小说黄金时代的19世纪的一个主流观点。例如,特罗洛普提出,小说艺术的伟大之处在于小说家通过塑造真实的人物形象感动读者、"引发泪水",最终揭示"关于人的真理"。④ 当然,特罗洛普对人物的高度重视,主要源于他对小说艺术伦理作用的强调。时至20世纪现代主义小说盛行时,一部分小说家则是从审美角度重视人物在作品中的重要位置。例如,弗吉尼亚·吴尔夫提出:"所有小说……都是关于小说人物",小说的艺术在于"展现人物——而

---

① W. J. Harvey, *Character and the Novel* (London: Chatto & Windus, 1965), p. 192.
② 申丹:《叙述学与小说文体学研究》,第60—61页。
③ 刘再复:《性格组合论》,上海:上海文艺出版社,1986年,第161—162页。
④ Miriam Allott, *Novelists on the Novel* (London: Routledge & Kegan Paul, 1965), p. 68.

不是道德说教"。① 安德烈·纪德(André Gide)同样认为,一部小说是否成功,主要看人物形象是否生动可信;虚构的人物源于现实生活,因此,作品中的人物形象在作家动笔之前就已经存在,小说家所做的仅仅是倾听人物自己的诉说而已。② 来自小说家的这些评论固然带有明显的经验意味,不过,他们对人物真实性的强调的确反映了小说家们对人物内心活动的重视。然而,这种认识并不表示小说家们否认小说人物的语言本质。事实上,小说是语言的艺术,人物是虚构的,这种认识并非现代理论家才有。夏洛特·勃朗蒂曾明确告诉普通读者,她作品中的男女主人公纯粹是从想象中抽象出来的艺术形象,而不是生活中的原型。③ 小说评论家马丁·特纳尔(Martin Turnell)同样强调:"小说人物是语言建构物,并不存在于作品外的世界中。"④

话又说回来,传统小说理论重视人物内心活动,这是小说理论界不争的事实。这一观念的形成源于小说艺术的自律。众所周知,欧洲小说是从"传奇"(romance)演化而来。在大部分"传奇"故事中(如《堂吉诃德》、《巨人传》),小说家通过构建曲折离奇的情节吸引读者,至于事件是否真实、人物是否可信则是次要考虑。与此不同,19世纪现实主义小说家十分注重人物内心活动(如巴尔扎克、托尔斯泰、狄更斯)。为了揭示人物内心世界,小说家们通常采用全知全能的叙述模式,对人物外部行为和内心思想进行充分展现。小说中的人不仅是故事世界里的主体,同时也是小说家们揭示人性、针砭时弊的一个重要手段。依照哈维的观点,小说艺术通过构建生动形象的人物,不仅使得小说具有了道德伦理功能,而且为人们搭建了个人与他者进行交流的一个渠道。⑤ 这种观念把人物看作小说艺术伦理纬度的一个重要因素,至于叙事作品中的其他成分,则被视为服务于人物逼真性的辅助手段。重视故事,强调人物似真效果,使读者宛如置身于故事

---

① Virginia Woolf, "Mr. Bennett and Mrs. Brown," *Novelists on the Novel*, ed. Miriam Allott (London: Routledge & Kegan Paul LTD), p. 290.
② Allott, *Novelists on the Novel*, p. 291.
③ Ibid., p. 280.
④ Ibid., p. 198.
⑤ Harvey, *Character and the Novel*, p. 31.

世界①——这些观点不仅突出了人物在"心理"层面的真实性,同时也成为传统小说艺术的美学原则之一。②

真正从理论上对人物内心活动进行论述的评论家是前述提到的福斯特。福斯特明确指出,"既然故事中的行动者通常是人,为了方便起见,我们不妨把人物叫做人(people)。小说中虽然也不乏动物作为行动者的现象,但是塑造成功的并不多,因为我们对动物心理的了解实在有限……故事中的行动者是人,或者说假装是人。"③无须赘述,福斯特不仅把人物放在了故事层的中心位置,而且强调了人物心理的重要意义。在《小说面面观》中,福斯特以"人"(People)为标题,用两章的篇幅阐述小说家如何运用叙述技巧使人物首先在外部行为方面具有真人特征(如,生、死、饮食、睡眠)。④

需要指出的是,福斯特对人物心理似真性的高度重视,主要是从读者立场进行考虑的。在他看来,如果小说艺术把人物外部行动作为叙述的主要对象,那么,就小说与读者的关系而言,这样的小说只能满足读者粗浅层次上的好奇心,而真正优秀的作品则必然通过描述人物内心世界的丰富与矛盾揭示虚构人物与现实人物之间的类比关系,也只有这样的小说才能将读者的好奇心提升到审美层面的艺术欣赏。福斯特指出,人物是叙事作品中的首要因素,因为具有丰富内心活动的人物通常包含深刻的心理感受,如,幸福或痛苦;小说艺术的魅力在于揭示人物内心活动的丰富性,而关于人物内心世界的叙述则有利于读者从小说中获得道德知识。

福斯特对人物心理的重视同样体现在他提出的人物分类上。与"功能型"人物观不同,福斯特依照人物思想与行动是否一致、是否表里如一进行分类。在他看来,小说人物可以被分为两大类:"扁平人物"(flat character)和"圆形人物"(round character)。⑤ 所谓"扁平人物"是指那些代表"某种

---

① Dorothy van Ghent, *The English Novel: Form and Function* (New York: Harper Torchbooks, 1953), p. 3.
② Ibid., p. 7.
③ Forster, *Aspects of the Novel*, p. 30.
④ Ibid., p. 32.
⑤ Ibid., pp. 47—49.

单一思想或特质"的人物①,即,无论故事情节进展到哪个阶段,出现什么样的情形,这些人物在思想和行动方面都不会出现大的改变。例如,前述狄更斯小说《大卫·科波菲尔》里的密考柏太太。无论密考柏先生如何穷困潦倒,她总是说:"我永远不会抛弃密考柏先生。"而在故事发展过程中,我们看到,她的确言行如一,始终未变。因此,福斯特认为,绝对意义的"扁平人物"在行为模式和心理活动方面的单纯特点有利于读者很快辨认,并且可以用一句话来概述人物特性。很明显,福斯特提出的"扁平人物"具有十分明显的类型化特点(stereotypical),通常代表了某种心理、行动特点,或者具有象征意义的一类人。中外小说史上不乏这样的"扁平人物"。比如,《堂吉诃德》的主人公堂吉诃德,装扮成骑士三次出游,其间虽然经历了许多离奇冒险,但是每次出行都是因他疯狂的念头而起,也都以他的惨败而归。巴尔扎克的《欧也尼·葛朗台》中的主人公葛朗台,无论在语言和行动上都体现出十足的贪婪与吝啬,而且这样的特点自始至终未变,使得"葛朗台"成为文学史上的一个具有典型特征的吝啬鬼形象,"葛朗台"这个人名也成为表示吝啬之极的一个代名词。稍加思考,我们不难察觉,这些体现在"扁平人物"身上的单一特点实际上是被小说家高度抽象化、理想化后的漫画式人物。事实上,行动模式、心理特征单纯到可以用一句话概括的人物形象既不可能存在于现实生活中,也很少真正纯粹到只有某个单一特征,或是完全如一。福斯特之所以提出这样一种分类,主要是从"价值"角度考虑。他明确指出,故事事件本身虽然吸引读者,但是,事件背后的意义和价值更不容忽视。通常而言,这些被福斯特称作"扁平"的小说人物在形象上具有固定的单一特征,或者被放大至漫画式,代表了某种孤立的性格特征或价值取向。因此,我们可以说,堂吉诃德代表了某种极端主义,葛朗台代表了资本主义社会中体现在普通人身上的吝啬。由于"扁平人物"在内心活动与外部行为方面具有高度的浓缩性,因此,在描写手法上难免显得类型化,甚至落入俗套。

与"扁平人物"形成对应的是"圆形人物"。相对于扁平人物的单一性而言,这样的人物具有明显的多面性和复杂性。因此,"圆形人物"的心理

---

① Forster, *Aspects of the Novel*, p.47.

活动比较复杂,也更类似于现实生活中的人。依照福斯特的看法,许多经典小说之所以让人回味无穷,就是因为小说家在这些作品里成功地塑造了不朽的"圆形人物",如,《追忆似水年华》中的老管家、《包法利夫人》中的包法利夫人、《名利场》中的夏普小姐、《汤姆·琼斯》里的帕森·亚当斯以及主人公汤姆。对于"扁平人物"和"圆形人物"之间的关系,福斯特指出,"一部复杂的小说通常同时具有扁平人物和圆形人物"①,但他认为"圆形人物"具有更高的艺术价值。这不仅仅因为"圆形人物"的复杂性可以在故事层面制造悬念和惊奇,更重要的是,复杂多变的"圆形人物"有利于增加故事的逼真性,同时,也有利于小说家展示人性与生活的复杂。

我们应该看到,福斯特关于人物形态的两分法属于理论上的简约处理。实际上,依照人物性格特征变化与否将人物分为"圆形"与"扁平"的分析模式不能涵盖小说中各种各样的人物。有的人物比其他人物更为扁平,而有的则相对较为圆形,但未必是典型的扁平或圆形人物。更多情况下,扁平人物的不变与简单只是相对于圆形人物的可变与复杂而言。所谓用一句话可以概括的"扁平人物",并不是指扁平人物只有一种性格特点,而是指某种特征表现为具有主导地位。②

福斯特的《小说面面观》曾经对英美小说理论产生了较大的影响。③但在 20 世纪 70 年代以来,不少研究者倾向于结构主义叙事学提倡的功能分析。在结构主义理论家看来,个人以及与之相关的价值实际上为话语建构物,也就是说,并不存在一个先于语言的"个人"或"主体"。此外,理论家们认为,文学模仿的对象并非客观世界,而是语言对语言的再度模仿。因此,文学作品的真实性只能被视为形式意义上的真实性,或文本的真实。④法国新小说派代表人物罗伯-格里耶在 1966 年撰文指出,"以人物为中心

---

① Forster, *Aspects of the Novel*, p. 49.
② 马振方:《小说艺术论》,北京:北京大学出版社,1999 年,第 25—43 页。
③ See Charles Walcutt, *Man's Changing Mask: Modes and Methods of Characterization in Fiction* (Minneapolis: U of Minnesota P, 1966).
④ Jeremy Hawthorn, *A Concise Glossary of Contemporary Literary Theory* (London & New York: Arnold, 1997), pp. 229—231.

的小说已经完全成为过去",人物的真实性已经成为"古老的神话"。① 博尔赫斯在1971年接受采访时同样表示小说人物并非是小说艺术的核心要素。为了强调这一点,他甚至说,"我的作品中没有人物"②。这些说法当然不是指人物从小说世界中消失,而是重新强调了小说人物的语言属性。

在前面关于人物功能的讨论中,我们已经知道,强调"功能型"人物观的理论家们提倡依照人物在整个叙事结构中承担的功能来分析人物的意义。那么,注重人物心理、人格特征的人物观如何阐述人物在叙事作品中的结构意义呢?

一般而言,由于"心理型"人物观关注小说人物的似真效果,并且将人物置于故事层的首要位置,因此,支持这一观点的理论家们大多从故事内容方面探讨人物与事件之间的关系,并且根据人物关系对人物进行分类。哈维提出,小说家在构建人物关系时,应该把主人公放在一个社会关系中进行,以此揭示人物内心世界与现实社会之间的矛盾与冲突。这种观点适用于分析一些以社会矛盾冲突为背景的小说。例如,美国作家斯坦贝克的小说《愤怒的葡萄》。为了展现乔安一家面临生存危机时表现的坚强,叙述者以乔安一家作为故事主线;同时,为了突出社会历史事件对于人物行为、性格和命运的影响,作家围绕乔安一家,塑造了来自不同社会背景的多位次要人物,并以次要人物在一系列突发事件中表现的不同反应展现各种社会力量对乔安一家的影响。这种强调以主要人物作为故事主线的观点通常关注人物关系结构,提倡根据人物与情节发展关系的轻重对人物进行分类。传统小说评论通常使用的一些术语,如"主人公""主要人物""次要人物",就是这种观念的反映。哈维提出的"陪衬人物"(foil)则是从理论角度对人物关系进行分类的一个典型例子。他明确指出,"陪衬人物"属于主人公和社会环境之间的一个中介③,通常和主人公在认知能力、性格方面构成一种对照:主人公不知道的信息,"陪衬人物"看得清清楚楚。也可以是

---

① Allain Robbe-Grillet, *For a New Novel: Essays on Fiction*, trans. Richard Howard (New York: Grove P, 1966), pp. 28, 23.
② Charles Newman & Marie Kinzie, eds., *Prose for Borges* (Evanston: Northwestern U P, 1974), p. 399.
③ Harvey, *Character and the Novel*, p. 242.

映衬主人公性格的一个参照对象,如,詹姆斯的《女士画像》中的职业女性斯塔柯珀尔、梅尔维尔的《白鲸》中的斯塔巴克。这些陪衬人物除了在性格、行为,以及价值信仰方面与主人公形成对照之外,另一个叙事功能在于引导读者对主人公尚不能明白的某种"陷阱"予以注意。例如,詹姆斯的《鸽翼》中的劳德太太。每逢她出场,叙述者都以人物直接引语显现其对"市场交换价值"的信奉。小说将这一陪衬人物置于背景位置,但是强调这一人物的价值观对其侄女凯特(Kate)的影响,这一技巧使得女主人公米莉(Milly)的纯真与慷慨显得更加难能可贵,从而突出了小说题目"鸽翼"蕴含的深刻寓意。

第三节 直接塑造法与间接塑造法

在前两节的讨论中,我们介绍了看待人物的两种不同角度。在这一节里,我们将介绍塑造人物的两种基本方法:直接塑造法和间接塑造法。

我们已经了解,结构主义叙事理论将人物看作语言建构物。因此,结构主义理论在探讨人物塑造法时强调从叙述层面入手,关注叙述形式方面的差异。依照叙事学家里蒙-凯南的观点,小说人物通常由两种叙述方式来描述:直接法(direct definition)和间接法(indirect definition)。所谓直接法,主要指通过采用直接向读者点明人物特点的形容词、抽象名词、喻词勾勒人物主要特征的叙述方法;所谓间接法,则是指未经叙述者阐明,需要读者仔细推测的人物塑造手法。[①]

我们首先来看直接法。请看下面三个陈述句。

(1) 爱玛是个<u>善良</u>的姑娘。(形容词)
(2) 他的<u>热情</u>感动了所有的人。(抽象名词)
(3) 他是个<u>精灵</u>。(隐喻)

句(1)、(2)中的"善良的"、"热情"概述了所述对象的基本特点;至于第三个句子中的"精灵",虽然依赖于读者推测隐喻蕴含的文化含义,但也突

[①] Shlomoth Rimmon-Kenan, *Narrative Fiction: Contemporary Poetics*, p.59.

出了人物的某些特质。具有叙述权威的全知叙述者经常直接向读者点明人物的主要特点。例如,在奥斯丁《爱玛》的开卷有一段关于女主人公爱玛的总体描述:

> 爱玛·乌德豪斯,漂亮,聪明,富有,出生于一个舒适家庭,天性快乐,人世间某些最美好的福祉似乎都集中在她身上;现年21岁,从来都没有什么让她感到烦恼或困惑。

在这一段叙述中,全知叙述者对爱玛的容貌、智力、经济状况、家庭背景、性情、年龄进行了概述,为读者提供了关于这一人物的基本概况。作为一种叙事成规,这种叙述方法具有不容置疑的客观性和权威性,因此,虽然小说情节尚未展开,但读者已经对爱玛的基本情况有了大致了解。不少以人物为中心的小说都会采用这样的手法介绍故事主人公。亨利·詹姆斯的小说《女士画像》在介绍女主人公伊莎贝尔时这样概述:"伊莎贝尔·阿切尔,年轻,有思想;富有想象力,充满活力"[①]。全知叙述者用直接塑造法描述了伊莎贝尔刚来欧洲时的精神面貌,这一形象与这一人物在小说结尾时的形象形成巨大的反差,加深了小说关于文化差异主题的深刻意蕴。再如,《堂吉诃德》的叙述者在第一章告诉读者,主人公堂吉诃德已经"失去理智"、"想入非非"、"如同疯子一般"。这些文字使得读者在开篇处对堂吉诃德的基本状态有了明确的认识,与叙述者提醒读者不要像主人公那样痴迷骑士故事的教诲相吻合。不过,正如里蒙-凯南所说,这种手法在话语形式方面虽然显得简明扼要,但过于笼统,因此,现代小说家们更青睐于间接塑造法。

与直接塑造法相对照,间接塑造法主要指通过具体手法对人物形象进行多维度描述,包括对人物行动、语言、外貌、环境的描写,以及通过人物关系来映衬人物性格。其中,关于人物行动的叙述尤为重要。

如同日常生活中的人一样,小说世界中的人大部分时候处于各种各样的活动中,并且显现各自不同的个性。19世纪一些以人物为中心的小说常常通过描写人物行动揭示人物特点。莫泊桑的小说《漂亮朋友》就是这

---

① Henry James, *The Portrait of a Lady* (Oxford: Oxford UP, 1981), p.51.

样一个典范。小说讲述了一位底层社会的"美男子"如何利用上流社会已婚妇女的"爱情梦"引诱她们,以便跻身上流社会的故事。故事主人公出场时有这样一段叙述:

> 他自知长得漂亮,又有前士官的翩翩风度,便故意挺直腰板,以军人的熟练姿势卷了卷胡子,用他那美男子的目光,像撒网一样,迅速地环顾了一下在座的客人。
>
> 女客们都抬起头看着他。①

在这段描述中,叙述者着力描写了这位美男子在小饭馆里如何展示自己的潇洒魅力。他"挺直腰板""卷了卷胡子""迅速地环顾了一下在座的客人",这些描述既突出了"漂亮朋友"极具夸张的表现力,同时也揭示了他对自己美貌的充分意识。而"女客们都抬起头看着他",这一事实则表明了他的努力果然奏效。事实上,小说在叙述这位漂亮朋友每次出现在一个新的社交场合时,都对他的行为进行了细致描写,使得他的不良意图和拙劣的表演在读者看来十分可笑。如果说直接塑造法是对人物性格的概括,那么,这种聚焦于人物行动的叙述方法则将人物性格特征进行了形象化处理,使得某些行为成为人物性格的标志性特征,让读者有一种亲临其境的感受,加深了读者对人物基本特点的印象。

体现人物特性的另一个重要方面是人物语言。例如,我们都知道小说《红楼梦》中的王熙凤精明能干、八面玲珑。但是,叙述者很少使用直接概括这些个性的词语,而是通过人物自身的言语行为予以展示。第三回王熙凤出场时有这样一段精彩描写:

> 一语未了,只听后院中有人笑声,说:"我来迟了,不曾迎接远客!"黛玉纳罕道:
>
> "这些人个个皆敛声屏气,恭肃严整如此,这来者系谁,这样放诞无礼?"……
>
> 黛玉连忙起身接见。贾母笑道:"你不认得他。他是我们这里有名的一个泼皮破落户儿,南省俗谓作'辣子',你只叫他'凤辣子'就是

---

① 莫泊桑:《漂亮朋友》,张冠尧译,北京:人民文学出版社,1993年,第251页。

第三章　人物性质和塑造手法

了。"……

这熙凤携着黛玉的手,上下细细打谅了一回,仍送至贾母身边坐下,因笑道:"天下真有这样标致的人儿!我今日才算见了!况且这通身的气派,竟不像老祖宗的外孙女,竟是个嫡亲的孙女儿似的。怨不得老祖宗天天嘴里心里放不下。——只可怜我这妹妹这么命苦,怎么姑妈偏就去世了呢!"说着,便用手帕拭泪。贾母笑道:"我才好了,你又来招我。……"熙凤听了,忙转悲为喜道:"正是呢。我一见妹妹,一心都在他身上,又是欢喜,又是伤心,竟忘了老祖宗了。该打,该打!"又忙拉着黛玉的手问道:"妹妹几岁?可也上学?现吃什么药?在这里别想家。要什么吃的,什么玩的,只管告诉我;丫头老婆们不好,也只管告诉我。"一面又问婆子们:"林姑娘的行李东西可搬进来了?带了几个人来?你们赶早打扫两间下房,让他们去歇歇。"①

细读以上描述,我们的确看到了王熙凤的"精明能干"。这一印象主要来自叙述者对王熙凤行为的描述。首先,叙述者让读者感受到王熙凤人未到而声先至。而这一特点与荣国府的整体氛围大相径庭。正如黛玉所见,荣国府里所有的人都敛声屏气,一个女人竟然如此放诞无礼,必定不一般。我们看到,王熙凤一到场便赞叹黛玉之美——"天下真有这样标致的人儿",同时又可怜黛玉"命苦";当贾母抱怨她不该提这事的时候,王熙凤立刻责怪自己"该打",连忙对黛玉问这问那。还没有等黛玉作答,她又立刻吩咐下人安排黛玉及其随从丫鬟歇息。这些叙述除了突出王熙凤快人快语的泼辣特点,还强调了她随机应变的精明特性,同时也表现了她在贾母面前的潇洒恣意,十分生动地刻画了王熙凤精明能干的个性以及炫耀权力的做法。说到底,王熙凤在说话间转喜为悲,复又转悲为喜,以及对黛玉的嘘寒问暖,无一不是为了讨好贾母,借此在众人面前显示自己的权力地位。

除了行动和语言,使得读者能够直接感受人物形象和个性的另一个方法是关于人物外貌的描写。请看下面一段描述:

他的姐姐高挑个儿,身体强壮;她疾步走来,步履坚定,让人觉得

---

① 曹雪芹、高鹗:《红楼梦》,北京:人民文学出版社,1982年,第40—42页。

> 她对于自己要去哪里、去干什么十分清楚。她穿着男式长大衣(但看上去好像并没有什么不舒服,反倒是很自在的样子,仿佛就是她自己的;她看上去像个战士),头戴圆顶长毛绒帽子,帽檐下一根粗绳系着。她神色凝重,若有所思,深蓝色的眼睛凝视着远方……①

以上引文是凯瑟《拓荒者!》开篇处对女主人公亚历山德拉容貌、着装的描写。叙述者强调女主人穿着男式大衣,并且详写女主人公这身打扮的舒适感与英武之气,向读者暗示了亚历山德拉特立独行的坚强个性。与王熙凤出场时的人物描写不同,这里的人物描写并没有让人物说话,而是重点突出人物在外貌和着装方面的个性化特征,为故事即将展示的独立女性形象作了有效的铺垫。这种通过描写人物外貌暗示人物内在气质的写法在我国古典小说中不乏其例。《三国志通俗演义》在吕布出场时有这样一段描写:

> 见吕布出阵,头戴三叉束发紫金冠,体挂西川红锦百花袍,身披兽面吞头连环铠,腰系勒甲玲珑狮蛮带,弓箭身可体,手持杆方天画戟,坐下嘶风赤兔马,果然是"人中吕布,马中赤兔"!②

在这段描写中,叙述者从上到下细致描述了吕布的着装,强调了这位战将在装束方面的富贵气派,突出吕布张扬的个性和行为特征。叙述者在完成人物肖像描写之后,发出的感叹"人中吕布,马中赤兔"可谓点题之笔,强化了吕布这一身装扮与他个性之间的相关性;而"果然"一语则暗示了吕布这种张扬的英雄个性是故事世界中的一个已知事实,叙述者仅仅是直接将之展现而已。如果用"素描"来形容《拓荒者!》中关于女主角的描写,那么,这里关于吕布的外貌描写则酷似一幅惟妙惟肖的肖像,使得读者直接感受到逼真的视觉效果。如果是叙述者借用人物眼光对另一人物形象进行描述,那么,这种形象则可能带有观察者的主观理解与判断。或者说,关于人物的描述可能是观察者的某种投射。例如,《水浒传》里有一段从何涛的角度对宋江的描述:"看那人时,怎生模样,但见:……年及三旬,有养济

---

① Willa Cather, *O Pioneers*! (New York: Bantam Books, 1989), p. 5.
② 罗贯中:《三国志通俗演义》,上海古籍出版社,1980年,第49页。

万人之度量；身躯六尺，怀扫除四海之心机。……志气轩昂，胸襟秀丽。"与上述关于吕布的描写不同，这里对宋江的描写是从故事人物的观察角度进行的"虚写"。我们所看到的并非是宋江的外貌，而是何海涛因其仰慕之情对宋江的内心世界的判断。显而易见，这种方法的意义并非仅仅在于展现被观察对象的外貌，而且也是为了强调观察者的主观判断或主观倾向。小说家让人物揽镜自照的手法也属于这一类。例如，乔治·艾略特在《亚当·贝德》中刻画了一位容貌姣美、性情温柔但性格软弱、爱慕虚荣的姑娘海蒂。小说并没有对她的美貌进行浓墨重彩的描写，也没有对她内心的虚弱进行细致描述，而是讲述了海蒂如何从擦拭得锃亮的家具表面欣赏自己的影像："海蒂经常乘着姨妈转身时候观看家具表面映照出的容颜。"这一手法使得叙述者无需对海蒂的容貌之美作直接的描述，也无需对海蒂的虚荣心作进一步的评述，就好比小说家将一面镜子（或者代用品）交给人物（通常是女性人物），通过观察镜像来展示人物的外貌以及这种行为本身带有的自我迷恋特征。

与人物塑造相关的另一个方面是关于人物所处环境的描写。在小说世界中，虚构世界的环境既是必需的，同时又具有一定的象征意义。一个有趣的例子来自詹姆斯的《女士画像》。故事中那位颇具艺术气质的穆勒夫人向伊莎贝尔说："每个人都有他的外壳，因此外壳很重要。我所说的外壳是指一切生活环境。"① 穆勒夫人这里强调的生活环境包括居住的房屋以及其他生活空间里的一切物件。《女士画像》将开篇场景安排在伦敦一幢古宅前的草坪上，并强调这幢房子建于爱德华六世时期以及房子主人在不同时期与英国皇家的关系。房子代表的古老文化与女主人单纯直率的美国人身份构成了鲜明的对比，暗示了伊莎贝尔在两种文化之间的困惑。19世纪美国大文豪豪威尔斯的小说《塞拉斯·拉帕姆的发迹》讲述了新富商塞拉斯一家发财后在社交界遭遇的困境。叙述者在描述塞拉斯的豪宅时着重强调了昂贵的建筑材料以及不合时宜的奢华装修。与此相对应，小说在描述贵族出身的科里家族的住宅时则强调了房子的久远历史、周边环

---

① James, *The Portrait of a Lady*, p.216.

境的宁静,以及房子结构的古典风格。① 小说在描述两家住宅不同的地理位置、建筑布局、装修风格时,强烈地暗示了新富阶级与旧贵族之间的矛盾。而小说将塞拉斯的豪宅化为灰烬作为他重新获得家庭幸福、道德荣耀的前提条件,揭示了财富概念在豪威尔斯时代依然带有的清教伦理意味。

环境描写成为揭示人物的象征手法,这一点在我国古典小说中同样明显。依然以我们大家熟悉的《红楼梦》为例。《红楼梦》第十七回讲述大观园竣工后,黛玉、宝玉及众姐妹搬入各个居所。林黛玉住了潇湘馆,贾迎春住了缀锦楼,探春住了秋爽斋,惜春住了蓼风轩,李纨住了稻香村,宝玉住了怡红院。我们知道,这些自然风景、建筑结构各有不同的住所在不同程度上代表了居所主人的性格特征,其中"潇湘馆"的意蕴与黛玉性格之间的隐喻关系尤为瞩目。作者在第三十七回借探春之口点明了其中意味:"当日娥皇女英洒泪在竹上成斑,故今斑竹又名湘妃竹。如今他住的是潇湘馆,他又爱哭,将来他想林姐夫,那些竹子也是要变成斑竹的。以后都叫他'潇湘妃子'就完了。"而我们看到,平日里伶牙俐齿的黛玉在听了此话后的反映是:"低了头方不言语。"

以上讨论的两种人物塑造法经常同时为小说家们采用,两种方法交互作用,共同刻画栩栩如生的人物形象。例如,《欧也妮·葛朗台》首先对葛朗台家族进行了概述:"三位老人都吝啬成性,一辈子拼命攒钱。"②接着,叙述者对葛朗台夜间的心理活动作了细致描述:"葛朗台睡眠不多,夜里有一半时间用来做各种事先的盘算。"而小说中关于葛朗台如何盘查、节省家中每天所需食物等细节描述,使读者对葛朗台的"吝啬"有了更为具体的印象。可以这么说,假如直接法为读者提供了人物的总体印象,那么,间接法则是为了加深印象提供的有效证据。再如,英国作家萨克雷在《名利场》中将蓓基·夏普界定为"魔鬼也斗不过的女人",然后围绕这一特点叙述她在名利场上唯利是图的各种行为。

作为一种常规现象,小说中的人物通常伴随着故事情节发展产生性格

---

① William Dean Howells, *The Rise of Silas Lapham* (New York: Norton, 1982), p. 37, p. 165.
② 巴尔扎克:《欧也妮·葛朗台》,张冠尧译,北京:人民文学出版社,2000年,第9页。

变化。强调人物个性发展与故事情节变化在很多叙事作品中是两个互为结构的有机体,一方面,作为行动的发出者,人物在故事情节中承担特定的功能;另一方面,随着情节发展,人物性格发生变化。当然,有的叙事作品更偏重故事情节,如侦探小说,其中的人物很少发生性格变化;而有的则更偏重于人物,如成长小说,其主人公在成长过程中的性格变化往往是作品的重点描述对象。

在探讨塑造人物的方式时,我们经常需要同时关注叙述者如何展示人物外在言行和内心活动。请看下面一段摘自《包法利夫人》的人物描述:

> 他半夜回来的时候,总不敢吵醒她。……夏尔瞧瞧帐子。他仿佛听见女儿轻微的呼吸声。她现在正在长大,每一个季节都会很快地带来一点进展。他已经看见她傍晚放学回家,满脸笑容,衣服袖子上沾满了墨水,胳膊上还挎着她的小篮子。……啊!等她到了十五岁,像她母亲一样在夏天戴起大草帽来,那是多么好看!远远看来,人家还会以为她们是两姐妹呢。……
>
> 爱玛并没有睡着,她只是假装在睡;等到他在她身边昏昏入睡的时候,她却醒着做梦。
>
> 四匹快马加鞭,一个星期来拉着她的车子,奔向一个新的国土,他们一去就不复返了。①

这段描述生动地展现了夫妻二人同床异梦的心理现实。全知叙述者不仅描述了夏尔的行为(半夜回来、瞧瞧帐子),而且揭示了他和爱玛完全不同、互相对立的梦想。叙述者对人物外部行为和心理世界的洞察以及将两个怀揣截然相反梦想的人物作并置处理,使得读者很容易产生对夏尔的同情。不言而喻,其中的反讽意味主要是通过将人物本身浑然不觉的某些心理现实揭示给读者来加以实现的。换言之,读者借助叙述者的全知全能看到了人物无法知道的现实,使得人物最后的悲剧命运在读者面前显得昭然若揭。这一特点同样表现在叙述者讲述爱玛与她的情人鲁道夫之间的恋情上。通过自由穿梭在不同的故事空间、变换聚焦对象,并且以同样的

---

① 福楼拜:《包法利夫人》,许渊冲译,南京:译林出版社,2003年,第173页。

手法透视人物真实想法,叙述者向读者展现了鲁道夫为了摆脱爱玛的纠缠写告别信时的情景:

> 他又读了一遍(自己写的信)。信似乎写得不错。
> "可怜的小女人!"他带着怜悯的心情想道。"她以为我的心肠比石头还坚硬了。应该在信上留几滴眼泪。但我哭不出来,这能怪我吗?"
> 于是,罗道夫在杯子里倒了一点水,沾湿了他的手指头,让一大滴水从手指头滴到信纸上,使墨水字变得模糊。然后,他又去找印章盖信,偏偏找到的是那颗"真心相爱"的图章。
> "这不大对头……啊!管它呢!没关系!"①

与上一段摘引部分的手法相同,叙述者将鲁道夫的造假行为以及所思所想生动地展示给读者。全知叙述者直接告知读者"真相",使读者在认知能力和范围方面远远超过人物本身。同时,由于全知叙述者对于人物内外两个世界的观察和描述通常代表了某种叙述立场或道德判断,这种叙述方式使读者容易倾向于接受叙述者的态度。例如,在上引片断中,叙述者将鲁道夫的真实想法揭示给读者,而爱玛却蒙在鼓里,因此,读者会感到爱玛的痴狂爱情梦想十分可笑。全知叙述者从自己的观察角度、用自己的语言对人物内外两个世界进行叙述,这种方法不仅将小说中主要人物的行为特征和心理活动予以透彻的揭示,同时还有利于读者了解人物命运发生改变的来龙去脉,从而对人物内心的价值体系有更为明确的把握。

※　　※　　※　　※

以上我们介绍、阐述了不同的人物观以及塑造人物的不同方法。我们重点介绍了"直接塑造法"和"间接塑造法"的互为对照之处。事实上,叙事学家研究的不少技巧都是塑造人物的重要手段,如对不同叙述视角的运用(详见第五章),或表达人物话语的不同方式(详见第八章)。在塑造人物形象时,作者往往会根据表达主题意义和人物性格的需要,采用塑造人物的不同手法。从人物本身的性质来说,"功能型"人物观将人物看作从属于情

---

① 福楼拜:《包法利夫人》,许渊冲译,第181页。

节的行动者,"心理型"人物观从审美或伦理角度强调人物是具有心理或人格特征的"人",而不是"功能"或"角色"。从分析方法上看,前者借用语言学模式,将"功能"或"角色"视为叙事语法结构中的一种成分,以求对所有叙事作品中的人物功能进行分类;与此对立,"心理型"人物观通常以"似真性"作为评判标准,关注人物形象是否逼真,以实现揭示人性、贬恶扬善的目的。当然,由于强调人物似真性,结构主义叙事学理论之前关于人物的讨论集中在现实与虚构之间的镜像关系上,体现了明显的经验性质。不过,对于人物似真性的关注,以及强调人物塑造与读者审美心理之间的关系,有效地弥补了结构主义叙事学人物分析模式单方面偏向情节结构,只看人物结构功能的不足。

思考题和练习

1. 亚里士多德在《诗学》里如何论述人物与行动的关系?
2. 强调从"功能"角度论述人物的分析模式与传统人物观有什么差异?
3. 陪衬人物是否可有可无?
4. 如何看待福斯特提出的"扁平人物"和"圆型人物"的分类?
5. 从你阅读过的小说中列举出一些人物形象,阐述小说家运用哪些手法塑造了令人难忘的人物形象。

第四章　叙事交流①

　　每一种叙事都涉及交流,这一观点已被广泛接受,并成为多学科领域的研究对象。② 研究者们认为,交流行为必然涉及信息、信息的传递者和接受者,这一共性表明,叙事形式虽然各有不同,但在模式上可能具有某些相似性。③ 这种认识对于研究叙事交流产生了重要影响。20 世纪 70 年代以降,社会语言学、语用学、符号学研究关于人际交往模式的探讨强调从话语形式和语境角度分析文学叙事与日常口语交流在传递、判断信息方面的共同模式。④ 虽然研究的侧重点各有差异,但是,研究者们普遍关注交流过程的一些基本要素,如发话人、受话人、话语方式等。这些基本要素同时也是文学叙事研究的关注对象。依照里蒙-凯南的观点,文学叙事里的"叙述"(narration)包含两层意义:(1)指交流的过程,包括信息发出者将信息传递至接受者的过程;(2)指用来传递信息的语言媒介。⑤ 这一解释明确了文学叙事在交流模式方面的独特性(其语言属性决定了文学叙事有别于非文字媒介叙事交流,如,电影、舞蹈、绘画),同时也指出了叙事交流与其他交际行为过程的共同特点(如,都有信息的发出者和接受者)。

　　在这一章里,我们将阐述文学叙事的交流模式,着重讨论隐含作者

---

　　① 我们在叙事作品中能看到的交流通常只是叙述者向受述者发话,在这个意义上,应该用"叙述交流"。但正如我们在本章中要探讨的,与日常口头叙事不同,在文学叙事作品中,交流涉及真实作者、隐含作者、叙述者、受述者、隐含读者、真实读者之间的复杂关系,而不仅仅限于叙述者和受述者之间的关系。为了涵盖这种复杂关系,特采用"叙事交流"。

　　② 详见 Didier Coste, *Narrative as Communication* (Minneapolis: U of Minnesota P, 1989),尤其是第 1 章"The Nature and Purpose of Narratology", pp. 3—32。

　　③ Walter R. Fisher, *Human Communication as Narration: Toward a Philosophy of Reason, Value and Action* (Columbia: U of South Carolina P, 1987), p. 49。

　　④ 参阅 Lewis P. Hinchman and Sandra Hinchman, eds. *Memory, Identity, Community: The Idea of Narrative in the Human Sciences* (Albany: State U of New York P, 1997)。

　　⑤ Rimmon-Kenan, *Narrative Fiction*, p. 2。

(implied author)、隐含读者(implied reader)、叙述者(narrator)、受述者(narratee)、不可靠叙述(unreliable narration)等概念,阐述它们在叙事交流过程中的作用和相互关系。

第一节 叙事交流模式

把小说叙事视为语言交流艺术,并从理论上探讨其交流过程,从而揭示交流形式可能产生的修辞效果,这一起点应该归功于美国芝加哥学派领军人物布思。他在为《小说修辞学》撰写的序言中把小说称作"与读者进行交流的一门艺术",并且提倡对叙事作品的修辞形式及其意义进行探究,以揭示作者如何"有意或无意地采用多种修辞手段将虚构世界传递给读者"①。在这段话中,布思把作者、作品、读者看作叙事交流的三个基本要素。这一认识与结构主义语言学关于语言交际过程的分析十分类似。

20世纪50年代,美国语言学家雅柯布森在《语言学的元语言问题》一文中提出,言语行为以交际为目的,交际过程涉及三个核心要素:说话者(addresser)、信息(message)、受话者(addressee)。此外,他还提出:"要想使交际运行起来,这段话还需要有一个所指的语境(context)[用一个有些歧义的术语来说,就是'所指'(referential)],该语境可以为受话者所把握,它或者是语言的,或者是可以语言化的;需要有一套说话者和受话者之间(换言之,编码者和解码者之间)完全或者至少是部分共有的代码(code);最后,还需要有接触(contact),接触是说话者和受话者之间的一条物理通道和心理联系。"②这6个因素决定了交际过程同时伴有6种功能,雅柯布森用下面的图式表示言语交际的发生过程:

语境(指称功能)
内容(诗歌功能)
说话人(表情功能)……………………受话人(呼吁功能)

---

① Booth, *The Rhetoric of Fiction*, p. xiii.
② 罗曼·雅柯布森:《语言学的元语言问题》,载《雅柯布森文集》,钱军、王力译注,长沙:湖南教育出版社,2001年,第52页。

接触（寒暄功能）

代码（元语功能）①

  这个图表的一个重要意义在于强调了语言是人际间的交流系统。与雅柯布森一样，结构主义叙事学家同样认为叙事是一种交流行为，其根本目的在于向读者传递故事及其意义。与日常语言交际一样，叙事交流同样涉及信息的传递与接受过程。理论家们通常用下列图表表示叙事交流过程：

说者——信息——听者②

  当然，一个不言自明的事实是：文本叙事的书写属性决定了叙事交流的"说者"和"听者"关系无法像日常语境中那样直接发生。就叙事交流总体情形而言，小说的"说者"在最上层，指作者，而"听者"主要指读者。因此，关于叙事交流这一层的分析可以用以下流程图表示：

作者——文本——读者

  当然，这是一个十分简化的图表。让我们看一看美国叙事学家查特曼在1978年出版的《故事与话语》一书中提出的叙事交流图：③

叙事文本

真实作者 - - → 隐含作者→（叙述者）→（受述者）→隐含读者 - - ▶ 真实读者

  这一流程图在查特曼提出之后，被众多叙事学家采纳，用来说明文本叙事交流涉及的基本要素和模式。在这个图表中，真实作者与真实读者都被置于方框之外，表明二者不属于文本内部结构成分，而真实作者和真实读者与叙事文本之间的虚线则表明二者与叙事文本之间不存在直接关系，因而也不属于结构主义叙事交流分析的范围。为了更好地理解这一交流图，我们首先需要搞清楚什么是"隐含作者"和"隐含读者"，他们与"真实作者"和"真实读

---

① 雅柯布森：《语言学的元语言问题》，第52—53页。
② 参见华莱士·马丁：《当代叙事学》，伍晓明译 北京：北京大学出版社，2005年，第154页。
③ Chatman, *Story and Discourse*, p.151.

者"是什么关系。

第二节 隐含作者与隐含读者

"隐含作者"是布思在《小说修辞学》(1961)中提出的一个重要概念,后被叙事学家广为采纳。这一概念既涉及作者的编码又涉及读者的解码。①布思在界定"隐含作者"时说:

> 的确,对有的小说家来说,他们[1]写作时似乎在发现或创造他们自己。正如杰萨明·韦斯特所言,有时"只有通过写作,小说家才能发现——不是他的故事——而是[1]故事的作者,或可以说是[1]这一叙事作品的正式作者。"无论我们是将这位隐含作者称为"正式作者",还是采用凯瑟琳·蒂洛森新近复活的术语,即作者的"第二自我",毋庸置疑的是,读者得到的关于这一存在(presence)的形象是作者最重要的效果之一。无论[1]他如何努力做到非个性化,[2]读者都会建构出一个[1]这样写作的正式作者的形象……[2]正如某人的私人信件会隐含该人的不同形象(这取决于跟通信对象的不同关系和每封信的不同目的),[1]作者会根据具体作品的特定需要而以不同的面貌出现。②

就编码而言,"隐含作者"就是处于某种创作状态、以某种立场来写作的作者;就解码而言,"隐含作者"则是文本"隐含"的供读者推导的这一写作者的形象(上面引文中用[1]标示的部分指向"作者",用[2]标示的部分则指向"隐含")。"隐含作者"和"真实作者"的区分实际上是处于创作过程中的人(以特定的立场来写作的人)和处于日常生活中的这个人(可涉及此人的整个生平)的区分。所谓故事的"正式作者"其实就是"故事的作者"——"正式"一词仅仅用于廓清处于特定创作状态的这个人和日常生活中的这个人。值得注意的是,"创造"一词是个隐喻,所谓"发现或创造他们

---

① 详见申丹:《叙事、文体与潜文本》第二章,以及 Dan Shen(申丹), "What Is the Implied Author?" *Style* 45 (2011), pp. 80—98.

② Booth, *The Rhetoric of Fiction*, p. 71;[1]与[2]和着重号为引者所加。

自己",实际上指的是在写作过程中发现自己处于某种状态或写作过程使自己进入了某种状态。布思在《隐含作者的复活》中提到弗罗斯特的创作时,区分了作为"隐含作者"的弗罗斯特和作为"真实作者"的弗罗斯特。① "隐含"的弗罗斯特"忠诚于诗歌形式,数小时甚至好几天都努力写作,以求创作出符合自己的规则的有效的押韵"。与此相对照,"真实"的弗罗斯特则是我们在有的传记中看到的"可怕的人,心眼很小,报复心强,是位糟透了的丈夫和父亲"②。我们根据作品来了解"隐含作者",而根据传记、自传、信件等史料来了解"真实作者"。至关重要的一点是,"真实作者"是处于创作过程之外的人,而"隐含作者"就是此人进入了创作过程之中,以某种立场和方式来写作。

布思在自己的论著中一再采用了"真实作者创造了隐含作者"这样的表达,他的意思其实就是此人进入了某种创作状态,这可以从他举的日常生活中的例子看得更清楚:

> 我进一步考虑了真实作者对隐含作者的创造与日常生活的关系,在日常生活中,也无处无时不存在建设性和破坏性的角色扮演。无论在生活的哪一方面,只要我们说话或写东西,我们就会隐含我们的某种自我形象,而在其他场合我们则会以不尽相同的其他各种面貌出现……假如餐馆老板让服务员在真的想微笑的时候才微笑,你会想去这样的餐馆吗?假如你的行政领导不允许你以更为愉快、更有知识的面貌在课堂上出现,而要求你以走向教室的那种平常状态来教课,你还想继续教下去吗?……我们的配偶所创造的最好的隐含作者,我们的老板、我们的记者等所创造的最佳形象,如此等等。③

从这些日常生活中的实例可以清楚地看出,布思的"真实"与"隐含"的

---

① Wayne C. Booth, "Resurrection of the Implied Author: Why Bother?" *A Companion to Narrative Theory*, eds. James Phelan and Peter J. Rabinowitz (Oxford: Blackwell, 2005), p. 80.

② L. Thompson, *Robert Frost* (New York: Holt, Rinehart, and Winston, 1966), p. 27. 布思指出有的传记作家没有把弗罗斯特描写得那么坏,然而,他说:"没有任何传记揭示出一个足够好的弗罗斯特,让我乐意成为他的近邻或亲戚,或午餐伴侣。"(Booth, "Resurrection of the Implied Author," p. 80)

③ Booth, "Resurrection of the Implied Author," p. 77.

第四章 叙事交流

区分,就是日常状态与从事某种活动时的特定状态之间的区分。也就是说,所谓"真实"的人创造出"隐含"的人,就是此人在某种活动中以某种特定面貌出现。当一个人在餐馆对顾客微笑服务(或在教室以良好状态教课,或在文学创作中以某种面貌来写作)时,这个人就不再是"真实的"或"有血有肉的",而是"隐含的"。让我们看看下面这个等式:

"真实作者"创造出"隐含作者"(以某种面貌来写作的作者,类似于微笑的服务员)="隐含作者"(以某种面貌来写作的作者,类似于微笑的服务员)

这个等式直观地说明布思的"真实作者创造出隐含作者"只是一种隐喻的表达,指的并不是写作文本的人创造了另外一个实体,而是指此人以特定的方式来写作(这样写作的这个人就是"隐含作者")。但与日常生活不同,读者不能直接看到写作过程中的"隐含作者",而只能看到作品所"隐含"的作者形象("读者都会建构出一个这样写作的正式作者的形象")。尽管读者对隐含作者形象的推导只能以作品为依据,但布思强调隐含作者是"自己创作选择的总和"①。布思的《小说修辞学》于20世纪60年代初面世,当时正值形式主义批评盛行之时,批评界聚焦于文本,排斥对作者的考虑。在这种学术氛围中,"隐含作者"无疑是一个非常英明的概念。我们通过作品本身,而不是通过各种史料来了解"隐含作者"(若要了解没有进入创作过程的"真实作者",则需要阅读各种史料)。因为"隐含"一词以文本为依托,故符合内在批评的要求;但"作者"一词又指向创作过程,使修辞批评家得以考虑作者的意图和评价,得以探讨作者如何与读者进行交流,如何通过叙事策略引导读者领悟作品总体上的修辞效果。

我们知道,结构主义叙事学以文本为中心,布思对"真实作者"和"隐含作者"的区分,尤其是他对"隐含作者"的强调,十分符合结构主义叙事学对文本的重视,因此"隐含作者"逐渐成为叙事学的一个核心概念。但遗憾的是,包括查特曼在内的众多叙事学家从字面上理解布思关于"真实作者创造出隐含作者"的说法,认为写作作品的是真实作者,隐含作者是真实作者

---

① Booth, *The Rhetoric of Fiction*, pp. 74—75.

在写作时创造出来的"第二自我",而布思眼中的隐含作者(即作者的第二自我)就是以特定面貌写作的作者本人。让我们比较一下布思本人的有关论述与查特曼对布思的引用(强调为引者所加):

(1) However impersonal he may try to be, his reader will inevitably construct a picture of the official scribe who writes in this manner.①(无论他如何努力做到非个性化,读者都会建构出一个这样写作的正式作者的形象。)

(2) However impersonal he may try to be, his reader will inevitably construct a picture of the official scribe.②(无论他如何努力做到非个性化,读者都会建构出一个正式作者的形象。)

例(1)中的文字是布思界定隐含作者时的原话,例(2)中的文字则是查特曼在界定隐含作者时对布思的引用。可以看到,查特曼采用句号(而非省略号)略去了布思至关重要的限定文字"这样写作的",原因就在于查特曼像众多其他叙事学家一样把隐含作者误解为真实作者写作时的创造物。在这种误解的基础上,查特曼把隐含作者放到了文本之内(请看上面引出的查特曼的交流图)。我们知道,一个人在写作不同作品时往往会以不同面貌出现,这些以不同面貌出现的写作者就是不同作品的不同隐含作者。以查特曼为代表的众多叙事学家却这样理解:只有一个真实作者,而他写下的不同作品却会隐含不同的作者形象,因此这可说明"隐含作者"与"真实作者"的不同。叙事学家没有意识到这些不同作者形象实际上源于"隐含作者"本人在创作不同作品时所采取的不同立场和方式。

由于布思眼中的隐含作者就是作品的写作者,因此他指出隐含作者"有意或无意地选择我们会读到的东西",作品是隐含作者"选择、评价的产物",他是"自己选择的总和"。③ 叙事学家尽管把隐含作者囿于文本之内,但需要考虑布思对隐含作者创作主体性的明确论述,此外,他们就是想用

---

① Booth, *The Rhetoric of Fiction*, p. 71.
② Chatman, *Story and Discourse*, p. 148.
③ Booth, *The Rhetoric of Fiction*, pp. 74—75.

立足于文本的"隐含作者"来取代通常的作者概念,因此他们又赋予了文本内的隐含作者创作的主体性。查特曼认为隐含作者"不是一个人,没有实质,不是物体,而是文中的规范"①,同时他又认为作为文本规范或文本原则的隐含作者"创造了叙述者和叙事作品中所有其他成分"②。在上引叙事交流图中,文本之内的隐含作者是信息的发出者或文本的创造者。叙事学家对"隐含作者"这一概念的误解导致了多层次的逻辑混乱:(1)文本隐含的作者形象不是作品写作者的形象;(2)文本隐含的作者形象往往高于作品写作者的形象;(3)没有写作作品的隐含作者(文本规范)在作品内部创造出包括叙述者在内的各种文本成分,而写作了作品的真实作者则没有创造文本的作用(这是查特曼的叙事交流图用虚线来连接真实作者和叙事文本的原因)。在《叙事理论大百科全书》中,安斯加·纽宁在"隐含作者"这一词条里写道:"对隐含作者这一概念的批评大多关涉布思对这一概念的理论界定中的潜在矛盾。一种矛盾源于将隐含作者界定为文本规范之结构(与文本本身相混同),同时又赋予隐含作者叙事交流模式中发话者的地位。"③这一矛盾的确存在,但并不存在于布思本人的理论界定,而是存在于以查特曼为代表的众多叙事学家对布思理论的阐发。④ 由于纽宁认为矛盾源于布思的理论,因此他提出的解决办法是采用"叙事策略"或"结构整体"等概念来替代"隐含作者",这完全去掉了"隐含作者"的编码作用,剥夺了其创作主体性,进一步割裂了"隐含作者"与社会历史语境的关联。真正能解决问题的办法是回到布思原来的区分:"隐含作者"是以特定立场、方式或面貌来创作作品的人,"真实作者"则是没有进入创作过程的日常生活中的这个人。在明确了"隐含作者"的实质性含义之后,我们需要对查特曼的叙事交流图作出修订:

叙事文本
真实作者→隐含作者→(叙述者)→(受述者)→隐含读者→真实读者

---

① Chatman, *Coming to Terms* (Ithaca: Cornell UP, 1990), p. 87.
② Chatman, *Story and Discourse*, p. 148.
③ Ansgar Nünning, "Implied Author," *Routledge Encyclopedia of Narrative Theory*, eds. David Herman et al. (London: Routledge, 2005), p. 240.
④ See Dan Shen, "What Is the Implied Author?" *Style* 45 (2011), pp. 80—98.

我们没有用方框来标示隐含作者究竟是处于文本之内还是文本之外，这是因为隐含作者既涉及编码又涉及解码的双重性质。从编码来说，隐含作者是文本的创造者，因此处于文本之外；但从解码来说，隐含作者是作品隐含的作者形象，因此又处于文本之内（诚然，从阅读的实际情况来说，不同读者尤其是不同历史时期的读者可能会从同一作品中推导出不尽相同的隐含作者形象，但我们需要区分文本本身隐含的作者形象和不同读者对这一形象的推导阐释）。

"真实作者"虽然处于创作过程之外，但一个人的背景、经历等往往会影响一个人的创作。例如，英国小说家康拉德有过海上历险的个人经验，他的《吉姆爷》和《黑暗的心》均以海上殖民历险作为主要事件。传统批评家关注作家生平对其创作的影响是不无道理的，但有的批评家走得太远，一味关注史料的考证，在某种程度上忽略了作品本身。而且，关注作者生平的批评家容易拿一种固定的眼光来看一位作者笔下的不同作品，忽略同一作者在创作不同作品时采取的不同立场。① 布思的"隐含作者"对于特定作品及其创作过程本身的强调有利于纠正这种偏误。但是，布思将创作过程中的"隐含作者"（以及作品隐含的作者形象）与生活中的"真实作者"不仅相对照，而且在某种程度上相对立（如上引布思对"隐含的"弗罗斯特和"真实的"弗罗斯特的区分），忽略后者的经历对前者创作的影响，也忽略了创作时的社会环境的影响，这也是一种偏颇。我们应该关注一个人的生平和相关社会环境对一个人的创作过程的影响，这是经典叙事学家在作品阐释中没有做到的——正如查特曼的叙事交流图所示，经典叙事学家仅仅关注文本本身，但我们在本书的下篇可以看到，后经典叙事学家在作品阐释中，纠正了将作品与社会历史语境相隔离的倾向。

我们知道，文学作品（包括其中的叙述者）是虚构出来的，因此不能将隐含作者与叙述者相等同（见下文对不可靠叙述的探讨）。法国作家福楼拜曾因为《包法利夫人》中的叙述者在描述不伦恋情时表现的"不介入"姿态而遭到评论界对其道德观的强烈批评，但是，福楼拜明确表示："该故事纯属创作之物；我全然没有将自己的情感投入其中，所写之事与我个人生

---

① 参见申丹：《叙事、文体与潜文本》第五章。

第四章　叙事交流

活毫无关系。"①再如,面对读者对《洛丽塔》乱伦主题的各种质疑,纳博科夫(Nabokov)明确表示故事与他个人生活毫无关系,作为作家,他在创作过程中仅仅陷入了对小说形式之美的热爱。②

值得注意的是,北美一些叙事理论家在近年来提出,应该对"隐含作者"作些修正。1997 年,普莱斯顿在《叙事》杂志上发表文章,针对布思在《小说修辞学》一书中关于《了不起的盖茨比》隐含作者的评论提出了异议。她明确指出,《了不起的盖茨比》并不存在某个一致的隐含作者,并列举了大量文本证据阐述小说对于盖茨比的形象存在多处前后矛盾的描述。在她看来,即便文本预设了某个阅读立场,但是,个体阅读经验的巨大差异决定了"隐含作者"概念无法成为一个可以用来描述普遍规律的理论术语。③我们知道,一部小说的创作过程往往长达数月或数年,隐含作者的立场很可能会不断发生变化,因此一部作品隐含的作者立场很有可能会前后矛盾。正如苏珊·兰瑟所言:"我们应该放弃那种认为存在一个统一而连贯作者的想法……从而意识到,隐含作者可能——或许通常——是多重的人格(multiple personalities)。"④布思在 1997 年发表于《叙事》杂志的一篇文章中也坦言:"在我早期的论著中,我认为存在这样两个高高在上的人:隐含作者和我;他们之间的交流是完全的,充满信心、安全稳定、正确无误、聪明睿智。现在我认为隐含作者是多重的(manifold)。"⑤但是,应该指出,普莱斯顿把个体阅读经验作为衡量隐含作者的标准是一种偏误。对于同一作品,不同读者尤其是不同历史时期的读者可能会对其作者形象做出大相径庭的阐释,但这体现的是读者的差异,而不是隐含作者本身的差异。

在上面修改过的叙事交流图中,我们在"隐含读者"和"真实读者"之间采用了实线。所谓"隐含读者",就是隐含作者心目中的理想读者,或者说

---

① Gustave Flaubert, Letter to Mademoiselle Leroyer de Chantepie, *Novelists on the Novel*, ed. Miriam Allott (London: Routledge & Kegan Paul LTD, 1965), p. 271.
② L. S. Dembo, ed. *Nabokov:the Man and His Work* (Madison: U of Wisconsin P, 1967).
③ Elisabeth Preston, "Implied Author in The Great Gatsby" *Narrative* 5 (1997), pp. 143—164.
④ Susan Lanser, (Im)plying the Author. *Narrative* 9 (2001), p. 157.
⑤ Booth, "The Struggle to Tell the Story of the Struggle to Get the Story Told," *Narrative* 5.1 (1997), p. 58.

是文本预设的读者,这是一种跟隐含作者完全保持一致、完全能理解作品的理想化的阅读位置。可以说,"隐含读者"强调的是作者的创作目的和体现这种目的的文本规范。生活中的"真实读者"往往难以达到对"隐含读者"的要求,更何况每个人的不同经历和不同立场会阻碍真实读者进入文本预设的接受状态。但"隐含读者"只是文本预设的阅读位置,叙事交流的实际接受者就是"真实读者"。我们在阐释作品本身的意义时,可以把自己摆在隐含读者的位置上,批评家可以用"读者认为"暗指"隐含读者认为",但实际上我们只能尽可能地去接近文本预设的理想读者的位置,我们眼中的"隐含读者"很可能会与文本实际预设的隐含读者有各种距离。

值得强调的是,"隐含读者"是"隐含作者"心目中的理想读者,与"隐含作者"保持一致。"隐含读者"这一阅读立场与后结构主义提倡的逆向阅读立场相对立。比如,依照女性主义批评的阅读理论,叙事文本是男权社会的文化产物,因此,"女性阅读"(read like a woman)应该有意识地拒绝叙事文本引导的立场,采取"抵抗阅读"策略,以反抗旧有叙事成规对性别角色或女性形象的定势思维。① 不过,从逻辑上讲,"抵抗","反抗"表明反抗者对反抗的对象已经有了充分的意识。这样的阅读立场实际上要求读者对文本预设的立场相当敏感。这种抵抗阅读可以说是用真实读者的阅读位置来抵抗文本预设的隐含读者的阅读位置,或者说,是用真实读者的立场来抵抗隐含作者的创作立场和创作目的。这种阅读立场布思显然难以接受,因为他重视的是隐含作者与隐含读者(包括希望进入隐含读者位置的实际读者)之间的修辞交流关系;这种阅读立场经典叙事学家也往往难以接受,因为他们聚焦于文本,重视文本本身预设的立场。此外,这种阅读立场就连女性主义叙事学家也往往难以接受,因为女性主义叙事学家把叙事结构和叙述策略视为表达性别政治的手段,注重的是隐含作者如何采用特定结构和策略来产生特定效果(详见本书第十章第二节),且正因为如此,女性主义叙事学家聚焦于女性作家和带有女性(主义)意识的作品。不过,如果说经典叙事学家如查特曼的叙事交流图所示,将各种各样的真实

---

① Evelyne Keitel, "Reading as/like a woman," *Feminism and Psychoanalysis: A Critical Dictionary*, ed. Elizabeth Wright (Oxford: Blackwell, 1992), p.372.

读者置于考虑范围之外,不少后经典叙事学家尤其是认知叙事学家,则在不同程度上考虑了持不同立场的真实读者对文本的不同反应。

第三节 叙述者与受述者

在查特曼的叙事交流图中我们看到,叙述者与受述者是文本结构内部叙事信息的发出者与接受者。依照普林斯的定义,"叙述者"是指"叙述[故事]的人"(the one who narrates)①。"受述者"则是指"接受叙述的人"(the one who is narrated to)②。这两个定义点明了叙述者与受述者作为信息发出者和信息接受者的交流关系。值得注意的是,普林斯在给两个术语下定义时都强调它们"铭刻在文本中"(inscribed in the text),这表明读者可以从文本话语层面发现叙述者与受述者,并且从中推断二者之间的交流关系。请看下面的例子:

(1) 假如你没有读过一本名叫《汤姆·索耶历险记》的书,你就不知道我是谁。

(2) 这是一个举世公认的真理:凡是很有钱的单身汉都想娶妻结婚。

(3) 她用力把孩子紧紧地抱在胸前,孩子发出了低声的嘟哝声。

依照普林斯的定义,所有叙事语篇都有叙述者,所不同的是,叙述者不一定都以第一人称"我"出现在语篇中。在上面三个句子中我们看到,句(1)点明了第一人称叙述者"我"(故事中的人物哈克),句(2)、(3)没有出现指涉叙述者的语法人称,但是,这并不表明句(2)、(3)没有叙述者,也不表明句(1)所述内容具有更深刻的主体意识。所不同的是,句(1)中的叙述者同时是故事中的人物,而句(2)、(3)的叙述者均处于故事之外。至于句(2)与句(3)之间的差别仅在于前者发表一般性评论,后者则具体描述人物行为。

---

① Gerald Prince, *Dictionary of Narratology* (Lincoln & London: U of Nebraska P, 2003), p.66.

② Ibid., p.57.

在小说叙事作品中,叙述者不一定都具有人格化特征;即便叙述者人格化,其程度也存在很大差异。因此,不能简单地把叙述者界定为"一个人"。依照米克·巴尔的观点,我们应该将"叙述者"理解为一个"语言学范畴的主语(linguistic subject),因为叙述者是通过语言来展现的一个功能"①。在第三人称叙述(尤其是人物有限视角叙述——详见第五章)中,如果叙述者不站出来发表评论,一直隐蔽在第三人称后面,叙述者就是非人格化的。与此相对照,如果故事外的第三人称叙述者以"我"自称,站出来发表评论,有的还把自己跟人物作比(例如萨克雷的《名利场》的叙述者),第三人称叙述者就是人格化的。至于第一人称叙述,叙述者自然都是人物,但我们对他们的了解程度则不尽相同。例如,在福克纳的《献给艾米莉的玫瑰》中,我们听到有一个与艾米莉同居一个小镇的人在用复数的"我们"来叙述故事,但是,故事并未提供关于叙述者个人的信息。有些第一人称叙述者虽然是故事中的人物,但所述之事基本上是别人的事;叙述者仅仅是所述之事的见证人或旁观者。如,《了不起的盖茨比》中的尼克。

除了人格化问题,叙事学研究关于叙述者的分析关注叙述者与故事的关系,将叙述者分为"故事内叙述者"(intradiegetic narrator)和"故事外叙述者"(extradiegetic narrator)。前者指故事中的人物叙述者,如《黑暗的心》里的马洛;后者指故事外的叙述者,即引出马洛叙述行为的框架叙述者。所有第三人称叙述和第一人称回顾性叙述都有一位故事外叙述者,但不少作品采用故事内的人物作为叙述者讲述自己或他人的故事。当然,当故事内叙述者讲述的故事包含了另一位人物叙述者时(如,詹姆斯的《螺丝在拧紧》中的道格拉斯的故事中又出现了家庭女教师的叙述),那就又多了一个嵌入的下一层叙述者,即"亚故事叙述者"(metadiegetic narrator),由此形成了叙述层之间的叠套结构。有的叙事作品在同一叙述层上采用不同人物叙述同一故事(如,福克纳的《喧哗与骚动》中的三位子女),或者采用不同人物讲述不同故事(如,薄伽丘的《十日谈》),这样就出现了多位叙述者并列共存的局面。

---

① Mieke Bal, *Narratology: Introduction to the Theory of Narrative* (London: U of Toronto P, 1985), p.119.

对"故事内叙述者""故事外叙述者"和"亚故事叙述者"的区分就是对故事内叙述层、故事外叙述层和亚故事叙述层的区分。① 据此,我们可以说《汤姆·琼斯》的叙述者处于故事外叙述层,而《黑暗的心》的马洛则处于故事内叙述层。马洛所述部分又包含了库茨的叙述,形成亚故事叙述层。当故事内叙述层包含几个叙述层时,叙事文本就显现为一层套一层的叠套结构。如,艾米莉·勃朗特的《呼啸山庄》,其中有三位故事人物一层套一层地进行叙述。

叙述层之间的结构关系在一定程度上决定了叙述者是否参与故事以及参与程度的多少。依照热奈特的定义,我们可以把参与故事的叙述者称作"同故事叙述者"(homodiegetic narrator),把不参与故事的叙述者叫做"异故事叙述者"(heterodiegetic narrator)。② 通常,"故事外叙述者"属于"异故事叙述者",如《汤姆·琼斯》的叙述者,既是"故事外叙述者"又是"异故事叙述者"。与此对照,《呼啸山庄》的人物叙述者洛克伍德属于"同故事叙述者",同时也是"故事内叙述者"。至于参与故事的程度,故事内叙述者可以是故事主要事件的旁观者,如《献给爱米莉的玫瑰》的叙述者;也可以是部分参与故事的人物,如《了不起的盖茨比》中的尼克。

既有叙述者,就有受述者。普林斯认为,"任何一个叙事文本至少有一位叙述者,因此,也应该至少有一位受述者"③,不过,"受述者"并非总是以"你""你们"或其他指称语在字面上出现。如果出现了,受述者就是显性的(overt),若没有出现就是隐性的(covert)。仍以上面列举的句(1)和句(3)为例子。"假如你没有读过一本名叫《汤姆·索耶历险记》的书,你就不知道我是谁"一句中出现了"你",因此受述者为显性(指的就是阅读过《汤姆·索耶历险记》的读者)。与此不同,句(3)出现的人称代词"她"则是故事中的人物,而不是接受叙述的人,受述者没有出现,为隐性。在这种情况下,受述者可以和隐含读者相等同。

值得一提的是,无论是传统小说(如萨克雷的《名利场》)还是当代实验

---

① Genette, *Narrative Discourse*, p. 228.
② Ibid., p. 255, p. 256.
③ Prince, *Narratology: The Form and Function of Narrative*, p. 16.

小说,叙述者都可能会向不同的受述者发话。卡尔维诺的实验小说《寒冬夜行人》的叙述者这样对受述者发话:

> 男读者啊,要问你是谁,多大年纪,问你的婚姻状况、职业和收入情况,未免太不礼貌。这些事你自己去考虑罢了。重要的是你现在的心情,现在你在自己家里,你应该努力恢复内心的平静,投身到这本书中去。①

> 对于你,女读者,让我们看看这本小说能否给你描绘出一幅肖像呢。为此,首先得制作一个限制你向四处扩展的镜框,然后再描写你的线条……你的家是你读书的地方,它可以告诉我们,书籍在你生活中占据什么位置。你把书籍当做与外界隔绝的盾牌,当做你想入非非的幻境……为了理解你这种思想,男读者知道他应该做的第一件事是参观一下你的厨房。②

这里出现了两种不同性别的受述者,而叙述者跟这两种受述者的交流体现出他的男权意识。在叙述者的思维框架中,男性受述者的阅读行为至关重要,而对于女性受述者来说,厨房则是第一位的,因为书籍对于女受述者的意义仅仅是"与外界隔绝的盾牌"、"想入非非的幻境"。在这样的情况下,如果隐含作者对叙述者的男权意识持批判态度,那么在(隐含作者眼中的)"隐含读者"与(叙述者眼中的)"受述者"之间就会出现距离,比如隐含的女性读者不会仅仅把书籍当做与外界隔绝的盾牌,当做自己想入非非的幻境。上文提到了女性主义抵抗式阅读立场,持这种立场的"真实读者"显然会跟作品中的"受述者"相去甚远。与此相对照,如果隐含作者与叙述者持同样的男权立场,那么在"隐含读者"与"受述者"之间就不会有什么距离。而如果实际读者也持同样的男权立场,"真实读者"跟"受述者"之间也不会有什么距离。

前面提到,叙事文本可能出现多个叙述者,并且在叙述层上出现叠套现象。这个时候,受述者与叙述者之间的关系可能会较为复杂。如,玛

---

① 卡尔维诺:《寒冬夜行人》,萧天佑译,南京:译林出版社,2001年,第31页。
② 同上书,第124页。

丽·雪莱的书信体小说《弗兰肯斯坦》。作品由人物叙述者罗伯特·沃尔顿在北极探险时写给他姐姐的四封信构成,描述他在冰天雪地里遇见了"科学家"弗兰肯斯坦的奇遇。在这个叙述层,沃尔顿是叙述者,他在伦敦的姐姐是受述者。不过,在他发往伦敦的四封信中嵌入了弗兰肯斯坦向沃尔顿讲述自己创造"怪物"的过程。在这个叙事交流环节,弗兰肯斯坦是叙述者,沃尔顿是受述者。而弗兰肯斯坦的叙述中又嵌入了"怪物"向弗兰肯斯坦讲述自己在阿尔卑斯山间的遭遇和内心痛苦,在这个交流过程,原本以造物主形象自居的弗兰肯斯坦成了"怪物"的听者。叠套叙事中叙述者与受述者之间的重叠与交换关系,使得这类叙事文本在形态上显现为中国盒子结构;由多个叙述者组成的对话现象也会让读者体验不同的受述者位置,从而对故事进行多角度的阐释。

第四节 不可靠叙述

上一节我们对叙述者进行了层次上和结构上的区分,本节将探讨叙述者的不可靠性(unreliability)。像隐含作者一样,叙述者的不可靠性也是由布思在《小说修辞学》中率先提出,后来成了叙事学的一个核心概念。为了从修辞角度考察作品向读者传递的主旨,布思认为应该以作品规范为参照评价叙述是否可靠。他这样说:"我把按照作品规范(即隐含作者的规范)说话和行动的叙述者称作可靠叙述者,反之称为不可靠叙述者。"[①]这一观点表明,可靠叙述与不可靠叙述的区分是以隐含作者的规范作为依据。我们已经知道,布思的"隐含作者"主要指作者在创作作品时的"第二自我",而在创作不同作品时作者很可能采取不同的立场,因此,同一作者的不同作品就可能隐含不同的作者形象。我们需要关注的是一个具体作品的规范和叙述者之间的关系。将隐含作者的规范作为判断不可靠叙述的标准,有利于我们发现一个作品作为一个艺术整体的基本特征以及主导立场与叙述者之间的距离。故事外的异故事叙述者往往是隐含作者的代言人,与隐含作者没有什么距离,因此是可靠的。但故事内的同故事叙述

---

① Booth, *The Rhetoric of Fiction*, pp. 158—159.

者作为人物,经常与隐含作者创造的作品规范有不同程度的距离,叙述经常呈现出不可靠性,因此对不可靠叙述的探讨往往涉及的是第一人称叙述,而不是第三人称叙述。

布思聚焦于两种类型的不可靠叙述。一种涉及故事事实,另一种涉及价值判断。前者主要指叙述者在叙述事件时前后不一致或与事实不相符,后者主要指进行价值判断时出现偏差。布思认为,同样的"事实"(facts)由作者代言人叙述和故事中某个"靠不住的人物"(fallible character)叙述,其可靠度是不一样的。即,当某个事实通过人物叙述传递给读者时,读者需要判断究竟是否为客观事实,是否为人物的主观性所扭曲。当人物叙述的事实与隐含作者的规范发生差异时,读者就会看到一种"变形了的信息"(transformed information)。不难看出,这类不可靠叙述往往涉及故事内人物叙述者对故事事件的不了解或非正确的理解。如,福克纳《喧哗与骚动》中那位智障患者班杰对周围事物的描述。很多时候,叙事作品通过叙述者不可靠的价值判断向读者传递对于叙述者的某种评判。例如,《洛丽塔》的叙述者亨伯特声称自己叙述的目的是为了忏悔,然而,他叙述的重点基本上是为了开脱自己的罪行,甚至认为自己是受害者。一方面,我们看到,亨伯特关于所有事实的陈述基本上是真实的,但同时,叙述者对于事件的理解与评价却是以自我为中心的,是不可靠的。小说正是通过在事实与关于事实的评判之间的差异,揭示了亨伯特对于爱情不乏真诚但却极为自私的理解。与此种情形不同,叙述者有时会宣称自己拥有某种不良品质,但是隐含作者不一定认同。如,《麦田里的守望者》中的叙述者称自己是可怕的撒谎者①,但是隐含作者却暗示读者叙述者天真诚实,敢说敢做。无论出现哪一种不可靠叙述,"读者在阅读时都需要进行'双重解码(double-decoding)':其一是解读叙述者的话语,其二是脱开或超越叙述者的话语来推断事情的本来面目,或推断什么才构成正确的判断"②。"不可靠叙述"对于作品阐释具有重要意义,有助于读者在阐释作品时能够超越叙述

---

① J. D. Salinger, *The Catcher in the Rye* (New York: Penguin, 1987), p. 20.
② 申丹:《叙事、文体与潜文本》,第59—60页。

者的感知层面,从而将眼光投向小说的意蕴。①

布思的学生修辞性叙事学家詹姆斯·费伦发展了布思的理论。② 他将不可靠叙述从两大类型或两大轴("事实/事件轴"和"价值/判断轴")发展到了三大类型或三大轴(增加了"知识/感知轴"),并沿着这三大轴,相应区分了六种不可靠叙述的亚类型:事实/事件轴上的"错误报道"和"不充分报道";价值/判断轴上的"错误判断"和"不充分判断";知识/感知轴上的"错误解读"和"不充分解读"。③ 就为何要增加"知识/感知轴"这点而言,费伦举了石黑一雄的连载小说《长日将尽》的最后部分为例。第一人称叙述者史蒂文斯这位老管家在谈到他与以前的同事肯顿小姐的关系时,只是从工作角度看问题,未提及自己对这位旧情人的个人兴趣和个人目的。这有可能是故意隐瞒导致的"不充分报道"(事实/事件轴),也有可能是由于他未意识到(至少是未能自我承认)自己的个人兴趣而导致的"不充分解读"(知识/感知轴)。④ 费伦还将注意力引向了三个轴之间可能出现的对照或对立:一位叙述者可能在一个轴上可靠(譬如对事件进行如实报道),而在另一个轴上不可靠(譬如对事件加以错误的伦理判断)。若从这一角度切入,往往能更好地揭示这一修辞策略的微妙复杂性,也能更好地把握叙述者性格的丰富多面性。但值得注意的是,费伦仅关注三个轴之间的平行关系,而这三个轴在有的情况下会构成因果关系。譬如上文提到的史蒂文斯对自己个人兴趣的"不充分解读"(知识/感知轴)必然导致他对此的"不充分报道"(事实/事件轴)。显然这不是一个非此即彼的问题,而是两个轴上的不可靠性在一个因果链中共同作用。

除了增加"知识/感知轴",费伦还增加了一个区分——区分第一人称叙述中,"我"作为人物的功能和作为叙述者的功能的不同作用。费伦指出

---

① H. Porter Abbott, *The Cambridge Introduction to Narrative* (Cambridge: Cambridge UP, 2002), p. 77.

② 详见申丹:《叙事、文体与潜文本》第四章。

③ James Phelan, *Living to Tell about It* (Ithaca: Cornell UP, 2005), pp. 49—53; James Phelan and Mary Patricia Martin, "The Lessons of 'Waymouth': Homodiegesis, Unreliability, Ethics and *The Remains of the Day*," *Narratologies*, ed. David Herman (Columbus: Ohio State UP, 1999), pp. 91—96.

④ Phelan, *Living to Tell about It*, pp. 33—34.

布思对此未加区别：

> 布思的区分假定一种等同，或确切说，是叙述者与人物之间的一种连续，所以，批评家希望用人物的功能解释叙述者的功能，反之亦然。即是说，叙述者的话语被认为相关于我们对他作为人物的理解，而人物的行动则相关于我们对他的话语的理解。[①]

也就是说，倘若"我"作为人物有性格缺陷和思想偏见，那批评家就倾向于认为"我"的叙述不可靠。针对这种情况，费伦指出，人物功能和叙述者功能实际上可以独立运作，"我"作为人物的局限性未必会作用于其叙述话语。譬如，在《了不起的盖茨比》中，尼克对在威尔森车库里发生的事的叙述就相当客观可靠，未受到他的性格缺陷和思想偏见的影响。[②] 在这样的情况下，叙述者功能和人物功能是相互分离的。这种观点有助于读者更为准确地阐释作品，更好地解读"我"的复杂多面性。费伦还在另一方面发展了布思的理论。费伦的研究注重叙事的动态进程，认为叙事在时间维度上的运动对于读者的阐释经验有至关重要的影响，因此他比布思更为关注叙述者的不可靠程度在叙事进程中的变化。他不仅注意分别观察叙述者的不可靠性在"事实/事件轴""价值/判断轴""知识/感知轴"上的动态变化，而且注意观察在第一人称叙述中，"我"作为"叙述者"和作为"人物"的双重身份在叙事进程中何时重合，何时分离。这种对不可靠叙述的动态观察有利于更好地把握这一叙事策略的主题意义和修辞效果。

值得一提的是，布思、费伦和其他众多学者将叙述者是否偏离了隐含作者的规范作为衡量"不可靠"的标准，而有的学者则是将叙述者是否诚实作为衡量标准。在探讨史蒂文斯由于未意识到自己对肯顿小姐的个人兴趣而做出的不充分解读时，丹尼尔·施瓦茨提出史蒂文斯只是一位"缺乏感知力"的叙述者，而非一位"不可靠"的叙述者，因为他"并非不诚实"。[③] 我们认为，把是否诚实作为衡量不可靠叙述的标准是站不住脚的。叙述者

[①] 詹姆斯·费伦：《作为修辞的叙事》，陈永国译，北京大学出版社，2002年，第82页。
[②] 同上书，第83页。
[③] Daniel Schwarz, "Performative Saying and the Ethics of Reading: Adam Zachary Newton's 'Narrative Ethics'," *Narrative* 5 (1997), p.197.

是否可靠在于是否能提供给读者正确和准确的话语。一位缺乏信息、智力低下、道德败坏的人，无论如何诚实，也很可能会进行错误或不充分的报道，加以错误或不充分的判断，得出错误或不充分的解读。也就是说，无论如何诚实，其叙述也很可能是不可靠的。在此，我们需要认清"不可靠叙述"究竟涉及叙述者的哪种作用。纽宁认为石黑一雄《长日将尽》中的叙述者"归根结底是完全可靠的"，因为尽管其叙述未能客观再现故事事件，但真实反映出叙述者的幻觉和自我欺骗。[1] 我们对此难以苟同，应该看到，叙述者的"可靠性"问题涉及的是叙述者的中介作用，故事事件是叙述对象，若因为叙述者的主观性而影响了对事件的客观再现，作为中介的叙述就是不可靠的。的确，这种主观叙述可以真实反映出叙述者本人的思维和性格特征，但它恰恰说明了这一叙述中介为何会不可靠。

大多数叙事学家都沿着布思的路子，以隐含作者或文本规范为标准来衡量叙述者的叙述究竟是否可靠。但有的叙事学家采用认知（建构）方法，转而以实际读者为衡量不可靠叙述的标准。安斯加·纽宁聚焦于读者的阐释框架，断言"不可靠性与其说是叙述者的性格特征，不如说是读者的阐释策略"。[2] 既然以读者本身为标准，读者的阐释也就无孰对孰错之分。纽宁认为相对于某位读者的道德观念而言，叙述者可能是完全可靠的，但相对于其他人的道德观念来说，则可能极不可靠。他举了纳博科夫《洛丽塔》的叙述者亨伯特为例。倘若读者自己是一个鸡奸者，那么在阐释亨伯特这位虚构的幼女性骚扰者时，就不会觉得他不可靠。[3] 另一位从认知（建构）角度切入研究的叙事学家雅克比也认为，"隐含作者的规范"只是读者本人的假定。她强调任何阅读假设都可以被"修正、颠倒，甚或被另一种假设所取代"，并断言"在某个语境（包括阅读语境、作者框架、文类框架）中

---

[1] Ansgar Nünning, "Unreliable, Compared to What? Towards a Cognitive Theory of Unreliable Narration: Prolegomena and Hypotheses," *Transcending Boundaries: Narratology in Context*, eds. Walter Grünzweig and Andreas Solbach (Tübingen: Gunter Narr Verlag, 1999), p. 59.

[2] Ansgar Nünning, "Reconceptualizing Unreliable Narration: Synthesizing Cognitive and Rhetorical Approaches," *A Companion to Narrative Theory*, eds. James Phelan and Peter J. Rabinowitz (Oxford: Blackwell, 2005), p. 95.

[3] Nünning, "Unreliable, Compared to What?" p. 61.

被视为'不可靠'的叙述,可能在另一语境中变得可靠,甚或在解释时超出了叙述者的缺陷这一范畴"。① 不难看出,若以读者为标准,就有可能会模糊、遮蔽,甚或颠倒作者或作品的规范,丧失合理的衡量标准。然而,认知方法确有其用处,可揭示出不同读者的不同阐释策略或阅读假设,说明为何对同样的文本现象会产生大相径庭的阐释。

※ ※ ※ ※

叙事交流是叙事作品得以产生意义的基本途径,也是叙事学家十分关注的一个方面。我们在本章中探讨了关于叙事交流的模式,阐述了"隐含作者"与"真实作者"以及"隐含读者"与"真实读者"之间的关系。我们还介绍了不同的叙述层次和不同种类的叙述者,并介绍了与叙述者相对应的"受述者"。在此基础上,我们探讨了叙述者的不可靠性和解读这种叙事交流现象的不同方法。在具体作品的分析中,把握好真实作者、隐含作者、叙述者、受述者、隐含读者、真实读者之间的关系和距离对于较好地阐释作品的意义具有重要作用。

思考题和练习

1. 小说叙事交流与日常语言交流有什么形式差异?结构主义叙事学关于叙事交流分析采用什么基本方法?
2. 什么是"隐含作者"?"隐含作者"与"真实作者"有何不同?
3. 什么是"隐含读者"?"隐含读者"与"真实读者"有何不同?
4. 结构主义叙事学为什么不考虑"真实作者"与"真实读者"?
5. "受述者"与"隐含读者"有什么不同?
6. 什么是"不可靠叙述"?如何理解它与"隐含作者"的关系?
7. 可否可完全从真实读者角度判定"不可靠叙述"?
8. 从你阅读过的作品中举例说明"不可靠叙述者"与"隐含作者"之间的差异。

---

① Tamar Yacobi,"Authorial Rhetoric, Narratorial (Un)Reliability, Divergent Readings: Tolstoy's 'Kreutzer Sonata'," *A Companion to Narrative Theory*, eds. James Phelan and Peter J. Rabinowitz (Oxford: Blackwell, 2005), p.110.

第五章 叙述视角

叙述视角指叙述时观察故事的角度。自西方现代小说理论诞生以来，从什么角度观察故事一直是叙事研究界讨论的一个热点。学者们发现，视角是传递主题意义的一个十分重要的工具。无论是在文字叙事还是在电影叙事或其他媒介的叙事中，同一个故事，若叙述时观察角度不同，会产生大相径庭的效果。传统上对视角的研究，一般局限于小说范畴。叙事学诞生之后，虽然对电影等其他媒介中的视角有所关注，但依然聚焦于小说中的叙述视角。本章首先追溯视角研究的发展过程，然后介绍"叙述者"与"感知者"的区分。在此基础上，本章将对不同的视角模式进行分类；最后，通过对一个实例的具体分析来说明各种视角的不同作用和不同效果。[①]

第一节 视角研究的发展过程

在19世纪末以前，西方学者一般仅关注小说的道德意义而忽略其形式技巧，即便注意到叙述视角，也倾向于从作品的道德目的出发来考虑其效果。哪怕有学者探讨视角的艺术性，其声音也被当时总的学术氛围所淹没。现代小说理论的奠基者福楼拜与詹姆斯将小说视为一种自足的艺术有机体，将注意力转向了小说技巧，尤其是叙述视点（point of view）的运用。在《小说技巧》（1921）一书中，詹姆斯的追随者卢伯克认为小说复杂的表达方法归根结底就是视点问题。[②] 如果说卢伯克只是将视角看成戏剧化手段的话，那么在马克·肖勒的《作为发现的技巧》（1948）中，视角则跃

[①] 参见申丹：《叙述学与小说文体学研究》（第三版）第九章，以及申丹：《叙事、文体与潜文本——重读英美经典短篇小说》第四章，北京：北京大学出版社，2009年。本教材这一章中的部分材料取自那两章。

[②] Percy Lubbock, *The Craft of Fiction* (London: Jonathan Cape, 1921).

升到了界定主题的地位。① 随着越来越多的作家在这方面的创新性实践以及各种形式主义流派的兴起,叙述视角引起了极为广泛的兴趣,成了一大热门话题,也被赋予了各种名称,如"angle of vision"(视觉角度)、"perspective"(眼光、透视)、"focus of narration"(叙述焦点)等。

热奈特在其名篇《叙述话语》中提出了"focalisation"(聚焦)这一术语。他之所以提出这一术语,是因为他认为"vision""field"和"point of view"等是过于专门的视觉术语。其实,"聚焦"一词涉及光学上的焦距调节,很难摆脱专门的视觉含义。"聚焦"一词真正的优越性在于:"point of view""perspective"这样的词语也可指立场、观点等,不一定指观察角度,具有潜在的模棱两可性,而"聚焦"则可摆脱这样的模棱两可。② 正如越来越多的叙事学家所注意到的,观察并非一定是用"眼睛",可以是用耳朵等其他感官,也经常涉及思维活动和情感,所以,无论是采用什么术语来指叙述时的观察角度,都应能涵盖各种感知。此外,值得注意的是,"聚焦"一词指的是对观察角度的限制,因此难以用它来描述全知模式(热奈特在《叙述话语》中把全知模式界定为"无聚焦"或"零聚焦"③)。

热奈特提出的"focalisation"(英文为 focalization)这一术语被当今的西方叙事学家广为采纳,但仍有不少学者,尤其是文体学家、文学批评家依然沿用"point of view""narrative perspective"等更通俗易懂的术语。鉴于这一情况,不少叙事学家即便在圈内仅用"focalization",在面对广大读者撰写论著时,仍倾向于两者并用——"focalization or point of view",旨在用后者来解释前者,同时用前者来限定后者。在《叙事学辞典》中,杰拉尔

---

① Mark Schorer, "Technique as Discovery," *20th Century Literary Criticism: A Reader*, ed. David Lodge (London: Longman, 1972), pp. 387—402.

② 聚焦一词的另一个长处是可用"focaliser"(focalized,聚焦者)一词很方便地指涉观察者,用"focalised"(focalized,聚焦对象)很方便地指涉被观察的对象。

③ Gerald Prince 在 *Narratology: The Form and Functioning of Narrative* (1982)一书中采用了"unlimited point of view"(无限制的视点)这一术语。热奈特自己后来受巴尔的影响,将全知叙述描写为"变换聚焦,有时为零聚焦"(*Narrative Discourse Revisited*, p.74)。但我们难以从总体上把全知模式描述为"全知聚焦",而把这一模式称为"全知视角"则没有任何问题。在西方相关学术论著中经常出现"omniscient point of view"这一术语,在 Prince 的 *A Dictionary of Narratology* 中,也有"Omniscient Point of View"这一词条,但尚未见到"omniscient focalization"这样的用法。

第五章　叙述视角

德·普林斯也采取了这样的做法。① 在 2005 年面世的《劳特利奇叙事理论百科全书》和 2009 年面世的《叙事学手册》中，则有两个词条对"focalization"这一叙事学术语和"point of view"这一批评界广为采用的术语分别加以介绍。② 其实，只要明确其所指为感知或观察故事的角度，这些术语是可以换用的。中文里的"视角"一词所指明确，涵盖面也较广，可用于指叙述时的各种观察角度，包括全知的角度。

在《后现代叙事理论》(1998)一书中，马克·柯里略带夸张地说：叙事批评界在 20 世纪的前 50 年，一心专注于对视角的分析。然而，我们若翻看一下近五十年来的有关著作，以及《今日诗学》《叙事技巧研究》《文体》《语言与文学》等杂志，则不难发现西方的视角研究在 20 世纪 70 至 80 年代形成了前所未有的高潮。在北美，尽管视角的形式研究 20 世纪 80 年代中至 90 年代中后期曾受到解构主义和政治文化批评的夹攻，有的学者仍坚守阵地。1995 年北美经典叙事学处于低谷之时，在荷兰召开了以"叙述视角：认知与情感"为主题的国际研讨会，到会的有一半是北美叙事学家。近年来，视角的形式研究在北美逐渐复兴。值得注意的是，后经典叙事学家一直十分注重探讨视角与意识形态或认知过程的关联。可以说，近一个世纪以来，视角一直是小说叙事研究的一个中心问题。

至于戏剧，观众直接坐在剧院里观看演员在舞台上表演，似乎视角问题不再相关。实际上，舞台上的布景尤其是灯光等因素依然能起到调节视角的作用，对观众的叙事认知予以一定的操控。比如，布景可以从一个特定的角度来展示故事；灯光可以将观众的注意力引向舞台的某一处，聚焦

---

① Gerald Prince, *A Dictionary of Narratology*, revised edn. (Lincoln: U of Nebraska P, 2003), p. 75.

② Manfred Jahn, "Focalization," *Routledge Encyclopedia of Narrative Theory*, eds. David Herman et al. (London & New York: Routledge, 2005), pp. 173－177; Gerald Prince, "Point of View (Literary)," *Routledge Encyclopedia of Narrative Theory*, pp. 442－443; Burkhard Niederhoff, "Focalization," *Handbook of Narratology*, eds. Peter Hühn et al. (Berlin & New York: Walter de Gruyter, 2009), pp. 115－123; Burkhard Niederhoff, "Perspective/Point of View," *Handbook of Narratology*, eds. Peter Hühn et al. (Berlin & New York: Walter de Gruyter, 2009), pp. 384－397. 然而，在 David Herman 主编的 *The Cambridge Companion to Narrative* (Cambridge: Cambridge UP, 2007)里，则仅用一章讨论了"focalization" (written by Manfred Jahn, pp. 94－108).

于某一位或某几位演员,并可不断转换聚焦点;熄灯后的黑暗则可限制观众的视野,如此等等。①

如果舞台空间使观众的视野受到一定的限制,电影则可通过各种技术处理,从某些方面超越舞台甚或文字的局限,如蒙太奇手法可让观众同时看到在不同地方、不同时间发生的事,特写镜头和慢镜头等可以在话语层次上对故事进行艺术加工或变形,使其产生特定的视觉效果。此外,电影镜头可以呈现一个人物或一组人物的视角,可以直观地反映醉眼朦胧、摇摇晃晃、惊恐不安、失去意识等各种状态下的人物感知。②

近二三十年来,电影中的视角相对于文字以外的其他媒介而言,受到了较多关注。学者们探讨了电影镜头或远或近、或上或下、或静或动的各种聚焦方法。③ 由劳特利奇出版社出版的《劳特利奇叙事理论百科全书》(2005)同时收入了"视点(文学)"和"视点(电影)"这两个词条。后一个词条重点介绍了电影中的视点技巧,它一般采用两个镜头,第一个镜头的作用是定位,拍一个人物往屏幕外的一个地方看;第二个镜头则是从这个人物的方位拍摄的其观察的对象,后面这种镜头经常被称为"视点镜头"(point of view shot,简称POV shot)。这两种镜头之间的关系可以变动,比如定位镜头可以出现在视点镜头之后,或一个视点镜头可以夹在两个定位镜头之间,如此等等。④ 视点技巧是更广意义上的"视线匹配"(eyeline match)的一种。视线匹配经常涉及两个人物,比如我们从一个远镜头看到两个人坐在桌边交谈,接着一个近镜头拍左边这个人往右边看,然后会出现右边那个人的近镜头,沿着视线的轨迹,观众会知道这是左边的人物观察的对象。下一个镜头则是右边那个人往左看,紧接着镜头切到左边那个人物,观众也会知道这是右边人物的观察对象。镜头可以在两人之间不断

---

① H. Porter Abbot, *The Cambridge Introduction to Narrative* (Cambridge: Cambridge UP, 2002), p. 117.
② Ibid., p. 117.
③ Jakob Lothe, *Narrative in Fiction and Film* (Oxford: Oxford UP, 2003), pp. 43—45.
④ Patrick Keating, "Point of View (Cinema)," *Routledge Encyclopedia of Narrative Theory*, pp. 440—441; Edward Branigan, *Point of View in the Cinema* (New York: Mouton, 1984).

切换。① 值得注意的是，电影中没有处于人物视觉和观众之间的叙述者的视觉这一中介（画外音也只是一种叙述声音），这与小说形成了对照。在小说中，叙述者可以既是讲故事的人又是聚焦者（观察者）。当叙述者充当聚焦者时，人物的视觉活动仅仅构成其观察对象（详见下文）。而在电影里，镜头表现出来的人物视觉都构成一种视角，因为不存在将人物视觉对象化的更高一层的叙述者的视觉。

查特曼指出电影镜头的观察角度可以独立于人物而存在，仅客观记录人物的言行。观众有时会把客观镜头与主人公的视觉相连，但这可能是因为主人公的出镜频率高于其他人物。此外，在看电影镜头时，有时很难判断我们究竟是独立于人物在看，还是通过人物的眼睛来看。② 查特曼在探讨电影中的视角时，还考虑了音响的作用。电影中的视觉往往以各种方式伴有说话的声音、背景音乐或嘈杂声。有时视觉和声音分别出现，观众或仅听到声音而屏幕上没有画面，或仅看到画面而听不到声音。跟小说中的视角一样，电影中的视角操控和视角变化可以产生各种主题效果，引起观众不同的反应。关于电影，本书第十二章第一节还会进行专门探讨，本章下文将聚焦于小说中的视角问题。

第二节　叙述者与感知者

讲故事要用声音，而观察故事则要用眼睛和意识。我们在第一章第三节探讨了"人物视角"，所谓"人物视角"，就是叙述者借用人物的眼睛和意识来感知事件。也就是说，虽然"叙述者"是讲故事的人，但"感知者"则是观察事件的人物。就第一章第三节所引哈代《德伯家的苔丝》中的那段文字而言，叙述声音来自全知叙述者，而感知或聚焦角度则来自苔丝。我们之所以开始不知道从帐篷里出来的人是谁（"一个人影""高个子的年轻人"），就是因为苔丝这位"感知者"（聚焦者）在观察辨认上暂时的局限性。

---

① David Bordwell and Kristin Thompson, *Film Art: An Introduction*, 6th edn. (New York: McGraw-Hill, 2001).

② Chatman, *Story and Discourse*, pp. 158—161.

热奈特在《叙述话语》一文中，明确提出了"谁看？"和"谁说？"的区分，并对前人对这一问题的混淆提出了批评。《叙述话语》的英文版1980年问世后，热奈特的观点被广为接受。20世纪80年代以来，"视角与叙述"（focalization and narration）成了一个常用搭配，以示对感知者和叙述者的明确区分。这一区分使我们不仅能看清第三人称叙述中叙述者的声音与人物视角的关系，且能廓分第一人称叙述中的两种不同视角：一为叙述者"我"目前追忆往事的眼光，二为被追忆的"我"过去正在经历事件时的眼光。倘若叙述者放弃前者而转用后者，那么就有必要区分"声音"与"眼光"，因为两者来自两个不同时期的"我"。让我们看看艾米莉·勃朗特《呼啸山庄》第17章中耐莉的一段叙述：

> 我独自一人呆在客厅里，把客厅变成了一个育婴室：我坐在那里，怀里抱着哼哼唧唧的小宝贝，来回摇晃着，一边看着被狂风卷来的雪花在没拉窗帘的窗台上越积越厚。这时，门开了，一个人闯了进来，气喘吁吁且发出笑声！
>
> 一开始，我不仅惊讶，而且极其恼火，我以为是位女仆，于是大声喊道："别闹了！怎么敢跑到这里来疯疯癫癫？如果林顿先生听到了会怎么说？"
>
> "对不起！"一个熟悉的声音答道："可我知道埃德加已经睡了，我也没法控制自己。"
>
> 那人一边说，一边走到了火炉旁，喘着粗气，握着的手紧贴着身子。
>
> "我是从呼啸山庄一路跑过来的！"她顿了顿，接着说道："除了我飞跃过去的地方，我数不清跌了多少跤。啊，我身上到处都疼！……"
>
> 闯进来的人是希斯克利夫太太。
>
> （请比较：我独自一人呆在客厅里，把客厅变成了一个育婴室……门开了，希斯克利夫太太闯了进来，气喘吁吁且发出笑声！
>
> 一开始我没有认出来人是希斯克利夫太太，还以为是位女仆，我不仅惊讶，而且极其恼火，于是大声喊道："别闹了！怎么敢跑到这里来疯疯癫癫？如果林顿先生听到了会怎么说？"……）

第五章 叙述视角

这是回顾性叙述,耐莉早已知道闯进来的人是希斯克利夫太太,但在《呼啸山庄》的原文中,耐莉放弃了目前的观察角度,改为从自己当年体验事件的角度来聚焦。读者只能跟着当年的耐莉走,跟着她一起受惊吓,一起去逐步发现来人究竟是谁,这就造成了悬念,产生了较强的戏剧性。此外,第一人称叙述者也可借用其他人物的眼光来观察。让我们看看康拉德《黑暗的心》第三章中的一段:

(1)我给汽船加了点速,然后向下游驶去。岸上的两千来双眼睛注视着这个溅泼着水花、震摇着前行的凶猛的河怪的举动。它用可怕的尾巴拍打着河水,向空中呼出浓浓的黑烟。

请对比:

(2)我给汽船加了点速,然后向下游驶去。岸上的两千来双眼睛注视着我们,他们以为溅泼着水花、震摇着前行的船是一只凶猛的河怪,以为它在用可怕的尾巴拍打河水,向空中呼出浓浓的黑烟。

(3)我给汽船加了点速,然后向下游驶去。岸上的两千来双眼睛看着我们的船溅泼着水花、震摇着向前开,船尾拍打着河水,烟囱里冒出浓浓的黑烟。

上面的两种改写形式反映了第一人称叙述者马洛的感知,而原文的后半部分体现的则是岸上非洲土著人的感知。土著人不认识汽船,还以为马洛开的汽船是个河怪。在原文中,马洛用土著人的眼睛暂时取代了自己的眼睛,让读者直接通过土著人的视角来看事物。值得注意的是,土著人的视角蕴涵着土著人独特的思维风格以及对"河怪"的畏惧情感。也就是说,"视角"并非单纯的感知问题,因为感知往往能体现出特定的情感、立场和认知程度。在《叙事虚构作品》一书中,里蒙-凯南系统探讨了视角所涉及的感知、心理和意识形态等层面及其交互作用。[①]

与无叙述中介、人物直接表演的戏剧不同,小说表达一般总是同时涉及"叙述者"和"感知者",有时两者合而为一(如自看自说的全知叙述),有

---

① See Rimmon-Kenan, *Narrative Fiction*, pp. 78—84.

时则相互分离("中心意识"或其他种类的人物视角)。鉴于这种情况,有必要采用不同的术语来明确具体所指:用"视角"指涉感知角度,用"叙述"指叙述声音。在描述作者(叙述者)的"语气"(tone)、"立场"(stance)、态度(attitude)或观点(view, opinion)时,直接用这些词语,不再用"point of view"这一含混之词。若需要同时考虑"感知者"和"叙述者",则可用"视角与叙述"来同时指涉这两个相辅相成的方面。

第三节 不同的视角模式

如何对叙述视角进行分类,一直是叙事学界的一个热门话题。叙事学家们提出了各种分类,这有利于我们认识不同视角的不同功能,但这些不同分类也涉及了不少混乱。① 若对学者们提出的各种模式进行综合与提炼,我们可以看到至少以下九种视角,其中有的属于"外视角",有的则属于"内视角"。所谓"外视角",即观察者处于故事之外;所谓"内视角",即观察者处于故事之内。"外视角"主要可细分为以下五种②:

(1) 全知视角:作为观察者的全知叙述者处于故事之外,因此可视为一种外视角。这是传统上最常用的一种视角模式,该模式的特点是全知叙述者既说又看,可从任何角度来观察事件,可以透视任何人物的内心活动,也可以偶尔借用人物的内视角或佯装旁观者。

(2) 选择性全知视角:全知叙述者选择限制自己的观察范围,往往仅揭示一位主要人物的内心活动。很多英美现当代短篇小说都选用这一模式,如乔伊斯的《一个惨痛的案例》和休斯(Langston Hughes)的《在路上》。

(3) 戏剧式或摄像式视角:故事外的第三人称叙述者像是剧院里的一位观众或像是一部摄像机,客观观察和记录人物的言行。海明威的《杀人者》和《白象似的山丘》属于此类。

---

① 详见 Manfred Jahn, "Focalization," *Routledge Encyclopedia of Narrative Theory*, eds. David Herman et al. (London & New York: Routledge, 2005), pp. 173—177; Gerald Prince, "Point of View (Literary)," *Routledge Encyclopedia of Narrative Theory*, pp. 442—443; 申丹:《叙事、文体与潜文本》,北京大学出版社,2009年第四章第四节。

② 这里的第(3)、(4)、(5)类都可视为"外聚焦"。

第五章 叙述视角

（4）第一人称主人公叙述中的回顾性视角：作为主人公的第一人称叙述者从自己目前的角度来观察往事。由于现在的"我"处于往事之外，因此这也是一种外视角。上面所引的《呼啸山庄》那一片段的比较版体现了这种外视角。

（5）第一人称叙述中见证人的旁观视角，比如舍伍德·安德森的《森林中的死亡》中的"我"，他旁观了一个农村妇女悲惨的命运。因为他只是旁观这位妇女的故事，处于这位妇女的故事之外，因此也是一种外视角。[①]

"内视角"则主要可细分为以下四种：

（6）固定式人物有限视角（可简称为"固定式内视角"或"固定式内聚焦"）。在《德伯家的苔丝》的那一片段中，全知叙述者采用了苔丝这一故事内人物的视角来观察。苔丝的视角和叙述者的视角的一个根本区别是：叙述者无所不知，而作为人物的苔丝则不知道从帐篷里出来的人是谁。也就是说，跟上帝般的全知叙述者不同，人物的视角会受到不同程度的限制，是一种"有限"视角。《德伯家的苔丝》这种全知叙述一般只是短暂借用人物视角，但不少现当代第三人称小说则是从头到尾都固定地通过一个人物（往往是主要人物）的有限视角来叙述，因此可称为"固定式人物有限视角"，詹姆斯的《专使》《梅齐知道什么》和乔伊斯的《一个青年艺术家的画像》都是典型例证。值得注意的是，弗里德曼曾把这种视角称为"选择性全知"（selective omniscience）[②]，这一术语被不少叙事研究者采纳，但这种视角的本质特征与"全知"模式相违，即用故事内人物的感知取代了故事外全知叙述者的感知，读者直接通过人物的"有限"感知来观察故事世界。毋庸置疑，用"选择性全知"来界定这一模式是错误的，但"选择性全知"可用于

[①] 在客观性和可靠性等方面，第一人称外视角（有一定的主观性，带有偏见和感情色彩，因此不太可靠）往往处于由各种人物视角构成的更为主观的内视角与更为客观可靠的第三人称外视角之间的位置（详见申丹：《叙述学与小说文体学研究》（第三版），第217—218页）。传统文论在探讨视角时，倾向于仅关注人称差异，埋没了"人物视角"；当代叙事学界则完全不考虑人称的作用，这实际上矫枉过正了。"叙述者"与"感知者"有时是互为分离的两个主体，有时则属于同一主体（比如"我"又看又说）。就前一种情况而言，在区分视角时，需脱开叙述类型来看感知者；但就后一种情况而言，则需结合叙述类型（是第一人称还是第三人称）来看感知者，因为叙述类型不仅决定了叙述者的特性，而且也在一定程度上决定了感知者的特性。

[②] Friedman, "Point of View in Fiction," pp. 127—128.

描述上面提到的第(2)种外视角模式。

(7) 变换式人物有限视角(可简称为"变换式内视角"或"变换式内聚焦")。典型例证是吴尔夫的《到灯塔去》,这一第三人称叙述的小说一直采用人物的有限视角。然而,与詹姆斯的《专使》相对照,《到灯塔去》采用了不同的人物来聚焦,从一个人物的有限感知转换到另一人物的有限感知。值得注意的是,弗里德曼曾把这种视角界定为"多重选择性全知"(multiple selective omniscience)。① 但尽管观察角度在变化,这种视角的本质特征与"全知"模式也直接相违:观察者为故事内的不同人物,而全知叙述者处于故事之外;这一模式的本质特点也是用人物的感知取代了全知叙述者的感知。此外,"多重"(multiple)这一形容词也带来问题,因为不同人物观察的往往是不同的事件,而不是反复观察同一事件,因此"变换"(variable, shifting)这一修饰词要强于"多重"。

(8) 多重式人物有限视角(可简称为"多重式内视角"或"多重式内聚焦"),即采用几个不同人物的眼光来反复观察同一事件。典型的例子是布朗宁的长篇叙事诗《指环与书》(1868—69),该诗共有十二篇,随着篇章的更换,聚焦者也在不断更换,从不同的角度观察和叙述同一个谋杀事件。与这一作品同期面世的威尔基·柯林斯的《月亮宝石》也从不同人物的角度观察了宝石被盗的事件。就电影来说,黑泽明导演的《罗生门》也采用了多重式人物有限视角来叙述同一个杀死武士的案件。电影从死者武士本人(借女巫之口)、武士的妻子、强盗、樵夫的不同观察角度叙述了同一案件,给出了四个大相径庭的案情版本。

(9) 第一人称叙述中的体验视角:叙述者放弃目前的观察角度,转而采用当初正在体验事件时的眼光来聚焦。上引《呼啸山庄》那一片段就是一个典型例证。因为当时的"我"处于故事之内,因此构成一种内视角。值得注意的是,这种视角是第一人称回顾性叙述中的一种修辞技巧,往往只是局部采用。在《狄更斯》的《远大前程》和很多其他第一人称小说中,均可不时看到这种内视角。

热奈特在《叙述话语》中,区分了三大类聚焦模式:第一,"零聚焦"或

---

① Friedman, "Point of View in Fiction," pp. 127-128.

"无聚焦",即无固定观察角度的全知叙述,其特点是叙述者说的比任何人物知道的都多,可用"叙述者＞人物"这一公式表示。第二,"内聚焦",其特点为叙述者仅说出某个人物知道的情况,可用"叙述者＝人物"这一公式来指代。它有三个次类型:(1)固定式内聚焦(即"固定式人物有限视角");(2)变换式内聚焦(即"变换式人物有限视角");(3)多重式内聚焦(即"多重式人物有限视角")。热奈特区分的第三大类为外聚焦,即仅从外部客观观察人物的言行,不透视人物的内心,可用"叙述者＜人物"这一公式来表达。此处提到的"叙述者＞人物"、"叙述者＝人物"、"叙述者＜人物"这三个公式为托多罗夫首创,经热奈特推广之后,在叙事学界颇受欢迎。其实,用于表明内聚焦的"叙述者＝人物"这一公式难以成立,因为它仅适用于"固定式内聚焦"。在"变换式"或"多重式"内聚焦中,叙述者所说的肯定比任何人物所知的都要多,因为他/她叙述的是数个人物观察到的情况。就叙述者说出的信息量而言,这两种内聚焦与全知叙述都可用"叙述者＞人物"这一公式来表示。若要廓清两者之间的差别,我们必须从"感知"的转换这一关键角度切入:叙述者的感知转换成了人物的感知。从这一角度来看,内聚焦可用"视角＝(一个或多个)故事内人物的感知"这一公式来表示,"外聚焦"可用"视角＝仅观察人物的外部言行"来表达。至于"零聚焦",我们也可用"视角＝任意变换的观察角度"来指代。

我们在前面提到,热奈特的一大贡献在于廓清了"叙述"(声音)与"聚焦"(眼睛、感知)之间的界限,但他在对聚焦类型进行分类时,又用叙述者"说"出了多少信息作为衡量标准,这样就又混淆了两者之间的界限,并导致变换式和多重式内聚焦与全知模式的难以区分。当我们用"感知"这一正确的标准取代叙述者的"声音"这一错误标准之后,我们就会看到热奈特区分标准的另一个问题:他对于"内聚焦"的区分是根据观察者的位置做出的——人物处于故事之内,所以称为"内聚焦",而对"外聚焦"的区分依据的则是究竟是否对人物进行内心透视——"外"指的是仅对人物进行外部观察。这样的双重标准涉及两种不同性质的对立。其一为"聚焦者的观察位置处于故事之内"与"聚焦者的观察位置处于故事之外";其二为"对人物内心活动的透视"与"对人物外在行为的观察"。仅仅以第二种对立作为"聚焦"的分类标准站不住脚,因为这种对立涉及的是观察对象上的不同,

而不是观察角度上的不同。请看取自《红楼梦》第二十六回的这一段:

> 却说那林黛玉听见贾政叫了宝玉去了,一日不回来,心中也替他忧虑。至晚饭后,闻听宝玉来了,心里要找他问问是怎么样了。一步步行来,见宝钗进宝玉的院内去了,自己也便随后走了来。

这里的观察对象从黛玉的心理活动转换成了黛玉的外在行为,但观察角度并没有改变,都是全知叙述者在观察。对"聚焦"的区分应该是对不同观察角度(聚焦者)的区分:首先看聚焦者是处于故事之内还是故事之外①,然后再看聚焦者的具体性质、观察位置和观察范围(比如是像摄像机一样旁观还是全知全能地从各种角度来观察)。我们只有把握"聚焦者"与"聚焦对象"这一本质区分,才能避免混乱。

值得注意的是,视角分类可沿着不同的方向进行。曼弗雷德·雅恩(Manfred Jahn)独辟蹊径,仅仅依据聚焦者自身的时空位置对视角进行了分类:(1)严格聚焦(从一个确定的时空位置来观察);(2)环绕聚焦(从一个以上的角度来进行变换性、总结性或群体性的观察);(3)弱聚焦(从一个不确定的时空位置来观察);(4)零聚焦(无固定观察位置,这与热奈特的零聚焦一致)。② 雅恩认为自己的区分优于以往的区分,但实际上无法替代以往的区分。聚焦在很多情况下都有一个确定的时空位置,但这一位置可以在故事内也可以在故事外,可以处于故事的中心也可以处于故事的边缘。雅恩的四分法无法区分这些聚焦位置,必须采用"内聚焦"(内视角)、"外聚焦"(外视角)等重要区分。此外,聚焦变换未必会形成一种"环绕"的效果。正如前面所提到的,叙事学家已经关注聚焦变换的情况,区分了"变换式"(从不同角度观察不同的对象)和"多重式"(从不同角度观察同一个对象)的变换聚焦。这些区分与雅恩的"环绕聚焦"构成一种互补关系,适用于描

---

① 这指的不是观察距离的远近,而要看观察者究竟是否为故事内的人物或其他成分。在全知叙述的场景部分,叙述者常常会近距离观察人物,但因为全知叙述者不是故事内的人物,所以这种近距离观察依然为外视角。倘若叙述者提到故事内有一部摄像机,并让读者通过这部摄像机来观察故事世界,这就是一种内视角。倘若故事外的叙述者自己像一部摄像机似的来观察故事世界,则会构成一种外视角。

② Manfred Jahn, "The Mechanics of Focalization: Extending the Narratological Toolbox," *GRAAT* 21 (1999), pp. 85—110.

述不同种类的聚焦变换。雅恩提出的"弱聚焦"为叙事研究界所忽略,因此构成对聚焦分类的一种有益的补充,然而,"弱聚焦"通常不会以总体叙述策略的形式出现,而只会局部出现,还需要靠以往的区分来界定总体观察模式,然后描述局部出现的"弱聚焦"。

第四节 不同视角的实例分析

本节拟通过细致分析比较采用不同视角进行叙述的一个生活片段,来具体说明不同视角模式所具有的不同功能。

一、分析素材

在1981年出版的《文学导论》一书中,希勒和威兰采用了以下几种不同模式来叙述一个生活片段:①

(1) 第一人称叙述

看着哈里大大咧咧地一头扎进报上的体育新闻里,我明白解脱自己的时刻已经到了。我必须说出来,我必须跟他说"再见"。他让我把果酱递给他,我机械地递了过去。他注意到了我的手在颤抖吗?他看到了我放在门厅里的箱子正在向我招手吗?我猛地把椅子往后一推,一边吃着最后一口烤面包,一边从喉头里挤出了微弱的几个字:"哈里,再见。"跌跌撞撞地奔过去,拿起我的箱子出了大门。当我开车离开围栏时,最后看了房子一眼——恰好看到突如其来的一阵风把仍开着的门猛地给关上了。(I knew as I watched Harry mindlessly burrowing into the sports section of the News that the moment had come to make a break for freedom. I had to say it. I had to say "Good-bye." He asked me to pass the jam, and I mechanically obliged. Had he noticed that my hand was trembling? Had he noticed my suitcase packed and beckoning in the hallway? Suddenly I

---

① Dorothy Seyler and Richard Wilan, *Introduction to Literature* (California: Alfred, 1981), pp. 159—160.

pushed back my chair, choked out a rather faint "So long, Harry" through a last mouthful of toast, stumbled to my suitcase and out the door. As I drove away from the curb, I gave the house one last glance—just in time to see a sudden gust of wind hurl the still-open door shut.)

(2) 有限全知叙述

哈里很快地瞥了一眼幼兽棒球队的得分,却失望地发现这次又输了。他们已经写道:"等到明年再说。"他本来就在为麦克威合同一事焦虑不安,这下真是雪上加霜。他想告诉艾丽斯自己有可能失去工作,但只有气无力地说了句:"把果酱给我。"他没有注意到艾丽斯的手在颤抖,也没有听到她用微弱的声音说出的话。当门突然砰的一声关上时,他纳闷地抬起了头,不知道谁会早上七点就来串门。"嗳,那女人哪去了?"他一边问自己,一边步履沉重地走过去开门。但空虚已随风闯了进来,不知不觉地飘过了他的身旁,进到了内屋深处。(Harry glanced quickly at the Cubs score in the News only to be disappointed by another loss. They were already writing, "Wait till next year." It was just another bit of depression to add to his worries about the McVeigh contract. He wanted to tell Alice that his job was in danger, but all he could manage was a feeble "Pass me the jam." He didn't notice Alice's trembling hand or hear something faint she uttered. And when the door suddenly slammed he looked up, wondering who could be dropping by at seven in the morning. "Now where is that woman," he thought, as he trudged over, annoyed, to open the door. But the emptiness had already entered, drifting by him unnoticed, into the further reaches of the house.)

(3) 客观叙述

一位男人和一位女人面对面地坐在一张铬黄塑料餐桌旁。桌子中间摆着一壶咖啡、一盘烤面包以及一点黄油和果酱。靠近门的地方放着一只箱子。晨报的体育新闻将男人的脸遮去了一半。女人忐忑不安地坐在那里,凝视着丈夫露出来的半张脸。他说:"把果酱递过来。"她把果酱递了过去,手在颤颤发抖。突然间,她把椅子往后一推,用几乎听不见的声音说了句:"哈里,再见。"然后快步过去拿起箱子,走了出去,把门敞在那里。一阵突如其来的风猛地把门给刮闭了,这时哈里抬起了头,脸上露出疑惑不解的神情。(A man and a woman sat at opposite sides of a chrome and vinyl dinette table. In the center of the table was a pot of coffee, a plate of toast, some butter, and some jam. Near the door stood a suitcase. The man was half hidden by the sports section of the morning paper. The woman was sitting tensely, staring at what she could see of her husband. "Pass the jam," he said. She passed him the jam. Her hand trembled. Suddenly, she pushed back her chair, saying almost inaudibly, "So long, Harry." She walked quickly to the suitcase, picked it up, and went out the door, leaving it open. A sudden gust of wind slammed it shut as Harry looked up with a puzzled expression on his face.)

(4) 编辑性全知叙述

有时候,在一个看来不起眼的时刻,我们日常生活中累积起来的各种矛盾会突然爆发。对于哈里和艾丽斯来说,那天早晨他们坐在餐桌旁喝咖啡、吃烤面包时,就出现了这样的情形。这对夫妇看上去十分相配,但实际上,他们只是通过回避一切不愉快的事,才维持了表面上的和谐。哈里没有告诉艾丽斯他面临被解雇的危险,艾丽斯也没跟哈里说,她觉得有必要独自离开一段时间,以寻求真正的自我。当哈里瞥见报上登的幼兽棒球队的得分时,心想:"该死!连棒球也让人心里不痛快,他们又输了。我真希望能够告诉艾丽斯自己失去了麦克威合同——也许还会丢了饭碗!"然而,他仅仅说了句"把果酱递过来。"艾丽斯递果酱时,看到自己的手在颤抖。她不知哈里是否也注意到了。"不管怎样,"她心想,"跟他说再见的时候到了,该自由了。"她站起来,低声说了句:"哈里,再见。"然后过去拿起箱子,走了出去,把门敞在那里。当风把门刮闭时,两人都不知道,倘若那天早晨稍向对方敞开一点心房,他们的生活道路就会大不相同。(Sometimes an apparently insignificant moment brings to a head all of those unresolved problems we face in our daily lives. Such was the case with Harry and Alice that morning as they sat at breakfast over their coffee and toast. They seemed perfectly matched, but in reality, they merely maintained marital harmony by avoiding bringing up anything unpleasant. Thus it was that Harry had not told Alice he was in danger of being fired, and Alice had not told Harry that she felt it necessary to go off on her own for a while to find out who she really was. As he glanced at the Cubs score in the News, Harry thought, "Damn! Even baseball's getting depressing. They lost again. I wish I could manage to tell Alice about my losing the McVeigh contract—and just maybe my job!" Instead, he simply said, "Pass the jam." As Alice complied, she saw that her hand was trembling. She wondered if Harry had noticed. "No matter," she thought, "This is it—the moment of good-bye, the break for freedom." She arose and, with a half-whispered "So long, Harry," she walked to the suitcase, picked it up, and went out, leaving the door open. As the wind blew the door closed, neither knew that a few words from the heart that morning would have changed the course of their lives.)

不难看出,像希勒和威兰这样采取从不同角度叙述同一个故事的方式,可以使不同叙述视角处于直接对照之中,这无疑有利于衬托出每一种视角的性质、特点和功能。

二、希勒和威兰的分类中存在的混乱

在进行分析之前,有必要指出希勒和威兰分类中的一些混乱。他们在书的这一部分集中探讨的是叙述视角,而改写那一生活片段就是为了说明对不同视角的选择会引起各种变化,造成不同效果。但从上面这些片段的小标题就可看出,他们对视角的分类实际上是对叙述者的分类。也就是说,他们将叙述声音与叙述视角混为一谈。这样的分类至少在以下三个方

第五章 叙述视角

面造成了混乱。首先,就第一人称叙述而言,以人称分类无法将"我"作为叙述者回顾往事的视角与"我"作为人物正在经历事件时的视角区分开来。我们不妨比较一下下面这两个例子:

(1)……我当时问自己,不知道哈里是否注意到了我的手在颤抖,也不知道他是否看到了我放在门厅里的箱子在向我招手。

(2)……他注意到了我的手在颤抖吗?他看到了我放在门厅里的箱子正在向我招手吗?

不难发现,在例(1)中出现的是"我"(故事外的"我")从目前的角度回顾往事的外视角。但在例(2)中,出现的则是故事内的"我"正在经历事件时的内视角,读者直接接触故事内的"我"的想法,而不是接受故事外的"我"对已往想法的回顾。虽然两者同属第一人称叙述,在视角上却迥然相异。也就是说,在探讨视角时,我们不能简单地根据叙述人称分类,而应根据视角的性质分类。

此外,因为希勒和威兰将叙述声音与叙述视角混为一谈,他们在"有限全知叙述"这一概念上也出现了混乱。他们给"有限全知叙述"下了这样的定义:作者将全知范围局限于透视一个人物的想法与经验,"我们仿佛就站在这个人物的肩头,通过这个人物的视觉、听觉和想法来观察事件和其他人物。"[①]但在被称为"有限全知叙述"的第二片段里,总体而言,我们并没有通过哈里的视觉和听觉来观察他人,因为"他没有注意到艾丽斯的手在颤抖,也没有听到她用微弱的声音说出的话。……但空虚已随风闯了进来,不知不觉地飘过了他的身旁"。不难看出,我们基本上是通过全知叙述者来观察哈里和艾丽斯。"有限"一词仅适用于描述人物感知的局限性,不适于描述第二片段中的这种全知视角。此处的全知叙述者有意"选择"仅仅透视某位主要人物的内心世界,因此应称为"选择性全知"。

希勒和威兰理论上的混乱也体现在用于描写第三片段的"客观叙述"这一名称上。第三片段的特点在于聚焦者处于故事之外,像摄像机一样从旁观的角度记录下这个生活片段。仅用"客观"一词来描述这样的视角显

[①] Seyler and Wilan, *Introduction to Literature*, pp. 157—158.

然是不够的,因为全知叙述者(甚至第一人称叙述者)有时也可以"客观"地进行叙述。希勒和威兰之所以采用"客观"一词,很可能是因为他们考虑的是叙述者的声音,而不是其特定的观察角度。就后者而言,第三片段可以称为"摄像式外视角"。

三、实例分析

1. 对第一人称体验视角的分析

第一片段属于第一人称主人公叙述中的体验视角,这种视角将读者直接引入"我"正在经历事件时的内心世界。它具有直接生动、主观片面、较易激发同情心和造成悬念等特点。这种模式一般能让读者直接接触人物的想法。"我必须说出来,我必须跟他说'再见'。……他注意到了我的手在颤抖吗?……"这里采用的"自由间接引语"(见第八章第三节)是这种视角中一种表达人物内心想法的典型方式。由于没有"我当时心想"这一类引导句,叙述语与人物想法之间不存在任何过渡,因此读者可直接进入人物的内心。人物想法中体现情感因素的各种主观性成分(如重复、疑问句式等)均能在自由间接引语中得到保留(在间接引语中则不然)。如果我们将第一与第四片段中艾丽斯的想法作一比较,不难发现第一段中的想法更好地反映了艾丽斯充满矛盾的内心活动。她一方面密切关注丈夫的一举一动,希望他能注意自己(也许潜意识中还希望他能阻止自己),另一方面又觉得整好的行李正在向自己"招手",发出奔向自由的呼唤。诚然,全知叙述也能展示人物的内心活动,但在第一人称体验视角叙述中,由于我们通过人物正在经历事件时的眼光来观察体验,因此可以更自然地直接接触人物细致、复杂的内心活动。

如果我们以旁观者的眼光来冷静地审视这一片段,不难发现艾丽斯的看法不乏主观偏见。在一些西方国家的早餐桌旁,丈夫看报的情景屡见不鲜,妻子一般习以为常。然而在艾丽斯眼里,哈里是"大大咧咧地一头扎进"新闻里,简直令人难以忍受。与之相对照,在另外三种视角模式中,由故事外的叙述者观察到的哈里看报一事显得平常自然,没有令人厌恶之感。在第一片段中,由于读者通过艾丽斯的眼光来观察一切,直接深切地感受到她内心的痛苦,因此容易对她产生同情,倾向于站在她的立场上去观察她丈夫。已婚的女性读者,若丈夫以自我为中心,对自己漠不关心,更是容易对哈里感到不满。然而,已婚的男性读者,若妻子敏感自私,总是要求关注和照顾,则有可能对艾丽斯的视角持审视和批评的态度。即便抛开这些个人因素,有的读者也可能会敏锐地觉察到艾丽斯视角中的主观性,意识到她不仅是受害者,而且也可能对这场婚姻危机负有责任。通过艾丽斯的主观视角,我们能窥见这一人物敏感、柔弱而又坚强的性格。事实上,人物视角与其说是观察他人的手段,不如说是揭示聚焦人物自己性格的窗口。读者在阐释这种带有一定偏见的视角时,需要积极投入阐释过程,做出自己的判断。

第一人称体验视角的一个显著特点在于其局限性,读者仅能看到聚焦人物视野之内的事物,这样就容易产生悬念。读者只能随着艾丽斯来观察哈里的外在言行,对他的内心想法和情感仅能进行种种猜测。这也要求读者积极投入阐释过程,尽量做出较为合理的推断。

值得注意的是,"第一人称体验视角"和"第三人称人物有限视角"在性质、特点和效果上有很多的相似之处。请比较:

> 看着哈里大大咧咧地一头扎进报上的体育新闻里,艾丽斯明白解脱自己的时刻已经到了。她必须说出来,她必须跟他说"再见"。哈里让她把果酱递给他,她机械地递了过去。他注意到了她的手在颤抖吗?他看到了她放在门厅里的箱子正在向她招手吗?……(She knew as she watched Harry mindlessly burrowing into the sports section of the News that the moment had come to make a break for freedom. She had to say it. She had to say 'Good-bye.' He asked her to pass the jam, and she mechanically obliged. Had he noticed that her hand was trembling? Had he noticed her suitcase packed and beckoning in the hallway? ...)

尽管这是第三人称叙述,但与采用第一人称叙述的原文一样,我们不是通过叙述者,而是通过艾丽斯的体验视角来观察事物。很多现当代小说都属于这一类型。在这样的文本里,叙述声音与观察角度已不再统一于叙述者,而是分别存在于故事外的叙述者与故事内的聚焦人物这两个不同主体之中,这就是我们在上文中提到的"固定式人物有限视角"("固定式内视角""固定式内聚焦")。因为全知叙述者的眼光已被故事中人物的眼光所替代,因此我们无法超越人物的视野,只能随着人物来"体验"发生的一切。

我们知道,传统文论在探讨视点时,一般仅关注人称上的差异,即第一人称叙述与第三人称(全知)叙述之间的差异。20 世纪初以来,随着共同标准的消失、展示人物自我这一需要的增强,以及对逼真性的追求,传统的全知叙述逐渐让位于采用人物眼光聚焦的第三人称有限视角叙述。叙事学界也逐步认识到了这种第三人称叙述与第一人称叙述在视角上的相似,但同时也走向了另一个极端,将这两种视角完全等同起来。里蒙-凯南在《叙事性虚构作品》一书中说:"就视角而言,第三人称人物意识中心[即人物有限视角]与第一人称回顾性叙述是完全相同的。在这两者中,聚焦者均为故事世界中的人物。它们之间的不同仅仅在于叙述者的不同。"①这样的论断未免过于绝对化了。尽管这两种模式在视角上不乏相似之处,但它们之间依然存在一些本质差异。② 比如,在第三人称有限视角叙述中,人物的感知替代了叙述者的感知,因此仅有一种视角,即人物的体验视角,而在第一人称回顾性叙述中(无论"我"是主人公还是旁观者),通常有两种视角在交替作用:一为叙述者"我"追忆往事的眼光,另一为被追忆的"我"正在体验事件时的眼光。我们在前面比较的《呼啸山庄》的那段原文和改写版就分别展现出"我"的体验眼光和回顾眼光。从中不难看出,"我"回顾往事的视角为常规视角,体验视角则构成一种修辞手段,用于短暂隐瞒特定信息,以制造悬念,加强戏剧性。这与第三人称有限视角模式中的单一体验视角形成了对照。

2. 对选择性全知的分析

第二片段属于选择性全知模式。尽管全知叙述者可以洞察一切,但他限制自己的观察范围,仅揭示哈里的内心活动。与第四片段相对照,这里

---

① Rimmon-Kenan, *Narrative Fiction*, p. 73.
② 详见 Dan Shen, "Difference Behind Similarity: Focalization in First-Person Narration and Third-Person Center of Consciousness," *Acts of Narrative*, eds. Carol Jacobs and Henry Sussman (Stanford: Stanford UP, 2003), pp. 81−92;申丹:《叙述学与小说文体学研究》(第三版),第九章第三节。

第五章　叙述视角

的全知叙述者不对人物和事件发表评论,这与"第三人称人物有限视角叙述"中的叙述者相似(试比较上面用第三人称改写后的第一片段),但相似之处仅局限于叙述声音,在视角上两者则形成鲜明对照。正如前面所提到的,在"第三人称人物有限视角叙述"中,全知叙述者放弃自己的感知,转为采用人物的感知来观察,但在"选择性全知叙述"中,视角依然是全知叙述者的。在这一片段中,我们随着叙述者的眼光来观察哈里,观察视野超出了哈里本人视野的局限("他没有注意到艾丽斯的手在颤抖,也没有听到她用微弱的声音说出的话")。完全沉浸在个人世界中的哈里对妻子离家出走竟然毫无察觉,当门突然关闭时,还以为是有人一大早来串门,这无论在叙述者眼里还是在读者眼里都显得荒唐可笑,因此产生了一种戏剧性反讽的效果。由于故事外的全知叙述者高高在上,与哈里有一定的距离,因此读者也倾向于同哈里这位对妻子麻木不仁、对外界反映迟钝的人物保持一定的距离。

倘若我们将第一与第二片段的视角作一比较,不难发现它们之间的本质性差别不在于人称,也不在于从以艾丽斯为中心转到以哈里为中心,而在于从故事内的人物视角转到了故事外的全知叙述者的视角。由于这位凌驾于哈里之上的全知叙述者的干预,故事的逼真性、自然性和生动性都在一定程度上被减弱。这在表达哈里内心活动的形式上也有所体现。这里没有像第一片段那样采用自由间接引语的形式来直接展示人物的想法,而是采用了叙述者对人物的"内心分析"。读者读到的是"失望""焦虑不安""他想告诉"等被叙述者分析总结出来的笼统抽象的词语,没有直接接触,也难以深切感受哈里的内心活动,这势必减弱读者对哈里的同情。诚然,由于全知叙述者仅揭示哈里的内心活动,读者得知他的麻烦和困境,而对艾丽斯的所思所想则一无所知,因此在同情的天平上仍会偏向于哈里一方。由于全知叙述者仅有选择地告诉读者一些信息,读者需要较积极投入阐释过程,猜测事情的前因后果,比如艾丽斯的手为何会颤抖,她为何突然出走,这两人之间到底发生了什么,如此等等。

值得注意的是,全知叙述者在有的地方短暂地借用了哈里的视角。第二句话"他们已经写道:'等到明年再说。'"显得突如其来,很可能采用了哈里的观察角度,并且模仿他的内在声音(全知叙述者可能不会用"他们"这种含混的指称),这样就增添了一些生动性。用直接引语表达出来的哈里的内心想法"嗳,那个女人哪去了?"也显得较为生动。"那个女人"这一指称使我们联想到吉尔曼的女性主义名篇《黄墙纸》(1892)。在那一作品的结尾,受到代表男权势力的丈夫之控制和压迫,最终精神崩溃的妻子这样指称自己的丈夫:"嗳,为什么那个男人昏倒了?"这两个类似的指称"那个女人"和"那个男人"都微妙地反映出夫妻间的社会与心理距离。在本片段中,夫妻间的距离还通过"当门突然砰的(Charlotte P. Gilman)一声关上时"前面的文本空白得到反映。哈里完全沉浸在自己的忧虑里,对妻子的言行浑然不知,只是突然听到"砰"的关门声。叙述者在此显然也短暂地借用了哈里的视角,略去了哈里未注意到的妻子的离家出走。这一文本空白需要读者自己来填补。这与第四片段中传统的全知叙述模式形成了对照。我们不妨紧接着作一番比较。

3. 对全知模式的分析

第四片段属于传统的全知叙述。叙述者无所不知,对人物的过去、现在和未来均了如指掌,但叙述却不是根据时间进程或空间变化安排的,而是一步一步地进行论证:从一个普遍真理到一个典型的(负面)例证,最后落实到一个道德教训。全知叙述者不时发表居高临下的评论,以权威的口吻建立了道德标准。从观察角度来说,这一片段最为全面,不偏不倚,叙述者交替透视哈里与艾丽斯两人的内心世界。我们清楚地看到这对夫妇缺乏交流、缺乏了解,他们之间表面的和谐与内在的矛盾冲突形成了鲜明对照,是非关系一目了然,两人对这场婚姻危机都负有责任。由于叙述者将这些信息毫无保留地直接传递给读者,这一片段不存在任何悬念,读者只需接受信息,无须推测,阅读过程显得较为被动和乏味。这种模式难以被具有主动性、不相信叙述权威的现当代读者所接受。

值得注意的是,虽然读者可以看到哈里和艾丽斯的内心活动,但与他们的距离仍然相当明显。这主要是因为叙述者居高临下的说教和批评教训式的眼光将这对夫妇摆到了某种"反面"教员的位置上,读者自然难以在思想情感上与他们认同。最后艾丽斯离家出走时,读者很可能不会感到心情沉痛,而只会为这一缺乏沟通造成的后果感到遗憾。

与第一人称叙述者相比,全知叙述者较为客观可靠。至于哈里读报的

第五章　叙述视角

行为,请比较"瞥见"与"大大咧咧地一头扎进",前者没有批评的意味,不会引起读者的反感。值得注意的是,这里的全知叙述者不仅客观,而且还颇有点冷漠。我们不妨比较一下下面这些词语:

第一片段	第四片段
一边从喉头里挤出了微弱的几个字	低声说了句
跌跌撞撞地奔过去	走过去

第二片段	第四片段
只有气无力地说了句	仅仅说了句

在第四片段中,人物在叙述者的眼里仅仅是用于道德说教的某种"反面"教员,因此在感情上两者之间存在较大距离。叙述者仅注意人物做了什么,采用了一些普通抽象的词语来描写人物的言行,对其带有的情感因素可谓视而不见,这势必会加大读者与人物在感情上的距离。这段文字中叙述者的冷漠还体现在"当风把门刮闭时"这一分句上。在第一片段中,我们通过艾丽斯的视角看到的是"突如其来的一阵风把仍开着的门猛地给关上了"。该处突出的是这阵风的出乎意料和关门动作的猛烈,它深深震撼着艾丽斯的心灵;随着门的关闭,她对婚姻尚存的一线希望也最后破灭了。如果说在第一片段中,风把门刮闭具有象征意义的话,在第四片段中,这一象征意义在叙述者的说教中依然得到了一定程度的保留,但其强烈的感情色彩已荡然无存:"当风把门刮闭时"这一处于背景位置的环境分句既未表达出风的猛烈,也未体现出人物心灵上受到的震撼。这个句式给人的感觉是,"风把门刮闭"是意料之中的已知信息。然而,在第一片段中,从艾丽斯的角度观察到的关门这件事,却在句中以新信息的面目出现,并同时占据了句尾焦点和整个片段尾部焦点的重要位置,这大大增强了其象征意义。值得注意的是,在第二片段中,随着视角的变换,这件事可谓完全失去了象征意义。由于全知叙述者临时换用了哈里的视角,我们读到的是"当门突然砰的一声关上时",描述重点落到了"砰的"这一象声词上,全知叙述者紧接着对哈里进行了内心透视"他纳闷地抬起了头,不知道谁会早上七点就来串门",这样就把关门和串门连在了一起,完全埋没了关门象征的自我封

闭、婚姻无望等意义。

从时间上来说,第四片段中叙述者/读者与人物之间的距离在所有片段中是最大的。在其他三个片段中,我们均在不同程度上感受到被叙述的事情正在眼前发生,而这一片段中两度出现的"那天早晨"这一时间状语明确无误地将故事推向了过去,使其失去了即时性和生动性。

4. 对摄像式外视角的分析

与第四片段形成最鲜明对照的是第三片段,它采用的是仅仅旁观的摄像式外视角。一开始就出现了这么一个画面:"一位男人和一位女人面对面地坐在一张铬黄塑料餐桌旁",它明确无误地表明聚焦者完全是局外人,并仅起一部摄像机的作用。随着"镜头"从中间向旁边的移动,我们先看到桌上摆着的早餐,随后又看到了门边的箱子。对这些东西的描述颇有点像剧本里对舞台布景的说明,读者像是在观看舞台上的场景或像是在看电影中的镜头。我们看到报纸"将男人的脸遮去了一半"。与其他片段中对同一事情的描述相比,这种表达法强调了聚焦者的空间位置和视觉印象,试比较:"哈里大大咧咧地一头扎进"(第一片段);"哈里很快地瞥了一眼"(第二片段);"哈里瞥见"(第四片段)。不难看出,"遮去"这个词突出反映了聚焦者作为摄像镜头的本质(而后面修饰女人微弱声音的"几乎听不见的"则突出了摄像机的录音功能)。接着,我们跟着镜头观察到了女人的表情以及两人一连串具体的外在行为。

像这样的摄像式外聚焦具有较强的逼真性和客观性,并能引起很强的悬念。读者一开始看到的就是一个不协调的画面:画面上出现的早餐使人想到家庭生活的舒适温馨,男人看报也显得自然放松,但女人却"紧张不安"地坐在那里,让人觉得费解;她随后的一连串举动也让读者觉得难以理解。读者脑海里难免出现一连串的问号:这女人为何忐忑不安地坐在那里?她的手为何颤抖?她为何要急匆匆地出门?那个男人在想什么?这两人之间究竟发生了什么事情?对于这些问题,读者不仅无法从人物的内心活动中找到答案,而且也难以从"把果酱递过来"、"哈里,再见"这两句仅有的人物言语中找到任何线索。读者有可能揣测女人之所以紧张不安是因为她在食物里放了毒药想害死丈夫,或者做了对丈夫难以启齿的事,也有可能是因为她准备瞒着丈夫为他做出重大牺牲,如此等等。由于这些问号的存在和答案的不确定,读者需要积极投入阐释过程,不断进行探索,以求形成较为合乎情理的阐释。

在读这一片段时,尽管读者的在场感是所有片段中最强的,仿佛一切都正在眼前发生,但读者与人物之间的情感距离却是最大的。这主要是因为人物对读者来说始终是个谜,后者作为猜谜的旁观者无法与前者认同。这种感情上的疏离恰恰与人物之间感情上的疏离相呼应,这位男人和女人之间谜一样的关系也无疑增加了两人之间的距离,这对体现人与人之间难以相互沟通的主题起了积极作用。

但这种模式的局限性也是显而易见的。与电影和戏剧相比,小说的一大长处在于文字媒介使作者能自然揭示人物的内心世界(在电影中只能通过旁白,戏剧中则只能采用独白这样较为笨拙的外在形式)。这一片段的聚焦是电影、戏剧式的,完全放弃了小说在揭示人物内心活动这一方面的优越性。这对于表达这一片段的主题十分不利,因为它涉及的是夫妻间的关系这样敏感的内在心理问题,难以仅仅通过人物的外在言行充分体现出来,况且因篇幅所限,该片段也不能像海明威的《白象似的山丘》那样通过长段对话来间接反映人物心理。此处的读者对很多问题感到费解,或许还会产生种种误解。一般来说,这种摄像式外聚焦比较适用于戏剧性强,以不断产生悬念为重要目的的情节小说,而不适合于心理问题小说。

以上四个片段仅从一个侧面反映了四种不同视角的性质和功能。这四个片段的故事内容大致相同,但叙述视角则有较大差异,因此能引起读者种种不同的反应,产生大相径庭的阅读理解。每一种视角都有其特定的侧重面,有其特定的长处和局限性。

※　　※　　※　　※

一个世纪以来,西方学者对"视角"经久不衰的兴趣大大促进了小说和电影等领域的叙述技巧研究。在研究视角时,我们需要把握几种本质关系:感知者与叙述者,聚焦者与聚焦对象,聚焦者相对于故事的位置,聚焦者的性质与视野,故事内容与话语技巧等。理清了这些本质关系,画面就会显得较为清晰。叙述视角对于表达主题意义有着很重要的作用,因此中外现当代小说家都注意对视角的操控,通过采用特定视角或转换不同视角模式来取得各种效果。"视角"在我国传统批评中是较受忽略的一个方面,我们不妨借鉴西方叙事理论关于"视角"的论述,为作品分析和阅读寻找新的切入点。

思考题和练习

1. 什么是叙述视角?它与人物通常的感知活动有何区别?
2. 叙述者总是用自己的感知来观察事件吗?
3. 有哪些不同的视角模式?每一种模式的特点和功能是什么?
4. 请采用不同的视角来描述同一件事,分析不同视角模式所突出的不同重点,产生的不同效果。
5. 选择一个第一人称叙述的短篇小说,将它改写为全知叙述(也可选择一个全知叙述的短篇小说,将它改写为第一人称叙述或者第三人称人物有限视角叙述),分析比较两种模式的不同功能和效果。
6. 举例说明,在全知模式里,叙述者是否透视所有人物的内心活动。若答案是否定的,请分析叙述者不这么做的原因何在。
7. 分析在狄更斯的《远大前程》里,"我"目前的视角与"我"当年的视角之间的交互作用。
8. 分析在曼斯菲尔德的《一杯茶》里或自选的一篇采用全知叙述的作品里,全知叙述者如何通过变换观察角度,来传递主题意义和审美效果。

第六章 叙事时间

叙事与时间之关系是叙事学研究的一个重要方面。不同于传统小说批评对事件序列和因果关系的分析,叙事学家关于叙事与时间的研究主要从"故事"与"话语"关系入手,分析时间在两个层面的结构,揭示"故事时间"与"话语时间"之间的差异。"故事时间"是指所述事件发生所需的实际时间,"话语时间"指用于叙述事件的时间,后者通常以文本所用篇幅或阅读所需时间来衡量。这一区分点明了叙事文本具有的双重时间性质。一方面,"故事时间"类似于我们日常生活中对时间的体验。在日常生活中,我们首先必须有一套用于描述、衡量时间的方式,如,钟表时间、年历等等;其次,时间总是依照钟表时间顺序发生。在小说世界里,事件序列通常呈现为顺时序(chronology),但是,小说家为了建构情节、揭示题旨等动机,常常在话语层次上"任意"拨动、调整时间。有时候,小说家甚至可以像放映 DVD 一样,将故事时间暂停在某个时刻,便于叙述者仔细描述某个特定时刻人物意识深处的心理活动。此时,必须以数页篇幅才能完成的叙述在故事世界的钟表上或许只有几秒钟的瞬间,如乔伊斯的《尤利西斯》。同样,叙述者也可用很短的篇幅概述故事中较长的时间段,如,荷马的《奥德赛》第一卷中仅用"神明编织的时光"一行诗句概述了战争结束后漫长的岁月。叙事文本中这种特殊而有趣的双重时间为广大读者所熟悉,同时也是研究者普遍关注的一个叙事现象。不过,直到 20 世纪 70 年代才出现真正从理论角度研究叙事时间的著作。[①] 在《叙述话语》一书中,热奈特首次对"故事时间"和"话语时间"之间的关系进行了理论阐述,提出了"时序"(order)、"时距"(duration)、"频率"(frequency)三个重要概念,并仔细阐述

[①] 关于小说叙事时间属性的强调,参见 Frank Kermode, *The Sense of an Ending* (New York: Oxford UP, 1968).

了话语时间与故事时间之间的区别与联系。下面我们将通过实例逐一介绍热奈特提出的这三个重要概念。

第一节　故事时间与话语时间

在第一章关于"故事"与"话语"两分法的讨论中，我们已经了解，这一区分是以故事的相对独立性为理论出发点。也就是说，在叙事作品中，所述之事被假设为具有自身的时间（自然时间），故事中的事件依照时间先后（chronology）发生、发展和变化。为此，查特曼认为，故事中的时间显现为"事件之间的自然时序"（natural order of the events）。[①] 很明显，这是从故事层面而言。倘若从话语层面讲，情形就不同了。请看下面引自巴尔扎克在《轻佻的女人》的前言中一段话：

> 您在一家沙龙里遇见一个您六年未见的人：他现在是总理大臣或资本家。您认识他的时候，他不穿礼服，既无公务的才智，也无营私的本事；现在您仰慕他荣华富贵，您对他的财产或对他的才能感到惊异。其后，您到客厅的一角，在那里您听到某个叙述者绘影绘声地讲述世事，半个小时内您了解到了前所未闻的十年或二十年的历史。[②]

这段话形象地说明了"故事时间"被重新安排后的审美效果。巴尔扎克将小说读者比喻为故事听众，揭示了小说家对话语时间进行调整实乃小说艺术的一个常规现象：叙述者回溯过去，概述某一段时间中的主要内容，使得故事实际时间被压缩，将故事人物十年或二十年的历史在半小时内展现给读者。正如福斯特所说，"每一部小说中都有一个时钟，但是小说家可能不以为然"，喜欢对故事时间进行重新安排。[③] 有趣的是，小说家有时候还借人物之口强调对故事时间进行安排的必要性。如，拉什迪《午夜的孩子》中的故事聆听者帕德玛提醒叙述者萨里姆应该略去故事细枝末节，不

[①] Chatman, *Story and Discourse*, p. 63.
[②] 转引自米歇尔·布托尔："对小说技巧的探讨"，《二十世纪世界小说理论经典》上卷，吕同六主编，北京：华夏出版社，1995年，第528页。
[③] Forster, *Aspects of the Novel*, p. 20.

第六章　叙事时间

然"你得活到两百岁才能讲到你出生时的事"①。菲尔丁在《汤姆·琼斯》中借叙述者话语作了更为详细的阐述：

> 小说不应该像马车一样不停地往前奔跑……在接下来的叙述中，我们将采用一种不同的方法，如果故事中有值得叙述的东西，我们将不遗余力地向读者仔细讲述；但是，如果故事中好几年都没有什么值得讲述的事件，我们就应该跳过去，而不必担心这样做会出现什么不连贯。②

在这段引文中，菲尔丁以马车为类比，明确了小说家对故事时间进行重新安排的必要性。"如果故事中好几年都没有什么值得讲述的事件，我们就应该跳过去"——一句十分生动地表述了重新安排时间的合理性。事实上，即便是以传记方式叙述的小说也不可能完全遵照故事的自然时序进行。例如，笛福的《鲁滨逊漂流记》。这部小说虽然依照事件时序叙述往事，但是，叙述者在开篇处告知自己生于 1632 年之后，仅以寥寥数笔概述了少年时代对远游的愿望，此后，他详细讲述了 1651 年 9 月 1 日乘船去伦敦的首次航行经历。紧接其后，叙述者则开始重点讲述从 1659 年 9 月 30 日至 1686 年 12 月 19 日，总共 27 年的海上历险。不过，27 年的历险史虽然是该小说的中心叙述内容，但他并没有事无巨细地一一汇报，更不可能用 27 年的叙述时间使叙述者讲述故事的"现在"与"过去"成为对等关系。常识告诉我们，关于过去事件的追忆和叙述难以等量的方式进行展现。而小说家们对叙事时间双重性质的充分意识以及采用的各种叙述手法不仅推动了小说艺术形式的发展，同时也使得作品妙趣横生，体现出独特的审美旨趣。在现实生活中，我们受制于钟表时间嘀嗒之声不可逆转的规定性，但是，在虚构的故事世界，小说家通过控制、安排话语时间与故事时间之间的关系结构，展现了叙述行为对这种规定性的叛逆与想象。英国小说家斯特恩(Laurence Sterne)的元小说《项狄传》就是这样一个例子。小说名为"特利斯特拉姆·项狄的生活和观点"，这似乎为读者预设了一个依照

---

① Salman Rushdie, *Midnight's Children* (London: Vintage Books, 2008), p. 44.
② Henry Fielding, *Tom Jones* (Hertfordshire: Wordsworth, 1999), pp. 39—40.

个人生活自然时序进行的阅读方式。然而,在整部小说中,叙述者不断地打破"自然时序"和时间规律,使得小说关于主人公生平和观点的叙述不断地被悬置一边,以至于小说篇幅已经过了三分之一,而关于主人公的出生却尚未提及。至于主人公的成长过程,更是令人瞠目。小说到了第197页,项狄才一岁。

以上例子足以说明叙事文本时间的双重性质,显现了话语时间经常违逆故事时间的叙事特征。对此,理论家们予以高度重视。俄国形式主义者什克洛夫斯基和艾亨鲍姆以"故事(素材)"和"情节"两个概念来区分故事内容和形式结构,实际上已经触及叙事时间双重性质的讨论。"故事"指按照实际(自然)时间、因果关系排列的事件总和,"情节"指包括文本篇章结构在内的一切加工手段,尤其指时间上对故事事件的重新安排。这种两分法对叙事学关于时序的认识产生了深远影响。研究者们认为,作品的故事,即,情节结构表层的事件序列,具有先来后到的时序,而话语层(构成文本的书面词语)的时间则有可能会显现为逆时序的安排(如,倒叙、预叙等)。[①] 热奈特的定义十分清楚地点明了两个时间之间的关系:"故事时间"是指"故事中事件连续发生过程显现的时间顺序",而"话语时间"是指"故事事件在叙事中的'伪时序'(pseudo-temporal order)"。[②]

关注故事时间与话语时间之间的不对等现象可以帮助我们观察文学叙事的审美特性。下面我们将通过实例逐一介绍被热奈特提出的"时序"、"时距"和"频率"这三个重要概念。

第二节 时 序

前述提到,话语顺序与故事顺序之间的倒错现象,这是叙事时间的常见现象。但是,依照"自然时序"[③]的叙述方式也并不少见。请看叙事学家

[①] Monika Fludernik, "Temporality, story, and discourse," *Routledge Encyclopedia of Narrative Theory*, pp. 608—609, p. 608.

[②] Genette, *Narrative Discourse*, p. 35.

[③] Shlomith Rimmon-Kenan, *Narrative Fiction: Contemporary Poetics* (Methuen: London & New York, 1986), p. 16.

第六章 叙事时间

普林斯给出的一些例子:

(1) 约翰吃饭,然后,玛丽吃饭,接着,贝尔吃饭。
(2) 他一来就开始哭泣。①
(3) 很多年前,正当约翰快乐地走在大街上时,他看见琼……②

句(1)涉及三位人物、三个行动,突出它们之间的连贯性。句(2)描述了"来"与"哭泣"两个行动在时间顺序上更为密切的连续特点。句(3)模糊了具体时间,但同样依照人物行动的先后顺序进行叙述。三个陈述句的共同特点是依照事件发生的实际时间序列进行叙述,使各个事件显现出时间顺序。小说文本中也不乏这样的例子。如,美国小说家豪威尔斯的小说《塞拉斯·拉帕姆的发迹》,故事情节基本上依照主人公发迹后个人家庭生活展开叙述。小说开始时,拉普姆已经是波士顿著名企业家,围绕着两个女儿的婚姻事件,叙述者依照故事的实际进展叙述,使得小说在总体上显现为线型特征。

当然,从叙事本质上讲,故事事件总是先于写作时间。即便是表面上看似与叙述时间同步发生的纪实作品,从根本上讲也是事后记叙(这也是文字叙事与影视叙事的重要差异之一)。从这个意义上讲,小说中的顺序手法实际上也是以某个叙述时间作为故事开端,由此讲述主要事件的过程。换言之,叙事作品不存在一个绝对的时间开端,小说总是从故事的中间开始叙述。作品中人们通常以为的开端时间是指叙事文本予以明示的时间。如,拉什迪的小说《午夜的孩子》,故事开端叙述了主人公萨里姆的出生时间:1947年8月15号午夜,同时告诉读者"我将要31岁了。"以"我将要31岁了"作为"现在"叙述,叙述者"我"开始对过去的回忆叙述。一些以回忆往事作为情节基本结构的小说大致上都以一个引子开始回顾叙述。除了叙述者(通常是第一人称叙述者)在开篇时予以明确的追叙,故事时间往往是以过去某个点作为起点,并由此开始进入顺序叙述。如,英国小说家沃(Evelyn Waugh)的《重访布莱德西尔德庄园》。叙述者(Charles

---

① Gerald Prince, *Narratology*: *The Form and Functioning of Narrative* (Berlin: Mouton Publishers, 1982), p.64.
② Ibid., p.27.

Ryder)在"序言"结尾处通过一句"我曾来过这里;我对这个地方再熟悉不过了"①,由此,小说开始以回顾叙述自己20年前在布莱德西尔德庄园里一段难忘的经历。其后,关于过去事件的叙述基本上依照从20年前至"现在"发生的事件进行。

在叙述过程中,一个约定俗成的惯例是:如果事件还没有发生,叙述者就预先叙述事件及其发生过程,则构成"预叙"(prolepsis,即,传统小说批评和电影理论形容的"flashforward"[闪前]);事件时间早于叙述时间,叙述从"现在"开始回忆过去,则为"倒叙"(analepsis)。

先说倒叙。菲茨杰拉德的《了不起的盖茨比》关于"我"与盖茨比的相识是这样开始的:

> 那个夏天的故事真正开始于这样一个夜晚:我开车去汤姆·布查拿斯家去吃晚饭。黛西是我的一个远房表妹,我是在上大学时认识了汤姆。战争后,我曾和他俩在芝加哥呆了两天。(The history of the summer really begins on the evening I drove over there to have dinner with the Tom Buchanans. Daisy was my second cousin once removed, and I'd known Tom in college. And just after the war I spent two days with them in Chicago.)②

在这段叙述中,我们清楚地看到,叙述者"我"(尼克)开始讲述与盖茨比相关的一段往事,以开车去汤姆家吃饭的那个晚上作为故事的开端。然而,叙述者并没有直接讲述开车前往过程中的所见所闻,而是转向关于自己与汤姆一家关系的介绍。原文体现在时态上的变化——"开始""开车"等更是明确了事件之间的时间关系。在接下来的两段叙述中,"我"介绍了汤姆在体育竞技方面的特长、他富足的家庭背景,以及汤姆和黛西的生活方式。此后,叙述重新回到故事开始的晚上:"就这样,在一个暖风吹拂的晚上,我驱车前往(长岛)东部,去看望我并不熟悉的两位老朋友。"③从这

---

① Evelyn Waugh, *Brideshead Revisited: The Sacred and Profane Memories of Captain Charles Ryder* (London: Penguin, 2000), p. 14.
② F. Scott Fitzgerald, *The Great Gatsby* (New York: Penguin, 1986), p. 11.
③ Ibid., p. 12.

第六章 叙事时间

个例子中,我们可以看到,采用倒叙手法展现的事件与主要情节缺乏必然联系。或者说,倒叙中的事件,如,"我是在上大学时认识汤姆"、"他们在法国住了一年",虽然发生在"我开车去汤姆·布查拿斯家去吃晚饭"之前,但这些事件本身与驱车吃饭这个事件构成两个不同的时间序列。从时间上看,关于汤姆夫妇的叙述构成了倒叙。其功能在于为读者提供与主要事件相关的一些过去信息。倒叙可长可短,依照故事情节需要而定。福楼拜《包法利夫人》中有一段较长的倒叙。小说在第一部第六章之前叙述了爱玛嫁给夏尔,然而,整个第六章的叙述回到了爱玛婚前在修道院里的生活。[①] 不过,关于爱玛在修道院里生活的叙述并没有成为小说所剩篇幅的全部叙述内容。第六章之后,叙述重新回到爱玛的婚姻生活。从结构上看,倒叙的内容构成了一个插入的叙述片段。小说第一章开篇时夏尔上学作为故事起点,以此为时间参照,爱玛在修道院里这一事件属于顺时序;然而,若以故事事件发生的顺时关系来看,关于爱玛在修道院里时候的叙述则是追叙往事的倒叙。

与倒叙形成对照,研究者们认为,倘若事情尚未发生,叙述者就提前叙述,就构成了预叙。如,在《汤姆·琼斯》第一部分第六章结尾处,叙述者提前告知读者,弃儿并没有被送到孤儿院,至于详情如何,叙述者承诺将在下一章里叙述。这种现象同样出现在一些以第一人称叙述的小说中。如卢梭(Jean-Jacques Rousseau)的《忏悔录》。叙述者在开篇不久就这样写道:"我那欢畅的童年生活就这样结束了。从那以后我再也享受不到纯洁的幸福了。"[②]这个例子表明,预叙的内容是为读者提供一些人物尚未获知的信息。在第一人称回顾叙述中,由于存在两个视角(见第五章),通常是为了显现"经验之我"与"叙述之我"在认知能力方面的巨大差异。《忏悔录》叙述者开篇处道明"从那以后我再也享受不到纯洁的幸福了",这一陈述显然是回顾往事时以现在的视角告示读者。这一方法与"忏悔录"的写作目的形成吻合。

预叙同样出现在一些实验性质较强的小说中,体现了一些后现代小说

[①] 福楼拜:《包法利夫人》,第 30—34 页。
[②] 卢梭:《忏悔录》,黎星、范希衡译,北京:人民文学出版社,1992 年,第 21 页。

在叙事时间方面打破经典叙事模式的尝试。马尔克斯的《百年孤独》是这样开篇的:"许多年以后,面对行刑队,奥雷良诺·布恩地亚上校将会想起那个遥远的下午,那天他父亲带他去探索冰块。"① 这些文字表示:小说叙述的时间点是"上校面对行刑队"这一事件的许多年之前。对于故事人物而言,这一时间点正是一切的开始。

不过,正如热奈特所言,预叙在西方经典小说中并不多见。② 古典悲剧中关于主人公命运的提前叙述在托多罗夫看来代表了预示人物宿命的"情节"类型。③

第三节 时 距

在上一节里,我们围绕"时序"概念讨论了"预叙"和"倒叙"在叙事时间中的结构关系。这一节将介绍叙事时间研究涉及的另外一个概念:时距(duration)。

在叙事文本中,我们经常遇到这样的情形:叙述者有时候用长达数章的篇幅叙述一天的事件。乔伊斯的《尤利西斯》用 3 个部分、18 章描写了三个人物在都柏林一天的生活。第一部分共 3 章,以斯蒂芬·达德勒斯为中心人物,叙述他因母亲病危回到都柏林,母亲临终时要他跪下祈祷,而他没有听从,他因此感到内疚。第二部分共有 14 章,描写犹太人布卢姆一天在都柏林街头游荡。第三部分只有一章,描写布卢姆的妻子莫莉在入睡前的内心活动。小说家用不同篇幅展现事件发生过程,导致"故事时间"与"话语时间"长短各异,无法对等,这是叙述时距的主要特征。与此相反,小说家有时候用很少的篇幅概述较长时间段里发生的事件。如,当鲁滨逊结束 27 年荒岛历险后,叙述者([鲁滨逊])仅仅用以下几行概述了自己的家庭生活:

---

① Gabriel Garcia Márquez, *One Hundred Years of Solitude* (New York: Penguin, 2000), p. 1.
② Genette, *Narrative Discourse*, p. 67.
③ Tzvetan Todorov, *The Poetics of Prose* (New York & London: Ithaca, 1977), p. 65.

第六章 叙事时间

同时,我差不多在这里稳定下来;首先,我结婚了,这件事对于我而言既没有什么不好,也谈不上不利,然后,有了三个孩子,两个儿子,一个女儿;我的妻子快咽气时,我的侄子顺利从西班牙航海回来,我喜欢航海的天性,加上他不停地要求,使得我搭乘他的船队去了东印度,这一次,我是作为商人去那儿作贸易。那一年是 1694 年。①

我们看到,结婚成家、生育三个孩子,这些通常需要数年时间才能完成的过程在鲁滨逊的叙述中仅仅一笔带过。这一手法说明,三个孩子的出生、妻子病危,这些家庭生活对于鲁滨逊而言几乎可以忽略不计,突出表现了叙述者鲁滨逊这一人物形象代表的资本主义精神。以上两个例子说明了"时距"的基本含义,即,故事时长(用秒、分钟、小时、天、月和年来确定)与文本长度(用行、页来测量)之间的关系。② 据此,热奈特提出,可以根据叙述时间与故事时间之间的长度之比测量两者之间的关系。

(1) 叙述时间短于故事时间:即"概述"(summary)

(2) 叙述时间基本等于故事时间:即"场景"(scene)

(3) 叙述时间为零,故事时间无穷大:即"省略"(ellipsis)

(4) 叙述时间无穷大,故事时间为零:即"停顿"(pause)③

下面我们分别对这四种叙述运动进行阐述。

1. 概述

叙述时间短于故事时间构成概述。也就是说,事件过程实际所需时间远远大于阅读文本展现这些事件所用的文字篇幅。这一点在前面《鲁滨逊漂流记》的例子中已经说明。又如,《汤姆·琼斯》第二部第一章仅仅用不到两页的篇幅告诉读者,汤姆已经 14 岁了,同时指出,"我们的读者"用能力可以推断这 14 年成长过程中的主要内容。④ 这种方法有时候可以用来对某些背景进行交代,利于读者了解更多相关信息。例如,《包法利夫人》第一章以夏尔上学为故事起点,但其间插入了一段叙述,概述了夏尔此前

---

① Daniel Defoe, *Robinson Crusoe* (Hertfordshire: Wordsworth, 2000), p. 234.
② Genette, *Narrative Discourse*, pp. 87—88.
③ Ibid., p. 95.
④ Fielding, *Tom Jones*, pp. 67—68.

如何偷懒、逃学,以及他父母亲如何把他拉扯大等等。此后,叙述重新回到故事主线,细述夏尔成为医生以后的平庸生活。从时间结构上讲,概述既可以出现在故事开端,作为引出故事人物和事件的一个起点,也可以插入叙述过程中,作为补充信息。当作为插叙成分时,概述显现为倒叙。①

2. 场景

场景指叙述时间与故事时间基本相等。依照热奈特的观点,最常见的场景是文本中的人物对话。请看奥斯丁《傲慢与偏见》第一章班内特夫妇之间的一段对话:

"他叫什么名儿?"

"宾利。"

"已婚还是单身?"

"哦!单身,我亲爱的,当然啦!极富有的单身汉;每年四五千英镑。这对我们家的姑娘们来说是多好的事啊!"

"怎么会呢?这与她们有什么关系?"②

在这一场景中,我们只听到人物对话,叙述者未加任何评论,甚至连"他说"之类的附加语都被省略。这一手法使读者感到阅读这些文字的过程基本上等同于人物说话的过程,犹如舞台上的人物表演。也正因为如此,卢伯克将它视为具有戏剧化的"展示法"(showing),即,叙述者将故事外叙述者的声音降低到最低点,使观众直接听到、看到人物的言行。③ 当然,小说叙事的文字属性决定了这里所说的"戏剧化",或故事时间与叙述/阅读时间等同,也仅仅是相对于其他手段的叙述时距而言的一种效果。在小说中,场景与概述经常交替出现在小说叙事中,使叙事显现出一种节奏和运动感,推动故事情节向前发展。《堂吉诃德》第 20 章有一个很有趣的小插曲形象地说明了这一点。为了给主人鼓劲,桑丘开始讲故事。当讲到渔夫如何把三百只羊渡河过去时,他反复强调应该依照实际情况讲述——由于船很小,渔夫只得"回来摆渡一只,接着又一只,又再摆渡一只"。堂吉

---

① 详见 Genette, *Narrative Discourse*, p. 97。
② Jane Austen, *Pride and Prejudice* (New York: Pocket Books, 2004), p. 4.
③ Percy Lubbock, *The Craft of Fiction* (New York: Viking Press, 1957), pp. 112−113.

诃德很不耐烦地表示抗议：

"得啦！"堂吉诃德说，"我们就算他把所有的羊都摆渡到对岸去算了。因为要是这样一只接一只地说，用上十二个月的时间也讲不完。"

"请让我照自己的这一套讲下去，"桑丘说，"已经过去了多少只羊了？"①

在这个关于如何讲述故事的故事中，堂吉诃德显得十分理性，他要求桑丘略去 300 只羊过河的过程，继续讲述以后的事件。的确，如果一个叙事文本中叙述时间与事件过程等同，故事会"讲不下去"。②

3. 省略

当故事时间，或者故事的某些事件没有在叙述中得到展现，就出现了省略。例如，《汤姆·琼斯》的叙述者在第三部第一章里告知读者，汤姆已经 14 岁了，以一句"这个过程并无值得记叙的重要事件"开始讲述此后的 14 岁以后的事情；叙述者认为，读者可以凭借自己的生活经验推测汤姆从 2 岁到 14 岁成长过程的一些基本内容；此外，他相信读者一定急于了解 14 岁以后的事情，因此，12 年间的内容可以被省略。③ 在这个例子中，叙述者提到了汤姆从幼儿到少年的成长过程，但并略去了这一过程中主要事件的叙述。热奈特把这种现象叫做"明确省略"(explicit ellipse)。④ 这类省略通常由故事外叙述者予以概述，提醒读者"很多年过去了"，或者通过"多年以后"这样的模糊时间概念开始故事时间中下一个时期的叙述。有时候，省略也可以通过故事人物来实现。如，欧文(Washington Irving)的《瑞普·凡·温克尔》在描写温克尔从哈德逊河谷回到故乡时，通过他女儿之口告诉读者(同时也是告诉温克尔本人)已经过了 20 年："啊，可怜的人，他的名字叫瑞普·凡·温克尔；20 年前，他背着枪走出家门，20 年过去了，一直杳无音信。"⑤ 由此，叙述者通过温克尔的视角描述 20 年后故乡发生的

---

① 塞万提斯：《堂吉诃德》，第 121—122 页。
② 同上书，第 122 页。
③ Fielding, *Tom Jones*, p. 68.
④ Genette, *Narrative Discourse*, p. 106.
⑤ Washington Irving, *Rip Van Winkle* (Barcelona: The Vancouver Sun, 2005), p. 23.

深刻变化。至于温克尔20年间的活动仅仅是睡了一夜。这个例子虽然涉及故事人物感觉中的时间与实际时间之差异,但是,正是通过这种手法,这个传奇故事暗示了18世纪末美国社会经历的巨大变化。

这种通过强调人物对时间的不同感知描写时间流逝的手法同样出现在现代小说中。例如,伦敦的《马丁·伊登》在叙述马丁一生的自我奋斗过程时,强调马丁珍惜时间胜于爱惜健康,连用于睡眠的几个小时都被他视为对他生命的剥夺(小说多处提到他每天睡前必须设定闹钟),①但同时,叙述者多处仅仅以"第一个星期过去了""又一个星期过去了""第三个星期过去了""好几个星期过去了"这些语句略去期间发生的事件,强调马丁依然没有成为著名作家。② 通过省略叙述,小说揭示了这位自我奋斗者为了称为大作家将自己逼上一种单一生活后的困境。对于马丁而言,时间的意义仅仅是用来衡量个人成就的一个指标,除了写作,其他活动均可以忽略不计。以至于在他的爱情生活中,快乐也是短暂的片刻:"他与她(露斯)在一起度过的时光(hours)是他有过的唯一快乐片刻,而且也不全都是快乐的……他曾经希望这段时光是两年。时间过去了,而他却一事无成。"③

与这类体现在文本话语上的时间不同,省略故事时间的另一种方式是"隐含省略"(implicit ellipse),即,读者只能从故事事件时序中推测出的某一段故事时间的省略。④ 例如,詹姆斯的《女士画像》第42章整章描写了伊莎贝尔某个夜晚对自己婚姻困境的彻底思索。紧接其后,第43章以"三个夜晚之后她(伊莎贝尔)带潘西参加舞会"一句聚焦于舞会上情景。第44章转向职业女性斯塔克珀尔与伯爵夫人关于妇女问题的讨论;第45章叙述拉尔夫来到罗马,伊莎贝尔不顾丈夫的反对去旅店与堂兄拉尔夫会面。这些事件之间显然存在时间上的空隙。第43章的"三个夜晚之后"明示了三个夜晚的内容被省略叙述。舞会与拉尔夫来到罗马,这两个事件之间同样存在被省略的内容。尽管从第44章斯塔科珀尔与伯爵夫人的谈话中,读者可以推测这些事件之间可能相隔几天,或者几周,但不能确定究竟

---

① Jack London, *Martin Eden*(青岛:青岛出版社,2004),p.110.
② Ibid., p.117, p.120, p.121, p.151.
③ Ibid., p.157.
④ Genette, *Narrative Discourse*, p.108.

是多长时间,因为文中没有明说。隐含省略是小说中的常见现象,通常凸现了主要事件之间的跳跃以及主要事件对于情节产生的结构意义。

4. 停顿

停顿通常以关于某个观察对象的描述出现在叙事作品中。不过,热奈特指出,并非所有的描述都构成停顿,只有故事外的叙述者为了向读者提供某些信息,从自己的视角而不是从人物的视角来描述人物外貌或场景,暂时停止故事世界里实际发生的连续过程时,描述段落才成为停顿。① 也就是说,当作品采用人物视角对观察对象进行描述时,故事时间通过人物观察行为或心理活动依然继续,这个时候并没有出现故事时间的停顿。请看下面一段文字:

> (他)看见她外套的衣袖滑到手腕上,仿佛又一次看到了袖子里飘逸的双臂,圆润、洁净、修长。他熟悉她那双纤细的小手,还有指甲的形状和颜色,熟悉她转身时那异常优美的体态和身段,而他最熟悉的还是她纤细而富有弹性的腰肢,那是花朵绽放时的花枝,也是颀长而丰满的丝织钱包,里面装满了金币。这时她还没有转过身来,可他好像已经在手里把这一切都掂量了一遍,甚至听到了金币相碰的叮当声。②

这段描述来自詹姆斯的小说《金碗》。通过采用人物视角,叙述者描述了男主人公亚美利戈在看到夏洛特时的心理活动,展示了观察者本人强烈的金钱意识。在这个过程中,故事时间并没有被悬置,而是以人物观察行为和心理活动为叙述对象继续发展。换言之,只有当叙述停留在关于某个对象的描述而故事时间本身没有发展时才构成停顿。例如,在德莱塞的《嘉莉妹妹》中,嘉莉经受不住物质诱惑搬进杜埃为她准备的公寓,第三人称叙述者从自己的角度对公寓进行了这样的描写:

> 所有房间家具齐全,十分舒适。地毯来自布鲁塞尔,暗红色与柠檬色相间的格子中织有各种华丽而奇幻的花卉。窗户间镶嵌了窗间

---

① Genette, *Narrative Discourse*, p. 100.
② Henry James, *The Golden Bowl* (Oxford: Oxford UP, 1983), p. 36.

镜。房间一角有一张硕大的绿色沙发,柔软而豪华,旁边摆着几把摇椅。①

以上用于描述公寓环境的话语在小说第 10 章里占据了一页多的篇幅,详细描写了公寓优越的地理位置以及房间内奢华的布置。而在这个过程中,嘉莉与杜埃就在房间里。不过,关于人物间的对话要等到叙述者把环境交代完毕后才展现在读者面前:

"我的天,你真是位小美人,"杜埃禁不住感叹。
她看着他,大眼睛里流露出喜悦。②

这里人物的对话无疑要占故事时间,而上引叙述者的描写则不占故事时间,只占话语时间,因此构成故事时间的停顿。

以上阐述的四种涉及时距的叙述手法构成了叙事作品中的不同节奏。它们往往交替出现在作品中,在不同程度上影响了叙事速度,使得作品犹如音乐一样随着话语模式的变化出现不同的运动方式。

第四节 频 率

与叙事节奏密切相关的另外一个概念是叙述频率。依照里蒙-凯南的解释,叙述频率涉及"一个事件出现在故事中的次数与该事件出现在文本中的叙述(或提及)次数之间的关系"③。也就是说,事件及其被叙述都有可能包含重复。一方面,事件本身存在重复的可能;另一方面,关于事件的叙述可能一次或者多次出现在文本中。依照这种关系,热奈特区分了以下几种方式:

单一叙述(singulative),即,讲述一次发生了一次的事件。这是最常见的现象。

重复叙述(repeating narrative),即,讲述数次只发生了一次的事件。

---

① Theodore Dreiser, *Sister Carrie* (New York: Signet Classic), p. 91.
② Dreiser, *Sister Carrie*, p. 91.
③ Rimmon-Kenan, *Narrative Fiction: Contemporary Poetics* (London & New York: Methuen, 1986), p. 56.

热奈特用了一个极端的例子说明这种现象:"昨天我很早就睡了,昨天我很早就睡了,昨天我很早就睡了。"然而,这种看似不现实的现象的确存在于叙事作品中。如,福克纳的《押沙龙!押沙龙!》对亨利·萨特彭谋杀鲍恩的事件重复了39次。鲁迅《祝福》中的祥林嫂重复叙述她儿子被狼吃掉的事件更是我们大家熟悉的例子。祥林嫂难以摆脱痛失爱子的悲苦心情,逢人便讲:"我单知道下雪的时候野兽在山墺里没有食吃,会到村里来;我不知道春天也会有。我一清早起来就开了门,拿一小篮盛了一篮豆,叫我们的阿毛坐在门槛上剥豆去。他是很听话的,我的话句句听;他出去了。我就在屋后劈柴,淘米,米下了锅,要蒸豆。我叫阿毛,没有应,出去一看,只见豆撒了一地,没有我们的阿毛了。"①祥林嫂不仅重复讲述同一个事件,而且是一字不差地重复叙述。至于重复的次数,故事叙述者没有明示,而是以"(他)反复地向人们说她悲惨的故事"一句来概述。祥林嫂的重复叙述,说明这个事件对她打击程度之深,而全镇的人"一听到就烦厌得头痛",以至于只要祥林嫂开口说"我真傻,真的",他们立刻接过来说:"是的,你是单知道雪天野兽在深山里没有食吃,才会到村里来的。"这一手法揭示了作品对听者麻木不仁的深刻批判。

概括叙述(iterative narrative)是指讲述一次发生了数次的事件。例如,《了不起的盖茨比》第三章在讲述"我"(尼克)在认识盖茨比之前隔岸看到的情形:"每逢周末,他的(盖茨比)劳斯莱斯车就成了公共汽车,从早上9点一直到午夜,车子来来回回地接送客人……到了星期一早上,8名家佣,加上一名园林师,带着拖把、刷子、榔头和园林工具,要忙碌一天才能将前一天夜宴留下的残局收拾干净。"②叙述者这里采用概括叙述,将重复发生的景象进行了笼统叙述,表现了盖茨比的慷慨富有,同时也揭示了富有阶层这种社交活动的奢侈与无聊。

※ ※ ※ ※

以上我们从时序、时距和频率这三个方面讨论了叙事时间在故事层与话语层的差异关系。分析小说叙事时间,发现故事时间与话语时间之间的

---

① 鲁迅:《鲁迅小说全集》,武汉:长江文艺出版社,2005年。第159、160页。
② Fitzgerald, *The Great Gatsby*, p.41.

不一致,这有利于我们了解小说的整体结构,同时也可从叙述者赋予某些事件的较多的话语时间看出这些事件对于人物或叙述者具有的特殊意义。本章介绍的是在叙述话语层次上处理故事时间的一些基本手法。在具体作品中,叙述者会根据表达题旨的需要对故事时间做出各种重新安排,这要求我们对文本中话语时间与故事时间的关系加以仔细考察。叙事作品中的时间与空间是相互关联的,这将我们引向下一章对叙事空间的考察。

思考题和练习

1. 什么是"故事时间"？什么是"话语时间"？二者之间的差异与联系是什么？
2. 什么是"预叙"？什么是"倒叙"？
3. "预叙"在科幻小说和《圣经·旧约》中有什么差别？
4. 萨克雷的《名利场》中出现了一些预叙,告知读者某些即将发生的事情,以提醒读者"善行将得到回报,恶行将得到惩罚",你如何看待这种方法与小说题旨之间的关系？
5. 什么是"叙述时距"？如何衡量？
6. 什么是"叙述频率"？分为哪几种？

第七章　叙事空间

　　长期以来,叙事研究者忽略文学作品中的"空间"及其意义。人们通常认为雕塑、图片、摄影艺术属于"空间艺术",而文学则属于时间艺术。德国文艺学家 G. E. 莱辛曾明确提出:文学作品因其语言属性决定了它存在于时间中。[①] 不少叙事研究者认为,虽然作品中的人物需要一个活动空间,但情节主要源自依照时间秩序组织的人物行动。[②] 不过,持不同观点的学者也不乏其人。1945 年,英国学者弗兰克首次提出"小说空间形式"(spatial form)这一说法。[③] 在他看来,受现代主义文学思潮影响的文学作品(包括诗歌和小说)通过采用象征物、构建意象、拆解句法结构等手法,使作品在总体上显得具有"空间"意义的形态特点。这一观点在当时的理论界引发了一场争论。持赞同态度的学者认为弗兰克的观点富有洞见,点明了自 20 世纪初以来现代主义文学作品叙述形式的一些总体特点,如,大量采用"描述"(descriptive)、切断情节推进中的线性发展;反对者们则认为文学作品从根本上依赖于时间过程中的写作和阅读,因此,所谓的"空间形式"最多只是借用了"空间"一词的象征意义,并不存在真正的"空间"。1963 年,弗兰克再次对"小说空间形式"这一提法进行了详细阐述,并坚持"空间形式"这一术语涉及的立场。[④] 70 年代初至 80 年代,英美小说理论

[①] Gotthold Ephraim Lessing, "LaocoÖn", in *The Great Critics: An Anthology of Literary Criticism*. eds. James Harry Smith and Edd Winfield Parks (New York & London: Northon, 1967), p.472.

[②] Susan Stanford Friedman, "Spatial Poetics and Arundhati Roy's The God of Small Things," in *A Companion to Narrative Theory*, eds. James Phelan and Peter J. Rabinowitz (New York: Blackwell, 2005), p.194.

[③] Joseph Frank, "Spatial Form in Modern Literature," *Sewanee Review* 53 (1945), p.23.

[④] Joseph Frank, *The Widening Gyre: Crisis and Mastery in Modern Literature* (New Brunswick: Putgers UP, 1963).

界关于小说空间形式的讨论依然呈现为两派各执一端的态势。其间,文学理论权威杂志《批评探索》、《今日诗学》都曾以专刊形式对这一话题展开讨论。① 1981 年,康乃尔大学出版了斯密顿和达斯坦尼合编的《叙事中的空间形式》,将有关"小说空间形式"的主要争论文章汇编成册,算是对这场断断续续持续了近 30 年的争论做了一个总结与回顾。② 然而,此后不到三年,美国叙事研究者斯宾瑟(Michael Spencer)在《今日诗学》上发表文章,提醒理论界应该重新关注这场争论以及文学作品中的空间问题。斯宾瑟认为,文学作品中的"空间"是否是一个象征,这个问题并不重要;假如我们从语言的角度审视文学理论,我们就会发现,几乎所有的理论词汇都只是象征表述语,如,结构主义诗学提出的"形式"、"结构"。③ 因此,问题的关键在于:"我们应该寻找一种确切的方式去理解叙事作品表现的空间性以及作品描述的空间与其他结构成分的关系"。④ 这一观点十分重要,它有助于我们明确关于叙事空间问题讨论的理论出发点。

在这一章里,我们将着重介绍、阐述叙事学从"故事"和"话语"两个层面对叙事空间的探讨。此外,我们还将描述故事空间和话语空间与情节和视角之间的关系。

第一节 故事空间与话语空间

我们知道,经典叙事学从"故事"和"话语"两个层面对"空间"进行了探讨。1978 年,叙事学家查特曼在《故事与话语》中首次提出了"故事空间"(story space)和"话语空间"(discourse space)两个概念。他指出,故事事件的纬度是时间性的,而处于故事空间中的存在物(人物与环境)则是空间

---

① William Holts, "Spatial Form in Modern Literature," *Critical Inquiry* 4 (1977), pp. 271—283; Frank Kermode, "A Reply to Joseph Frank," *Critical Inquiry* 4 (1978), pp. 579—588.
② Jeffrey R. Smitten and Ann Daghistany, eds. *Spatial Form in Narrative* (Ithaca & London: Cornell UP, 1981).
③ W. J. T. Mitchell, "Spatial Form in Literature," *Critical Inquiry* 6 (1980), p. 543.
④ Ibid., p. 547.

性的。① 查特曼这一观点继承了传统叙事理论认为叙事属于时间艺术的观点,但他从故事层面提出的"空间维度"将传统小说批评几乎边缘化的背景(setting)作为一个"存在物"摆到了理论研究的视野中。他认为,"故事空间"指事件发生的场所或地点,"话语空间"则是叙述行为发生的场所或环境。

这一界定不难理解。不妨以塞林格(Salinger)《麦田里的守望者》为例作些解释。小说采用第一人称回顾性叙述,在疗养院里回忆叙述自己不愉快的童年经历。因为叙述行为发生在疗养院中,因此疗养院成为叙述行为的"话语空间";与此对应,作为叙述内容的人与事发生在学校、家庭和城市街区,这些不同的地点构成了小说的"故事空间"。当然,在第一人称回顾叙述中,我们比较容易从叙述者的话语中发现"话语空间"。"话语空间"可以是叙述者讲述故事的场地,也可以是写作的地点。例如,纳博科夫《洛丽塔》中第一人称叙述者亨伯特是在监狱中写下了"忏悔录",康拉德《黑暗的心》里的叙述者马洛则是坐在泰晤士河的船上叙述自己在非洲的历险与感受。在这类小说中,由于故事中的叙述者同时又是人物,其所述内容通常是关于过去事件的回忆,因此,我们比较容易区分"话语空间"与"故事空间"。这与一些采用全知叙述模式的小说构成差异。例如,巴尔扎克的《欧也妮·葛朗台》是这样开始的:

> 在外省某些城镇,有些房子像最阴暗的修道院、最荒凉的旷野,或者最落寞的废墟,看了使人有凄凄切切之感。也许在这些房子里,修道院的冷寂、旷野的荒凉和废墟的支离破碎都兼而有之。房子内寂静无声,当外面传来陌生的脚步声时,窗子里便会突然探出一个僧侣般毫无生气的面孔,以凄冷的目光逼视来客。不然,外地人真会以为那是些空置的房屋。

叙述者在小说开篇处着力描写了房子的破败状态以及四周的荒凉景观。叙述者采用了类似于电影中的"广角镜头",对"外省某些城镇""有些房子"进行了全景描述,使读者感到接下来要讲述的就是发生在这个场所

---

① Seymour Chatman, *Story and Discourse* (Ithaca: Cornell UP, 1980 [1978]).

中的人与事。小说家对事件发生地进行细致描述,其主要目的在于为故事事件创造一个真实的环境,引导读者进入虚构的故事世界。至于故事外叙述者(通常是全知叙述者)进行叙述时的空间,既然不是故事的内容,小说家也无须通报,读者也就无从知晓。本书第一章提及,作品内的叙述者是作者用文字创造出来的看不见、摸不着的虚构物,就这些虚构叙述者而言,只有在成为叙述的对象时,其叙述行为和叙述场所等才有可能被展现在读者面前(或者由叙述者本人或者由上一层叙述者说出来)。全知叙述者一般不提及自己叙述行为的话语空间,而是直接把读者引入故事空间,在一种身临其境的阅读状态中"聆听"故事的下文。

在第一人称叙述中,叙述者则有可能提及自己讲述故事或聆听他人叙述的话语空间。例如,詹姆斯的短篇小说《螺丝在拧紧》在故事开端就设定了这样一个聆听场所:

> 那是圣诞节夜晚,在一所古老的房子里,我们大伙围坐在火堆旁边听人讲述一个颇为费解的故事;大伙屏息静听。我记得有人说感觉有些阴森恐怖,可我觉得这是自然的,古怪的故事基本上都是在这种场合讲述;在讲述故事的过程中,有人不自觉地说这是他第一次听到灵魂附体在孩子身上的故事,除此以外,我记得我们谁也没有说话。①

在这段文字中,叙述者通过回忆自己当时听故事的场景,重新展现了聆听故事时的阴森恐怖氛围,使读者感觉犹如正坐在火堆旁边的听众之中。不同于第一人称回顾叙述,这里的"我"并不是恐怖故事的直接叙述者,而是小说中围坐在火堆旁边的故事听众之一,但同时又是在聆听鬼怪故事之后的转述者。作为转述的一个引子,其目的在于营造恐怖氛围,与诡异的故事空间构成呼应。英美现代主义小说中也不乏这样的"聆听"场所。譬如,康拉德的《黑暗的心》以马洛在非洲腹地的殖民经历为主要叙述内容,但小说开篇明确了叙述者和受述者同在泰晤士河上的一艘船上。当然,小说予以明确的叙述和聆听场所可能因不同作品的题旨而显现不同的象征意义。《黑暗的心》将泰晤士河作为叙述行为的发生地,将刚果河作为

---

① Henry James, *The Turn of the Screw* (London: Penguin Books, 1994), p. 7.

第七章 叙事空间

所述故事的空间,使得两个不同空间在故事中产生了一个寓意结构:发生叙述行为的"现在"与叙述内容的"过去"、代表英国殖民主义的泰晤士河与代表殖民地的非洲腹地,形成了明显的对照,突出了小说深刻的题旨。这些例子表明,叙事作品予以明确的话语空间在功能上不仅仅为了创造故事似真效果,或者为叙述者提供类似于现实生活中的叙述场所,很多时候,小说的话语空间与作品主题之间可能存在某些寓意关系。请看法国小说家佩雷克(Georges Perec)的"静物"中的一段描写:

> The solid desk, on which I am writing, formerly a jeweler's workbench, is equipped with four large drawers and a top whose surface, slightly sloping inwards from the edges (no doubt so that the pearls that were once sifted on it would run no risk of falling to the floor) is covered with black fabric of very tightly woven mesh.

> 这张木质书桌,就是我此刻坐在旁边写作的这张,以前是一位珠宝商的工作台;桌子有四个抽屉,台面从旁边朝中央微微内陷(毫无疑问,这是为了防止珍珠滑落到地上),一种网状织物紧紧地绷在台面上。

这段描写不仅明确了人物叙述者的写作行为,而且仔细描述了写作行为发生的具体场所——房间里一张实木桌子。与故事题目"静物"对称,叙述者对桌子的外形作了细致入微的描写,使得桌子本身成为故事中的一个静物。此外,叙述者采用的现在时态(I am writing)强调了叙述行为的进行状态,突出了"话语空间"在这个短篇故事中的重要意义。虽然这个例子属于传统现实主义文学中的个案,但是,将人物叙述者写作行为发生的地点作为描述对象的现象在现代主义以及后现代主义实验小说中并不少见。例如,意大利小说家卡尔维诺(Calvino)的《寒冬夜行人》里第 8 章是这样开头的:"在山谷里一幢别墅的阳台上,有位年轻女子坐在躺椅上看书。我每天开始写作之前都要用望远镜观察她一段时间。"接着,我们得知,小说中的这位作家"望着这位坐在躺椅上的女子",开始这样"写实":"现在我看见那只蝴蝶落在她书上,我要考虑到用那只蝴蝶来写实,比如描写一桩骇人听闻的罪行,把它写得与这只轻盈的蝴蝶有些相似。"①我们知道,实验小说以前的传统写作通常建立在这样一种共识之上:故事总是讲述过去的事件。也就是说,在叙述开始之前,小说家和读者相信故事中的事件"实际上"早已发生。因此,"话语空间"与"故事空间"通常属于两个不同的时空。但是,在这个例子中,小说中的作者与他观察和叙述的对象被置于同一个时间和空间中。这种手法与我们熟悉的传统叙事手法形成了有趣的对照。

在传统小说批评中,评论家们往往用"背景"(setting)一词来指称"故事空间",以强调"空间"的功能仅在于增添人物及其行为的似真效果:"从最基本的层面讲,小说对于背景的描述使得读者能够对人物及其行动进行视觉化理解,由此增强故事的可信度,同时使得人物生动真实。"②除了这种"模仿论"之外,也有小说评论家们从审美效果角度关注"故事空间"。例如,英国作家波文认为,应该用"场景"(scene)替代"背景",因为当小说家集中描写人物在某个特定空间里的行动或思想时,小说才具有戏剧效果。③ 为此,她认为小说家在描述故事空间环境时应该着力于细节描写;与此相对应,读者应该关注那些细致的环境描写,越是精雕细琢的描写,越是彰显主题含义。需要说明的是,提出用"场景"(scene)替代"背景",这种观点容易产生理解上的混乱。在西方小说理论中,"scene"(场景)一般与"summary"(概述)相对,前者主要指叙述时间与故事时间大致相当,如人物对话;后者则指叙述者对事件进行的总结概括(见本书第六章)。④ 当然,波文这些论述从审美效果角度强调了环境描写的重要性,这有助于纠正那种认为故事背景仅仅只是服务于小说似真性的偏见。

通过上面的简述,我们了解到:结构主义叙事学涉及的"空间"包括"故事空间"和"话语空间"。不过,相比之下,研究者们更为关注"故事空间"及其展现手法。而故事空间与视角的关系则是其中一个重要的关注点。

---

① 卡尔维诺:《寒冬夜行人》,第 148、151 页。
② James H. Pickering and Jeffrey D. Hoeper, *Literature* (New York: Mcmillan, 1982), p. 28.
③ Elizabeth Bowen, *Pictures and Conversations* (New York: Alfred A. Knopf, 1975), p. 178.
④ Genette, *Narrative Discourse*, p. 94.

第二节 故事空间与视角

　　结构主义叙事学家普遍认为,"故事空间"在叙事作品中具有重要的结构意义。除了为人物提供了必需的活动场所,"故事空间"也是展示人物心理活动、塑造人物形象、揭示作品题旨的重要方式。要展开对这些方面的讨论,就必然涉及关于故事空间的观察和描写角度问题。在前面关于《欧也妮·葛朗台》的例子中,全知叙述者以俯瞰的角度对"故事空间"进行了全景描述,使得故事人物连同所处的空间一起展现在读者眼前。这种视角广泛地出现在18、19世纪英语小说中。亨利·菲尔丁的《汤姆·琼斯》、萨克雷的《名利场》就是大家十分熟悉的例子。故事外叙述者除了对故事事件发生的每一个场所仔细交代以外,还不时地站出来对故事中的人物、场景进行评述。此外,为了强调作品的道德主旨,全知叙述者通常采用无所不知、无处不在的"上帝视角"对故事世界的一切予以揭示。不过,即便在一些以全知视角为主导的小说中,故事外叙述者有时也会暂时放弃自己的视角,采用人物视角来揭示人物对某个特定空间的心理感受。正如第一章所阐述的,人物视角作为人物的感知构成了故事内容的一部分,但人物视角同时也是一种叙述技巧,因此它也是叙述话语的一部分。作为一种叙述技巧,人物视角对建构故事空间以及揭示题旨都具有丰富的意义。那么,当小说中关于某个空间的描述是通过人物视角得以展现时,故事空间会出现哪些特点?这些特点对于我们理解人物形象和阐释故事可能产生什么样的影响?不妨以凯瑟《教授的房子》开篇描述作些分析。

　　　　搬家已经完工。圣彼得教授独自呆在空荡荡的房子里。自他结婚以来,他就一直生活在这里,也是在这里他成家立业,把两个女儿抚育成人。房子看上去有些不堪入目了,方方正正,三层楼,一律粉刷成烟灰色——房子的入口处十分狭窄,地板高低不平,台阶下陷。[①]

---

① Willa Cather, *The Professor's House* (New York: Vintage Classics, 1990), p. 3.

作为故事的时间切入点,叙述者告知圣彼得教授一家"搬家已经完工",可是,教授依然独自留在空荡荡的老房子里。接着,叙述者采用概述法告知读者这所房子伴随着教授成家立业的年轻时代。此后,叙述者描述了这所房子"丑陋得不像房子":方方正正、三层楼、烟灰色、狭窄的入口处、不平整的地板、下陷的台阶。所有这些客观描述均来自叙述者,而其中不乏否定意味的状物描写与教授对房子的深深依恋形成了明显的反差,使得读者不由得生起了好奇心。在接下来的叙述中,叙述者改用教授的眼光由内朝外对外部的风景进行了描述:

  他从窗户可以向外极目远眺,在地平线那头,就是密执安湖,长长的、蓝色的、模糊不清的那是他自童年时代起就熟悉的内陆湖。
  每当他想起童年,他就会想起那蓝色的水……①

  不同于小说开端时我们看到的关于房子外观的客观描述,在这里,我们通过人物眼光看到了远处的密执安湖。不同于前一段的写实描述,密执安湖被虚化为"长长的、蓝色的、模糊的"的印象。紧接其后,叙述者直接引向人物关于童年、青年时代的回忆,并且强调这些年来这位教授从房子里往外看到的这片风景在他心中产生的精神力量。小说第一章对老房子的描写为故事的怀旧主题作了很好的铺垫。当小说第二章将故事背景切换到教授一家欢聚在新房子里的时候,读者对于教授内心的孤独产生了深刻的理解与同情。事实上,《教授的房子》的情节发展一直跟随着圣彼得教授在新居与旧宅两处不同的生活展开。新居里妻子女儿热衷讨论的消费时尚话题与教授在旧宅里对于过去的追忆构成了两幅截然不同的生活画面,暗示了小说对前工业社会田园牧歌生活的怀旧主题。

  我国古典小说也不乏采用人物视角来描述空间环境的例子。譬如,《红楼梦》第三回林黛玉进宁国府之前,从黛玉的观察角度向读者展现出奉皇帝之命建造的宁国府在气派上如何与众不同:"北蹲着两个大石狮子,三间兽头大门,门前列坐着十来个华冠丽服之人。正门却不开,只有东西两角门有人出入。正门之上有一匾,匾上大书'敕造宁国府'五个大字"。小

---

① Willa Cather, *The Professor's House*, p. 20.

第七章　叙事空间

说在描写黛玉进荣府拜见王夫人时,同样采用了黛玉的视角:

> 一时黛玉进了荣府,下了车。众嬷嬷引着,便往东转弯,穿过一个东西的穿堂,向南大厅之后,仪门内大院落,上面五间大正房,两边厢房鹿顶耳房钻山,四通八达,轩昂壮丽,比贾母处不同。黛玉便知这方是正经内室,一条大甬路,直接出大门的。进入堂屋中,抬头迎面先看见一个赤金九龙青地大匾,匾上写着斗大的三个大字:是"荣禧堂"。①

叙述者从黛玉的观察角度出发,依照她行进的路线,不仅清楚地描绘了荣府的方位结构,而且突出了建筑建构上体现的皇家气派与宫廷威仪。出现其中的6个"大"字尤为注目。与叙述者视角展现的空间一样,人物视角显现的故事空间既可以是故事中真实的空间,也可以是与人物心理活动、价值取向密切相关的想象空间。在黛玉进贾府一例中,叙述展现的主要内容显然是人物所处的方位空间。在这种情形下,叙述话语通常依照视角人物所处位置给出标示空间位置的"指示方位"(deictic orientation),如,远近、左右、上下、东南西北、来去、这里、那里。

当然,与叙述者视角相比,采用人物视角的空间描写常常倾向于展现人物心理活动。更多的情形是,以人物视角展现的空间,既是人物所处的真实空间,同时又是人物心理活动的投射。环境与心境相互映照。例如,乔伊斯的短篇故事《艾夫琳》(Eveline)讲述了女主人公艾夫琳渴望和男朋友弗兰克一起离家出走时的矛盾心理。叙述者采用艾夫琳的视角,使得读者随着她的眼光"环顾房间,仔细观察房间里的物件";同时,我们了解到,她的思绪很快转向一个想象中的空间:"她的新家,在一个遥远而未知的国家"。叙述者用"遥远而未知"形容她想象中的新家,与家中熟悉的环境构成了鲜明的对照,使读者很快领悟到故事的结局。从这个实例中,我们可以看到,采用人物视角可以更好地揭示人物内心活动,使得关于故事空间的描写与人物内心世界一起为表达小说题旨服务。

前面提到,通过人物视角展现的故事空间通常可以是真实空间,也可以是想象空间。如果说黛玉的观察对象为真实空间,而《艾夫琳》的例子则

---

① 曹雪芹、高鹗:《红楼梦》,北京:人民人学出版社,1982年,第44页。

部分涉及想象空间,那么,詹姆斯在《专使》中通过人物视角展现的故事空间则突出表现了人物对空间的主观阐释。小说讲述了这样一个故事:为了迎娶寡妇纽萨姆太太,主人公斯特莱塞作为"专使"去巴黎带继子查德回美国继承家业。然而,事与愿违,斯特莱塞最后不仅没有完成使命,而且反而劝说查德继续留在巴黎。小说基本上一直采用斯特莱塞的视角,展示了这位深受清教伦理影响的美国中年男子在巴黎的所见所闻对他人生价值观产生的影响。颇具戏剧意味的是,这位富有特殊使命的专使本该以美国清教徒眼光冷眼看待巴黎上流贵族社交圈里各种活动,但是,随着他与各种艺术家的交往,斯特莱塞逐渐学会了以艺术家的眼光看待生活与爱情。当他来到雕塑家格劳里安尼(Gloriani)家中时,他觉得周围的一切,如,小巧的亭台、锃亮的拼木地板,以及客厅里各种精美的小摆设,无一不体现了生活本身的美妙,这种印象与美国新英格兰地区苛严的清教伦理以及实用主义思想形成了鲜明的对比。作为小说的"意识中心"(center of consciousness),斯特莱塞犹如一个接收器,快速地记录了这个充满艺术气息和感官生活的环境在他大脑中留下的印象。可以说,采用人物视角展现故事空间的手法,能使故事看似"客观"的环境空间显现为与观察者心理活动、思想价值密切相关的心理空间。这种手法有助于小说家在塑造人物形象的同时揭示作品的题旨。

就人物视角与故事空间的关系而言,通常强调的是人物眼中的空间。也正是在这个意义上,我们说,叙事作品中的空间总是被填满了空间以外的许多意义。① 在进行具体分析的时候,我们应该对那些用于描述空间的语言进行细致阅读和分析。在"叙述视角"一章里,我们已经了解,如果是人物视角,叙述眼光和叙述声音就出现了分离:眼光来自人物,而声音则来自叙述者。换言之,叙述者通过限定观察角度、模仿观察者思维的方式,并采用相应的语言来展现人物眼中的具体环境。文体学家福勒(Roger Fowler)用"思维风格"(mind style)一词来形容代表个人思想和价值体系

---

① Jan Joost Baak, *The Place of Space in Narration: A Semiotic Approach to the Problem of Literary Space* (Amsterdam: Rodopi, 1983), p. 37.

第七章 叙事空间

的言语使用特征。① 思维风格源于叙述者通过语言方式,以某种隐含的方法模仿人物在思维方式上表现的自我。② 下面一段引文摘自爱伦·坡的短篇故事《厄舍屋的倒塌》,其中的文字体现了人物叙述者"我"的思维方式:

> 我发现自己身处一个高大而宽敞的房间里。窗户狭长,而且向外突出,与黑栎木地板之间的相隔很远,以至于在房间里的人几乎无法触及窗户。深红的日光透过窗户格在房间里投下浅淡的光,将房间里的几件主要家具照得清清楚楚;然而,要想看到房间深处,或想看清楚房间镶有回文装饰的拱形屋顶,那是徒劳的。黑色帷幕垂挂在四周墙上。一眼看去,房间里摆满了家具,舒适,年代久远,支离破碎。到处散落着书本和乐器,但这些东西并没有给房间的整体氛围带来生机。一种忧伤的气息扑面而来。③

在这段描述中,坡采用第一人称叙述描述了房间的状况以及"我"在这个环境中的感受。我们看到,房间很宽敞,而窗户却又长又窄,并且向外伸出。不过,这一切让"我"觉得"无法触及";至于房间内的摆设,虽然摆满了古色古香的家具,"我"却感受不到生活气息。与房间的豪华与舒适形成反衬,叙述者感受到一股忧伤之气。事实上,故事关于厄舍屋阴森恐怖氛围的描述从一开始就已经弥漫在字里行间。伴随着观察者由远至近、从外到内对厄舍屋的描绘,读者仿佛和故事中的人物一起感受着厄舍屋"难以承受的阴森之气":窗户像是"发呆的眼睛","细密的苔藓……从尖尖的屋顶悬挂下来,形成一个网状结构";厄舍屋的主人罗德里克(Roderick)的眼睛与房子的窗户一样毫无生机,他的头发就像那些苔藓一样轻薄脆弱。故事中的叙述者在对环境进行客观描述的同时,对所见物状进行了仔细描绘,均在强调主人与屋子在寓意上的互为照应关系,暗示了罗德里克的内心世

---

① Roger Fowler, *Linguistics and the Novel* (London: Methuen, 1977), p. 103.
② Dan Shen(申丹), "Mind-Style," *Routledge Encyclopedia of Narrative Theory*. eds. David Herman et al. (London: Routledge, 2005), pp. 311-312.
③ Edgar Allen Poe, "The Fall of the House of Usher," *18 Best Stories by Edgar Allan Poe* (New York: Dell Publishing, 1965), p. 25.

界犹如这幢古屋一样，随时可能倒塌。在这个例子里，我们看到，叙述者对故事空间环境的描述不仅展现了环境本身的性状，同时也体现了叙述者对环境的印象和感受。可以说，运用人物眼光对故事空间进行描述，这一手法之所以为小说家们青睐，主要原因就在于人物视角不仅可以展现人物在特定条件下对某个环境的感受，而且可以有效地揭示人物性格，点明题旨。例如，在霍桑的短篇故事《我的亲属，莫里诺上校》中，来自农村的小伙子罗宾·莫里诺初次来到波士顿，所见之物都让他感到诚惶诚恐；他相信"自己已经中了魔"，灰色低矮的房屋、"弯曲狭窄的街道"使他感到迷宫一样没有尽头。不同于乡村的月亮，城里的月光不仅不能照亮前行的方向，反而使得眼前的一切变成了"远处的东西"。① 这些空间描写真实地反映了故事中乡村自然与城市生活之间的对立主题。采用人物视角来描述故事空间时，故事空间在很大程度上成了人物内心的外化，外部世界成为人物内心活动的"客观对应物"。

第三节　故事空间与情节

俄国著名文论家巴赫金提出，叙事作品在情节结构上显现的时间性质与故事内容的空间关系密切相关。以古希腊散文传奇为例，巴赫金认为，此类叙事通常讲述一男一女倾心相爱、历经磨难、被迫分别，最后双双团聚的过程。其间，各种冒险经历可能随处发生，使得故事的空间维度变得充实与丰满，而强调人物经历的时间要素随着曲折离奇的情节不断向前推进。因此，巴赫金指出，在一个象征意义上，叙事作品的时间与空间关系类似于爱因斯坦相对论意义上的时空概念，即，时间作为空间的第四属性。不过，巴赫金指出，叙事作品中的时空概念（chronotope）主要为了描述作品中的形式结构：

> 文学作品中的时空，空间与时间的标示被融合在一个精心布置而又具体的整体中。时间，往往在叙述过程中变得厚实、具体，通过艺

---

① Nathaniel Hawthorne, "My Kinsman, Major Molineux," *Literature*, eds. James H. Pickering and Jeffrey D. Hoeper (New York: Mcmillan, 1982), p.70.

第七章 叙事空间

构思显得清晰可见;同样,空间变得充满内容,与时间、情节和历史发展相呼应。这两个轴的叠加及其标示的融合显示了小说世界的时空特点。①

在这段阐述中,巴赫金一方面指出了小说情节发展必然包含的时间过程,另一方面也强调了构成情节的事件本身固有的空间场景。更为重要的是,他强调了小说艺术在整体结构上显现的时间+空间的有机组合特点。这对于我们理解小说情节与故事空间关系具有启发意义。作为事件与事件之间的"自然序列",小说情节必然依照时间过程发生、发展,并往往显现出必然律包含的因果关系;同时,每个事件必然发生于特定的空间环境。事实上,小说情节与故事空间关系也成为理论家们阐述叙事类型的一个观察点。依照巴赫金的观点,公元2世纪至6世纪之间的古希腊早期"小说"在情节上十分相似:依照人物冒险行动的先后次序讲述主人公的各种奇遇。由于人物个性富有奇幻色彩,人物关系神秘莫测,加上主人公必然经历的种种险境,人物之间经常出现类似于猫捉老鼠一样追逐的特点,人物不是被暂时囚禁就是孤身逃亡。此外,这类作品通常没有明确的历史时间,也没有任何描述表明时钟时间的流逝。故事中的时间周而复始,亘古不变,突出表现特定空间中的人物与事件。因此,巴赫金强调,英雄传奇虽然包含了时间与空间,但突出的是故事中的空间。② 这一观点对于我们认识故事空间与情节结构关系具有启发意义。

我们知道,欧洲小说在发展初期大多以人物行动为中心构建曲折复杂的故事情节。例如,16世纪法国作家拉伯雷的长篇巨著《巨人传》叙述了巨人国国王卡冈都亚和他的儿子庞大固埃在世界各地的冒险游历。17世纪西班牙作家塞万提斯的《堂吉诃德》以堂吉诃德的三次出游为主线,叙述了这位因痴迷骑士文学而丧失理智的游侠在不同环境中屡战屡败的荒唐经历。这种以主人公游历为叙述对象的叙事,在情节构建上注重人物行动与故事空间的密切关系,使得故事情节通常显现为明晰的时间性以及故事

---

① M. M. Bakhtin, The Dialogic Imagination (Austin: U of Texas P, 1996[1981]), p. 84.

② Bakhtin, The Dialogic Imagination, pp. 90—91.

空间上不断变换的特点。这一特点在18世纪的小说中尤为明显。例如，笛福的《鲁滨逊漂流记》主要讲述了主人公鲁滨逊三次出海，以及在荒岛上28年的生存历险，但是小说关于此前事件的叙述同样重要：逃离家庭到海外经商、被摩尔人俘虏后逃亡巴西、去非洲贩卖黑人，这些经历不仅为叙述者日后在荒岛上的生活提供了经验，更为重要的是，叙述发生在不同地点的这些事件增添了小说内容的丰富性。这些伴随着人物行动显现的空间场所增添了情节的曲折离奇，成为后来航海小说、游历小说的经典情节样板。以个人成长史作为题材的成长小说在很大程度上继承了依照人物活动场所之不同构建情节结构的叙事传统，将人物、行动与空间作为一个整体进行展现。例如，狄更斯的《大卫·科波菲尔》除了依照事件时序叙述科波菲尔的成长史，还十分注重描述主人公在每个主要阶段所处的不同场所对于人物成长的影响。从寄宿学校、伦敦工厂、姨婆家，直至最后与安格尼丝终成眷属，叙述者将人物关系、人物与事件严格限定在每一个特定的空间里。事实上，《大卫·科波菲尔》并没有用跌宕起伏的情节打动读者，而是将人物所处的不同环境作为引发事件、建构人物关系、加强冲突的一个重要手段。小说最后以尤里雅银铛入狱、皮格提先生带着艾米莉和格米奇太太在澳大利亚幸福生活作为结尾，十分典型地表现了狄更斯式的大团圆结局。这些依照人物行动和事件时序展现的故事空间常常作为情节发展的一个个必然环节逐一展现在读者眼前。

　　这一点在我国古典小说中也是如此。如，《水浒传》刻画了一批疾恶如仇、见义勇为的民间英雄人物。关于每一位英雄人物的故事虽然都以投奔梁山作为核心事件，但是，小说在叙述这一核心事件之前详细讲述了他们各自不同的生活际遇，使得与人物相关的不同故事空间构成了小说整体上多层面、多角度的社会生活图画。小说中因特定环境发生的许多事件成为情节结构中互为关联的关键事件，构成了章回小说的典型样板。一些生动离奇的事件往往被安排在特定的环境中，与人物形象和情节构成有机联系（如鲁智深大闹野猪林、林教头风雪山神庙）。与《鲁滨逊漂流记》不同，这类小说因其人物众多，情节与故事空间的关系无法呈现出一种线性模式。为了叙述不同空间里的人物行为，叙述者有时候必须依照故事空间对事件进行重新安排。在这一点上，福斯特（E. M. Forster）的《印度之行》显得

第七章　叙事空间

尤为突出。小说以"清真寺"、"洞穴"、"神庙"为名,分别标示了小说三个部分的结构,描述发生在三个不同空间里的事件。从故事时间上看,三个部分不存在紧密的关联,事件之间也不具备明确的因果关系,但是,依照三个不同空间对故事事件进行的重新安排恰恰以切断事件因果关系作为内在逻辑,强化了殖民地印度与宗主国英国之间的冲突主题。与此不同,乌托邦小说则是以人物一去一来的旅行经历作为情节建构的线索,通过讲述两个不同空间中的差异,这类的情节重点突出了遥远之地的美好与现时所处空间的劣等。例如,莫尔(Sir Thomas More)在他的《乌托邦》中采用了游记体小说体,将对话与回顾叙述相结合。第一人称叙述者我通过别人介绍结识了旅行家拉斐尔·西斯拉德,由他叙述如何与当时著名的航海家亚美利加一起航海,如何在一个小岛上发现了理想的国度"乌托邦"。不过,不同于游记叙事,《乌托邦》关于游历之处的叙述并不客观,除了故事开始时对叙述空间的简单描写("我们俩来到了我家的花园里,坐在一张铺有草皮的长凳上"①),小说关于那个故事空间"乌托邦"的描述基本上集中在社会制度方面。不过,《乌托邦》以一个遥远的空间作为叙述对象,同时强调叙述者必须亲历其境,由叙述者回顾如何出发如何回来的历程,成为一种经典的情节结构模式,而其中对于遥远的理想国的空间描述被视为乌托邦小说的一个基本特点。

正如有学者所言,虚构世界中的地理空间并非"无生命的一个容器",而是一种"富有能动作用的力量,存在于文学作品中,并且塑造着作品的形态"。② 这里的"形态"主要指情节结构。依照布鲁克斯的观点,我们可以把情节理解为"以互相连接和(作家)意图为要领"(principle of interconnectedness and intention),并由此探究叙事作品中各要素之间的综合关系,因为"谈论情节意味着同时考虑故事成分及其安排"。③ 就故事空间与故事结构之间的关系而言,情节需要在空间中展开,而对于故事空

---

① Thomas More, *Utopia*（北京：外语教学与研究出版社,1997 年）, p.25.
② Franco Moretti, *Atlas of the European Novel*, 1800—1900（London: Verso, 1999）, p.3, p.7.
③ Peter Brooks, *Reading for the Plot: Design and Intention in Narrative*（Oxford: Clarendon Press, 1984）, p.5, p.13.

间的选择与描写或多或少地限定了情节的发展,同时也影响我们对作品主题意义的阐释。

第四节 故事空间的阐释

对于故事空间的仔细观察有助于我们对作品主题的理解。以大家熟悉的夏洛蒂·勃朗特的《简·爱》为例。故事主要事件发生在桑费尔德庄园里。作为家庭教师的女主人公与庄园主罗切斯特之间的爱情、阁楼上的疯女人,以及庄园最后付诸一炬的场景构成了人物关系以及冲突的基本要素。桑费尔德庄园既代表了男主人公不同于女主人公的社会地位,同时也代表了女主人公经历的情感心理历程。再如,艾米莉·勃朗特在《呼啸山庄》中以"呼啸山庄"与"画眉山庄"两个地点作为构建情节结构的故事空间,使得故事空间成为与爱情和复仇主题密切相关的空间隐喻。对于希斯克里夫而言,画眉山庄不仅是他心上人凯瑟琳的居住地,更重要的是,那是一个完全不属于他的阶级领域和情感领地。因此,当他离开呼啸山庄三年后重新回来时,埋藏多年的复仇计划不再是简单的夺回旧爱,而是要成为画眉山庄的主人。此外,小说多处细致描写凯瑟琳渴望"进入"画眉山庄,以及在她死后希斯克里夫对着漫天风雪召唤凯瑟琳"进来",这些安排无一不是围绕着故事情节与空间意义之间的密切关系进行。

当然,在有的作品中,作为故事空间的人物活动场所几乎成了某种敌对力量,甚至是可能摧毁梦想的某种宿敌。例如,斯蒂芬·克莱恩(Stephen Crane)的短篇故事《敞篷船》中恶浪滔天的大海、杰克·伦敦(Jack London)《点篝火》描写的西北部荒野。这些原本属于人物活动场所的故事空间被展现为具有人格特征的一个天敌,与主人公一起成为故事情节中的一个"行动者",或者不以主人公意志为转移的某种神秘力量。哈代的《还乡》第一章中对伊登荒野的描写就是这样一个例子:"海洋改变过,土地改变过,河流改变过,村落改变过,而伊登荒野始终未变",每天夜里,万物寂寥,荒野却凝神"聆听","它有着提坦似的身体,仿

第七章 叙事空间

佛在等待着什么事件发生"①。采用拟人手法描写大自然,这在文学作品中固然十分常见,不过,用一章的篇幅对人物活动的空间环境进行详细描述,其效果不仅仅是拟人化手法带来的生动性。通过强调荒野亘古不变的特质和神秘力量,叙述突出了作家赋予作品的象征意义,强调了从城市回到荒原的男主人公克里姆与渴望去大城市的女主人公游丝苔夏之间的价值冲突。

作为人物活动场所的故事空间,叙事作品中的环境在近年来兴起的生态文学批评中广受关注。依照美国环境文学批评家布依尔(Lawrence Buell)的观点,叙事作品中的空间从来不是"价值中立",很多时候,由于描述空间的话语方式不同,作品中的空间也表现为不同的意义。② 换言之,作品关于故事空间的描写代表了叙述者对于环境和空间的特殊理解。请看下面引自梭罗在《瓦尔登湖》中的一段描述:

> The scenery of Walden is on a humble scale, and, though very beautiful, does not approach to grandeur, nor can it much concern one who has not long frequented it or live by its shore; yet this pond is so remarkable for its depth and purity as to merit a particular description. It is a clear and deep green well, half a mile long and a mile and three quarters in circumstance, and contains about sixty-one and a half acres; a perennial spring in the midst of pine and oak woods, without any visible inlet or outlet except by the clouds and evaporation. ③

> 瓦尔登湖的风景范围不大,虽然很美丽,但没有到宏伟的地步,假如你并不常来这里,或是就生活在湖畔,你也不会多加留意;然而,湖水清澈幽深,十分特别,因此值得作一番描述。湖面不大,明净透彻,

---

① Thomas Hardy, *The Return of the Native*(外语教学与研究出版社,1997年), p.5.
② Lawrence Buell, *The Future of Environmental Criticism* (MA: Blackwell, 2005), p.147.
③ Henry David Thoreau, *Walden; or, Life in the Woods* (New York: Dover Publications, 1995), p.114.

碧绿的湖水深不可测,长 1 英里,宽 1.45 英里,占地面积约 61.5 英亩,环抱于松树和橡树之间,四季常春;除了空中云朵和湖面雾气,周围不见进出通道。

这段文字展现了作者对瓦尔登湖总体环境的观察。不同于虚构叙事作品中的环境描写,梭罗对湖泊面积和周围树林的具体叙述突出了纪实叙事的主要特点(这也是生态文学写作的一个重要话语特征)。但是,这段文字依然不乏作者对环境的情感投射。形容词"humble"、"beautiful",抽象名词"depth"、"purity",以及富有寓意的名词短语"a perennial spring",都向读者传递了瓦尔登湖具有的象征意义。湖面的洁净与美丽,其地理空间上与现代工业城市之间的隔绝,与作者在《瓦尔登湖》里强调的核心思想——"自愿贫穷"和"简单生活"构成了题旨上的呼应。可见,即便是在以"写实"为主的环境写作中,关于空间的描写也在召唤读者进行与题旨密切相关的解释。

※　　　※　　　※　　　※

在这一章中,我们讨论了"故事空间"与"话语空间"在小说结构中的关系,阐述了各种功能的"故事空间"及其描述手法。我们看到,"故事空间"不仅是虚构故事中人物和事件的发生地,同时也是展示人物心理活动、塑造人物形象、揭示作品题旨的重要方式。作品通过谁的视角、采用什么样的话语来描述"故事空间",不仅对小说情节结构产生重要影响,而且也会影响读者对作品的理解。

思考题和练习

1. 什么是故事空间?什么是话语空间?
2. 如何理解人物与故事空间的关系?
3. 小说家借用人物眼光描述的故事空间对于塑造人物形象具有什么作用?
4. 小说《克拉丽莎》《白衣妇女》《霍华德庄园》中有不少段落仔细描述了主人公与周围环境的关系。仔细阅读原文,辨析故事空间对于表达主题意义的不同作用。

5. 以海上历险为题材的小说在故事空间与情节的关系上呈现出哪些主要结构特征？
6. 《哈利·波特》在讲述主人公成长、揭示"探寻"(quest)主题的过程中主要运用了哪些手法构建情节结构中的空间意义？

第八章　人物话语表达方式

　　无论是戏剧、电影还是小说,人物话语都是叙事作品的重要组成部分。① 剧作家、小说家和电影制作者都注重用对话来塑造人物,推动情节发展。在戏剧和电影中,我们直接倾听人物对话,而在小说中,由于通常有一位叙述者来讲故事,我们听到的往往是叙述者对处于另一时空的人物话语的转述。叙述者可原原本本地引述人物言词,也可仅概要转述人物话语的内容;可以用引号,也可省去引号;可以在人物话语前面加上引导(小)句(如"某某说"),也可省略引导句,如此等等。不仅就人物的口头话语而言是如此,就人物的内在话语或思想而言也是如此。这种对人物语言进行"编辑"或"加工"的自由,无疑是小说家特有的。在传统小说批评中,人们一般仅注意人物话语本身——看其是否符合人物身份,是否具有个性特征,是否有力地刻画了人物等等。随着文体学和叙事学的兴起,西方叙事研究界愈来愈关注表达人物话语的不同方式,这是叙事学和文体学在研究领域上的一个重要重合面(详见第十三章)。②

　　表达人物话语的方式与人物话语之间的关系是形式与内容的关系。同样的人物话语采用不同的表达方式就会产生不同的效果。这些效果是

---

　　① 请注意"Discourse"(话语)一词在西方研究界的多义。*Routledge Encyclopedia of Narrative Theory*(London: Routledge 2005)的主编接受了申丹的建议,分别给出了"Discourse Analysis (Foucault)"和"Discourse Analysis (Linguistic)"这两个词条。在西方叙事学界,"Discourse"也是多义词,譬如在"故事与话语"之分中(详见本书第一章),话语指整个表达层,涵盖各种表达方式,但"人物话语"又指人物本身的言语和思想这一属于故事的范畴。

　　② See Monika Fludernik, "Speech Presentation," *Routledge Encyclopedia of Narrative Theory*, eds. David Herman et al. (London & New York: Routledge, 2005), pp. 558—563; Alan Palmer, "Thought and Consciousness Representation (Literature)," *Routledge Encyclopedia of Narrative Theory*, pp. 602—607; Brian McHale, "Speech Representation," *Handbook of Narratology*, eds. Peter Hühn et al. (Berlin & New York: Walter de Gruyter, 2009), pp. 434—446.

第八章　人物话语表达方式

"形式"赋予"内容"的新的意义。因此,变换人物话语的表达方式成为小说家控制叙述角度和距离,变换感情色彩及语气等的有效工具。①

第一节　人物话语表达形式的分类

人物话语的不同表达方式早在古希腊时期就开始有人注意。正如我们在第一章所提到的,在柏拉图的《国家篇》第三卷中,苏格拉底区分了"模仿"和"纯叙述"这两种方式:"模仿"即诗人假扮人物,说出人物的原话;"纯叙述"则是诗人用自己的语言来间接表达人物的言词。从转述形式上说,这大致相当于后来的直接引语与间接引语之分。但这种两分法远远不能满足小说批评的需要。20世纪初中期,西方小说研究界陆续出现了一些评论其他表达方式的论文,但一般仅涉及一两种形式。诺曼·佩奇1973年出版专著《英语小说中的人物话语》,对小说中人物话语的表达方式进行了细腻、系统的分类:②

(1) 直接引语,如:"There are some happy creeturs," Mrs Gamp observed, "as time runs back'ards with, and you are one, Mrs Mould..."("有那么些幸运的人儿",甘朴太太说,"连时光都跟着他们往回溜,您就是这么个人,莫尔德太太……"——引自狄更斯的《马丁·朱述尔维特》)。这是甘朴太太的恭维话,说莫尔德太太显得如何年轻。此例中的"creeturs"和"back'ards"均为非标准拼写,句法也不规范。直接引语使用引号来"原原本本"地记录人物话语,保留其各种语言特征,也通常带有"某人说"这类的引导句。

(2) 被遮覆的引语(submerged speech),如:Mrs Gamp complimented Mrs Mould on her youthful appearance(甘朴太太恭维莫尔德太太显得年轻)。在这一形式中,叙述者仅对人物话语的内容进行概述,人物的具体言

---

① 参见申丹:《叙述学与小说文体学研究》(第三版)第十章,本教材这一章中的部分材料取自那一章。
② Norman Page, *Speech in the English Novel* (London: Longman, 1973), pp. 35—38; Brian McHale, "Speech Representation," *The Cambridge Companion to Narrative*, ed. David Herman (Cambridge: Cambridge UP, 2007), pp. 434—446.

词往往被叙述者的编辑加工所"遮覆"。这一形式被英国文体学家利奇和肖特称为"言语行为的叙述体"(Narrative Report of Speech Act)。①

(3) 间接引语,如:Mrs Gamp observed that some fortunate people, of whom Mrs Mould was one, seemed to be unaffected by time(甘朴太太说包括莫尔德太太在内的一些幸运的人似乎不受光阴流逝的影响)。在这一形式中,叙述者用引述动词加从句来转述人物话语的具体内容。它要求根据叙述者所处的时空变动人物话语的人称(如将第一、第二人称改为第三人称)和时态(如从现在时改为过去时),以及指示代词和时间、地点状语等。此外,具有人物特点的语言成分,譬如非标准发音或语法,口语化或带情绪色彩的词语等,一般都被代之以叙述者冷静客观、标准正式的表达。

(4) "平行的"(parallel)间接引语,如:Mrs Gamp observed that there were some happy creatures that time ran backwards with, and that Mrs Mould was one of them(甘朴太太说有些幸运的人儿连时光都跟着他们倒流,莫尔德太太就是其中一位)。由于采用了两个平行的从句,这一形式要比正规的间接引语接近人物的原话,但它要求词句标准化,不保留非规范的发音和语法结构。

(5) "带特色的"(coloured)间接引语,如:Mrs Gamp observed that there were some happy creeturs as time ran back'ards with, and that Mrs Mould was one of them(甘朴太太说有那么些幸运的人儿连时光都跟着他们往回溜,莫尔德太太就是其中一位)。所谓"带特色",即保留人物话语的色彩。在这种间接引语的转述从句中,叙述者或多或少地放弃自己的干预权,在本该使用自己客观规范的言词的地方保留人物的一些独特的语言成分(如独特的发音、俚语、带情绪色彩的用词或标点等,时间和地点状语也可能保留不变)。

(6) 自由间接引语,如:There were some happy creatures that time ran backwards with, and Mrs Mould was one of them(有些幸运的人儿连时光都跟着他们倒流,莫尔德太太就是其中一位)。这种形式在人称和

---

① Geoffrey Leech and Mick Short, *Style in Fiction* (London: Longman, 1981), pp. 323—324.

时态上与正规的间接引语一致,但它不带引导句,转述语(即转述人物话语的部分)本身为独立的句子。因摆脱了引导句,受叙述语语境的压力较小,这一形式常常保留体现人物主体意识的语言成分,如疑问句式或感叹句式、不完整的句子、口语化或带感情色彩的语言成分,以及原话中的时间、地点状语等。令人遗憾的是,佩奇的例证未能明显反映出自由间接引语的这一典型特征(请比较:What a lovely day it was today! 今天天气多好哇!①)。自由间接引语尽管在人称和时态上形同间接引语,但在其他语言成分上往往跟直接引语十分相似。这是 19 世纪以来西方小说中极为常见、极为重要的引语形式。但这一形式并非一开始就引起了评论界的注意,英美评论界直至 20 世纪 60 年代才赋之以固定名称。法语文体学家巴利在 1912 年将之命名为"自由间接风格"(le style indirect libre)。这一命名影响甚大,英语评论界的"自由间接话语"(Free Indirect Discourse)、"自由间接引语"(Free Indirect Speech)或"间接自由引语"(Indirect Free Speech)等概念,都直接或间接地从中得到启示。

(7) 自由直接引语,如:There are some happy creeturs as time runs back'ards with, and you are one, Mrs Mould ...(有那么些幸运的人儿连时光都跟着他们往回溜,您就是这么个人,莫尔德太太……)。这一形式仍"原本"记录人物话语,但它不带引号也不带引导句,故比直接引语"自由"。利奇和肖特认为也可把仅省略引号或仅省略引导句的表达形式称为"自由直接引语"。②

(8) 从间接引语"滑入"(slipping into)直接引语,如:Mrs Gamp observed that there were some happy creatures that time ran backwards with, "and you are one, Mrs Mould"(甘朴太太说有些幸运的人儿连时光都随着他们倒流,"您就是这么一位,莫尔德太太")。这句话从开始的间接引语突然转入直接引语。值得一提的是,"滑入"并不局限于从间接引语

---

① 虽然英文为自由间接引语(时态从现在时变成了过去时),中文译文则既有可能是自由间接引语,也有可能是自由直接引语。汉语中不仅无动词时态,也常省略人称,因此常出现直接式与间接式的"两可型"或"混合型"(详见申丹:《叙述学与小说文体学研究》(第三版),第 318—330 页)。

② 更确切地说,这是处于直接引语和自由直接引语之间的"半自由"的形式,参见 Leech and Short, *Style in Fiction*, p. 322。

转入直接引语。我们可以把任何在一句话中间从一种形式出人意料地转入另一形式的现象统称为"滑入"。

佩奇的分类法有两个问题：首先，对"间接引语"和"'平行的'间接引语"的区分并无必要。"间接引语"所指范围较广，若根据接近人物的原话的不同程度区分还可分出好几类，"自由间接引语"也是如此。为了避免繁琐，未"带特色"的间接引语就可统称为"间接引语"。此外，佩奇的引语形式排列不够规则：从"直接引语"到最间接的"'被遮覆的'引语"，然后再到较为直接的"间接引语"。英国文体学家利奇和肖特在《小说中的文体》(1981)中，根据叙述者介入的不同程度对引语形式进行了如下有规则的排列：①

言语表达：言语行为的叙述体　间接引语　自由间接引语　直接引语　自由直接引语②

思想表达：思想行为的叙述体　间接思想　自由间接思想　直接思想　自由直接思想③

无论是言语还是思想，"叙述体"为叙述者对人物话语的总结概述（譬如"她讲了一个有趣的故事"；"他想了想那件事的后果"），体现出最强的叙述干预。从左往右，叙述干预越来越轻，到"自由直接"的形式时，叙述干预完全消失，人物话语被原原本本地展现出来，不带任何叙述加工的痕迹。

利奇和肖特未列入"滑入"这一形式，因为"滑入"可由任一引语形式突然转入任何其他引语形式，故难以找到确定的位置。此外，佩奇的"'带特色'的'间接引语"也未收入此表。这是因为利奇和肖特对佩奇的分类有异议。他们认为应该将"带特色的"间接引语视为自由间接引语。如：

(1) He said that the bloody train had been late.（他说那该死的

---

① Leech and Short, *Style in Fiction*, pp. 318—351. 在此之前，美国叙事学家 Brian McHale 在 "Free Indirect Discourse: A Survey of Recent Accounts"（*Poetics and Theory of Literature*, 3 [1978]: 249—287）中，也根据叙述者的介入程度对引语形式进行了有规则的排列。

② 英文原文为：Narrative Report of Speech Act, Indirect Speech, Free Indirect Speech, Direct Speech, Free Direct Speech.

③ 英文原文为：Narrative Report of Thought Act, Indirect Thought, Free Indirect Thought, Direct Thought, Free Direct Thought.

火车晚点了。)

(2) He told her to leave him alone!(他叫她离他远点!)

利奇和肖特认为第一句中的"该死的"和第二句中的惊叹号足以证明这些是自由间接引语。① 这两例从句法上说是间接引语,但词汇或标点却具有自由间接引语的特征。利奇和肖特将之视为自由间接引语,说明他们把词汇和标点看得比句法更为重要。而佩奇则认为鉴别间接引语和自由间接引语的根本标准为句法:在引导句引出的从句中出现的引语必为间接引语。应该说,佩奇的标准更合乎情理。自由间接引语的"自由"归根结底在于摆脱了从句的限制。② 不少人物原话中的成分在转述从句中均无法出现,而只能出现在自身为独立句子的自由间接引语中,譬如:

* He asked that was anybody looking after her?(他问有人照顾她吗?)

请对比:Was anybody looking after her? he said.③ (Virginia Woolf, *To the Lighthouse*)

* Clarissa insisted that absurd, she was—very absurd.(克拉丽莎坚持说荒唐,她就是——十分荒唐。)

请对比:Absurd, she was—very absurd. (Virginia Woolf, *Mrs Dalloway*)

* He thought that but, but—he was almost the unnecessary party in the affair.(他想着但是,但是——他几乎是个多余的人。)

请对比:But, but—he was almost the unnecessary party in the affair. (D. H. Lawrence, "England, My England")

* Miss Brill laughed out that no wonder!(布丽尔小姐笑着说难怪!)

请对比:No wonder! Miss Brill nearly laughed out loud.

---

① Leech and Short, *Style in Fiction*, p. 331.
② See Ann Banfield, *Unspeakable Sentences* (London: Routledge, 1982).
③ 此例虽然有"he said",但因为出现在转述语之后(由引导小句变成了评论小句),因此转述语依然为主句,此例依然为自由间接引语。

(Mansfield,"Miss Brill")

以上几例在英语及其他西方语言中是明显违反语法惯例的,但译成汉语倒还过得去,这是因为汉语中不存在引导从句的连接词,无大小写之分,因而作为从句的间接引语的转述语与作为独立句子的自由间接引语之间的差别,远不像在西方语言中那么明显,人们的"从句意识"也相对较弱。在西语中,像这样的疑问句式、表语主位化、感叹句式、重复结构等体现人物主体意识的语言成分只能出现在作为独立句子的自由间接引语中。由于很多表现人物主体意识的语言成分在转述从句中都无法出现(有违语法惯例),而且叙述者在转述时通常都代之以自己的言词,人物的主体意识在间接引语中一般被埋没。但假若叙述者或多或少地放弃自己的干预权,保留某些可以在转述从句中出现的人物独特的言词、发音、标点等,间接引语就会带上特色。

除了间接引语之外,我们是否可用"带特色"一词来修饰其他引语形式呢?值得注意的是,这一修饰词特指在本应出现叙述者言词的地方出现了人物话语的色彩。在完全属于人物话语领域的(自由)直接引语中自然不能使用此词。在自由间接引语中,叙述者对人物话语的干预程度有轻有重。利奇和肖特举了如下例子:[①]

(1) He would return there to see her again the following day. (他第二天会回到那里去看她。)

(2) He would come back here to see her again tomorrow. (他明天会回到这儿来看她。)

例(1)的叙述干预较重,不带人物话语的色彩;例(2)则保留了一些人物话语的色彩(处于另一时空的叙述者仍保留原话的时间、地点状语等)。但我们不能称之为"带特色的自由间接引语",因为保留人物话语的色彩为自由间接引语的基本特点之一,也是它与间接引语的不同之处。如果不带人物话语特色的间接引语为常规的间接引语的话,像例(2)这种带人物话语特色的自由间接引语才算得上是常规的自由间接引语。至于"'被遮覆

[①] Leech and Short, *Style in Fiction*, p.325.

的'引语"或"言语行为的叙述体",则完全可用"带特色的"一词来修饰(譬如"他抱怨那该死的火车""这孩子说起他的姆妈")。然而,在这一表达形式中,出现人物主体意识的可能性要比在间接引语中小,因为这一形式仅概要总结人物话语的内容。

西方叙事学家在讨论引语形式时,一般未对人物的言语和思想进行区分,因为表达言语和思想的几种引语形式完全相同。① 他们或用"话语""引语"等词囊括思想,或用"方式""风格"来统指两者。让我们看看叙事学家热奈特对人物话语的探讨,他仅区分了三种表达人物(口头或内心)话语的方式:②

(1) 叙述化话语(narratized speech),如"我告诉了母亲我要娶阿尔贝蒂娜的决定"(I informed my mother of my decision to marry Albertine)。它相当于利奇和肖特的"言语行为的叙述体",其特点是凝练总结人物话语,很间接地转述给读者。这种形式显然最能拉开叙述距离。

(2) 间接形式的转换话语,如"我告诉母亲我必须要娶阿尔贝蒂娜"(I told my mother that I absolutely had to marry Albertine)。这就是通常所说的间接引语。热奈特指出:与叙述化话语相比,"这种形式有较强的模仿力,而且原则上具有完整表达的能力,但它从不给读者任何保证,尤其不能使读者感到它一字不差地复述了人物'实际'讲的话";叙述者"不仅把人物话语转换成从属句,而且对它加以凝练,并与自己的话语融为一体,从而用自己的风格进行解释"。

(3) 戏剧式转述话语,如"我对母亲说(或我想):我无论如何要娶阿尔贝蒂娜"(I said to my mother [or: I thought]: it is absolutely necessary that I marry Albertine)。此处的转述语是最有"模仿力"的形式,它体现出戏剧对叙述体裁的演变产生的影响。热奈特说:

奇怪的是,现代小说求解放的康庄大道之一,是把话语模仿推向

---

① 关于利奇和肖特为何要区分言语和思想,这种区分究竟是否有必要,参见申丹在《叙述学与小说文体学研究》第十章中的探讨。

② Genette, *Narrative Discourse*, pp. 171—174, pp. 175—185; see also Genette, *Narrative Discourse Revisited*, pp. 50—63.

极限,抹掉叙述主体的最后标记,一上来就让人物讲话。设想一篇叙事作品是以这个句子开头的(但无引号):"我无论如何要娶阿尔贝蒂娜……",然后依照主人公的思想、感觉、完成或承受的动作的顺序,一直这样写到最后一页。"读者从一开卷就(可能)面对主要人物的思想,该思想不间断的进程完全取代了惯用的叙事形式,它(可能)把人物的行动和遭遇告诉我们。"大家也许看出这段描述正是乔伊斯对爱德华·迪雅尔丹的《被砍倒的月桂树》所作的描述,也是对"内心独白"所下的最正确的定义。内心独白这个名称不够贴切,最好称为即时话语,因为乔伊斯也注意到,关键的问题不在于话语是内心的,而在于它一上来("从一开卷")就摆脱了一切叙述模式,一上场就占据了前"台"。①

这种极端形式就是上文提到的"自由直接引语"。文体学家并不在乎这种形式是否一上来就占据了前"台",无论它在文本的什么位置出现,只要它在语言特征上符合"自由直接引语"的定义,在文体学家的眼中,它就属于这一类(倘若它是人物的长段内心话语,就可称之为"内心独白")。在这里,我们可以窥见叙事学家与文体学家在分类上的差异。叙事学家往往更为重视语境或话语形式在语境中所起的作用,重视叙述主体与人物主体之间的关系及由此体现出来的叙述距离。与此相对照,文体学家则更为重视不同表达形式具有的不同语言特征。当然,叙事学家与文体学家并非完全不通声气。不少文体学家在叙事学的带动下,对语境的作用予以了不同程度的关注。与此相应,有的叙事学家受文体学的影响,也将注意力放到了具体语言特征上。在《叙事虚构作品》一书中,里蒙-凯南在探讨人物话语的表达方式时,聚焦于本书第一章曾提到的"纯叙述"和"模仿"的区分和其所涉及的叙述距离上的变化,这体现出叙事学探讨的特点。但在探讨自由间接引语时,她对其语言特征和诗学中的地位都予以了关注。②

在《故事与话语》一书中,曾从事过文体学研究的西摩·查特曼对人物话语表达方式的语言特征予以了详细分析,但他的探讨基本上沿着叙事学

---

① 热奈特:《叙事话语 新叙事话语》,王文融译,第117页。
② Rimmon-Kenan, *Narrative Fiction*, pp. 107—117.

的轨道走,因此具有以下几个特征①:(1)聚焦于叙述干预和与之相应的叙述距离,因此将叙述干预程度基本相同的人物话语和其他所述对象一起探讨。譬如,在探讨"模仿"性叙述时,查特曼同时考虑了对人物话语的直接展示和对人物行动的直接报道,以及对环境不加任何判断的直接描述。(2)关注不同直接报道方式在叙述干预上的细微差别。譬如,就所发现的人物信件和日记而言,叙述者不起作用;就戏剧独白或人物对话的直接记录而言,叙述者起"速记员"的作用;就对人物思维活动的直接报道而言,叙述者除了充当"速记员",还起"头脑阅读者"(mind-reader)的作用。(3)因为关注了包括人物行动、环境在内的各种所述对象,对人物话语表达方式本身的探讨不系统。就人物的内心活动而言,查特曼在探讨了对人物思想的自由直接式报道之后,马上转向对意识流的平行讨论,但意识流本身涉及自由直接式报道和自由间接式报道等,它们是表达意识流的引语方式,而不是与意识流平行的叙述形式。(4)查特曼将对(自由)间接引语的探讨置于对隐蔽的叙述者的探讨之下,认为对这种叙述者的探讨需特别关注以下三个方面:其采用的(自由)间接引语的本质;为了达到隐蔽的叙述目的而对文本表面进行的操控;以及对人物有限视角的采用。也就是说,查特曼仅将(自由)间接引语用于说明隐蔽的叙述者与公开的叙述者之间的差别。

另一位美国叙事学家普林斯一方面把人物话语作为传递信息的渠道之一加以讨论(另两种渠道为叙述者的话语或由他人生产的文本,如报纸上的文章),另一方面又把人物话语和人物行动同时作为所述信息来加以探讨。② 普林斯对人物话语表达方式的研究呈现出以下特点:(1)由于他聚焦于故事信息,因此他采用了一个括号来限定人物话语:故事信息来自于"非文字的情景事件和/或一系列人物的(有的)文字行为"。③ 也就是说,在普林斯看来,事件或情景总是带有信息,而人物"有的"文字行为却不具备这种功能。的确,人物话语往往具有不同的作用,如推动情节发展,塑

---

① Chatman, *Story and Discourse*, pp.166—208.
② Gerald Prince, *Narratology: The Form and Functioning of Narrative* (New York: Mouton, 1982), pp.35—48.
③ Ibid., p.47.

造人物性格，揭示人物心理，构建或维持人际关系等。(2)普林斯把有的人物话语表达方式与非文字的事件更为紧密地"绑"在了一起。请比较他给出的两个例子：

(ⅰ) 我会下午五点到那里，把他杀死
(ⅱ) 他决定下午杀死他

普林斯用例(ⅱ)代表"叙述化话语"，他认为采用这种表达形式的叙述者可能忘了报道人物的文字表述("may neglect to report that the character expressed himself in words")，而似乎是在把文字事件作为非文字事件来加以叙述，因此他将"叙述化话语"界定为"关于文字的话语等于关于非文字的话语"(a discourse about words equivalent to a discourse not about words)。① 我们认为，这一定义比较狭窄和含混。其实，"叙述化话语"往往能让读者看出所涉及的是文字表述，如"他讲了一个故事"，"他称赞了她一番"，"他说了很多难听的话"等。此外，非文字事件也可采用多种方式表达，譬如，或总结概述或直接展示。就叙述距离而言，"叙述化话语"与"对事件的概述"大致相当，读者都是间接接受叙述者的总结性报道。这与对事件的直接展示形成了对照。在叙述距离上，"(自由)直接引语"等才对应于对事件的直接展示——读者直接观看或倾听所报道的事件或话语。也就是说，即便要将"叙述化话语"这种文字表达方式与对事件的表达方式加以类比，也应该是跟"对事件的概述"加以类比。(3)普林斯区分了"通常的"引语形式：②

自由直接引语　　通常的直接引语　　自由间接引语
通常的间接引语

不难看出，普林斯的分类与其他学者的分类有所不同，因为他将"直接引语"和"间接引语"视为"通常的"表达方式。我们知道，在传统小说中，

---

① Gerald Prince, *Narratology: The Form and Functioning of Narrative* (New York: Mouton, 1982), p. 47; see also Gerald Prince, "Narrativized Discourse" in his *A Dictionary of Narratology*, revised edn. (Lincoln: U of Nebraska P, 2003), p. 65.

② Prince, *Narratology*, pp. 47—48.

"直接引语"和"间接引语"的出现频率要大大高于"自由直接引语"和"自由间接引语"。然而,在现代派小说尤其是意识流小说中,情况则正好相反。既然在不同时期的不同文类中,不同表达形式的出现频率不尽相同,我们不宜用"通常的"来修饰任何表达形式。至于这些表达形式的效果,普林斯集中关注人物话语与叙述者、受述者(以及真实读者)之间距离的变化:"叙述化话语"产生最大的叙述距离,而"自由直接引语"产生的叙述距离则是最小的。

荷兰叙事学家米克·巴尔将对人物引语形式的探讨置于对叙事层次的探讨之下。① 巴尔详细分析了不同引语形式所涉及的各种语言特征,但她的研究目的只是为了说明:这些语言特征究竟指向什么叙事层次,以及两个层次之间是否出现了某种形式的混合交叉。让我们看看她对以下这些实例的分析:②

  直接引语   伊丽莎白说:"我不愿意再这样过下去了。"
           (Elizabeth said:"I refuse to go on living like this.")
  间接引语   (a) 伊丽莎白说她不愿意再那样生活下去。
           (Elizabeth said that she refused to go on living like that.)
           (b) 伊丽莎白说她不会再那样生活下去。
           (Elizabeth said that she would not go on living like that.)
  自由间接引语 (a) 伊丽莎白绝不会再这样过下去了。
           (Elizabeth would be damned if she'd go on living like this.)
           (b) 伊丽莎白不会再这样过下去了。
           (Elizabeth would not go on living like this.)

---

① Bal, *Narratology*, pp. 43—52. See also Fludernik, "Speech Presentation," p. 559.
② Ibid., pp. 50—52.

叙述者文本　　　　（a）伊丽莎白不想再按已描述的方式生活下去。（Elizabeth did not want to go on living in the manner disclosed.）

（b）伊丽莎白无法再忍受。（Elizabeth had had it.）

巴尔逐例分析了这些引语形式中的词语究竟是属于人物文本层（人物言语本身）还是属于叙述者文本层（叙述者的报道）。① 她指出，就直接引语而言，我们可清楚地看到从叙述者文本（"伊丽莎白说"）向人物文本的转换。在间接引语和自由间接引语中，由于人物言语由叙述者报道出来，因此人物文本和叙述者文本出现了不同方式、不同比例的交叉混合（譬如第三人称和过去时属于叙述者文本，而一些词语和语气则属于人物文本）。与此相对照，在"叙述者文本"这一引语形式中，人物言语没有作为文本表达出来，而是作为一种行为被报道，因此不再出现两种文本的互相介入。令人遗憾的是，巴尔的探讨中存在一些混乱：（1）她一方面用"叙述者文本"泛指叙述者报道的语言（从这一角度看，间接引语和自由间接引语中会出现一定比例的"叙述者文本"），另一方面她又用"叙述者文本"特指跟间接引语、自由间接引语等相对照的另一种引语形式，因而形成一种混乱。（2）就"间接引语""自由间接引语"和"叙述者的文本"这三种引语形式而言，巴尔认为"这一引语系列接近人物文本的程度越来越低；与此同时，人物言语作为行为（act）出现的程度越来越高"。② 这显然有误，因为"自由间接引语"比"间接引语"要更为接近人物文本。前面已经提到，"自由间接引语"的所谓"自由"指的是更多地摆脱了叙述者的干预，因此可以更多地保留人物文本的特征。由于自由间接引语的人物文本是出现在独立的主句而不是"某某说"后面的从句中——不从属于叙述者的报道，因此可以保留各种体现人物主体意识的语言成分，而这些成分在间接引语中往往被叙述者冷

---

① 巴尔用"行为者"（actor）来指代人物，为了表述上的一致，本书权且沿用"人物"这一词语。
② Bal, *Narratology*, p.52.

静客观的词语所替代。① 有趣的是,巴尔自己采用的口语化表达"would be damned if"和体现人物说话情景的指示词"this",也显示出"自由间接引语"比"间接引语"更为接近人物文本。此外,由于自由间接引语既摆脱了"伊丽莎白说"这种叙述者进行的"行为"报道,又较好地保留了人物文本的特征,因此"人物言语作为行为出现的程度"要低于而不是高于间接引语。巴尔在前文中曾断言自由间接引语是比间接引语"更为间接"的表达方式②,而实际情况则正好相反:自由间接引语是处于直接引语和间接引语之间的引语形式,比间接引语要更为直接。(3)在将直接引语转换成自由间接引语时,巴尔过于随意。我们在前面曾提到,自由间接引语能较好地保留直接引语中人物文本的特征。然而,巴尔给出的自由间接引语第一例中的人物文本却在一定程度上偏离了直接引语的人物文本(请比较"refuse to"与"will be damned if")。尽管存在这些问题,但巴尔的探讨有助于廓清叙述者言语和人物言语之间的层次关系和相互作用,有值得借鉴之处。

在下一节中,我们将以叙事学和文体学的语言、结构特征分析为基础,来探讨不同引语形式的不同审美功能。

第二节 不同形式的不同审美功能

一、自由直接引语的直接性、生动性与可混合性

这是叙述干预最轻、叙述距离最近的一种形式。由于没有叙述语境的压力,作者能完全保留人物话语的内涵、风格和语气。当然直接引语也有同样的优势,但自由直接引语使读者能在无任何准备的情况下,直接接触人物的"原话"。如詹姆斯·乔伊斯的《尤利西斯》中的一段:

(1)在门前的台阶上,他掏了掏裤子的后袋找碰簧锁的钥匙。(2)

---

① 遗憾的是,由于没有意识到间接引语中处于从句地位的人物主体性往往被叙述者的主体性所压制,巴尔的间接引语第一例(在法文原文和英译文中)太接近直接引语。诚然,她还是把"这样"改成了"那样",但变动不够。笔者有意把"go on living"在直接引语中翻译成更符合人物语气的"过下去了",而在间接引语中则译成更符合叙述者报道的"生活下去"。

② Bal, *Narratology*, p. 49.

没在里面。在我脱下来的那条裤子里。必须拿到它。我有钱。嘎吱作响的衣柜。打搅她也不管用。上次她满带睡意地翻了个身。(3)他悄无声响地将身后门厅的门拉上了……

这部小说里多次出现了像第(2)小段这样不带引导句也不带引号的人物(内在)话语。与直接引语相比,这一形式使人物的话语能更自然巧妙地与叙述话语(1)与(3)小段交织在一起,使叙述流能更顺畅地向前发展。此外,与直接引语相比,它的自我意识感减弱了,更适于表达潜意识的心理活动。以乔伊斯为首的一些现代派作家常采用自由直接引语来表达意识流。

接下来让我们看看康拉德《黑暗的心》第一章中的一段:

> 船行驶时,看着岸边的景物悄然闪过,就像在解一个谜。眼前的海岸在微笑,皱着眉头,令人神往,尊贵威严,枯燥无奇或荒凉崎岖,在一如既往的缄默中又带有某种低语的神态,**来这里探求吧**(Come and find out)。这片海岸几乎没有什么特征……(黑体为引者所加)①

这是第一人称叙述者马洛对自己驶向非洲腹地的航程的一段描写。在马洛的叙述语流中,出现了一句生动的自由直接引语"来这里探求吧"。这是海岸发出的呼唤,但海岸却是"一如既往的缄默"(always mute)。倘若这里采用带引号的直接引语,引号带来的音响效果和言语意识会跟"缄默"一词产生明显的冲突。而采用不带引号的自由直接引语,则能较好地体现出这仅仅是沉寂的海岸的一种"低语的神态",同时也使叙述语与海岸发出的信息之间的转换显得较为自然。

二、直接引语的音响效果

在传统小说中,直接引语是最常用的一种形式。它具有直接性与生动性,对通过人物的特定话语塑造人物性格起很重要的作用。由于它带有引号和引导句,故不能像自由直接引语那样自然地与叙述语相衔接,但它的引号所产生的音响效果有时却不可或缺。在约翰·福尔斯的《收藏家》中,

---

① Joseph Conrad, *Heart of Darkness* (New York: Penguin, 2007), p.15.

第八章 人物话语表达方式

身为普通职员的第一人称叙述者绑架了他崇拜得五体投地的漂亮姑娘——一位出身高贵的艺术专业的学生。他在姑娘面前十分自卑、理亏。姑娘向他发出一连串咄咄逼人的问题,而他的回答却"听起来软弱无力"。在对话中,作者给两人配备的都是直接式,但第一人称叙述者的话语没有引号,而被绑架的姑娘的话语则都有引号。这是第一章中的一段对话:

我说,我希望你睡了个好觉。
"这是什么地方?你是谁?为什么把我弄到这里来?"……
我不能告诉你。
她说,"我要求马上放了我。简直是岂有此理。"

这里,有引号与无引号的对比,对于表现绑架者的自卑与被绑架者的居高临下、理直气壮起了很微妙的作用。

小说家常常利用直接式和间接式的对比来控制对话中的"明暗度"。在狄更斯《双城记》的"失望"一章中,作者巧妙地运用了这种对比。此章开始几页,说话的均为反面人物和反面证人,所采用的均为间接引语。当正面证人出场说话时,作者则完全采用直接引语。间接引语的第三人称加上过去时产生了一种疏远的效果,扩大了反面人物与读者的距离。而基本无中介、生动有力的直接引语则使读者更为同情与支持正面证人。

一般来说,直接引语的音响效果需要在一定的上下文中体现出来。如果文本中的人物话语基本都以直接引语的形式出现,则没什么音响效果可言。在詹姆斯·乔伊斯的短篇小说《一个惨痛的案例》中,在第一叙述层上通篇仅出现了下面这一例直接引语:

一个黄昏,他坐在萝堂达剧院里,旁边有两位女士。剧场里观众零零落落、十分冷清,痛苦地预示着演出的失败。紧挨着他的那位女士环顾了剧场一两次之后,说:
"今晚人这么少真令人遗憾!不得不对着空椅子演唱太叫人难受了。"
他觉得这是邀他谈话。她跟他说话时十分自然,令他感到惊讶。他们交谈时,他努力把她的样子牢牢地刻印在脑海里……

这段文字中出现的直接引语看起来十分平常,但在其特定的上下文中,却具有非同凡响的效果。乔伊斯的这一作品叙述的是都柏林的一个银行职员达非先生的故事。他过着封闭孤独、机械沉闷的独身生活,除了圣诞节访亲和参加亲戚的葬礼之外,不与任何人交往。然而,剧场里坐在他身旁的辛尼科太太的这句评论,打破了他完全封闭的世界,他们开始发展一种亲密无间的友谊。可是,当这位已婚女士爱上他之后,他却墨守成规,中断了与她的交往,这不仅使他自己回到了孤独苦闷的精神瘫痪之中,而且葬送了她的生命。该作品中,除了上面引的这一例直接引语之外,第一叙述层的人物言辞均以"言语行为的叙述体""间接引语"以及"自由直接引语"的形式出现。也就是说,这是第一叙述层唯一出现引号的地方。该作品的第二叙述层由晚报对辛尼科太太死于非命的一篇报导构成。这篇报导也一反常规,基本上完全采用间接引语。在这一语境中,上引的那一例直接引语的音响效果显得十分突出。此外,因为它单独占据了一个段落,所以看起来格外引人注目。辛尼科太太的这句评论,就像一记响鼓,震撼了达非先生的心灵,把他从精神瘫痪的状态中唤醒。为了更好地理解乔伊斯突出这句话的音响效果的用意,我们不妨看看这篇作品的结尾几句话:

  他在黑暗中感受不到她在身旁,也听不到她的声音。他等了好几分钟,静静地听着,却什么也听不到:这是个十分沉寂的夜晚。他又听了一听:万籁俱寂。他感到自己很孤单。

作品的结尾强调达非先生努力捕捉辛尼科太太的声音,因捕捉不到而陷入孤单的绝望之中,从而反衬出了辛尼科太太那句"振聋发聩"的评论的作用。正是这句貌似平常的评论,当初使达非先生从精神麻痹、完全封闭的状态中走了出来。不难看出,在第一叙述层上,乔伊斯单在这一处采用直接引语是独具匠心的巧妙选择。

三、间接引语的优势

间接引语是小说特有的表达方式。但在中国古典小说中,间接引语极为少见,这是因为当时没有标点符号,为了把人物话语与叙述语分开,需要频繁使用"某某道",还需尽量使用直接式,以便使两者能在人称和语气上

第八章　人物话语表达方式

有所不同。此外,中国古典小说由话本发展而来,说书人一般喜好模仿人物原话,这对古典小说的叙述特征颇有影响。在《红楼梦》中,曹雪芹采用的就几乎全是直接引语。杨宪益、戴乃迭以及戴维·霍克斯在翻译《红楼梦》时①,将原文中的一些直接引语改成了间接引语。通过这些变动我们或许能更好地看到间接引语的一些优势,请看下例:

黛玉便忖度着:"因他有玉,所以才问我的。"便答道:"我没有玉。你那玉也是件稀罕物儿,岂能人人皆有?"(第三章)

(A) Imagining that he had his own jade in mind, she answered, "No, I haven't. I suppose it's too rare for everybody to have one." (Yang and Yang 译)

(B) Dai-yu at once divined that he was asking her if she too had a jade like the one he was born with. "No," said Dai-yu. "That jade of yours..."(Hawkes 译)

原文中,黛玉的想法和言语均用直接引语表达,故显得同样响亮和突出。而在译文中,通过用间接引语来表达黛玉的想法,形成了一种对比:本为暗自忖度的想法显得平暗,衬托出直接讲出的话语。这一"亮暗"分明的层次是较为理想的。此外,与直接引语相比,间接引语为叙述者提供了总结人物话语的机会,故具有一定的节俭性,可加快叙述速度(上引 Yang and Yang 译在一定程度上体现了这一特点)。再次,与直接引语相比,人称、时态跟叙述语完全一致的间接引语能使叙述流更为顺畅地向前发展。这也是《红楼梦》的译者有时改用间接式的原因之一。翻译与塑造人物性格有关的重要话语时,他们一般保留直接式。而翻译主要人物的某些日常套话、次要人物无关紧要的回话时,则经常改用间接引语,以便使叙述更轻快地向前发展。

---

① Yang Hsienyi and Gladys Yang, trans. *A Dream of Red Mansions*, by Cao Xueqin (Beijing: Foreign Languages Press, 1978), 3 vols; David Hawkes, trans. *The Story of the Stone*, by Cao Xueqin (Harmondsworth: Penguin, 1973—1980), 3 vols.

四、"言语行为的叙述体"的高度节俭和掩盖作用

叙述者可以在间接引语的基础上再向前走一步,行使更大的干预权,把人物话语作为言语行为来叙述。叙述者可以概略地报导人物之间的对话:

> 贝内特太太在五个女儿的协助下,一个劲地追问丈夫有关宾格利先生的情况,然而结果却不尽如人意。她们采用各种方式围攻他,包括直截了当的提问、巧妙的推测、不着边际的瞎猜,但他却机智地回避了她们的所有伎俩。最后,她们不得不转而接受了邻居卢卡斯爵士夫人的第二手信息……(简·奥斯丁《傲慢与偏见》第一卷第三章)

若将贝内特太太和她的五个女儿的一连串问话都一一细细道来,不仅会显得啰唆繁琐,而且会显得杂乱无章。由叙述者提纲挈领地进行总结性概述,则既简略经济,又让读者一目了然。这样的节俭在电影和戏剧中均难以达到,它体现了小说这一叙事体裁的优势。此外,叙述者还可以借助叙述体来巧妙地隐瞒他不愿复述的人物话语,如:

> 她接着又说了句话。我从来没有听到过女人说这样的话。我简直给吓着了……一会,她又说了一遍,是尖声对着我喊出来的。(约翰·福尔斯《收藏家》)

这位第一人称叙述者显然感到那女人的话难以启齿,便以这种叙述方式巧妙遮掩了她的具体言词。

在所有的人物话语表达形式中,自由间接引语是最值得注意、最为热门的话题。我们将在下一节中专门对它进行探讨。

第三节 自由间接引语面面观

自由间接引语是现当代小说中极为常见,也极为重要的人物话语表达方式,了解它的独特功能,对小说欣赏、批评或创作有重要意义。与其他话

第八章　人物话语表达方式

语表达形式相比,自由间接引语有多种表达优势。①

一、加强反讽效果

任一引语形式本身都不可能产生反讽的效果,它只能呈现人物话语或相关语境中的反讽成分,但自由间接引语能比其他形式更有效地表达这一成分。请对比下面这两种形式:

(1) He said/thought, "I'll become the greatest man in the world."
(他说/心想:"我会成为世界上最伟大的人。")

(2) He would become the greatest man in the world.
(他会成为世界上最伟大的人。)

如果这话语出自书中一自高自大的小人物,无论采用哪种引语形式,都会产生嘲讽的效果,但自由间接引语所产生的讥讽效果相比之下要更为强烈。在这一形式中,没有引导句,人称和时态又形同叙述描写,由叙述者"说出"他/她显然认为荒唐的话,给引语增添了一种滑稽模仿的色彩或一种鄙薄的语气,从而使讥讽的效果更为入木三分。在很多大量使用自由间接引语的小说中,叙述者是相当客观可靠的(譬如简·奥斯丁和福楼拜小说中的叙述者)。自由间接引语在人称和时态上跟叙述描写一致,因无引导句,它容易跟叙述描写混合在一起,在客观可靠的叙述描写的反衬下,自由间接引语中的荒唐成分往往显得格外不协调,从而增强了讥讽的效果(在"染了色的"间接引语中,如果"染色"成分恰恰是人物话语中的荒唐成分的话,也会因与客观叙述的明显反差使讽刺的效果得到加强)。

从读者的角度来说,自由间接引语中的过去时和第三人称在读者和人物的话语之间拉开了一段距离。如果采用直接引语,第一人称代词"我"容易使读者产生某种共鸣。而自由间接引语中的第三人称与过去时则具有疏远的效果,这样使读者能以旁观者的眼光来充分品味人物话语中的荒唐

---

① See McHale, "Free Indirect Discourse: A Survey of Recent Accounts"; Dorrit Cohn, *Transparent Minds* (Princeton: Princeton UP, 1978).

成分以及叙述者的讥讽语气。

在不少自由间接引语中,叙述者幽默嘲弄的口吻并非十分明显,但往往颇为令人回味,如凯瑟琳·曼斯菲尔德的短篇小说《一杯茶》中的一例:

> She could have said, "Now I've got you," as she gazed at the little captive she had netted. **But of course she meant it kindly. Oh, more than kindly. She was going to prove to this girl that—wonderful things did happen in life, that—fairy godmothers were real, that—rich people had hearts, and that women were sisters.** (她盯着她捕获的小俘虏,本想说:"我可把你抓到手了。"但自然她是出于好意。噢,比好意还要好意。她要对这个女孩证实——生活中的确会发生奇妙的事情,——天仙般的女监护人确实存在,——富人有副好心肠,女人都是好姐妹。) (黑体为引者所加)

《一杯茶》中的女主人公罗斯玛丽是一位天真又略有些浅薄的富太太。一个流落街头的姑娘向她乞讨,这时她想起了小说和戏剧中的某些片段,猛然间有了一种冒险的冲动,想效法作品中的人物,把这个流浪女带回家去。她觉得这样做一定会很有刺激性,而且也可为日后在朋友面前表现自己提供话题。虽然她仅将这位流浪女当成满足自己的冒险心理和自我炫耀的工具,但她还是为自己找出了一些冠冕堂皇的理由,这些理由被叙述者用自由间接引语加以转述。在直接引语中,仅有人物单一的声音;在间接引语中,叙述者冷静客观的言辞又在一定程度上压抑了人物的主体意识,减弱了人物话语中激动夸张的成分。与此相对照,在自由间接引语中,不仅人物的主体意识得到充分体现,而且叙述者的口吻也通过第三人称和过去时得以施展。在这例自由间接引语中,我们可以感受到叙述者不乏幽默、略带嘲弄的口吻:"但自然她是出于好意。噢,比好意还要好意……"这例后半部分的三个破折号显得较为突出。这些在间接引语中无法保留的破折号使这段想法显得断断续续,较好地再现了罗斯玛丽尽力为自己寻找堂皇理由的过程。

二、增强同情感

自由间接引语不仅能加强反讽的效果,也能增强对人物的同情感。我

第八章　人物话语表达方式

们不妨看看茅盾《林家铺子》中的一段：

(1)林先生心里一跳，暂时回答不出来。(2)虽然(寿生)是(我/他)七八年的老伙计，一向没有出过岔子，但谁能保到底呢！

汉语中不仅无动词时态，也常省略人称，因此常出现直接式与间接式的"两可型"或"混合型"。① 上面引的第(2)小段可看成是"自由直接引语"与"自由间接引语"的"混合型"。如果我们把它们"分解"开来，则可看到每一型的长处。"自由直接引语"（"虽然寿生是我七八年的老伙计……"）的优势是使读者能直接进入人物的内心，但这意味着叙述者的声音在此不起作用。而在"自由间接引语"中，读者听到的是叙述者转述人物话语的声音。一位富有同情心的叙述者在这种情况下，声音会充满对人物的同情，这必然会使读者受到感染，从而增强读者的共鸣。此例中的叙述者听起来好像跟林先生一样为寿生捏着一把汗，这也增强了悬念的效果。如果采用间接引语则达不到这样的效果，试比较："他心想虽然寿生是他七八年的老伙计……"自由间接引语妙就妙在它在语法上往往形同叙述描写（第三人称、过去时，无引导句），叙述者的观点态度也就容易使读者领悟和接受。而"他心想"这样的引导句则容易把叙述者的想法与人物的想法区分开来。

"反讽"与"同情"是两种互为对照的叙述态度。无论叙述者持何种立场观点，自由间接引语均能较好地反映出来，因为其长处在于不仅能保留人物的主体意识，而且能巧妙地表达出叙述者隐性评论的口吻。

三、含混的优势

由于没有引导句"某某说"，转述语在人称和时态上又和叙述语相一致，若人物语言没有明显的主体性特征，在采用自由间接引语表达时，与叙述者的描述有时难以区分。在具体作品中，作者可以利用这种模棱两可来达到各种目的。在奥斯丁(Jane Austin)《劝导》的第一卷第10章中，出现了这样一个句子：

---

① 详见申丹：《叙述学与小说文体学研究》(第三版)，第十章第三节。

He could not forgive her——but he could not be unfeeling.（他不能原谅她——但他并非冷漠无情。）

请比较：

She thought："He cannot forgive me——but he can not be unfeeling."（她心想："他不能原谅我——但他并非冷漠无情。"）

在比较版中，我们看到的是女主人公的内心想法。与此相对照，在原文中，这句话在某种程度上却像是全知叙述者具有权威性的描述，这可能会让读者真的以为男主人公不能原谅女主人公。然而，情节发展呈现出不同的走向：男主人公最终原谅了女主人公，两位有情人终成眷属。实际上，原文中出现的是自由间接引语，表达的是女主人公自己的想法（全知叙述者则知道他能原谅她）。与（自由）直接引语或间接引语相比，原文中这句话在表达形式上的含混有利于暂时"误导"读者，这样就会产生更强的戏剧性，当男主人公最终原谅女主人公时，读者也会感到格外欣慰。

值得注意的是，这句话中的"——"可视为体现人物主体性的语言特征，因此构成自由间接引语的一种微弱标识。而在有的情况下，句子中没有任何关于人物主体性的语言标志（若用逗号替代"——"，就会是那种情况），读者可能始终难以断定相关文字究竟是自由间接引语，还是叙述者的描述。即便能发现是自由间接引语，由于没有"某某想"或"某某说"这样的引导句，也可能会难以断定究竟是对人物口头话语还是内心思想的表达。作者也可利用这种独特的含混来产生各种效果。

四、增加语意密度

自由间接引语中不仅有人物和叙述者这两种声音在起作用，[1]而且还有可能涉及受话者的声音。若人物话语有直接受话者，"他将成为世界上最伟大的人"这样的自由间接引语就可能会使读者感受到有判断力的受话

---

[1] 直接引语中仅有人物的声音，间接引语中叙述者的声音又常压抑人物的声音（除非转述语带上人物语言的色彩）。

者的讥讽态度,甚至使读者觉得受话者在对发话者进行讽刺性的模仿或评论。① 这样就形成了多语共存的态势,增强了话语的语意密度,从而取得其他话语形式难以达到的效果。同样,在发话人物、叙述者以及读者态度相似的情况下,语意密度也能得到有效地增强。在《傲慢与偏见》第1卷第19章中,柯林斯向贝内特家的二女儿伊丽莎白求婚,他啰啰唆唆、荒唐可笑地讲了一大堆浅薄自负、俗不可耐的求婚理由,这时文中出现了这样一句话:

> It was absolutely necessary to interrupt him now. (现在非得打断他不可了。)

这时,无论作为直接听众的伊丽莎白和作为间接听众的读者,还是高高在上的叙述者,都对柯林斯的蠢话感到难以再继续忍受。上面引的这句话从语境来分析,应为用自由间接引语表达的伊丽莎白的内心想法。但由于它的语言形式同叙述语相似,因此也像是叙述者发出的评论,同时还道出了读者的心声,可以说是三种声音的和声。

五、兼间接引语与直接引语之长

自由间接引语不仅具有以上列举的独特优势,而且还兼备间接引语与直接引语之长。间接引语可以跟叙述相融无间,但缺乏直接性和生动性。直接引语很生动,但由于人称与时态截然不同,加上引导句和引号的累赘,与叙述语之间的转换常较笨拙。自由间接引语却能集两者之长,同时避两者之短。由于叙述者常常仅变动人称与时态而保留包括标点符号在内的体现人物主体意识的多种语言成分,使这一表达形式既能与叙述语交织在一起(均为第三人称、过去时),又具有生动性和较强的表现力。在转述人物的对话时,如果完全采用自由间接引语,则可使它在这方面的优势表现得更为明显。在狄更斯《双城记》第一卷的第三章中,有这样一段:

---

① See Roy Pascal, *The Dual Voice* (Manchester: Manchester UP, 1977), p. 55; Moshe Ron, "Free Indirect Discourse, Mimetic Language Games and the Subject of Fiction," *Poetics Today* 2 (1981), pp. 17—39.

Had he ever been a spy himself? No, he scorned the base insinuation. What did he live upon? His property. Where was his property? He didn't precisely remember where it was. What was it? No business of anybody's. Had he inherited it? Yes, he had. From Whom? Distant relation. Very distant? Rather. Ever been in prison? Certainly not. Never in a debtor's prison? Didn't see what that had to do with it. Never in a debtor's prison? —— Come, once again. Never? Yes. How many times? Two or three times....（他自己当过探子吗？没有，他鄙视这样卑劣的含沙射影。他靠什么生活呢？他的财产。他的财产在什么地方？他记不太清楚了。是什么样的财产？这不关任何人的事。这财产是他继承的吗？是的，是他继承的。继承了谁的？远房亲戚的。很远的亲戚吗？相当远。进过监狱吗？当然没有。从未进过关押欠债人的监狱吗？不懂那跟这件事有什么关系。从未进过欠债人的监狱吗？——得了，又问这问题。从来没有吗？进过。几次？两三次……）

　　这段法庭上的对话若用直接引语来表达，不仅频繁出现的引导句和引号会让人感到厌烦，而且问话者的第二人称、答话者的第一人称与引导句中的第三人称之间的反复转换也会显得笨拙繁琐。此外，引导句中的过去时与引号中的现在时还得频繁转换。在一致采用自由间接引语之后，文中仅出现第三人称和过去时，免去了转换人称和时态的麻烦，也避免了引导句的繁琐，同时保留了包括疑问号和破折号在内的体现人物主体意识的语言成分，使对话显得直接生动。

　　自由间接引语具有上述多方面的优势，因此我们也就不难理解为何自由间接引语逐渐取代直接引语，成了现代小说中最常用的一种人物话语表达方式。

※　　※　　※　　※

　　总体而言，就这些不同表达形式来说，如何准确地把握它们的效果呢？可从以下几方面着手：(1)注意人物主体意识与叙述主体意识之间的关系。比如，注意叙述者在何种程度上总结了人物的话语；叙述者是否用自己的视角取代了人物的视角,是否用自己冷静客观的言辞替代了具有人物个性特征或情感特征的语言成分;注意叙述者是否在转述人物话语的同时流露了自己的态度。(2)注意叙述语境对人物话语的客观压力(人物话语是出现在主句中还是出现在从句中,有无引导句,其位置如何,引导词为何种性质等)。(3)注意叙述语流是否连贯、顺畅、简洁、紧凑。(4)注意人物话语与读者之间的距离(第一人称和现在时具有直接性、即时性,而且第一人称代词"我"容易引起读者的共鸣;第三人称和过去时则容易产生一种疏远的效果)。(5)注意人物话语之间的明暗度及不同的音响效果等。20世纪60年代以来,小说中人物话语的不同表达方式引起了西方批评界(尤其是叙事学界和文体学界)的很大兴趣,但在国内尚未引起足够重视。这是一个颇值得探讨的领域。从这一角度切入叙事作品分析,往往能得到富有新意的阐释结果。

思考题和练习

1. 苏格拉底区分的"模仿"和"纯叙述"各有什么特征?
2. 除了直接引语和间接引语,还有哪几种表达人物话语的方式?
3. 什么叫"滑入"?请举例说明。
4. 自由间接引语的"自由"主要在于什么?
5. 什么是"带特色的"间接引语?是否可以将这种表达形式视为一种自由间接引语?
6. 除了间接引语之外,是否可用"带特色"一词来修饰其他引语形式?
7. 是否有必要区分人物言语的表达形式和人物思想的表达形式?
8. 叙事学家和文体学家在探讨人物话语的表达方式时,各有哪些侧重?
9. 自由间接引语有哪些特点和优越性?
10. 自由直接引语有哪些特点和优越性?
11. 直接引语有哪些特点和优越性?
12. 间接引语有哪些特点和优越性?
13. 言语行为的叙述体有哪些特点和优越性?
14. 举例说明小说家如何利用不同引语形式之间的对比来取得特定效果。

下 篇

第九章 修辞性叙事学

说起修辞学,很多读者马上会想到修辞格,但我们也知道亚里士多德的《修辞学》涉及的并非修辞格,而是劝服的艺术。传统上的修辞学可分为对修辞格(文字艺术)的研究和对话语之说服力(作者如何劝服听众或读者)的研究这两个分支。① 本书第十三章将详细说明文字叙事作品的艺术形式有两个不同层面:一为结构技巧,二为遣词造句。叙事学和文体学各聚焦于其中的一个层面:叙事学聚焦于结构技巧,而文体学则聚焦于遣词造句,两者构成一种对照和互补的关系。研究修辞格的修辞学构成现代文体学的一个源头,而研究话语劝服力的修辞学与叙事学相结合,就产生了"修辞性叙事学"。这是 20 世纪 90 年代以来发展较快、影响较大的后经典叙事学流派。"修辞性叙事学"将研究"叙事是什么"的叙事学的研究成果用于修辞性地探讨"叙事如何运作",主要涉及作者、叙述者与读者之间的交流关系。跟女性主义叙事学相比,修辞性叙事学在意识形态立场上较为温和;跟认知叙事学相比,修辞性叙事学又在作者、文本与读者之间保持了某种平衡,而不是侧重于读者。②

第一节 布思的小说修辞学

韦恩·布思的《小说修辞学》为修辞性叙事学的发展作了重要铺垫。③

---

① 当然,我们可以把前者看成后者的一部分,因为探讨修辞格也是为了说明如何能更有效、更生动地表达思想。但两者之间的界限依然可辨,后者往往不考虑修辞格,前者则聚焦于修辞格。

② 参见申丹、韩加明、王丽亚:《英美小说叙事理论研究》第十章(申丹撰写),本教材这一章中的不少材料取自那一章。

③ Wayne C. Booth, *The Rhetoric of Fiction* (Chicago: U of Chicago P, 1961); 2nd edn. (Harmondsworth: Penguin Books, 1983).

该书1961年的初版是经典修辞理论的代表作,但该书1983年第二版的长篇后记则体现出向后经典立场的(有限)转向。布思的小说修辞学与叙事学的诗学研究既相异又相通,从中可以看出"修辞学"这条线和"叙事学"这条线在某种程度上的交汇。本节中从作者、文本与读者这三个因素入手,结合社会历史语境,来探讨《小说修辞学》两个版本的基本特点,以及布思的小说修辞学与叙事学的诗学之间的本质性异同。

一、布思的经典小说修辞学

首先,让我们考察一下在《小说修辞学》第一版中,布思是如何看待"作者"的。布思在书中提出了"隐含作者"这一概念。正如我们在第四章中所看到的,"隐含作者"就"编码"而言,就是处于特定创作状态、采取特定方式来写作品的人(仅涉及创作过程,不同于日常生活中的这个人);就"解码"而言,"隐含作者"就是读者从整个文本中推导建构出来的作者的形象。① 也就是说,"隐含作者"不以作者的经历或者史料为依据,而是以文本为依托。"隐含作者"这一概念的出台,有着深刻的社会历史原因。传统批评强调作者的写作意图,学者们往往不遗余力地进行各种形式的史料考证,以发掘和把握作者意图。英美新批评兴起之后,强调批评的客观性,将注意力从作者转向了作品自身,视作品为独立自足的文字艺术品,不考虑作者的写作意图和历史语境。在颇有影响的《实用批评》(1929)一书中②,理查兹详细记载了一个实验:让学生在不知作者和诗名的情况下,对诗歌进行阐释。20多年后,韦姆萨特和比尔兹利发表了一篇颇有影响的论文《意图谬误》,认为对作者意图的研究与对作品艺术性的判断没有关联,一首诗是否成功完全取决于其文字的实际表达。③ 这种重作品轻作者的倾向在持结构主义立场的罗兰·巴尔特那里得到了毫不含糊的表述。在《作

---

① See Dan Shen(申丹), "What Is the Implied Author?" *Style* 45 (2011), pp. 80—98. Dan Shen, "Booth's *The Rhetoric of Fiction* and China's Critical Context," *Narrative* 15 (2007), pp. 173—174.

② I. A. Richards, *Practical Criticism* (New York: Harcourt, Brace and Company, 1929).

③ 收入 W. K. Wimsatt and Monroe C. Beardsley, *The Verbal Icon* (Lexington, Kentucky: U of Kentucky P, 1954).

者之死》一文中,巴尔特明确提出,由于语言的社会化、规约化的作用,作品一旦写成,就完全脱离了作者。①

布思所属的芝加哥学派与新批评几乎同步发展,关系密切。它们都以文本为中心,强调批评的客观性,但两者之间也存在重大分歧。芝加哥学派属于"新亚里士多德派",继承了亚里士多德模仿学说中对作者的重视。与该学派早期的诗学研究相比,布思的小说修辞学更为关注作者和读者,旨在系统研究作者影响控制读者的种种技巧和手段。布思的《小说修辞学》诞生于1961年,当时正值研究作者生平、社会语境等因素的"外在批评"衰极,而关注文本自身的"内在批评"盛极之时②,在这样的氛围中,若对文本外的作者加以强调,无疑是逆历史潮流而动。于是,"隐含作者"这一概念就应运而生了。从解码或阅读的角度来看,"隐含作者"完全以作品为依据(作品隐含的作者形象),不考虑作者的身世、经历和社会环境,故符合内在批评的要求,同时,它又暗指创作过程中的作者,使修辞批评家得以探讨作品如何表达了作者的预期效果。这在当时起到了在文学批评中拯救和保留"作者"的作用。

接下来,让我们看看布思是如何看待文本的。布思感兴趣的是作者(通过叙述者、人物)与读者交流的种种技巧,影响控制读者的种种手段。无论作者是否有意为之,只要作品成功地对读者施加了影响,作品在修辞方面就是成功的。布思对小说的修辞探讨,与叙事学的诗学研究有以下相似或相通之处:(1)布思关心的不是对文本意义的阐释,而是对修辞结构技巧的探索,作品只是用于说明修辞手段的例证。与此相类似,在进行叙事诗学研究时,作品在叙事学家眼里也只是说明结构技巧的例证。(2)布思认为文学语言的作用从属于作品的整体结构,注重人物与情节,反对新批评仅仅关注语言中的比喻和反讽的做法。布思的小说修辞学与叙事学均聚焦于各种结构技巧,而非遣词造句本身。在《小说修辞学》1983年版的后记中,布思重申小说是由"行动中的人物"构成,由语言叙述出来而非

---

① Roland Barthes, "The Death of the Author," *Image-Music-Text* (London: Fontana, 1977).

② 当时新批评已经衰退,结构主义和形式文体学等其他"内在批评"则正在勃兴之中。

由语言构成的。① 这与聚焦于语言的新批评派小说研究②和文体学研究均形成了鲜明对照(参见本书第十三章)。(3)布思注重对不同叙事类型和叙述技巧的系统分类,并系统探讨各个类别的功能。正因为这些本质上的相通,布思在《小说修辞学》中提出的一些概念和分类被叙事学家广为接受,包括隐含作者、叙述者的不可靠性、各种类型的叙事距离等。

但布思的小说修辞学与叙事学之间也存在一些本质差异:(1)在建构叙事诗学时,经典叙事学家像语法学家那样,旨在探讨叙事作品中普遍存在的结构、规律、手法及其功能,而布思则旨在探讨修辞效果,因此反对片面追求形式,反对一些教条式的抽象原则和标准。布思认为有必要区分不同的小说种类,各有其适用的修辞方法。当然,有的后经典叙事学家也较为注重探讨特定文类的叙事作品的结构特征。③ (2)布思不仅更为注重小说家的具体实践,而且注重追溯小说修辞技巧的源流和演变。这与以共时研究为特点的经典叙事学形成了对照,而与关注历史语境的后经典叙事学具有相通之处。(3)虽然布思将纯粹说教性的作品排除在研究范围之外,但他受传统批评的影响甚深,十分注重作品的伦理意义和效果,主张从如何让读者做出正确的伦理判断这一角度来看修辞技巧的选择。在《小说修辞学》1983年版的后记中,布思对追求科学性、不关注伦理效果的结构主义方法提出了批评。④ (4)布思的《小说修辞学》与前文一再提及的热奈特的《叙述话语》在对叙述规约、叙述方法的研究上有相通之处,但两者在研究目的和研究对象上则有较大差异。除了上文已经提到的那些差异,我们不妨比较一下两本书的基本研究对象。热奈特的《叙述话语》共有五章,前三章探讨的都是时间结构,即叙述者在话语层次上对故事时间的重新安排。后两章则以"语式"和"语态"为题,探讨叙述距离、叙述视角和叙述类

---

① Wayne C. Booth, *The Rhetoric of Fiction*, 2nd edn. (Harmondsworth: Penguin Books, 1983), p.409.

② See David Lodge, *Language of Fiction* (New York: Columbia UP, 1966).

③ See, for instance, David Herman, *Story Logic* (Lincoln: U of Nebraska P, 2002), especially chapter 9.

④ 布思对伦理问题的关注在他的另一本书中得到了更为集中的体现:Wayne C. Booth, *The Company We Keep: An Ethics of Fiction* (Berkeley: U of California P, 1988).

型。由于布思关注的是叙述交流和伦理修辞效果,因此没有探讨文本的时间结构,而是聚焦于叙述者的声音和立场、各种叙事距离(包括隐含作者与人物之间、隐含作者与读者之间的)、叙述视点和叙述类型等范畴。热奈特在探讨叙述距离时,关心的是戏剧性的直接"展示"与各种形式的"讲述"(概述)等对所述信息进行调节的结构形态,布思除了关心这一范畴,还十分重视叙述者与隐含作者/人物/读者,或隐含作者与读者/人物等之间在价值、理智、伦理、情感等方面的距离。值得一提的是,受布思的影响,杰拉尔德·普林斯等叙事学家也对这些方面的距离予以了关注。①

布思对"展示"(showing)与"讲述"(telling)的探讨,也表现出与叙事学的较大差异。这一差异在一定程度上来自他对现代小说理论的一种反叛。20世纪初以来,越来越多的批评家和小说家认为只有戏剧性地直接展示事件和人物才符合逼真性、客观性和戏剧化的艺术标准,而传统全知叙述者权威性的概述事件、发表评论则说教味太浓,缺乏艺术性。可是,隐含作者通过全知叙述者发表的议论构成重要的修辞手段,若运用得当,能产生很强的修辞效果,尤其是伦理方面的效果。因此布思用了相当多的篇幅来说明恰当的作者议论如何有必要存在,它能起什么作用。与此相对照,叙事学家只是把全知叙述者的议论看成一种传统的叙述手法,往往只是一带而过。②

布思对读者十分关注,不仅考虑隐含作者的修辞手段对隐含读者产生的效果,也考虑读者的阐释期待和反应方式。修辞方法与经典叙事学方法的一个本质不同在于:修辞方法聚焦于作者如何通过文本作用于读者,因此不仅旨在阐明文本的结构和形式,而且旨在阐明阅读经验。但布思对读者的看法相当传统。在布思眼里,读者多少只是被动接受作者的控制诱导,而不是主动地对作品做出评判。与"隐含作者"相对应,布思的读者是脱离了特定社会历史语境的读者。在《小说修辞学》第一版的序言中,布思毫不含糊地声明,自己"武断地把技巧同所有影响作者和读者的社会、心理

---

① See Prince, *Narratology*, pp. 12—13.
② 当然也有例外,比如西摩·查特曼在其叙事学著作《故事与话语》中,就用了较多篇幅来对作者的议论进行分类探讨。这很可能与布思的影响不无关联。

力量隔开了",而且通常不考虑"不同时代的不同读者的不同要求"。布思认为只有这样做,才能"充分探讨修辞是否与艺术协调这一较为狭窄的问题"。事实上,尽管布思声称自己考虑的是作品的隐含读者,但这也是与有血有肉的读者相混合的"有经验的读者"。与此相对照,结构主义叙事学家关心的是我们在第四章中提到了的"受述者"。受述者是叙述者的发话对象,是与叙述者相对应的结构因素,与社会历史语境无关,也有别于有血有肉的读者。

二、布思向后经典叙事理论的有限迈进

《小说修辞学》第一版和第二版相隔22年,在这一时期,美国的社会历史语境发生了根本变化,从重视形式批评逐渐转向了重视文化意识形态批评。时至20世纪80年代初,文本的内在形式研究已从高峰跌入低谷,盛行的是各种政治文化批评和解构主义批评等。《小说修辞学》出版后,受到广泛关注,其深厚广博的文学素养、对小说修辞技巧开创性的系统探讨备受赞赏。同时,其保守的基本立场也受到了不少批评与责难。在第二版长达57页的后记中,布思在两种立场之间摇摆不定,一是对《小说修辞学》之经典立场的捍卫,一是对经典立场的反思,向后经典立场的迈进。

詹姆逊在《马克思主义与形式》一书中,对《小说修辞学》不关注社会历史语境的做法进行了强烈抨击。① 在第二版的后记中,布思首先捍卫了自己的立场,提出自己不是反历史,而是有意超越历史,认为小说修辞研究与小说政治史研究是两码事,与小说阐释也相去甚远。但在冷静反思后,布思对某些文化研究表示了赞同(尽管对大部分文化研究仍持保留态度)。他提出可以探讨为何一个特定历史时期会孕育某种技巧或形式上的变革,并将俄国学者巴赫金视为将文化语境与形式研究有机结合的范例。布思对巴赫金的赞赏有其自身的内在原因。布思认为形式与意义或价值不可分离。因此他既反对意识形态批评对形式的忽略,又反对不探讨价值的纯形式研究。巴赫金将对形式的关注与对意识形态的关注有机结合起来,从

---

① Fredric Jameson, *Marxism and Form* (Princeton: Princeton UP, 1971), pp. 357—358.

第九章 修辞性叙事学

前者入手来研究后者,得到布思的赞赏也就在情理之中。① 但巴赫金所关注的社会意识形态与布思所关注的作品的伦理意义不尽相同。

就作者而言,在《小说修辞学》第二版中,布思一方面承认作者无法控制各种各样的实际读者,一方面仍然十分强调作者对读者的引导作用。他依然认为小说修辞学的任务就是说明作者做了什么(或者能做什么)来引导读者充分体验作品。诚然,在巴赫金的启发下,布思认为应对真实作者加以考虑,不应在隐含作者和真实作者之间划过于清晰的界限。

就读者而言,布思的立场也有所变化。他一方面认为不应将自己对文本的反应当成所有读者的反应,而应考虑到不同性别、不同阶层、不同文化、不同时代的读者的不同反应,还特别提到女性主义批评对文本进行的精彩解读。但另一方面他又强调各种读者"共同的体验"和"阐释的规约",为自己在第一版中的立场进行辩护。他说:"幸运的是,该书所说的'我们'的反应,大多可简单地解释为是在谈论隐含作者所假定的相对稳定的读者,即文本要求我们充当的读者。在这么解释时,现在我会强调我们在阅读时固有的、不可避免的创造性作用。"②从"幸运的是"这一开头语可以看出,布思是能守就守,守不了才做出让步。说读者的创造性作用是"固有的、不可避免的",也就是说并无必要提及。实际上,强调"文本要求我们充当的读者",就必然压抑读者的创造性阅读(因为只需做出文本要求的反应),而且必然压抑不同性别、不同阶层的读者的不同反应。传统上"文本的要求"往往是受父权制制约的,女性主义者会进行抵制性的阅读。受压迫的黑人面对以白人为中心的作品,也会进行抵制性阅读,而不会服从隐含作者或文本的要求。布思批评那些仅注重读者的差异而忽略读者共有反应的批评流派,但未意识到自己并非在两者之间达到了平衡。布思还试图用不同种类的作品之间的差异来替代不同读者之间的差异③,这也是试图用"文本要求我们充当的读者"来涵盖实际读者。诚然,布思的"隐含读者"比叙事学的"受述者"要接近实际读者。布思提到了叙事学家普林斯对

---

① See Wayne C. Booth, "Introduction" to *Problems of Dostoevsky's Poetics* by Mikhail Bakhtin, ed. & trans. Caryl Emerson (Minneapolis: U of Minnesota P, 1984), pp. xiii—xxvii.
② Booth, *The Rhetoric of Fiction*, 2nd edn. pp. 432—433.
③ Ibid., pp. 441—442.

"受述者"的探讨，认为这种探讨太抽象，与读者的实际阅读相分离。

就文本而言，布思检讨说，第一版有时让人感到自己选择的分析素材似乎是上帝赋予的，似乎惟有自己的阐释是正确的，而实际上选材有其任意性，阅读也可能走偏。他认为当初不该将书名定为"小说修辞学"，而应定为"一种小说修辞学"，甚或应该定为"对于叙事的多种修辞维度之一的一种也许可行的看法的简介的一些随笔——尤为关注有限的几种虚构作品"。从这一详尽到十分笨拙的标题，我们一方面可以看出布思对问题的充分认识，另一方面也可感受到一种无可奈何的口吻和不无反讽的语气。这种语气在涉及非小说文类时更为明显。时至20世纪80年代初，文学与非文学之间的界限遭到了方方面面的解构。不少人指责《小说修辞学》分析范围太窄。布思则不无反讽地回应说：自己本可以分析那么"一两个"笑话，谈那么"一点点"历史。同时明确指出，自己将研究范围局限于几种小说不无道理，因为这些小说有其特殊的修辞问题。在《小说修辞学》第二版的后记中，我们无疑可以看到布思向后经典立场的迈进，但这一迈进从本质上说是颇为被动，也是颇为有限的。可以说，布思的《小说修辞学》是美国当代修辞性叙事学的一块重要基石。该书第二版向后经典立场的有限迈进，也为后经典叙事学的发展作了一定的铺垫。

第二节　查特曼的叙事修辞学

西摩·查特曼是美国加州大学伯克利分校修辞学教授、著名叙事学家。他的"叙事修辞学"（1990）是修辞性叙事学发展过程中的一个重要环节。本节旨在从作者、文本与读者这三个因素入手，探讨查特曼的叙事修辞学。查特曼的"叙事修辞学"与"叙事学"之间呈一种既等同又区分的复杂关系，造成了某些范畴上的混乱。通过清理这些混乱，我们能更好地把握修辞学与叙事学的本质。在研究立场上，查特曼的叙事修辞学与布思的《小说修辞学》第二版一样，在经典立场与后经典立场之间摇摆不定，既有创新和发展，又有固守和倒退。这样的现象在同一时期的不少美国资深学者中似乎颇有代表性。

第九章　修辞性叙事学

一、修辞学与叙事学：等同还是区分？

美国康奈尔大学出版社 1990 年出版了查特曼的《叙事术语评论①：小说和电影的叙事修辞学》。② 这部将"叙事修辞学"置于副标题中的书，涉及的主要是叙事学的诗学研究。可以说，查特曼在"叙事学"与"修辞学"之间画了等号。这一点从该书主标题（属于叙事学的范畴）与副标题之间的关系就可见出。该书引言第一段仅提到了叙事学，第二段则进一步声明："本书关注的是叙事学和通常的语篇理论的术语。"全书共有十一章，前十章基本属于叙事学的诗学研究的范畴，只有最后一章才直接探讨修辞学的问题。这一章以"'小说''的''修辞学'"③为题，在源流、方法和研究对象上均与前面十章表现出明显差异。前十章的主要参照对象是热奈特、普林斯和马丁（Wallace Martin）等叙事学家，而第十一章则是与布思这位小说修辞学家的直接对话。诚然，如前所述，叙事学和修辞学有不少相通之处，但两者之间仍有本质上的差异，其主要不同在于：叙事学以文本为中心，旨在研究叙事作品中普遍存在的结构、规律、手法及其功能，而修辞学则旨在探讨作品的修辞目的和修辞效果，因此注重作者、叙述者、人物与读者之间的修辞交流关系。查特曼在前十章探讨的并非修辞交流关系，而是文学和电影中的语篇类型和叙事手法。前四章采用了一种外在的眼光，集中探讨（虚构性）"叙事"与"论证"和"描写"这两种语篇类型的关系，它们之间如何互相搭配，一种语篇类型如何为其他语篇类型服务。后面六章则以一种内在的眼光来探讨叙事学的一些仍有争议的重要概念，如"隐含作者"，"叙述者的本质"（包括文学叙述者与电影叙述者之间的差异），"人物视点"或"视角"，以及叙述者的"不可靠叙述"与人物"易出错的过滤"

---

① 该书的正标题为一双关语"Coming to Terms"，意指叙事术语评论，同时与习惯用法"come to terms"（妥协）相呼应，以期吸引读者的注意力，但在汉语中难以译出其双关涵义。在征求查特曼本人的意见后，采纳了这一非双关的译法。

② Seymour Chatman, *Coming to Terms: The Rhetoric of Narrative in Fiction and Film* (Ithaca: Cornell UP, 1990).

③ "The 'Rhetoric' 'of' 'Fiction'."值得注意的是，"Fiction"一词既可狭义地指称"小说"，又可广义地指称"虚构作品"。在查特曼这本书的副标题中，该词与"电影"一词并置，特指"小说"。为了在书中保持一致，在此也译为"小说"。

(fallible filter)①之间的区别。诚然,"隐含作者""不可靠叙述"等是布思提出来的修辞学的概念,但查特曼主要是对这些概念进行结构探讨,而非关注其修辞效果。

在最后一章中,查特曼提出了"修辞"一词的几种不同涵义,其中有两种与本文相关:一种为广义上的"修辞",它等同于"文字(或其他媒体符号)的交流";另一种为狭义的"修辞",即采用交流手段来劝服(suade),即通常人们理解的"修辞"的涵义。依据这两种定义,查特曼对叙事学和小说修辞学(rhetoric of fiction)进行了区分。在查特曼看来,叙事学属于广义上的修辞学范畴,其特点为仅仅对文本中的交流手段进行分类和描述,不关注文本的交流目的。而小说修辞学则属于狭义上的修辞学,研究文本如何采用交流手段来达到特定目的,研究这些手段对隐含读者产生了什么效果。② 这样一来,查特曼就通过"广义修辞学"将叙事学纳入了修辞学的范畴,无意中掩盖了叙事学与修辞学这两种不同学科之间的区别。有趣的是,书中范畴上的混乱起到了促进"修辞性叙事学"形成的作用。将叙事学和修辞学装到一本书中,又用书名将两者混为一体,无疑有助于两者的结合。书中最后一章用修辞方法来探讨叙述技巧,也可以说对"修辞性叙事学"起了某种实践和示范的作用。然而,若要将线条清晰化,我们则需将该书的题目改为"叙事术语评论:小说和电影的叙事学研究",同时将最后一章独立出来,单独冠以"叙事修辞学"或"修辞性叙事学"的名称。本节下面的探讨将聚焦于这最后一章。

查特曼的这部著作出版于1990年,当时经典理论已受到读者反应批评和各种文化、意识形态研究学派的强烈冲击。查特曼对经典立场进行了捍卫,同时也受时代影响,不时表现出向后经典立场的转向,两种立场之间有时呈一种互为矛盾的势态。我们不妨从文本、读者与作者这三个方面入手,来考察一下查特曼的研究立场。

---

① 指人物在观察或感知故事世界时容易出错的视点或意识。
② Chatman, *Coming to Terms*, p.186.

二、文本研究:在经典与后经典之间摇摆不定

就文本而言,查特曼的结论是:"在我看来,有两种叙事修辞,一种旨在劝服我接受作品的形式;另一种则旨在劝服我接受对于现实世界里发生的事情的某种看法。我认为,文学与电影研究者的一个重大任务就是探讨这两种修辞和它们之间的互动作用。"①对现实世界的关注和对这两种修辞之间互动作用的强调体现出一种后经典的立场。查特曼区分了出于美学目的的修辞和出于意识形态目的的修辞。他指出,布思的小说修辞学聚焦于美学目的,这正是布思不考虑说教性小说或者寓言的根本原因。他认为这样做"符合形式主义的要求,但不符合近来语篇理论发展的新潮流"②。查特曼显然是在时代的促动下,将视野扩展到意识形态修辞的。值得注意的是,查特曼自己对意识形态修辞的探讨体现出传统的和新时代的两种立场。前者表现在查特曼对寓言和说教性小说的探讨中。查特曼认为,对寓言和说教性小说的关注本身就是对意识形态修辞的关注。在这样的作品中,作者用虚构叙事来说服读者接受有关真实世界的某些明确的伦理主张,美学修辞仅仅是为传递这些伦理主张服务的。然而,查特曼对这些作品中伦理主张的探讨,手法相当传统。如果说这些伦理主张与"真实世界中的行为"有联系的话,布思所探讨的伦理价值也并非没有联系。布思之所以囿于形式主义的范畴,是因为他没有结合社会历史语境,而仅仅是在作品的语境中探讨有关伦理价值。查特曼在探讨寓言等作品中明确提出的伦理主张时,也是在作品的语境内进行的,并没有与"近来语篇理论发展的新潮流"接轨,仍然体现出一种经典的研究立场。

与此同时,查特曼受时代影响,将注意力扩展到了非说教性作品中的意识形态修辞。他指出小说中的一个叙述技巧可同时服务于美学修辞和意识形态修辞。他探讨了弗吉尼亚·吴尔夫《雅各的房间》所采用的"对人物内心的转换性有限透视"③的修辞效果。这一叙述技巧的特点是从一个

---

① Chatman, *Coming to Terms*, p. 203.
② Ibid., p. 197.
③ 参见申丹《叙述学与小说文体学研究》第九章。

人物的内心突然转向另一人物的内心,但并不存在一个全知叙述者,转换看上去是偶然发生的。① 查特曼认为这一技巧的美学修辞效果在于劝服我们接受吴尔夫的虚构世界。在这一世界中,经验呈流动状态,不同人物的生活不知不觉地相互渗透。"至于真实世界是否的确如此,在此不必讨论。"② 就意识形态修辞而言,则需要将注意力转向真实世界,看到人物意识之间的突然转换反映出现代生活的一个侧面,即充满空洞的忙碌,心神烦乱,缺乏信念和责任感。查特曼认为,人物意识之间(尤其是涉及相隔遥远的人物时)的快速转换与现代生活中电话、收音机等带来的快速人际交流相呼应。同时也让我们看到,尽管交流的速度和方便程度大大提高,交流的质量似乎并没有得到改善。此外,这一技巧还有一种社会政治方面的涵义:虽然来自不同的社会阶层,在涉及情感时,人们的处境大同小异,都会体验没有安全感,兴高采烈,镇静自若等不同情感。

为了说明美学修辞和意识形态修辞之间的区别,查特曼还设想了这样一种情形:假如一部描写中世纪生活的小说采用了"对人物内心的转换性有限透视",那么在故事的虚构世界里,这一技巧依然具有表达"经验呈流动状态,不同人的生活不知不觉地相互渗透"这一美学修辞效果,因为这一效果与真实世界的变化无关。但该技巧意识形态方面的修辞效果则会与《雅各的房间》中的有所不同,因为中世纪的生活与现代生活相去甚远。值得注意的是,查特曼在提出这一假设时,呈现出一种经典与后经典互为矛盾的立场。涉及意识形态修辞效果的评论关注社会历史语境,符合时代潮流,是一种后经典的立场。但是,将"对人物内心的转换性有限透视"视为一种独立于历史变迁的技巧,则体现出一种忽略社会历史语境的结构主义共时研究立场。在进行抽象的结构区分(比如区分"全知叙述"与"对人物内心的转换性有限透视"这两种叙述模式)时,确实无须考虑语境,但我们

---

① 这就是本书第五章所提到的"变换式人物有限视角"(可简称为"变换式内视角"或"变换式内聚焦"),即轮换着用不同人物的意识来观察感知事件。查特曼采用的"对人物内心的转换性有限透视"这一名称容易引起歧义,让人误解为是全知叙述者轮换着透视不同人物的内心,而实际上在这种模式里,人物的有限视角替代了全知视角,我们直接通过人物的眼睛和意识来观察感知故事世界。

② Chatman, *Coming to Terms*, p.198.

必须认识到叙述技巧的产生和运用往往与社会历史语境密切相关。吴尔夫之所以采用"对人物内心的转换性有限透视"来替代传统的全知叙述,用人物的眼光来替代全知叙述者的眼光有其深刻的社会历史原因,与第一次世界大战以来不再迷信权威、不再有共同标准、需要展示人物自我、追求客观性等诸种因素密切相关。用这样打上了现代烙印的叙述技巧来描述中世纪的生活,恐怕会显得很不协调。总体而言,查特曼对文本这一层次的探讨,在传统和新潮、经典和后经典立场之间摇摆不定,但前者似乎仍然占了上风。

三、隐含读者与真实读者

就读者而言,查特曼的立场也在经典与后经典之间摇摆不定。在理论上,他坚持"隐含听众"或"隐含读者"这一经典概念,赞同亚里士多德的看法,认为修辞涉及的是文本具有的劝服力,"而不是文本究竟是否最终成功地劝服了真实听众"①。但在实际分析时,查特曼有时又会考虑真实读者的反应。他分析了劳伦斯的《草垛间的爱》中语言的不协调:在试图表达英格兰中部农村的人物缺乏教育时,叙述者着意模仿当地的方言。但在(采用人物的眼光)对人物进行描述和评论时,叙述者又换用了劳伦斯式典雅的文学语汇。这两种不同的语言混杂在一起,显得很不协调。查特曼认为究竟如何看待这一不协调,取决于读者是否喜欢劳伦斯。崇拜劳伦斯的人不会觉得这有什么问题,而只会将典雅的文学语汇视为对淳朴的乡下人高尚情操的一种衬托。不喜欢劳伦斯的人则会持迥然相异的看法:尽管劳伦斯的本意是歌颂这些淳朴高尚、富有情感的乡下人,准确记录他们的对话,但实际上却无意之中以屈尊俯就的态度,居高临下地对待他们——叙述者典雅的文学语汇体现出他在知识、智力和艺术性等方面的优越,有违小说的本意。在经典修辞学中,批评家往往将自己与隐含读者相等同,将自己的反应当成隐含读者的共同反应。查特曼尽管在理论上坚持隐含读者这一经典概念,但在这种实际分析中,却只是将自己视为某一类真实读者的代表,同时考虑到其他种类的真实读者的不同反应,体现

---

① Chatman, *Coming to Terms*, p. 186.

出一种后经典的立场。

四、"隐含作者"之捍卫和修正

就作者而言,查特曼是"隐含作者"这一概念的拥护者和倡导者。查特曼在1978年出版的《故事与话语》和1990年出版的这本书中,均采用了这一概念,但在这本书中,他对待这一概念的立场出现了某些变化。20世纪70年代末期,"隐含作者"这一概念尚未受到多少质疑,因此查特曼在《故事与话语》中,毫无顾虑地阐发和使用这一概念(详见本书第四章)。然而,随着越来越多的学者将注意力从文本转向社会历史语境,"隐含作者"这一以文本为立足点的概念受到了冲击,学界要求回归真实的、历史的作者的呼声日益增强。面对这种形势,查特曼在1990年出版的书中辟专章(第5章)对"隐含作者"进行了捍卫。他以文学交流与日常对话之间的区别为出发点,从不同角度论述了有必要区分以文本为依据的"隐含作者"和生活中的真实作者,论证了在文学批评中采用这一概念的种种长处和必要性。他的论证体现出一种一切以文本为重的经典立场。与此同时,查特曼也试图对"隐含作者"这一概念进行修正。他的修正受到读者反应批评的影响。查特曼提出:"文本的意思是什么(而不仅仅是文本'说了'什么)因不同读者、不同阐释团体而迥然相异。的确,我们最好是说[由读者]'推导出来的'作者,而不是[文本]'隐含的'作者。"[①]

可以说,在文本、读者与作者这三个方面,查特曼的研究立场都在经典与后经典之间游移。正如前面所提到的,这种不确定也可在布思的《小说修辞学》第二版的后记中看到。但布思向后经典立场的转向更多的是对批评和攻击的一种被动回应。查特曼向后经典立场的转向也是一种回应,但并非是由于自己的著述本身受到了批评,而是由于自己所从事的形式主义研究受到了冲击,承受的压力相对较小,因此被动回应的成分也相对较少,主动回应时代召唤的成分相对较多。但无论究竟有多被动,两者都是在经典与后经典立场之间摇摆不定。这种摇摆在20世纪80年代至90年代中期,在一些美国资深学者中颇有代表性。这些学者的学术生涯始于形式主

[①] Chatman, *Coming to Terms*, p.77.

义逐渐兴盛的时期,然后多年从事新批评、文学文体学、经典叙事学和经典修辞学等形式主义范畴的研究,但自己的著述或所属的流派自20世纪70年代末以来受到了解构主义、读者反应批评和各种文化、意识形态研究的冲击。这些形式主义批评出身的学者对解构主义一般持抵制态度,仍然坚持对形式结构的探讨,但在叙事批评(包括有关叙事批评的理论建构)中,逐渐将注意力转向了作品与社会历史语境的关系,转向了真实读者在阐释中所起的作用。然而,这些学者以文本为中心(或为整个世界)的形式主义经典立场是根深蒂固的,在论著中会不知不觉地在经典与后经典立场之间游移。但在20世纪90年代中期以后,后经典立场在一些学者的论著中则逐渐得到了巩固。

第三节 费伦的修辞性叙事理论

詹姆斯·费伦是最有影响力的后经典修辞性叙事理论家。他在芝加哥大学获得硕士和博士学位,受布思和萨克斯(Sheldon Sacks)等芝加哥学派第二代学者的影响甚深①,自己则成为芝加哥学派第三代学者的代表人物。1996年詹姆斯·费伦的《作为修辞的叙事》出版,该书发展了费伦在《解读人物,解读情节》(1989)中提出的理论框架,成为修辞性叙事理论的一个亮点,在之后的论著中,费伦又进一步发展了自己的理论,成为修辞性叙事学没有争议的首要代表。②

一、"三维度"人物观

费伦的研究聚焦于人物和情节进程。他建构了一个由"模仿性"(人物

---

① 芝加哥学派第一代学者的代表人物是R. S. 克莱恩(R. S. Crane),参见James Phelan, "The Chicago School," *Routledge Encyclopedia of Narrative Theory*, eds. David Herman et al. (London & New York: Routledge, 2005), pp. 57—59.

② 费伦的 *Living to Tell about It* (Ithaca: Cornell UP, 2005)获国际叙事文学研究协会"Perkins"最佳叙事研究著作奖。该书对由人物充当叙述者的各种"人物叙述"进行了精彩的探讨,聚焦于作品的修辞性叙事方法与伦理效果的关联。费伦的 *Experiencing Fiction* (Columbus: The Ohio State UP, 2007)则强调了读者在作者修辞的作用下对于叙事作品的共同体验。

像真人)、"主题性"(人物为表达主题服务)和"虚构性"(人物是人工建构物)这三种成分组成的人物模式。① 以往,各派学者倾向于从单一的角度来看人物。正如本书第三章所介绍的,经典叙事学以文本为关注对象,往往将人物视为情节中的功能、类型化的行动者,突出了人物的建构性,忽略了人物的模仿性。此外,经典叙事学关注具有普遍意义的叙事语法,忽略人物在具体语境中的主题性。有的经典叙事学家将人物视为一个人名＋一连串代表人物性格特征的谓语名词或形容词。尽管这些性格特征是读者在阅读过程中推导出来的,与主题意义相关,但这种看法也仍然是将人物视为一种人工建构物。与此相对照,不少传统批评家仅仅注重人物的模仿性,有的甚至完全忽略了人物的虚构性,将作品中的人物看成真人。费伦的修辞性模式将作品视为作者与读者之间的一种交流,注重作者的修辞目的和作品对读者产生的修辞效果,因而注重读者在阐释作品的主题意义时对人物产生的各种情感,比如同情、厌恶、赞赏、期望等。而这些情感产生的根基就是作品的模仿性:读者之所以会对人物产生各种情感反应,就是因为在阅读时将作品人物视为"真实的存在"。费伦的模式考虑人物的模仿性,但同时又考虑了"作者的读者"(详见下文)眼中看到的人物的虚构本质,避免了某些传统批评家将人物完全真人化的偏误。

二、"四维度"读者观

读者在费伦的修辞性叙事理论中占有重要地位。但费伦关注的并非单一身份的读者,而是同时充当不同角色的读者。他借鉴和发展了拉比诺维茨的四维度读者观:(1)有血有肉的读者,对作品的反应受自己的生活经历和世界观的影响;(2)作者的读者,即作者心中的理想读者,处于与作者相对应的接受位置,对作品人物的虚构性有清醒的认识;(3)叙述读者,即叙述者为之叙述的想象中的读者,充当故事世界里的观察者,认为人物和事件是真实的;(4)理想的叙述读者,即叙述者心目中的理想读者,完全相

---

① See James Phelan, *Reading People*, *Reading Plots* (Chicago: U of Chicago P, 1989) and *Narrative as Rhetoric* (Columbus: Ohio State UP, 1996).

第九章 修辞性叙事学

信叙述者的所有言辞。① 不难看出,这是四种不同的阅读心理位置,各有其侧重的一面。前三种位置的界限是较为清晰的,但第三种与第四种之间却往往难以区分,因此采用这一模式的修辞性或其他流派的叙事学家都倾向于略去第四种。第一种阅读位置强调读者的个人经验,以及独立于文本的那一面,即站在文本之外,对作者的价值观作出评判("作者的读者"接受作者的价值观,但会对叙述者的价值观作出评判;"叙述读者"则只是接受叙述者的价值观)。就第二种和第三种阅读位置来说,作品的逼真性取决于第三种,而第二种则使读者得以站在作者的立场上,对人物和不可靠叙述者进行评判。

费伦十分关注作者的读者与叙述读者之间的差异。他指出,在阅读《简·爱》时,作者的读者看到的是一个虚构人物在叙述虚构的事件,而叙述读者看到的却是一个历史上的人在讲述自己的自传(作品的逼真性)。两种读者对事情的看法不尽相同,比如对作品中超自然事件的看法可能迥然而异。当简·爱说自己听到罗契斯特在遥远的地方呼唤自己的名字时,作者的读者会认为这种事情在虚构世界里才可能发生,但叙述读者会认为这是真实的。值得注意的是,这两种读者之间的区分对于不可靠叙述尤为重要。当叙述者由于观察角度受限、幼稚无知、带有偏见等各种原因而缺乏叙述的可靠性时,叙述读者会跟着叙述者走,而作者的读者则会努力分辨叙述者在哪些方面、哪些地方不可靠,并会努力排除那些不可靠因素,以求建构出一个合乎情理的故事。

对有血有肉的读者的考虑是后经典叙事学与经典叙事学最为明显的不同之处。费伦之所以考虑这一维度,可以说有三方面的原因。一是他关注的是作者与读者之间的修辞交流,而非文本本身的结构关系。二是受了读者反应批评的影响,重视不同读者因不同生活经历而形成的不同阐释框架。在阐释海明威的《我的老爸》这一作品时,面对同样的悲观结局,一个遭受了生活重创的人可能会变得更为悲观,完全丧失对生活的信心;而一

---

① Peter J. Rabinowitz, "Truth in Fiction: A Reexamination of Audiences," *Critical Inquiry* 4 (1976), pp. 121—141; James Phelan, *Narrative as Rhetoric*, pp. 139—141, pp. 215—218.

个重新建立了生活信心的人,则可能会认为叙述者的悲观结论具有很大的局限性。对于一位性格十分乐观的读者来说,则可能会一面抵制这个故事的消极氛围,一面对自己的生活态度加以审视,如此等等。三是受文化研究和意识形态批评的影响。费伦于1977年获芝加哥大学博士学位,在日益强烈的文化、意识形态关注中开始发展自己的学术事业。虽然他的博士论文显示出较强的形式主义倾向,但与从事了多年形式主义批评的老一辈学者不同,他很快顺应了时代潮流。费伦关注处于不同社会历史语境中的读者对作品蕴含的意识形态的各种反应,在分析中广为借鉴了女性主义批评、巴赫金对话理论、马克思主义批评、文化研究等批评方法,体现出明显的后经典立场。

费伦指出,若进一步深入考察,则会发现有血有肉的读者之间的差异还会作用到另外两个读者维度:具有不同信仰、希望、偏见和知识的实际读者在阅读作品时,会采取不同的"作者的读者"和"叙述读者"的立场。费伦对这些差异持宽容和开放的态度。① 可以说,费伦的读者不仅具有不同维度,而且也具有不同的判断标准。他认为不同的读者可以以文本为依据,交流自己的阅读经验,相互学习;并认为自己的阐释只是多种可能的阐释中的一种。这与聚焦于读者共同反应的经典修辞学形成了鲜明对照。

三、进程与互动

费伦将叙事界定为:叙事是某人在某个场合出于某种目的告诉另一个人发生了某事。叙事既涉及人物、事件和叙述的动态进程,又涉及读者反应的动态进程。费伦的修辞性叙事理论与结构主义叙事学的主要区别在于关注叙事策略与读者阐释经验之间的关系。正如费伦所言,"活动""力量"和"经验"是修辞模式中的关键词语,而结构主义叙事学则聚焦于文本自身的结构特征、结构成分和结构框架。在费伦的眼里,叙事是读者参与的发展进程,是读者的动态经验。与上文提到的多层次读者观相对应,阐释经验是多层面的,同时涉及读者的智力、情感、判断和伦理。这些不同层次的经验又统一在一个名称之下:"进程"。费伦对"进程"作了如下界定:

---

① Phelan, *Narrative as Rhetoric*, p.147.

第九章 修辞性叙事学

进程指的是一个叙事建立其自身向前运动的逻辑的方式（因此涉及叙事作为动态经验的第一种意思），而且指这一运动邀请读者作出各种不同反应的方式（因此也涉及叙事作为动态经验的第二种意思）。结构主义就故事和话语所作的区分有助于解释叙事运动的逻辑得以发展的方式。进程可以通过故事中发生的事情产生，即通过引入不稳定因素（instabilities）——人物之间或内部的冲突关系，它们导致行动的复杂性，但有时冲突最终能得以解决。进程也可以由话语中的因素产生，即通过紧张因素（tensions）或者作者与读者、叙述者与读者之间的冲突关系——涉及价值、信仰或知识等方面重要分歧的关系。[1]

在第一章中，我们介绍了结构主义就故事和话语所作的区分，这一区分确实有助于人们看清叙事运动在这两个不同层次上的展开。但费伦在采用这一区分时，忽略了自己的修辞模式和结构主义模式的本质差异：前者关注的是阐释经验与文本之间的关系，而后者关注的只是文本自身。"故事"与"话语"涉及的是叙事文本自身的两个不同层面。不难看出，对于"不稳定因素"的界定完全排斥了读者的阅读经验，而在界定"紧张因素"时，又忽视了"话语"是叙事本身的一个层面，无法涵盖叙事文本之外的真实作者与读者。我们不妨将话语层次上的"紧张因素"重新界定为"（不同层次的）叙述者之间或内部的冲突关系，以及叙述者与作者常规（authorial norms）之间的冲突关系——均为涉及价值、信仰或知识等方面重要分歧的关系"。值得注意的是，费伦的模式关注的并非"不稳定因素"与"紧张因素"本身，而是读者（作者的、叙述的、理想的叙述的、有血有肉的读者）在阐释过程中对于这些动态因素的动态反应。费伦之所以用"进程"一词来取代"情节"一词，就是为了突出对读者阐释经验的关注。

与经典小说修辞学不同，费伦的后经典模式在研究阐释经验时，具有相当强的动态性。费伦认为叙事在时间维度上的运动对于读者的阐释经验有至关重要的影响，因此他的分析往往是随着阅读过程逐步向前发展。费伦将这种忠实于阐释过程的"线性"分析与综合归纳有机结合，使研究既

---

[1] Phelan, *Narrative as Rhetoric*, p. 90.

带有很强的动态感,又具有统观全局的整体感。

更为重要的是,费伦在学术发展过程中,逐渐摆脱了经典小说修辞学对作者与读者之关系的传统看法,提出应把修辞看成作者、文本和读者之间的互动。他在《作为修辞的叙事》一书的序言中说:"本书各章的进展的确表明了在把叙事作为修辞考虑的过程中,我的看法上的一些转变。尤其值得一提的是,在我起初采用但逐渐脱离的那个模式中,修辞的含义是:一个作者通过叙事文本,邀请读者作出多维度的(审美的、情感的、概念的、伦理的、政治的)反应。在我转向的那一模式中,阅读的多维度性依然存在,但作者、读者和文本之间的界线则模糊了。在修改过的模式中,修辞是作者代理、文本现象和读者反应之间的协同作用。"费伦强调,自己将注意力转向了"在作者代理、文本现象和读者反应之间循环往复的关系,转向了我们对其中任何一个因素的关注是如何既影响其他两个因素,同时又被这两个因素所影响"[1]。经典小说修辞学强调作者是文本的建构者和阐释的控制者,强调作者意图在决定文本意义方面的重要性。与此相对照,费伦认为作者意图并非完全可以复原,作者也无法完全控制读者的反应。他十分强调读者的主观能动性,强调读者对阐释的积极参与,认为不同的读者会依据不同的经历、不同的标准对文本作出不同的反应。

四、关于叙事判断的六个命题以及实例分析

费伦的修辞性叙事模式十分重视叙事判断的作用。他在《叙事判断与修辞性叙事理论》一文中,提出了关于叙事判断的六个命题。[2] 第一个命题:从修辞性理解来说,叙事判断对于叙事伦理、叙事形式和叙事审美这三个方面都至关重要。为了充实这一命题,他重申了关于叙事进程的概念,

---

[1] Phelan, *Narrative as Rhetoric*, p.19.
[2] James Phelan, "Narrative Judgments and the Rhetorical Theory of Narrative," *A Companion to Narrative Theory*, eds. James Phelan and Peter J. Rabinowitz (Oxford: Blackwell, 2005), pp. 322−336. See also James Phelan, "Delayed Disclosure and the Problem of Other Minds: Ian McEwan's Atonement," in James Phelan, *Experiencing Fiction* (Columbus: The Ohio State UP, 2007), pp.109−132. 在 *Experiencing Fiction* 这本书中,费伦聚焦于叙事判断和叙事进程在读者可分享的叙事体验中的作用。

指出这种进程涉及两种变化的交互作用:一种是人物经历的变化,另一种是读者在对人物的变化做出动态反应时所经历的变化。第二个命题:读者作出以下三种主要的叙事判断,每一种都可能会影响另两种,或者与其相交融:对于事件或其他叙事因素之性质的阐释判断;对于人物和事件之伦理价值的伦理判断;对于该叙事及其组成部分之艺术价值的审美判断。第三个命题:具体的叙事文本清晰或暗暗地建立自己的伦理标准,以便引导读者作出特定的伦理判断。也就是说,就修辞性伦理而言,叙事判断是从内向外,而非从外向内作出的。正因为如此,伦理判断与审美判断密切相关。第四个命题:叙事中的伦理判断不仅包括我们对人物和人物行为的判断,而且也包括我们对叙述伦理的判断,尤其是隐含作者、叙述者、人物和读者之间的关系所涉及的伦理。第五个命题:个体读者需要评价具体叙事作品的伦理标准,而他们的阐释可能会不尽相同。第六个命题:个体读者的伦理判断与他们的审美判断密不可分。费伦采用了安布罗斯·比尔斯的《深红色的蜡烛》来简要说明这些命题:①

> 一个在弥留之际的男人把妻子叫到床边,对她说:
> "我就要永远离开你了;给我关于你的感情和忠诚的最后一个证据。根据我们神圣的宗教,一个已婚男人试图进入天国之门时,必须发誓自己从未受到任何下贱女人的玷污。在我的书桌里你会找到一根深红色的蜡烛,这根蜡烛曾蒙受主教的祝祷而成为圣物,具有一种独特的神秘意义。你向我发誓,只要蜡烛在世,你就不会再婚。"女人发了誓,男人也死了。在葬礼上,女人站在棺材前部,手上拿着一根点燃的蜡烛,直到它燃为灰烬。②

请比较费伦自己的改写版:

> 一个在弥留之际的男人对长期守候在病床旁的妻子说了下面这番话。

---

① 在这一基础上,费伦在文中对伊恩·麦克尤万(Ian McEwan)的小说《赎罪》(*Atonement*)进行了更为复杂和富有深度的分析。

② Ambrose Bierce, "The Crimson Candle," in *The Collected Writings of Ambrose Bierce* (New York: The Citadel Press, 1946), p. 543.

"我就要永远离开你了。希望你知道我非常爱你。在我的书桌里你会找到一根深红色的蜡烛,这根蜡烛曾蒙受主教的祝祷而成为圣物。无论你走到哪,也无论你做什么,你若能一直带着这根蜡烛作为我们爱情的见证,我就会感到十分欣慰。"妻子感谢他,并向他保证一定会那样做,因为她也爱他。在他死后,她兑现了自己的承诺。

就第一个命题而言,费伦指出这两个版本都有建立在不稳定性之上的叙事进程(丈夫都寻求妻子的承诺,妻子都作出承诺,并以自己的不同方式来履行承诺),且都有读者的一系列不断发展的反应。但相比之下,比尔斯的版本更胜一筹,因为它不仅引入了更具实质性的不稳定性,而且对其处理得更令人称道。费伦指出,我们在比较这两个版本时,不能仅仅着眼于是否存在不稳定性造成的叙事进程,而且也应关注伴随这一进程的各种叙事判断,而这些判断对于我们情感、伦理、美学方面的反应有很大影响,这就引向了第二个命题。

就第二个命题而言,费伦指出在《深红色的蜡烛》中,丈夫和妻子对于妻子誓言的性质作出了不同的阐释判断,而这些判断又与伦理判断相交融。事实上,他们的阐释判断涉及的是妻子的誓言所带来的伦理责任。丈夫认为妻子的承诺会让她不再嫁人,而妻子却钻了语言的空子,这样她既可以在葬礼上兑现承诺的字面意义,同时也摆脱了这一承诺。读者则需要判断妻子对其誓言的阐释究竟是否合理。假如我们认为妻子合理地发现了承诺中的漏洞,那么就可能会说妻子那样做是对其承诺的一种正当履行。换个角度,假如我们认为妻子的阐释判断站不住脚,那么则可能会说妻子违背了她的诺言。此外,我们也可以在某种程度上区分阐释判断和伦理判断:我们可能会认为妻子的阐释判断站不住脚,因为她明白丈夫不会将她在葬礼上燃烧蜡烛的做法视为对她承诺的履行。但与此同时,我们也有可能对她的行为作出肯定性的伦理判断,因为我们觉得她丈夫坚持让她作出那样的承诺是不道德的,而妻子的行为是一种合理的回应。费伦进一步指出,我们对这些伦理问题的判断会影响我们的审美判断。费伦认为他自己的版本与比尔斯的版本在审美方面的差距,主要在于前者在伦理判断上的相对苍白无力。

第九章　修辞性叙事学

就第三个命题而言,费伦首先指出,修辞性理论家在从事伦理批评时,不是将事先存在的伦理体系应用于某一作品,而是试图重新建构作为该作品之基础的伦理原则。从《深红色的蜡烛》中的文体选择可以看出那位丈夫违背了有关爱情、大度和正义的基本原则,他不是提出要求,而是发出命令:他把妻子"叫到"他的床边,对他发出一连串指令:"给我……最后一个证据","你向我发誓……你就不会再婚"。他的这番话的伦理潜文本(ethical subtext)是"因为我比你尊贵,且我的命运更重要,你应该遵从我的命令,无论这会给你的生活带来什么后果"。这一潜文本在丈夫提到的父权制的宗教"原则"中也显而易见。那根深红色的蜡烛无疑具有男性性具的象征意义,这加强了这些语言因素的父权制意味。因此,我们会自然而然地对丈夫作出否定性的伦理判断。费伦进一步指出,比尔斯对叙事进程加以操纵,因此我们读到最后一句时,才对那位妻子作出较为重要的阐释或伦理判断,以及对整个叙事作出审美判断。当我们读到"妻子站在棺材前部,手上拿着一根点燃的蜡烛,直到它燃为灰烬"这一意外结局时,我们同时看到和认可妻子对其承诺所作出的出乎意料的阐释和伦理判断。这些交互作用的反应,给故事结尾带来了很强的冲击力,这也是我们对这一故事作出肯定性审美判断的重要原因。而比尔斯对叙事的操纵又将我们带入第四个命题。

就第四个命题而言,费伦重点考察了比尔斯与叙述者的关系。叙述者一般起三种主要作用:报道、阐释和评价[①]。然而,比尔斯只让他的叙述者起一种报道作用,让读者自己通过叙事进程和文体选择来推断如何阐释和如何评价。正如围绕最后一句话所突然出现的丰富推断所表明的,叙述技巧既直截了当(叙述者可靠和效率高),又十分含蓄(未为妻子的策略作铺垫,也未揭示她的内心活动)。这种限制性的叙述直接影响比尔斯与人物以及读者的伦理关系。比尔斯对人物的言行不加评论,假定读者通过推理,会跟他站在同一立场上,对其叙事的阐释和伦理维度感到满意。这一推断将我们引向第五个命题。

就第五个命题而言,费伦指出比尔斯的人物塑造和情节进程突出了丈

[①] James Phelan, *Living to Tell about It* (Ithaca: Cornell UP, 2005).

夫的自私和妻子对诺言极其巧妙的处理,这可能会赢得有些读者的完全赞同,但其他一些读者则可能会对比尔斯描述丈夫的方式感到不安。就后一种读者而言,问题并不是比尔斯对他创造的人物可能不公平,而是他对揭示丈夫最终的徒劳无功感到颇为得意。这种欣喜暗示比尔斯在欢悦地利用死亡带来的无能,令人感到不寒而栗,且觉得伦理上也难以服人,这就引向了第六个命题。

就第六个命题来说,费伦强调我们对作品进行的伦理判断,会作用于我们的审美判断,反之亦然,当然这两种判断各有其特点。就对《深红色的蜡烛》的总体反应而言,如果我们在伦理上不满意比尔斯对那位丈夫徒劳无功感到的欢欣,那就会降低我们对这一叙事作品审美方面的满意度。同样,审美判断也会影响伦理判断。比如,倘若比尔斯采用了一位对人物加以明确伦理判断的介入型叙述者,那么就不仅会构成一个审美方面的缺陷,使读者难以享受自己推导这些判断的阅读快感,而且也会让读者对比尔斯的叙述伦理感到不满,因为这种叙述技巧会暗示他不信任读者的阅读能力。

※　　※　　※　　※

在本章中,我们从布思《小说修辞学》的铺垫开始讨论,继而考察了查特曼的过渡立场,然后探讨了修辞性叙事学的代表人物费伦的研究。这大致可看出修辞性叙事学的发展脉络和基本特征。① 费伦的修辞性叙事理论具有广泛的影响和代表性,具有以下特点:综合吸取了经典叙事学、经典修辞学、读者反应批评和文化意识形态批评之长,又在很大程度上避免了其所短。他大量吸取了叙事学的研究成果,较好地把握了各种叙述技巧,对叙述声音、叙述视角、经验自我和叙述自我等不同范畴进行了深入探讨;并借鉴了叙事学的区分或区分方法来建构一些理论模式,使研究呈现出较强的理论感、层次感和系统性。与此同时,又以多维的人物观、动态的情节观、全面的读者观和对意识形态的关注而避免了经典叙事学批评的局限

---

① 1999年,迈克尔·卡恩斯(Michael Kearns)的《修辞性叙事学》(*Rhetorical Narratology*, Lincoln: U of Nebraska P)一书问世。由于卡恩斯将言语行为理论作为该书理论基础,因此在修辞性叙事理论中自成一家、与众不同,而书中的逻辑混乱也是最多的(参见申丹等著《英美小说叙事理论研究》第十章第四节对该书的详细探讨)。

第九章 修辞性叙事学

性。与经典修辞学相比,费伦的研究既承继了其对修辞交流和修辞目的的关注,又通过对作者、文本、读者之循环互动的强调而避免了其短。就读者反应批评而言,费伦的研究既借鉴了其对读者阐释之作用的关注,又通过区分文本本身和读者眼中的文本而保持了某种平衡。就文化意识形态批评而言,不少西方学者将文学作品视为社会话语、政治现象、意识形态的作用物,表现出极端的政治倾向。而费伦坚持从叙事策略或叙述技巧切入作品,将形式审美研究与意识形态关注有机结合,达到了一种较好的平衡。

国际顶级杂志《文体》(*Style*,美国)2018 年春夏季合刊专门探讨修辞性叙事学,邀请费伦撰写了目标论文《作者、资源与读者:建构修辞性叙事诗学》。①来自不同国家的多位知名学者对其进行了回应,从不同角度、不同维度以及不同流派的角度进行讨论,并挑战费伦的观点;费伦则在该合刊的最后加以回应②,捍卫修辞立场,说明相关问题。申丹撰文评论了这次学术观点的集中交锋,指出并纠正了有关偏误③。如果对修辞性叙事学感兴趣,不妨阅读这次集中对话,通过了解观点的碰撞更好地理解修辞性叙事学的基本模式、本质特征,以及不同模式、不同流派之间的互补关系。

思考题和练习

1. 布思在《小说修辞学》第一版中对作者、文本和读者各持什么看法?
2. 布思对小说的修辞性探讨与叙事学的诗学研究有哪些相似之处?
3. 布思对小说的修辞性探讨与叙事学的诗学研究有哪些本质差异?
4. 布思《小说修辞学》第二版的后记有哪些特点体现了向后经典立场的

---

① James Phelan, "Authors, Resources, Audiences: Towards a Rhetorical Poetics of Narrative," *Style* 52.1-2 (2018), pp.1-34.

② James Phelan, "Debating Rhetorical Poetics: Interventions, Amendments, Extensions," *Style* 52.1-2 (2018), pp.153-172.

③ 申丹:《关于修辞性叙事学的辩论:挑战、修正、捍卫及互补》,《思想战线》2021 年第 2 期,第 131—139 页。也请参见申丹:《西方文论关键词:修辞性叙事学》,《外国文学》2020 年第 1 期,第 80—95 页。修辞性叙事学由芝加哥学派发展而来,布思是芝加哥学派第二代的代表人物,费伦则是芝加哥学派第三代的代表人物;申丹的这篇论文着重从这一角度介绍了修辞性叙事学。

有限转向?
5. 查特曼的"叙事修辞学"与"叙事学"之间是什么关系?
6. 查特曼的研究如何在经典与后经典立场之间摇摆不定?
7. 费伦的修辞性叙事学模式是如何看待读者的?
8. 费伦的修辞性叙事学模式是如何看待叙事进程的?
9. 费伦的修辞性叙事学模式是如何看待作者、文本和读者之间的关系的?
10. 费伦提出了关于叙事判断的哪六个命题?
11. 运用费伦关于叙事判断的命题来分析一个短篇小说。

第十章 女性主义叙事学

说起女性（女权）主义批评，一般会较为熟悉；但说起女性主义叙事学，则可能会较为生疏。顾名思义，"女性主义叙事学"就是将女性主义批评与经典结构主义叙事学相结合的产物。两者几乎同时兴起于20世纪60年代。但也许是因为结构主义叙事学属于形式主义范畴，而女性主义批评属于政治批评范畴的缘故，两者在十多年的时间里，各行其道，几乎没有发生什么联系。20世纪80年代以来，两者逐渐结合，构成了一个发展势头强劲的跨学科流派。① 值得注意的是，女性主义叙事学与修辞性叙事学有不少相通之处：两者均关注（隐含）作者的创作目的，均关注作者与读者的交流。但与修辞性叙事学不同，女性主义叙事学聚焦于叙事结构和叙述技巧的性别政治。就研究范畴来说，虽然有的女性主义叙事学家关注了包括电影和电视在内的通俗文化形式②，但女性主义叙事学所研究的一般都是女作家笔下的文学作品。③

本章聚焦于女性主义叙事学对文学文本的研究。全章共有四节，第一节简要概述女性主义叙事学的发展过程，第二节和第三节将从两个特定角

---

① See Robyn R. Warhol, "Feminist Narratology," *Routledge Encyclopedia of Narrative Theory*, eds. David Herman et al. (London & New York: Routldege, 2005), pp. 161—163; Ruth Page, "Gender," *The Cambridge Companion to Narrative*, ed. David Herman (Cambridge: Cambridge UP, 2007), pp. 189—202.

② See Robyn R. Warhol, *Having a Good Cry: Effeminate Feelings and Narrative Forms* (Columbus: Ohio State UP, 2003)，其中第5章聚焦于肥皂剧；Mieke Bal, "Close Reading Today: From Narratology to Cultural Analysis," Transcending Boundaries: Narratology in Context, eds. Walter Grünzweig and Andreas Solbach (Tübingen: Gunter Narr Verlag, 1999), pp. 19—40.

③ 当然也有例外，Alison A. Case 在 *Plotting Women* (Charlottesville: Virginia UP, 1999) 一书中，探讨了女作家和男作家笔下的女性叙述者，聚焦于这些叙述者与以文学、社会规约为基础的"女性叙述"的关系。

度对女性主义叙事学进行理论介绍:一是探讨其与女性主义批评的差异;二是探讨其与结构主义叙事学的关系。第四节则转而探讨女性主义叙事学的批评实践,集中评介女性主义叙事学对叙述话语的具体分析。[1]

第一节 女性主义叙事学的发展过程

女性主义叙事学的开创人是美国学者兰瑟。1981年普林斯顿大学出版社出版了她的《叙事行为:小说中的视角》[2],该书率先将叙事作品的形式研究与女性主义批评相结合。兰瑟是搞形式主义研究出身的,后又受到女性主义批评的影响。两者之间的冲突和融合使兰瑟摆脱了经典叙事学研究的桎梏,大胆探讨叙事形式的(社会)性别意义。就将文本形式研究与社会历史语境相结合而言,兰瑟不仅受到女性主义批评的影响,而且受到戈德曼、詹姆森和伊格尔顿等著名马克思主义文论家的启迪,以及将文学视为交流行为的言语行为理论的启发。兰瑟的《叙事行为》一书虽尚未采用"女性主义叙事学"这一名称,但堪称女性主义叙事学的开山之作,初步提出了其基本理论,并进行了具体的批评实践。

稍后,陆续出现了一些将叙事学研究与女性主义研究相结合的论文。在《放开说话:从叙事经济到女性写作》(1984)一文中,布鲁尔借鉴女性主义批评,对结构主义叙事学忽略社会历史语境的做法提出了质疑。布鲁尔在文中考察了女性写作的叙事性(narrativity),将对叙事性的研究与性别政治相结合。[3] 两年之后,沃霍尔发表了《建构有关吸引型叙述者的理论》一文,从女性主义的角度来探讨叙述策略。[4] 大家较为熟悉的荷兰叙事学家米克·巴尔当时也将女性主义批评引入对叙事结构的研究,产生了一定

---

[1] 参见申丹、韩加明、王丽亚:《英美小说叙事理论研究》第十一章(申丹撰写),本教材这一章中的不少材料取自那一章。

[2] *The Narrative Act: Point of View in Prose Fiction*. Princeton: Princeton UP, 1981.

[3] Maria Minich Brewer, "A Loosening of Tongues: From Narrative Economy to Women Writing," *Modern Language Notes* 99 (1984), pp. 1141—1161.

[4] Robyn R. Warhol, "Toward a Theory of the Engaging Narrator: Earnest Interventions in Gaskell, Stowe, and Eliot," *PMLA* 101 (1986), pp. 811—818.

第十章 女性主义叙事学

的影响。①

这些女性主义叙事学的开创之作在 20 世纪 80 年代问世,有一定的必然性。我们知道,从新批评到结构主义,形式主义文论在西方文坛风行了数十年。但 20 世纪 80 年代,随着各派政治文化批评和后结构主义的日渐强盛,形式主义文论遭到贬斥和排挤。在这种情况下,将女性主义引入叙事学研究,使其与政治批评相结合,也就成了"拯救"叙事学的一个途径。同时,女性主义批评进入 80 年代以后,也需要寻找新的切入点,叙事学模式无疑为女性主义文本阐释提供了新的视角和分析方法。

兰瑟于 1986 年在美国的《文体》杂志上发表了一篇宣言性质的论文《建构女性主义叙事学》。② 这篇论文首次采用了"女性主义叙事学"这一名称,并对该学派的研究目的和研究方法进行了较为系统的阐述。兰瑟的论文遭到了以色列学者狄恩戈特的批评。两位学者在《文体》杂志 1988 年第 1 期上展开论战③,这对女性主义叙事学的发展起了扩大影响的作用。20 世纪 80 年代末和 90 年代初在美国出现了两部重要的女性主义叙事学的著作。一为沃霍尔的《性别化的介入》④,另一为兰瑟的《虚构的权威》⑤。这两位美国女学者在书中进一步阐述了女性主义叙事学的主要目标、基本立场和研究方法,并进行了更为系统的批评实践。20 世纪 90 年代以来,女性主义叙事学成了美国叙事研究领域的一门显学,有关论著纷纷问世;在《叙事》《文体》《PMLA》等杂志上可不断看到女性主义叙事学的论文。

---

① Mieke Bal, "Sexuality, Semiosis and Binarism: A Narratological Comment on Bergen and Arthur," *Arethusa* 16 (1983), pp. 117—135; Mieke Bal, *Femmes imaginaries* (Paris: Nizet; Montreal: HMH, 1986).

② Susan S. Lanser, "Toward a Feminist Narratology," *Style* 20 (1986), pp. 341—363. 收入 *Feminisms* eds. Robyn R. Warhol and Diane Price Herndl (New Brunswick, N. J.: Rutgers UP, 1991), pp. 610—629.

③ Nilli Diengott, "Narratology and Feminism," *Style* 22 (1988), pp. 42—51; Lanser, "Shifting the Paradigm: Feminism and Narratology," *Style* 22 (1988), pp. 52—60.

④ Robyn R. Warhol, *Gendered Interventions: Narrative Discourse in the Victorian Novel* (New Brunswick, N. J.: Rutgers UP, 1989).

⑤ Susan S. Lanser, *Fictions of Authority: Women Writers and Narrative Voice* (Ithaca: Cornell UP, 1992). 兰瑟这本书的影响大于沃霍尔的那本,因此入选了北京大学出版社 2002 年推出的"新叙事理论译丛"。

在与美国毗邻的加拿大,女性主义叙事学也得到了较快发展。1989年加拿大的女性主义批评杂志《特塞拉》(*Tessera*)发表了"建构女性主义叙事学"的专刊,与美国学者的号召相呼应。1994年在国际叙事文学研究协会的年会上,加拿大学者和美国学者联手举办了一个专场"为什么要从事女性主义叙事学?",相互交流了从事女性主义叙事学的经验。《特塞拉》杂志的创办者之一凯西·梅齐主编了《含混的话语:女性主义叙事学与英国女作家》这一论文集,1996年在美国出版。① 论文集的作者以加拿大学者为主,同时也有兰瑟、沃霍尔等几位美国学者加盟。

女性主义叙事学目前仍保持着较为强劲的发展势头,在英国、欧洲大陆和世界其他地方都有学者在展开研究。在国内也引起了越来越多的学者和研究生的兴趣,已有不少论著和研究生论文面世。它为叙事研究提供了新的视角,开拓了新的途径。

第二节　与女性主义批评的差异

女性主义文学批评有两大流派,一是侧重社会历史研究的英美学派,该派旨在揭示文本中性别歧视的事实;一是以后结构主义为理论基础的法国学派,认为性别问题是语言问题,因此着力于语言或写作上的革命,借此抗拒乃至颠覆父权话语秩序。② 从时间上说,20世纪60年代兴起的当代妇女运动首先导致了对男性文学传统的批判,提倡颂扬女性文化的女性美学。70年代中期开始了专门研究妇女作家、作品的"妇女批评"(gynocriticism)的新阶段。80年代以来又以"性别理论"和对多种差异的考察为标志。但无论是属于何种流派,也无论是处于哪个发展阶段,女性主义批评的基本政治目标保持不变。女性主义叙事学与女性主义批评享有共同的政治目标:揭示和改变女性被客体化、边缘化的局面,争取男女平等。兴起于80年代的女性主义叙事学受"妇女批评"的影响,除了初期的

---

① Kathy Mezei, ed. *Ambiguous Discourse* (Chapel Hill: U of North Carolina P, 1996).
② 参见张京媛主编的《当代女性主义文学批评》的前言,北京大学出版社,1992年;以及杨俊蕾的《从权利、性别到整体的人——20世纪欧美女权主义文论述要》一文,载《外国文学》2002年第5期。

少量论著,一般聚焦于女作家的作品,同时受到性别理论的影响,注重区分社会性别和生物性别。

然而,女性主义叙事学与女性主义批评在很多方面也不无差异。这些不同之处涉及研究框架、研究对象和基本概念。为了廓清两者之间的差别,让我们首先看看女性主义叙事学家对女性主义学者的批评。

一、女性主义叙事学家对女性主义学者的批评

1. 女性主义批评的片面性和印象性

女性主义学者在阐释文学作品时,倾向于将作品视为社会文献,将人物视为真人,往往凭藉阅读印象来评论人物和事件的性质,很少关注作品的结构技巧。兰瑟在《建构女性主义叙事学》一文中指出,女性主义只是从模仿的角度来看作品,而叙事学则只是从符号学的角度来看作品。实际上,文学是两种系统的交合之处,既可以从模仿的角度将文学视为生活的再现,也可以从符号学的角度将文学视为语言的建构。

女性主义批评注重研究女性写作和女性传统。那么,女性写作和男性写作究竟有何差别?单凭阅读印象很难回答这一问题。有的女性主义学者认为女作家的作品与男作家的作品之间的差异不在于所表达的内容,而在于表达内容的方式,而结构主义叙事学对作品的表达方式进行了深入系统的研究,提供了一套准确的术语来描述作品的特征,可据此描述一个文本与其他文本之间的差异。女性主义叙事学家借助叙事学的术语和模式来探讨女作家倾向于采用的叙事手法,有根有据地指出某一时期女作家的作品具有哪些结构上的特征,采用了哪些技巧来叙述故事,而不是仅仅根据阅读印象来探讨女性写作,使分析更为精确和系统。

女性主义批评一方面对现有秩序和现有理论持排斥态度,认为这些都是父权制的体现,另一方面又对心理分析学、社会学等现有理论加以利用。在女性主义学者的论著中,不时可以看到传统文论的一些概念和方法。这些理论为女性主义批评提供了强有力的分析工具,从中可以看出"他山之石,可以攻玉"。关键不在于理论本身,而在于怎么运用这些理论。叙事学可以被用于巩固父权制,也可以被用于揭示性别差异、性别歧视,成为女性主义批评的有力工具,这已为女性主义叙事学家的实践所证实。

2. "女性语言"的规定性和泛历史性

沃霍尔认为有的女性主义学者在探讨女性语言时,像传统的美学批评一样具有规定性(prescriptive),因而继续将有的女作家边缘化。比如,多诺万在《女性主义的文体批评》一文中,从弗吉尼亚·吴尔夫提出的"妇女的句子"这一角度出发来衡量女作家的作品,将乔治·艾略特的文体视为"浮夸、令人难受,与其语境不协调",同时称赞简·奥斯丁、凯特·肖邦和吴尔夫等女作家的文体很适合描写女主人公的内心生活。[①] 沃霍尔指出:"以男性为中心的批评家因为女作家的写作过度偏离男性文体规范这一隐含标准而将之逐出经典作品的范畴,如果这样做不合理,那么,因为有的女作家的写作形式不是像其他女作家的那样'女性化'而对其非议,自然也同样不合情理。"[②]

撇开法国女性主义学者对女性语言的刻意创造不谈,女性主义学者在探讨文本中的女性写作时,关注的往往是一种超越历史时空、与女性本质相联的女性语言。但女性主义中的"性别理论"却将生物上的男女差异与社会环境决定的性别差异区分了开来。女性主义叙事学家在探讨女性写作时,对性别理论注重社会历史语境的做法表示赞同,对女性主义学者在研究女性语言时采用的"泛历史"角度则提出了批评。她们认为女作家的写作特征不是由女性本质决定的,而是由社会历史语境中错综复杂、不断变化的社会规约决定的。[③] 也就是说,女性主义叙事学家将叙事结构的"性别化"是与特定历史语境密切相关的。她们将某一历史时期女作家常用的技巧称为"女性技巧",尽管在另一历史时期中,同一技巧未必为女作家常用。此外,她们并不认为"女性技巧"特属于女作家的文本。比如,沃霍尔区分了19世纪现实主义小说中的两种叙述干预(即叙述者的评论):一种是"吸引型的",旨在让读者更加投入故事,并认真对待叙述者的评论;另一种是"疏远型的",旨在让读者与故事保持一定距离。尽管沃霍尔根据这两种干预在男女作家文本中出现的频率将前者界定为"女性的",而将后

---

① Josephine Donovan, "Feminist Style Criticism," *Images of Women in Fiction*, ed. Susan Koppelman Cornillon (Bowling Green: Bowling Green State UP, 1981), pp. 348—352.
② Warhol, *Gendered Interventions*, pp. 8—9.
③ Lanser, *Fictions of Authority*, p. 5.

者界定为"男性的",但她同时指出在那一时期的每一部现实主义小说中都可以找到这两种技巧。也就是说,有时男作家会为特定目的采用"女性技巧",或女作家为特定目的而采用"男性技巧"。① 其实,"女性技巧"和"女性语言"与女性的生理和心理的联系不尽相同。就前者而言,在19世纪的英国说教型现实主义小说中,女作家更多地采用了"吸引型的"叙述方法,沃霍尔指出这是因为当时女作家很少有公开表达自己观点的机会。倘若她们想改造社会,就得借助于小说这一舞台,向读者进行"吸引型的"评论。② 可以说,这种所谓的"女性技巧"完全是社会因素的产物,与女性特有的生理和心理没什么关联。然而,女性的语言特征则很可能会更多地受制于女性的生理和心理特征。换个角度说,不同社会、不同时期的女性语言很可能都有其自身特点,但女性语言之间也可能具有某些与女性的生理和心理相关的共性。

二、基本概念上的差异

接下来让我们看看女性主义和叙事学在基本概念上的差异。女性主义批评的目的之一在于揭示、批判和颠覆父权"话语"。"话语"在此主要指作为符号系统的语言、写作方式、思维体系、哲学体系、文学象征体系等。"话语"是一种隐性的权力运作方式。比如,西方文化思想中的一个显著特征是二元对立:太阳/月亮、文化/自然、日/夜、父/母、理智/情感等,这些二元项隐含着等级制和性别歧视。女性主义学者对西方理论话语中的性别歧视展开了剖析和批判,并力求通过女性写作来抵制和颠覆父权话语。与此相对照,在叙事学中,"话语"指的是叙事作品中的技巧层面,即表达故事事件的方式(详见第一章和第十三章)。女性主义叙事学采用了叙事学的"话语"概念,比如女性主义叙事学家所说的"话语中性别化的差异"③,指的就是某一时期的女作者和男作者倾向于采用的不同叙述技巧。诚然,"话语"也可以指小说中人物的言语和思想,这一用法在两个流派的论著中

---

① Warhol, *Gendered Interventions*, pp. 17—18.
② Ibid.
③ Ibid., p. 17.

都可看到,但一般会说明是某某人物的话语。

在叙事学的"话语"层面,有一个重要的概念"声音"(voice)。正如兰瑟所指出的,这一概念与女性主义批评中的"声音"概念相去甚远。[①] 女性主义批评中的"声音"具有广义性、模仿性和政治性等特点,而叙事学中的"声音"则具有特定性、符号性和技术性等特征。前者指涉范围较广,"许多书的标题宣称发出了'另外一种声音'和'不同的声音',或者重新喊出了女性诗人和先驱者'失落的声音'……对于那些一直被压抑而寂然无声的群体和个人来说,这个术语已经成为身份和权力的代称"[②]。值得注意的是,女性主义学者所谓的"声音",可以指以女性为中心的观点、见解,甚至行为,比如,"女性主义者可能去评价一个反抗男权压迫的文学人物,说她'找到了一种声音',而不论这种声音是否在文本中有所表达"[③]。相比之下,叙事学中的"声音"特指各种类型的叙述者讲述故事的声音,这是一种重要的形式结构。叙事学家不仅注意将叙述者与(隐含)作者加以区分,而且注意区分叙述者与人物,这种区分在第一人称叙述中尤为重要。当一位老人以第一人称讲述自己年轻时的故事时,作为老人的"我"是叙述者,而年轻时的"我"则是故事中的人物(详见第五章)。叙事学关注的是作为表达方式的老年的"我"叙述故事的声音,而女性主义批评则往往聚焦于故事中人物的声音或行为。女性主义叙事学家一方面采用了叙事学的"声音"概念,借鉴了叙事学对于不同类型的叙述声音进行的技术区分,另一方面将对叙述声音的技术探讨与女性主义的政治探讨相结合,研究叙述声音的社会性质和政治涵义,并考察导致作者选择特定叙述声音的历史原因。

三、研究对象上的差异

在叙事作品的"故事"与"话语"这两个层面上,女性主义叙事学与女性主义批评在研究对象上都有明显差异。在故事层面,女性主义学者聚焦于故事事实(主要是人物的经历和人物之间的关系)的性别政治。她们倾向

---

① Lanser, *Fictions of Authority*, pp. 3—5.
② 苏珊·S. 兰瑟:《虚构的权威》,黄必康译,北京:北京大学出版社,2002年,第3页。
③ 同上书,第4页。

于关注人物心理和行为,探讨人物和事件的性质,揭示男作家对女性人物的歧视和扭曲,或女作家如何落入了男性中心的文学成规之圈套中,或女作家如何通过特定题材和意象对女性经验进行了表述或对女性主体意识进行了重申。女性主义学者关注作品中女性作为从属者、客体、他者的存在,女性的沉默、失语、压抑、愤怒、疯狂、(潜意识的)反抗,身份认同危机,女性特有的经验,母女关系,同性关爱,女性主体在阅读过程中的建构等。

与此相对照,女性主义叙事学家聚焦于故事事件的结构特征和结构关系。女性主义叙事学在故事这一层面的探讨,主要可分为以下两种类型:(1)男作家创作的故事结构所反映的性别歧视;(2)女作家与男作者创作的故事在结构上的差异,以及造成这种差异的社会历史原因。在研究故事结构时,女性主义叙事学家往往采用二元对立、叙事性等结构主义模式来进行探讨。这种结构分析的特点是透过现象看本质,旨在挖掘表层事件下面的深层结构关系。

但除了部分早期论著,20世纪80年代中期以来,女性主义叙事学的研究基本都在话语层面展开。我们在前面已经说明,在叙事学范畴,"话语"指的是故事的表达层。女性主义叙事学家之所以聚焦于这一层面,可能主要有以下两个原因:一是女性主义批评聚焦于故事层,忽略了表达层。诚然,在探讨女性写作时,有的女性主义学者注意了作者的遣词造句,但这只是故事表达层的一个方面。叙事学所关注的很多叙述技巧都超越了遣词造句的范畴(参见第一章和第十三章),因而没有引起女性主义学者的关注。二是叙事学对"话语"层面的各种技巧(如叙述类型、叙述视角、叙述距离、人物话语表达方式等)展开了系统研究,进行了各种区分。女性主义叙事学家可以利用这些研究成果,并加以拓展,来对叙事作品的表达层进行较为深入的探讨,以此填补女性主义批评留下的空白。

可以说,女性主义叙事学与女性主义文学批评在研究对象上呈一种互为补充的关系。

四、女性阅读与修辞效果

很多女性主义学者认为叙事作品是以男性为中心的:男性主动,女性被动;男性为主体,女性被客体化。经典好莱坞电影被视为男性中心叙事的典型。有的女性主义学者认为,在观看这种电影时女性观众面临两种选择:一是与作为主动方的男性主体相认同;二是与被动无奈的女性客体相认同。针对这种悲观的看法,萨莉·鲁滨逊在《使主体性别化》一书中提出了"对抗式"阅读的观点。她认为,尽管男性霸权的话语体系或许仅仅提供男性主体与女性客体这两种相对立的立场,但这并没有穷尽叙事中的可能性。完全有可能"从这些体系中建构出,甚至可以说是强行拔出(wrenched)其他的立场"①。要建构出"其他的立场",就必须抵制文本的诱惑,阅读作品时采取对抗性的方式,从女性特有的角度来对抗男性中心的角度。鲁滨逊采取这种方式对当代女作家的作品进行了阐释。鲁滨逊认为女作家一方面需要在男性中心的话语之中运作,处于这种话语秩序之内,另一方面又因为她们的主体位置在这种排挤女性的话语秩序中无法实现,而处于这种秩序之外,而正是这种边缘的位置使女作家得以进行自我表述。这种既内在又外在的双重创作位置使作品具有双重性。鲁滨逊分析了英国当代女作家多丽丝·莱辛以"暴力的孩子们"命名的系列小说。从表面情节发展来看,这些以玛莎为主人公的小说采用的是传统的探求式的故事结构,这种故事总是将男性表达为探求者,而将女性表达为被动和消极的一方。由于玛莎为女性,她所占据的主人公的位置与叙事线条的传统意义相冲突,后者对她的探求造成很大的干扰。鲁滨逊评论道:

> 玛莎一直发现自己与男性认同,否定自己"成为"一个女人的经历。这种干扰使玛莎的探求不断脱轨,实际上使她的探求永远无法到达目的地。因此,与这些作品中由目的决定的表面情节运动相对照,我读到了另一种运动——或更确切地说,是运动的缺乏,这突显了一个女人想成为自身叙事以及历史的主体时会遇到的问题。②

不难看出,在鲁滨逊的眼里,最值得信赖的是自己摆脱了父权制话语体系制约的"对抗式"阅读方式。尽管很多女性主义学者不像深受后结构主义影响的鲁滨逊那样强调阅读的建构作用,但她们对阅读立场也相当重

---

① Sally Robinson, *Gender and Self-Representation in Contemporary Women's Fiction* (Albany: State U of New York P, 1991), p.18.
② Ibid., p.20.

第十章 女性主义叙事学

视。无论是揭示男作者文本中的性别歧视,还是考察女作者文本中对女性经验的表述,女性主义批评家经常关注女性阅读与男性阅读之间的差异:男性中心的阅读方式往往掩盖性别歧视的事实,也无法正确理解女作家对女性经验的表述,只有摆脱男性中心的立场,从女性的角度才能正确理解文本。诚然,女性读者既可能被男性中心的思维方式同化,接受文本的诱惑,参与对女性的客体化过程;也可以采取抵制和颠覆男性中心的立场来阐释作品。

与女性主义学者相对照,女性主义叙事学家强调的是叙述技巧本身的修辞效果。沃霍尔在《性别化干预》[1]一书中,引用了黑人学者鲍德温对于斯托夫人所著《汤姆叔叔的小屋》的一段评价:"《汤姆叔叔的小屋》是一部很坏的小说。就其自以为是、自以为有德性的伤感而言,与《小妇人》这一作品十分相似。多愁善感是对过多虚假情感的炫耀,是不诚实的标志……因此,伤感总是构成残忍的标记,是无人性的一种隐秘而强烈的信号。"《汤姆叔叔的小屋》是沃霍尔眼中采用"吸引型"叙述的代表作。然而,鲍德温非但没有受到小说叙述话语的吸引,反而表现出反感和憎恶。但与女性主义学者不同,作为女性主义叙事学家的沃霍尔看到的并非男性读者与女性读者对作品的不同反应,而是读者如何对叙述策略应当具有的效果进行了抵制。她说:

> 正如鲍德温评价斯托的《汤姆叔叔的小屋》的这篇雄辩的论文所揭示的,读者的社会环境、政治信念和美学标准可以协同合作,建构出抵制叙述者策略的不可逾越的壁垒……叙述者的手法与读者的反应之间的这种差异是值得关注的:叙述策略是文本的修辞特征,小说家在选择技巧时显然希望作品通过这些技巧来影响读者的情感。但叙述策略并不一定成功,很可能会失败。读者的反应无法强加,预测,或者证实。在后结构主义批评的语境中,要确定文本对于一个阅读主体所产生的效果就像要确定作者的意图一样是不可能成功的。[2]

沃霍尔强调她对"疏远型"和"吸引型"叙述形式的区分涉及的并非文

---

[1] Warhol, *Gendered Interventions*, p. 25.
[2] Ibid., pp. 25—26.

本或叙述者可以对读者采取的行动,而是这些技巧所代表的修辞步骤。理解了这些技巧在小说中的作用就会对现实主义的叙述结构达到一种新的认识。如果说女性主义学者关注的是"作为妇女来阅读"与"作为男人来阅读"之间的区别,那么女性主义叙事学家关注的则是叙述策略本身的修辞效果和作者如何利用这些效果。正如上引沃霍尔的评论所示,在女性主义叙事学家的心目中,对叙述技巧之修辞效果的应用和理解是一种文学能力,这种能力不受性别政治和其他因素的影响。倘若读者未能把握这种修辞效果,则会被视为对作品的一种有意或无意的误解;就作者和文本而言,则会被视为其叙述策略的失败。不难看出,这是一种较为典型的结构主义立场。经典结构主义叙事学家在阐释作品时,一般仅关注结构本身的美学效果,不考虑不同读者的反应,也不考虑作品的创作语境,与此相对照,女性主义叙事学家十分关注作者选择特定叙述技巧的社会历史原因。

女性主义叙事学之所以会有别于女性主义批评是因为其对经典结构主义叙事诗学的借鉴。而女性主义叙事学家对女性主义批评的借鉴又导致了对经典叙事学的批评。

第三节　与经典叙事学的关系

女性主义叙事学对经典叙事学的批评集中在两个方面:一是无视性别;二是不考虑社会历史语境。首先,女性主义叙事学家认为经典叙事学的研究对象主要是男作家的作品,即便有少量女作家的作品,也"将其视为男作家的作品"[①],不考虑源于性别的结构差异,难以解释女作家采用的叙事结构和叙述策略及其意识形态含义。兰瑟认为,要真正改变女性边缘化的局面,就需要采取一种激进的立场:不仅既考虑男性作品也考虑女性作品,而是从妇女作品入手来进行叙事学研究。此外,女性主义叙事学家抨击了经典叙事学将作品与创作和阐释语境相隔离的做法,要求叙事学研究充分考虑社会历史语境。

值得注意的是,叙事学研究可以分为叙事诗学(语法)和作品阐释这两

---

① Lanser,"Toward a Feminist Narratology," p. 612.

个不同类别,这两种类别对于社会语境的考虑有完全不同的要求,类似于语法与言语阐释之间的不同。比如,在语法中区分"主语""谓语""宾语"这些成分时,我们可以将句子视为脱离语境的结构物,其不同结构成分具有不同的脱离语境的功能("主语"在任何语境中都具有不同于"宾语"或"状语"的句法功能)。但在探讨"主语""谓语""宾语"等结构成分在一个作品中究竟起了什么作用时,就需要关注作品的生产语境和阐释语境。就叙事诗学(语法)而言,涉及的也是对叙事作品(或某一文类的叙事作品)之共有结构技巧的区分(如对不同叙述视角或叙述类型的区分),进行这些区分时也无须考虑社会历史语境。像句法形式一样,结构技巧是男女作家通用的,男女作家都可以采用第一人称或第三人称叙述,都可以采用全知叙述者的视角或人物的有限视角,都可以采用直接引语或自由间接引语,如此等等。兰瑟在《虚构的权威》里区分的"作者型""个人型"和"集体型"①这三种叙述模式和沃霍尔在《性别化的介入》里区分的"疏远型""吸引型"叙述形式都不是女作家作品中才有的。女性主义叙事学家的这些结构区分起到了丰富叙事诗学的作用("集体型"叙述、"疏远型"叙述、"吸引型"叙述等均为新的结构区分)。我们应不断通过考察叙事作品来充实和完善叙事诗学。兰瑟认为"对女作家作品中叙事结构的探讨可能会动摇叙事学的基本原理和结构区分"②。实际上,倘若女作家作品中的结构技巧已被收入叙事诗学(语法),那么研究就不会得出新的结果;倘若某些结构技巧在以往的研究中被忽略,那么将其收入叙事诗学也只不过是对经典叙事诗学的一种补充而已。③

西方叙事学家对这一点往往认识不清。在《剑桥叙事指南》中,露丝·佩奇断言兰瑟在《使叙事性别化》("Sexing the Narrative")里的研究成功地修正了经典叙事诗学。④ 佩奇给出的例证是兰瑟对叙述者的性别的

---

① 兰瑟是在考察女作家的作品时注意到这一叙述类型的,但在男作家笔下,有时也会出现叙述者为"我们"的集体型叙述,我们比较熟悉的 William Faulkner 的"A Rose for Emily"就是一个例证。
② Lanser, *Fictions of Authority*, p. 6.
③ 详见申丹等著《英美小说叙事理论研究》第十一章第三节。
④ Ruth Page, "Gender," *The Cambridge Companion to Narrative*, p. 197.

考虑①,认为这做到了将叙事理论性别化和语境化。申丹在美国《叙事理论期刊》上发表的《语境叙事学和形式叙事学缘何相互依存》②一文中,分析了兰瑟的这一研究,指出其实质上是脱离语境的结构区分。让我们看看兰瑟的原文:

> 《身体写作》使我意识到,只要我们把性别的缺席当作一个叙事学的变量,那么,性别即便不是叙事的常量,也是一个普遍因子。这就使得我们可以对任一叙事做些非常简单的、形式上的观察:叙述者的性别有无标识,如果有标识,是男性的还是女性的,抑或是在两者间的迁移……大家不妨根据异故事和同故事叙述是否存在性别的标识,根据性别的不同标示方式——究竟是明确标示还是通过一些规约因素来隐蔽标示(暗示但不验证)性别,来对异故事和同故事叙事进行分类。③

兰瑟关注的是叙述者的性别是否有标识(即是否能看出叙述者究竟是男是女);如果有标识,究竟是明确标示还是通过一些规约因素来隐蔽暗示。不难看出,这种对叙述者"性别"的理论区分就像经典的结构区分一样形式化和脱离语境。对"异故事"(叙述者不参与故事)和"同故事"(叙述者参与故事)的区分是经典的结构区分(见第四章)。与此相似,性别究竟是"有标识"还是"无标识",若有标识,究竟是"明确标示"还是"隐蔽标示"也是抽象的、脱离语境的结构区分。其实,我们也可以把叙述者的种族、阶级、宗教、民族、教育或婚姻状况加以形式化④,所有这一切都可以是"有标识的"或"无标识的",而且如果"有标识",在文本中也可以是"隐蔽"或"明

---

① Susan S. Lanser, "Sexing the Narrative: Propriety, Desire, and the Engendering of Narratology," *Narrative* 3 (1995), p. 87.
② Dan Shen, "Why Contextual and Formal Narratologies Need Each Other," *JNT: Journal of Narrative Theory* 35.2 (2005), pp. 141—171,由杨莉翻译的译文载《江西社会科学》2006 年第 10 期第 39—54 页。
③ Lanser, "Sexing the Narrative," p. 87.
④ 倘若在建构叙事诗学时,对这些因素统统加以考虑,也未免太繁琐了;但若仅考虑性别,也未免太片面了。比较合理的做法是,在叙事诗学中仅仅区分第一、第二和第三人称叙述,故事内和故事外叙述等,但在作品阐释时,则全面考虑叙述者各方面的特点。其实有很多叙述技巧(如倒叙、预叙或直接引语、自由间接引语)是无法进行性别之分的。

确"的。但我们必须清醒地认识到，叙事形式的理论划分与语境化的要求相对立。我们一旦试图将性别、种族、阶级等非结构要素加以理论化，使之成为叙事诗学的形式类别，就必须把文本从相应的语境中分离出来，以便从中提炼出相关的形式特征。也就是说，除非将这样的非结构要素转换成脱离语境的形式要素，它们就无法进入叙事诗学——"性别"也不例外。

经典叙事学真正的问题是，在对叙事作品进行意义阐释时，仍然将作品与包括性别、种族、阶级等因素在内的社会历史语境隔离开来。而作品的意义与其语境是不可分离的。我们在前面曾提到，在19世纪的英国说教性现实主义小说中，女作家更多地采用了"吸引型的"叙述方法，这有其深刻的社会历史原因。从女性主义批评的角度进行探讨，可以走出结构主义叙事学纯形式探讨的误区。兰瑟在《虚构的权威》一书中，紧紧扣住女作者文本中的叙述声音深入展开意识形态和权力关系的研究，很有特色，令人耳目一新（详见第四节）。也就是说，女性主义叙事学的真正贡献在于结合性别和语境来阐释具体作品中结构技巧的社会政治意义。

可以说，女性主义叙事学给经典叙事诗学带来了一定的负面影响。既然经典叙事诗学不考虑（无须考虑）性别政治和历史语境，女性主义叙事学对性别化和语境化的强调必然加重对这方面研究的排斥。在20世纪80年代末至90年代末这段时间里，在学术氛围激进的美国尤其难以见到专门研究叙事诗学的论文。经典叙事诗学中存在各种混乱和问题，有的一直未得到重视和解决，这主要是因为对性别化和语境化的强调阻碍了这方面的工作。世纪之交，越来越多的西方学者意识到了一味进行政治文化研究的局限性，开始重新重视对叙事结构的形式研究。经典叙事诗学毕竟构成女性主义叙事学之技术支撑。若经典叙事诗学能不断发展和完善，就能推动女性主义叙事学的前进步伐；而后者的发展也能促使前者拓展研究范畴。这两者构成一种相辅相成的关系。

女性主义叙事学是后经典叙事学最为重要、最具影响力的流派之一。但由于刚才所提到的原因，女性主义叙事学想改造叙事诗学，使之性别化和语境化的努力收效甚微。然而，就作品阐释而言，女性主义叙事学则有效地纠正了经典叙事学批评家忽略社会历史语境的偏误，并在叙事批评中开辟了新的途径，开拓了新的视野。梅齐在《含混的话语》中说："1989年，女性主义叙事学进入了另一个重要的阶段:从理论探讨转向了批评实践。"①20世纪90年代以来,大多数女性主义叙事学家将注意力转向了文本阐释——这才是需要考虑性别政治和社会语境的范畴。在下一节中,我们将聚焦于女性主义叙事学的作品分析。如前所述,叙事作品一般被分为"故事"(内容)与"话语"(形式)这两个不同层面。除了部分早期的论著,20世纪80年代后期以来,女性主义叙事学的作品分析基本都在"话语"这一层次展开。

第四节 "话语"研究模式

一、叙述声音

兰瑟在《虚构的权威》一书的主体部分集中对三种叙述声音展开了探讨:作者型叙述声音(传统全知叙述)、个人型叙述声音(故事主人公的第一人称叙述)和集体型叙述声音(如叙述者为"我们")。这三种叙述模式都可依据受述者的结构位置分为"公开的"和"私下的"。所谓"公开的",指的是叙述者对处于故事之外的叙述对象(即广大读者)讲故事。《红楼梦》中叙述者对"看官"的叙述属于此类;叙述者对未言明的故事外听众的叙述也属于此类。"私下的"叙述指的则是对故事内的某个人物进行叙述。倘若《红楼梦》的第三人称叙述者直接对贾宝玉说话,就构成一种"私下型"叙述;第一人称叙述者对故事中某个人物的叙述也属于此类。兰瑟以这种模式区分为基础,对18世纪中叶至20世纪中叶英、美、法等国一些女作家作品中的叙述声音进行了很有深度和富有新意的探讨。与经典叙事学批评相比,兰瑟的后经典叙事学批评有以下几个相互关联的主要特点:

1. 是性别权威而不是结构权威

兰瑟的探讨紧紧围绕叙述权威展开。经典叙事学也关注不同叙述模式的不同权威性,譬如居于故事世界之上的全知叙述者要比处于故事之中的第一人称叙述者更有权威性,这种结构上的权威性实际上构成兰瑟所探

---

① Mezei,"Introduction," *Ambiguous Discourse*, p. 8.

讨的意识形态权威性的一种基础。结构主义学者在探讨叙述权威时,一般仅关注模式本身的结构特点和美学效果。与此相对照,兰瑟将叙述模式与社会身份相结合,关注性别化的作者权威,着力探讨女作家如何套用、批判、抵制、颠覆男性权威,如何建构自我权威。兰瑟认为女作家采用的"公开的作者型叙述"(全知叙述)可以建构并公开表述女性主体性和重新定义女子气质,而女作家采用的"个人型叙述"(第一人称叙述)则可以建构某种以女性身体为形式的女性主体的权威。至于兰瑟所关注的女性的"集体型叙述"(女性叙述者为"我们"),则是以女性社群或社区的存在为前提的(如《克兰福德镇》)。女性可以用集体型叙述制定出她们能借以活跃在这种生活空间里的"定率"的权威。兰瑟指出,每一种权威叙述形式都编制出自己的权威虚构话语,明确表达出某些意义而让其他意义保持沉默。[1]

值得注意的是,兰瑟的探讨也有别于女性主义批评。后者质疑父权社会中产生权威的机制,强调女作家如何逃避和抵制权威。兰瑟则敏锐地看到女作家"也不得不采用正统的叙述声音规约,以便对权威进行具有权威性的批判,结果她们的文本使权威得以续存"[2]。

2. 是政治工具而不是形式技巧

兰瑟不是像结构主义学者那样,将叙述模式视为形式技巧,而是将其视为政治斗争的场所或政治斗争的工具。结构主义批评将叙述者、受述者和所述对象之间的关系仅仅视为结构形式关系,兰瑟却将之视为权力斗争关系。这在第二章对玛丽埃-让·里柯博尼的《朱丽埃特·盖兹比》(简称)的分析中得到突出体现。小说中的男女主人公谁是叙述者,谁是受述者,谁是叙述对象成为一种权力之争,这种人物之间的叙述权之争又是男女社会斗争的体现。兰瑟指出,"叙述声音成了朱丽埃特为了免遭'送上[奥塞雷]门的女人'的厄运而必须争夺的阵地,叙述权威成了女性不愿沦为无个性身份的性工具而抵御男性欲望的保护屏障"[3]。由于故事情节也是体现性别政治的重要层面,因此兰瑟十分关注叙述与情节之间的相互作用。她

---

[1] 兰瑟:《虚构的权威》,第24页。
[2] Lanser, *Fictions of Authority*, p.7.
[3] 兰瑟:《虚构的权威》,第34页。

指出在有的小说中,以男权胜利为既定结局的婚姻情节限制了女性叙述声音的作用,而叙述声音又为情节造成开放自由的假象。

3. 是语境制约的文本而不是独立自足的文本

形式主义批评将文学文本视为独立自足的艺术品,割断了文本与社会历史语境的关联,只看叙述模式在文本中的结构特点和美学作用。诚然,结构主义也关注"互文性",但这种关注仅限于文本之间的结构联系和文学规约的作用。相比之下,女性主义叙事学批评关注的是历史语境中的文本。兰瑟在《虚构的权威》一书的绪论中说:"我的友人,生物化学家艾伦·亨德森曾告诉我说,'怎样?'(How?)提出的问题是科学问题,而'为什么?'(Why?)提出的问题就不是科学问题。受此启发,我在本书自始至终都努力论述这样一个问题:具体的作家和文本是怎样采用具体的叙事策略的。"①事实上,兰瑟这本书的一个最重要的特点就是较好地回答了处于社会历史语境中的女作家"为什么"选择特定的叙述模式。形式主义批评家一般不探讨"为什么?",因为他们对追寻作者意图持怀疑态度,对历史语境漠不关心;他们仅仅关注叙述模式在文本中是"怎样"运作的,这与他们对科学性的追求密切相关。但兰瑟追求的并非科学性,而是结构技巧的社会意识形态意义,这势必涉及"为什么?"的问题。这一"为什么?"牵涉面很广,包括真实作者的个人经历和家庭背景(阶级、种族)。可以说,兰瑟最为关注的是包括文学传统在内的社会历史文化语境对作者选择的制约。兰瑟以开阔的视野和广博的学识对方方面面的语境制约因素进行了富有洞见的深入探讨。正如兰瑟在书中所揭示的,社会历史文化环境不仅制约女作家对叙述模式的选择,而且也影响女作家在作品中对叙述模式的运用。其实,兰瑟之研究的一大长处就在于将对"为什么?"和"怎样?"的研究有机结合起来,既探讨作者为何在特定的历史语境中选择特定的叙述模式,又探讨作者在文中怎样运用选定的模式来达到特定的意识形态目的。

就这三种特点而言,后两种较有代表性:女性主义叙事学家均将话语结构视为政治斗争的场所,也往往关注作者和文本所处的历史环境。第一种特点也有一定的代表性,但并非所有女性主义叙事学家都关注叙述的权

---

① 兰瑟:《虚构的权威》,第25页。

威性。比如沃霍尔在《性别化的介入》一书中对"吸引型叙述"和"疏远型叙述"的对比着眼于作者与读者之间的距离,揭示的是 19 世纪中期的现实主义女作家如何利用特定的叙述模式来拉近与读者的距离,以图藉此影响社会,改造现实。① 霍曼斯在《女性主义小说与女性主义叙事理论》一文中对叙述的探讨则聚焦于叙述是否能较好地表达女性经验。② 深受兰瑟影响的谢拉德在探讨叙述模式与性别政治之关联时,也更为关注叙述者的不可靠性。③ 值得一提的是,"权威"一词在不同的批评语境中有不同的重点或不同的含义。在《"捕捉潜流":小说中的权威、社会性别与叙述策略》一书中,特蕾西也探讨了叙述模式的权威性问题,但由于她同时从精神分析学和女性主义的角度切入,因此比兰瑟更为关注作者与读者之间的交流。④ 近年来,审美兴趣在西方有所回归,"叙述权威"的结构性研究也有所抬头,即便在涉及女作家的作品时也是如此。比如,美国《叙事》杂志 2004 年第一期登载了一篇题为《〈爱玛〉中的自由间接引语与叙述权威》的文章⑤,该文涉及的叙述权威是结构与审美性质的,与性别政治无关。

兰瑟的研究也体现出女性主义叙事学的某些局限性。兰瑟集中关注性别政治,聚焦于男女之间的权威之争,主体性之争,这难免以偏概全。文学作品毕竟不是政治、社会文献,作者对叙述模式的选择和应用受到多方面因素的制约,既有意识形态方面的考虑,也有美学效果方面的考虑,还有其他方面的考虑。形式主义批评仅仅关注美学原则和美学效果,女性主义叙事学则倾向于一味关注性别政治,两者都有其片面性。要对文本做出较为全面的阐释,必须综合考察各方面的因素,关注这些因素之间的相互制约和交互作用。

---

① Warhol, *Gendered Interventions*.
② Margaret Homans, "Feminist Fictions and Feminist Theories of Narrative," *Narrative* 2 (1994), pp. 3—16.
③ Tracey Lynn Sherard, *Gender and Narrative Theory in the Twentieth-Century Novel*, Ph. D. dissertation (Washington State University, 1998).
④ Laura Tracy, "*Catching the Drift*": *Authority, Gender, and Narrative Strategy in Fiction* (New Brunswick, N. J.: Rutgers UP, 1988).
⑤ Daniel p. Gunn, "Free Indirect Discourse and Narrative Authority in *Emma*," *Narrative* 12 (2004), pp. 35—54.

二、"反常的"省叙

美国女性主义叙事学家凯斯采用了费伦提出的"反常的"省叙("paradoxical" paralipsis)[1]这一概念来阐释狄更斯《荒凉山庄》中埃丝特·萨默森的第一人称叙述。[2]"省叙"是热奈特在《叙述话语》中提出的经典叙事学概念,指的是叙述者(对相关事件)所讲的比自己所知的要少。所谓"反常的"省叙就是第一人称叙述者进行回顾性叙述时,略去或歪曲某些信息,这看上去与叙述者目前的判断不相吻合。我们在前面已经提到,在第一人称回顾性叙述中,有两种不同的"我"的眼光,一是作为叙述者的"我"目前的眼光,一是作为人物的"我"当年正在体验事件时的眼光,前者往往较为成熟,具有较强的判断力,而后者往往较为天真,缺乏判断力。在反常的省叙中,这一差距被遮蔽,其结果,作为叙述者的"我"的感知和判断看上去与当年作为人物的"我"的并无二致,比如,在回顾性叙述的前面阶段,叙述者将曾经接触过的一个人物描述为令人钦佩或值得信赖,尽管叙述者后来已经发现这个人物不可信赖、卑鄙无耻。也就是说,在反常的省叙中,叙述者自己似乎认可他或她明知有误的判断。叙事学家之所以认为这种叙述现象"反常",是因为叙述声音看上去违背了模仿逻辑。叙事学家往往从艺术效果的角度来看这种技巧:通过让叙述声音显得像早先的"我"那样天真无知,"反常的省叙"能让读者更为充分地体验后面的揭示或醒悟带来的震惊,从而增强作品的情感力量。但凯斯则旨在说明《荒凉山庄》中这一技巧的使用有一个不同的目的,即通过那一时期的性别化的文学代码,来加强埃丝特叙述声音中的女性气质。

在《荒凉山庄》中,一个最为清晰的"反常的省叙"实例出现于埃丝特叙述的首章,描述的是她跟教母一起度过的童年:

> 她是个非常善良的女人!每逢礼拜天上三次教堂,礼拜三和礼拜

---

[1] James Phelan, *Narrative as Rhetoric* (Columbus: Ohio State UP, 1996), pp. 82—104.
[2] Alison Case, "Gender and History in Narrative Theory: The Problem of Retrospective Distance in David Copperfield and Bleak House," *A Companion to Narrative Theory*, eds. James Phelan and Peter J. Rabinowitz (Oxford: Blackwell, 2005), pp. 312—321.

五去做早祷;只要有讲道的,她就去听,一次也不错过。她长得挺漂亮,如果她肯笑一笑的话,她一定跟仙女一样(我以前常常这样想),可是她从来就没有笑过。她总是很严肃,很严格。我想,她自己因为太善良了,所以看见别人的丑恶,就恨得一辈子都皱着眉头。即便把小孩和大人之间的所有不同点撇开不算,我依然觉得我和她有很大的不同;我自己感到这样卑微,这样渺小,又这样和她格格不入;所以我跟她在一起的时候,始终不能感到无拘无束——不,甚至于始终不能像我所希望的那样爱她。一想到她这么善良,而我又这么不肖,我心里便觉得很难过;我总是衷心希望自己能有一副比较好的心肠;我常常和心爱的小娃娃提起这件事;可是,尽管我应当爱我的教母,而且也觉得,如果自己是一个更好的女孩的话,就肯定会爱她,然而我始终没有爱过她。(中译本第 24 页,着重号为引者所加)①

几页之后,出现了一个类似的例子,描述埃丝特与女管家告别:"雷彻尔大嫂这人太好了,临别时居然能无动于衷;我却不怎么好,竟痛哭起来了。"埃丝特是在《荒凉山庄》所述事件结束七年之后才提笔写作的。凯斯指出,假如我们把上面这些相关文字视为埃丝特这位叙述者的真诚评价,那显然很荒谬。幼年的埃丝特遭到教母和雷彻尔大嫂的情感虐待,但她却可怜巴巴地情愿责备自己,而作为叙述者的埃丝特已经十分了解教母和雷彻尔大嫂,懂得了自己童年的不少事情,且得出了究竟什么才构成善良的结论。在这一背景下,上面那些评价显得滑稽可笑。

凯斯指出,这一章并没有一直把埃丝特的叙述声音与她幼年的天真看法相等同。该章的大部分文字采用了可称为"模棱两可的疏远"(ambiguous distancing)的方法,即采用过去时态的附加语,如"我[当时]想"(I thought),"我[当时]所希望的"(I wished)。这些附加语标示出,所涉及的是先前的自我意识所进行的观察和判断。

凯斯指出,在狄更斯另一部第一人称叙述的小说《大卫·科波菲尔》

---

① 本节中《荒凉山庄》的引文出自黄邦杰等译,上海译文出版社 1979 年的版本,但对其中个别文字进行了改动。人物译名均按此译本。凯斯在引用时采用了斜体来强调某些文字,为了符合中文的惯例,特将之改为着重号。

中,我们看到一种迥然相异的再现幼年天真眼光的做法,这种差异多方面地体现了历史和性别在叙述技巧中的作用。跟《荒凉山庄》相似,《大卫·科波菲尔》主要采用了"模棱两可的疏远"这一方法来描述大卫幼年的眼光,比如"我当时不大明白佩戈蒂为什么看上去那么怪"①。然而,在《大卫·科波菲尔》中,这样的叙述中间有规则地穿插了一些陈述,明确提示叙述者的回顾性距离:

> 跟当初一样,我还是不喜欢他,还是对他感到忧虑和嫉妒;但如果除了小孩的一种本能的不喜欢,以及一种泛泛的想法(有佩戈蒂和我疼爱母亲就够了,不需要别人帮助),还有什么别的原因的话,那肯定不是更为成熟的我有可能会发现的那种原因。我压根就想不到那样的原因。可以这么说,我能够点点滴滴地观察,但用这些细节组成一张网,捕捉一个人的性格,这是我当时还无法做到的。②

不难看出,狄更斯在这里强调了大卫后来获得的判断力,也强调了这种判断力如何使大卫得以对其他人的性格、动机和相互关系进行更具自我意识、更为权威的描述。凯斯指出,这与19世纪小说所特有的一种叙述权威模式相关。19世纪的现实主义小说十分重视对社会画面的准确描绘,与此相对应,采用的往往是在认识上具有独特优势的"全知"叙述者。《大卫·科波菲尔》的第一人称叙述声音实际上与狄更斯的全知叙述者的声音在修辞上大同小异。在这部小说中,尽管叙述声音是一个人物的,但追求的是狄更斯的全知叙述者所具有的观察判断的广度和清晰度。既然第一人称叙述者渴望达到全知叙述者的地位,那么,"反常的省叙"就会带来一个截然不同的问题,因为它打破的与其说是叙述的模仿逻辑,倒不如说是对叙述的掌控状态,即赋予叙述者权威的观察的连贯性和完整性。这样看来,在《大卫·科波菲尔》中,叙述者不断提及自己回顾性的阐释优势,就不仅没有因其扩大了读者与人物的感知距离而减弱模仿效果,而且还通过让读者确信叙述者对所述对象十分了解而增强了模仿效果。

---

① Charles Dickens, *David Copperfield* (Oxford: Oxford UP, 1989), p. 18.
② Ibid., p. 24. 此处的着重号原为斜体。——译注

第十章 女性主义叙事学

凯斯指出,就埃丝特而言,情况显然迥然相异。在《荒凉山庄》中,具有叙述权威的全面观察主要是与埃丝特携手讲述故事的"全知"叙述者的特征。这位叙述者广阔的权威视角与埃丝特卑微有限的视角形成了一种对照。若考虑到18和19世纪英国小说这么广阔的语境,可以说狄更斯笔下的《荒凉山庄》和《大卫·科波菲尔》例示了一个较大的性别模式:具有自我意识的叙述掌控是规约性的男性特征,而女性叙述者的可信性则往往在于对社会现实的一种不带自我意识的体现或反映。[①] 譬如,这一时期的女性叙述声音更有可能在书信体或日记体中出现,这种体裁的叙述效果往往有赖于叙述者的无知:不知道自己逐渐展开的故事会如何发展,会有何意义——理查逊的《帕美勒》和科林斯的《白衣女人》中的叙述者正是如此。

凯斯指出,维多利亚时期的评论家意识到了埃丝特与这种叙述者的联系,将埃丝特与帕美勒相提并论,或将她的叙事称为"日记"。埃丝特的叙述与那一性别模式相吻合,不时插入其"模棱两可的距离"这一叙述基调的,不是《大卫·科波菲尔》中的那种对回顾性叙述者认知优势的毫不含糊的提醒,而是明确的"反常的省叙",以及其他形式的文字上的犹豫不决和自我更正。这些因素给读者这样一种印象——这种叙述者几乎不加思考地沉浸于自己所叙述的情感和经历之中,这是因为这一时期的女性叙述者若要可信,就不能具备回顾性的角度能够享有的修辞上的自我意识和评判上的距离。

凯斯通过比较《荒凉山庄》和《大卫·科波菲尔》这两部小说,较好地说明了采用截然不同的方法来再现先前幼稚的意识这一问题与性别问题密切相关。对狄更斯而言,有两件事同样重要:一是表明尽管埃丝特占据了回顾性的叙述位置,但依然缺乏掌控叙事的能力,二是表明大卫则具有这种能力。凯斯指出,倘若脱离历史语境,仅仅将"反常的省叙"视为有效的修辞手段,那就难以充分解释狄更斯在《荒凉山庄》中对这一技巧的应用,也难以说明他在《大卫·科波菲尔》中对这一技巧的回避,因为这种理解忽略了特定历史文化环境中的文学规约,这些规约不仅建构了小说的模仿权

[①] See Alison A. Case, *Plotting Women: Gender and Narration in the Eighteenth-and Nineteenth-Century British Novel* (Charlottesville: Virginia UP, 1999), pp. 4—34.

威,而且也使之性别化。①

三、叙述视角

叙述视角与性别政治的关联也是女性主义叙事学涉足较多的一个范畴。男作家与女作家为何在某一历史时期选择特定的视角模式构成一个关注焦点。叙述视角(聚焦者)与观察对象(聚焦对象)之间的关系也往往被视为一种意识形态关系。若聚焦者为男性,批评家一般会关注其眼光如何遮掩了性别政治,如何将女性客体化或加以扭曲。若聚焦者为女性,批评家则通常着眼于其观察过程如何体现女性经验和重申女性主体意识,或如何体现出父权制社会的影响。这种女性主义叙事学批评既有别于经典叙事学批评,又有别于女性主义批评。经典叙事学批评注重不同叙述视角的结构特点和美学效果,比如从一个特定的视角观察故事是否产生了悬念、逼真性和戏剧性。女性主义批评则往往聚焦于故事中人物之间的关系,尤其是女性人物如何成为周围男性的观察客体,对于叙述视角这一"话语"技巧关注不多。女性主义叙事学关注叙述视角所体现的性别政治,同时注意考察聚焦者的眼光与故事中人物的眼光之间互为加强或互为对照的关系。

就这方面的研究而言,作为女性主义叙事学领军人物之一的沃霍尔的一篇论文较有代表性。② 该文题为《眼光、身体与〈劝导〉中的女主人公》。简·奥斯丁的《劝导》是以一位女性为主要人物的所谓"女主人公"文本。女性主义批评家认为这一时期的"女主人公"文本总是以女主人公的婚姻或死亡作为结局,落入了父权社会文学成规的圈套,《劝导》也不例外。沃霍尔对这一看法提出了挑战。她认为若从女性主义叙事学的立场出发,不是将人物视为真人,而是视为"文本功能",着重探讨作为叙述策略或叙述技巧的聚焦人物的意识形态作用,就可以将《劝导》当作一部女性主义的小

---

① Case 在 *Plotting Women* 一书中,对文学、文化规约与叙述的性别化之关联展开了更为全面的探讨。

② Robin Warhol, "The Look, the Body, and the Heroine of *Persuasion*: A Feminist-Narratological View of Jane Austen," *Ambiguous Discourse*, ed. Kathy Mezei, pp. 21–39.

说。沃霍尔首先区分了《劝导》中"故事"与"话语"这两个层次,指出尽管在"故事"层次,女主人公只是最终成为一个男人的妻子,但"话语"层次则具有颠覆传统权力关系的作用。奥斯丁在《劝导》中选择了女主人公安妮作为小说的"聚焦人物",叙述者和读者都通过安妮这一"视角"来观察故事世界。沃霍尔对安妮"视角"的作用进行了详细深入的分析。作为叙事的"中心意识",安妮的眼光对于叙事进程起着至关重要的作用。在安妮所处的社会阶层,各种礼仪规矩对语言表达形成了种种限制,在这种情况下,视觉观察和对他人眼光的阐释"成为安妮的另一种语言,一种不用文字的交流手段"。①

沃霍尔指出,由于观察是一种身体器官的行为,因此对安妮观察的表述不断将注意力吸引到安妮的身体上来。安妮的身体不仅是观察工具,而且是其他人物的观察对象,尤其是男性人物的观察客体。② 文本逐渐展示了安妮观察的能量:作为其他人物的观察者和其他眼光的过滤器,安妮具有穿透力的眼光洞察出外在表象的内在含义,体现出在公共领域中对知识的占有和控制。同时,文本也展示了安妮对自己的身体及其私下意义越来越多的欣赏。这样一来,文本解构了以下三种父权制的双重对立:外在表象与内在价值,看与被看,公共现实与私下现实。

沃霍尔仔细考察了作为"话语"技巧的安妮的"视角"与小说中其他人物眼光之间的区别,指出在《劝导》中,只有安妮这样的女性人物能够通过对身体外表的观察来阐释内在意义,解读男性人物的动机、反应和欲望。女性眼光构成一种恰当而有效的交流手段。与此相对照,男性人物或仅看外表(并将观察对象客体化)或对其他人物的身体视而不见。沃霍尔指出,作为叙述"视角",安妮的眼光与故事外读者的凝视(gaze)往往合而为一,读者也通过安妮的眼光来观察故事,这是对英国18世纪感伤小说男权叙事传统的一种颠覆。

沃霍尔还探讨了《劝导》中视觉权力的阶级性——安妮这一阶层的人

---

① Warhol, "The Look, the Body, and the Heroine of *Persuasion*," p. 27.
② Warhol 在 *Having a Good Cry* 一书中,聚焦于通俗叙事作品的读者或观众的身体反应(如痛哭、心跳、颤抖等),探讨这些身体反应如何体现了由英美主流文化界定的女性化和男性化的性别身份。

对于下层阶级的人"视而不见",不加区分,尽管后者可以"仰视"前者。这从一个侧面体现出女性主义叙事学对阶级、种族等相关问题的关注。近来的女性主义叙事学批评尤为关注人物不同身份、不同意识形态问题的交互作用。此外,通过揭示在《劝导》中,具有举足轻重的主体性的人物也是身体成为叙事凝视对象的人物,沃霍尔的探讨挑战了女性主义批评的一个基本论点:成为凝视对象是受压迫的标志。的确,在很多文本中,作为凝视对象的女性人物受到压迫和客体化,但正如沃霍尔的探讨所揭示的,文本中的其他因素,尤其是叙述话语的作用,可能会改变凝视对象的权力位置。

总而言之,沃霍尔通过将注意力从女性主义批评集中关注的"故事"层转向叙事学批评较为关注的"话语"层,同时通过将注意力从经典叙事学关注的美学效果转向女性主义关注的性别政治,较好地揭示了《劝导》中话语结构如何颠覆了故事层面的权力关系。

四、自由间接引语

"自由间接引语"是19世纪以来西方小说中十分重要的引语形式,也是近几十年西方叙事学界和文体学界的一大热门话题。我们在第八章中,已经详细介绍了这种引语形式的语言特征和表达优势。在女性主义叙事学兴起之前,批评家聚焦于这种表达方式的美学效果,但女性主义叙事学家则转而关注其意识形态意义。

在《谁在这里说话?〈爱玛〉、〈霍华德别业〉和〈黛洛维夫人〉中的自由间接话语、社会性别与权威》一文中,凯西·梅齐认为在她所探讨的小说里,"自由间接引语"构成作者、叙述者和聚焦人物以及固定和变动的性别角色之间文本斗争的场所。① 梅齐所探讨的三部小说均属于兰瑟区分的第三人称"作者型"叙述,叙述者处于故事之外。梅齐十分关注叙述权威,但她对这一问题的探讨与兰瑟的探讨相去甚远。兰瑟关注的是女作家如何在挑战男性权威的同时建构女性的自我权威,而梅齐关注的则仅仅是对

---

① Kathy Mezei, "Who Is Speaking Here? Free Indirect Discourse, Gender, and Authority in *Emma*, *Howards End*, and *Mrs. Dallowy*", *Ambiguous Discourse*, ed. Kathy Mezei, pp. 66—92.

第十章 女性主义叙事学

叙述权威的削弱和抵制。也就是说,梅齐将(传统)叙述权威仅仅视为父权制社会压迫妇女的手段,没有将之视为女作家在建构自我权威时可加以利用的工具。从这一角度出发,梅齐聚焦于女性人物与叙述者的"文本斗争"。无论叙述者是男是女,这一斗争均被视为女性人物与(显性或隐性)男性权威之间的斗争。梅齐将简·奥斯丁笔下的爱玛与福楼拜笔下的爱玛相提并论:两位女主人公都敢于说出"她者"的声音,挑战叙述者的权威。这样的人物既可能在叙述者的控制下变得沉默,也可能通过"自由间接引语"继续作为颠覆性"她者"的声音而存在。

此外,与兰瑟的研究相对照,梅齐十分关注作者的自然性别与第三人称叙述者体现出来的社会性别之间的区分。处于故事外的第三人称叙述者往往无自然性别之分,其性别立场只能根据话语特征来加以建构。《爱玛》的作者简·奥斯丁为女性,但其第三人称叙述者在梅齐和霍夫等学者的眼里,则在男性和女性这两种社会性别之间摇摆不定。《霍华德别业》出自福斯特这位身为同性恋者的男作家之手,但其叙述者往往体现出异性恋中的男性立场。《黛洛维夫人》出自吴尔夫这位女作家之手,梅齐认为其叙述者的社会性别比《爱玛》中的更不确定,更为复杂。这位叙述者有时"披上男性话语的外衣,只是为了随后将其剥去,换上女性话语的外衣"。① 那么,同为女性主义叙事学家,梅齐和兰瑟为何会在这一方面出现差别呢?这很可能与她们对叙述权威的不同看法密切相关。与第一人称叙述者相比,第三人称叙述者在结构位置和结构功能上都与作者较为接近,但若仔细考察第三人称叙述者的意识形态立场,则有可能从一个特定角度发现其有别于作者之处。梅齐将叙述权威视为父权制权威的一种体现,因此十分注重考察女作家笔下的叙述者如何在叙述话语中体现出男权立场,或同性恋作者笔下的叙述者如何体现出异性恋中的男权立场。相比之下,兰瑟十分关注女作家对女性权威的建构,这一建构需要通过叙述者来进行。因此在考察女作家笔下的第三人称叙述者时,兰瑟聚焦于其在结构和功能上与作者的近似,将其视为作者的代言人。这里有以下五点值得注意:(1)即便属于同一学派,不同的研究目的也可以影响对某些话语结构的基本看法。

---

① Mezei, "Who Is Speaking Here?" p. 83.

(2)结构和功能上的相似不等于意识形态立场上的相似。(3)随着叙事的进程,同一文本中的同一叙述者可能会在社会性别立场上不断发生转换。(4)尽管结构主义叙事学注意区分作者、隐含作者和叙述者,但没有关注叙述者社会性别立场的变化。(5)不管作者的自然性别是什么,叙述者的社会性别立场是否在某种程度上反映了作者自己的社会性别立场?

正如第八章所介绍的,与"间接引语"相比,"自由间接引语"可以保留体现人物主体意识的语言成分,使人物享有更多的自主权。在梅齐看来,这一同时展示人物和叙述者声音的模式打破了叙述者"控制"人物话语的"等级制"。她认为"自由间接引语"构成以下双方争夺控制权的场所:叙述者和寻求独立的人物,统治者和被统治者(白人和黑人的声音),异性恋和同性恋,男人和女人,以及口头话语(方言)和正式写作。在奥斯丁的《爱玛》里,叙述者开始时居高临下地对女主人公进行了不乏反讽意味的评论,但文中后来不断出现的自由间接引语较好地保留了爱玛的主体意识。梅齐认为这削弱了代表父权制的叙述控制,增强了女主人公的力量。但我们认为,梅齐有时走得太远。她写道:"奥斯丁显然鼓励爱玛抵制叙述者的话语和权威。"①然而,爱玛与其叙述者属于两个不同的层次,爱玛处于故事世界之中,而叙述者则在故事之外的话语层面上运作,超出了爱玛的感知范畴。当然,梅齐的文字也有可能是一种隐喻,意在表达奥斯丁赋予了爱玛与叙述者相左的想法,当叙述者用自由间接引语来表达这些想法时,也就构成了对自己权威的一种挑战。这里有两点值得注意:(1)叙述者可以选择用任何引语方式来表达人物话语,采用自由间接引语是叙述者自己的选择。(2)即便我们从更高的层次观察,将叙述者和爱玛都视为奥斯丁的创造物,也应该看到叙述者的态度对自由间接引语的影响。自由间接引语是叙述者之声和人物之声的双声语。当叙述者与人物的态度相左时,叙述者的声音往往体现出对人物的反讽,也就是说,自由间接引语成了叙述者对人物话语进行戏仿的场所。这种戏仿往往增强叙述者的权威,削弱人物的权威。在《爱玛》中,不断用自由间接引语来表达爱玛的话语确实起到了增强其权威的作用,但这与爱玛的立场跟叙述者的立场越来越接近不无

---

① Mezei, "Who Is Speaking Here?" p. 74.

关联。

在《霍华德别业》这样的作品中,叙述者具有男性的社会性别,梅齐关心的问题是:叙述者"是否发出权威性或讽刺性的话语,从而使女性聚焦人物沦为男性叙述凝视的客体?这些女性聚焦人物是否有可能摆脱叙述控制,成为真正的说话主体,获得自主性?"[①]梅齐剖析了文中的自由间接引语和叙述视角体现出来的性别斗争关系,并对作者的态度进行了推断。福斯特一方面采用马格雷特的眼光进行叙述聚焦,间接地表达了对这位"新女性"的同情,另一方面又通过叙述者的责备之声,用"社会上"的眼光来看这位女主人公。这种矛盾立场很可能体现的是作为同性恋者的福斯特对于社会性别角色的不确定态度。至于吴尔夫这位女作家,梅齐认为其主要叙述策略是通过采用多位聚焦者和自由间接引语来解构主体的中心和父权制的单声。

正如我们在前面所提到的,与"直接引语"和"自由直接引语"相对照,"自由间接引语"具有结构上的不确定性,在叙述者的声音和人物的声音之间摇摆不定。梅齐认为这种结构上的不确定性可遮掩和强调性别上不确定的形式,并同时指出,由于"自由间接引语"在叙述者和人物话语之间的不确定性和含混性,这一模式既突出了双重对立,又混淆和打破了两者之间的界限。

女性主义批评一般不关注"自由间接引语"这一话语技巧,十分关注这一话语技巧的形式主义批评又不考虑意识形态。女性主义叙事学聚焦于"自由间接引语"的性别政治意义,构成观察问题的一种新角度。但仅从这一立场出发,则难免以偏概全。我们不禁要问:叙述权威究竟是否总是代表父权制的权威?叙述者与人物的关系是否总是构成父权制的等级关系?两者之间是否总是存在着有关社会权利的文本斗争?如何看待叙述者与男性人物之间的关系?叙述者与人物的声音之间的含混是否总是涉及性别政治?既然"自由间接引语"从美学角度来说,兼"直接引语"与"间接引语"之长[②],作者选择这一话语技巧究竟是出于美学上的考虑,还是政治上

---

① Mezei, "Who Is Speaking Here?" p. 71.
② 有关对"自由间接引语"之美学效果的探讨,详见本书第八章。

的考虑,还是两者兼而有之?总之,我们一方面不要忽略话语结构的意识形态意义,另一方面也要避免走极端,避免视野的僵化和片面。

※　　※　　※　　※

在本章中,我们通过对女性主义批评和结构主义批评的双向比较,廓清了女性主义叙事学的本质特征,说明了这一研究流派的长处和局限性。在长期的批评实践中,女性主义叙事学家各显其能,从不同角度切入作品,积累了较为丰富的文本分析方法。因篇幅有限,我们仅集中介绍了女性主义叙事学话语研究的几个方面,旨在简要说明经典叙事诗学可为女性主义批评提供有力的分析工具,而从女性主义的角度分析话语结构也可取得富有新意的丰硕成果[①]。

进入新世纪以来,以兰瑟为代表的一些女性主义叙事学家将更多注意力转向了女性主义叙事学与酷儿叙事学之间的关联。这两个流派之间虽然在某种程度上有重合(都关注性别问题),但依然是并列关系(分别聚焦于女性和同性恋)[②]。此外,兰瑟还倡导在女性主义叙事学研究中,交叉考虑性别、阶级、种族、民族、政策、时空等各种因素对女性的影响,而不仅仅是性别二元对立[③]。然而,万变不离其宗,无论如何交叉,女性主义叙事学关注的依然是女性的身份、经验和地位,只是将视野拓展到了影响女性的其他因素,而不仅仅是父权制压迫。其实,关注黑人女性和贫穷女性等人群的女性主义叙事学家早就综合交叉考虑了性别、种族、阶级等社会因素。诚然,在未来的女性主义叙事学研究中,我们可以更为关注在特定社会历史环境里,影响某个女性群体和女性个体之身份、经验和地位的多种因素。

无论在国际上还是在国内,女性主义叙事学都方兴未艾,相信在未来能得到更好的发展,并能进一步推进国内的外国文学和中国文学研究。

---

① 参见王丽亚:《西方文论关键词:女性主义叙事学》,《外国文学》2019 年第 2 期。
② 参见 Robyn R. Warhol and Susan S. Lanser, eds., *Narrative Theory Unbound*: *Queer and Feminist Interventions* (Columbus: Ohio UP, 2015)。Warhol 和 Lanser 十分注意女性主义叙事理论与酷儿叙事理论之间的平衡,特意换用"酷儿与女性主义"和"女性主义与酷儿"这样的表达,并在这本书的绪论中,专门对此做了说明(p.3)。
③ Susan S. Lanser, "Towards (a Queerer and) More (Feminist) Narratology," *Narrative Theory Unbound*: *Queer and Feminist Interventions*, eds. Robyn R. Warhol and Susan S. Lanser (Columbus: Ohio UP, 2015), pp. 23—42.

思考题和练习

1. 女性主义叙事学为何会产生于20世纪80年代？
2. 为何女性主义叙事学在美国发展最快？
3. 女性主义叙事学家在哪些方面对女性主义文评提出了批评？
4. 女性主义叙事学在哪些方面不同于女性主义文评？
5. 女性主义叙事学在研究对象上有哪些特点？
6. 女性主义叙事学与女性主义文评对于阅读立场或阅读效果有何不同看法？
7. 女性主义叙事学家在哪些方面对结构主义叙事学提出了批评？这些批评是否合乎情理？
8. 女性主义叙事学对叙述声音的研究有哪些特点？
9. 《荒凉山庄》中"反常的"省叙与性别问题有何关联？
10. 女性主义叙事学对叙述视角的研究有哪些特点？
11. 兰瑟的叙述权威观与梅齐的叙述权威观有何不同？原因何在？
12. 女性主义叙事学对自由间接引语的探讨有何特点？

第十一章　认知叙事学

20世纪90年代以来,认知科学在西方引起了越来越广泛的兴趣。将叙事学与认知科学相结合的"认知叙事学"这一交叉学科应运而生。① 尽管"认知叙事学"这一术语1997年才在德国叙事学家曼弗雷德·雅恩的论文中面世,②但此前已有一些学者在从事这方面的研究。③ 认知叙事学家探讨叙事与思维或心理的关系,聚焦于认知过程在叙事理解中如何起作用,或读者(观者、听者)如何在大脑中重构故事世界。从另一角度看,认知叙事学家探讨叙事如何激发思维,或文本中有哪些认知提示来引导读者的叙事理解,促使读者采用特定的认知策略。认知叙事学家也关注叙事如何再现人物对事情的感知和体验,如何直接或间接描述人物的内心世界,④同时关注读者如何通过文本提示(包括人物行动)来推断和理解这些心理活动。⑤ 本章旨在探讨认知叙事学的本质特征和研究模式,主要回答以下问题:认知叙事学关注的是什么"语境"和"读者"? 认知叙事学展开研究的

---

① See David Herman, "Cognitive Narratology," *Handbook of Narratology*, eds. Peter Hühn et al. (Berlin & New York: Walter de Gruyter, 2009), pp. 30—43; Manfred Jahn, "Cognitive Narratology," *Routledge Encyclopedia of Narrative Theory*, eds. David Herman et al. (London: Routledge, 2005), pp. 67—71.

② Manfred Jahn, "Frames, Preferences, and the Reading of Third-Person Narratives: Toward a Cognitive Narratology," *Poetics Today* 18 (1997), pp. 441—468.

③ See David Herman, "Cognitive Narratology," pp. 32—35.

④ "直接描述":直接再现人物的思想感情;"间接描述":通过人物的行为、表情等来间接反映。

⑤ See David Herman, "Cognition, Emotion, and Consciousness," *The Cambridge Companion to Narrative*, ed. David Herman (Cambridge: Cambridge UP, 2007), pp. 245—259; Alan Palmer, *Fictional Minds* (Lincoln and London: U of Nebraska P, 2004); Lisa Zunshine, *Why We Read Fiction: Theory of Mind and the Novel* (Columbus: Ohio State UP, 2006).

主要依据是什么？认知叙事学的不同研究模式各有何特点，有何长何短？①

第一节 规约性语境和读者

认知叙事学之所以能在经典叙事学处于低谷之时，在西方兴起并蓬勃发展，固然与其作为交叉学科的新颖性有关，但更为重要的是，其对语境的强调顺应了西方的语境化潮流。认知叙事学论著一般都以批判经典叙事学仅关注文本、不关注语境作为铺垫。但值得注意的是，认知叙事学所关注的语境与西方学术大环境所强调的语境实际上有本质不同。就叙事阐释而言，"语境"可分为两大类：一是"叙事语境"，二是"社会历史语境"。后者主要涉及与种族、性别、阶级等社会身份相关的意识形态关系；前者涉及的则是超社会身份的"叙事规约"或"文类规约"（"叙事"本身构成一个大的文类，不同类型的叙事则构成其内部的次文类）。为了廓清问题，让我们先看看言语行为理论所涉及的语境：教室、教堂、法庭、新闻报道、小说、先锋派小说、日常对话等等。② 这些语境中的发话者和受话者均为类型化的社会角色：老师、学生、牧师、法官、先锋派小说家等等。这样的语境堪称"非性别化""非历史化"的语境。诚然，"先锋派小说"诞生于某一特定历史时期，但言语行为理论关注的并非该历史时期的社会政治关系，而是该文类本身的创作和阐释规约。

与这两种语境相对应，有两种不同的读者。一种可称为"文类读者"或"文类认知者"，其主要特征在于享有同样的文类规约，同样的文类认知假定、认知期待、认知模式、认知草案（scripts）或认知框架（frames, schemata）。另一种读者则是"文本主题意义的阐释者"，包括前面提到的几种不同的阅读位置：(1)作者的读者，(2)叙述读者，(3)有血有肉的个体

---

① 参见申丹、韩加明、王丽亚：《英美小说叙事理论研究》第十二章（申丹撰写），本教材这一章中的部分材料取自那一章。

② See Mary Louise Pratt, *Towards a Speech Act Theory of Literary Discourse* (Bloomington: Indiana UP, 1977); Sandy Petrey, *Speech Acts and Literary Theory* (London: Routledge, 1990).

读者。在阐释作品时,这几种阅读位置同时作用。不难看出,"文类认知者"这一概念排除了有血有肉的个体独特性,突出了同一文类的读者所共享的认知规约和认知框架。

为了更清楚地看问题,我们不妨区分以下不同的研究方法:

(1)探讨读者对于(某文类)叙事结构的认知过程之共性,只需关注无性别、种族、阶级、经历、时空位置之分的"文类认知者"。

(2)探讨故事中人物的思维或心理活动,需关注人物的特定身份、时空位置等对认知所造成的影响。但倘若分析目的在于说明叙事作品的共性,仍会通过无身份、经历之分的"文类读者"的规约性眼光来看人物。

(3)探讨"有血有肉的"读者对同一种叙事结构(可能出现)的各种反应,需关注读者的身份、经历、时空位置等对于认知所造成的影响。

(4)探讨现实生活中的人对世界的观察体验。(a)倘若目的是为了揭示共有的认知规律,研究就会聚焦于共享的认知框架和认知规约,即将研究对象视为"叙事认知者"的代表。(b)但倘若目的是为了揭示个体的认知差异,则需考虑不同个体的身份、经历、时空位置等对认知所造成的影响。

(5)探讨某部叙事作品的主题意义,需考虑该作品的具体创作语境和阐释语境,全面考虑包括"有血有肉的读者"在内的不同阅读位置。

这些不同种类的研究方法各有所用,相互补充,构成一种多元共存的关系。尽管这些研究方法都可出现在认知叙事学的范畴中,甚至共同出现在同一论著中①,但大多数认知叙事学论著都聚焦于第一种研究,探讨的是读者对于(某文类)叙事结构的认知过程之共性,集中关注规约性叙事语境和规约性叙事认知者。也就是说,当认知叙事学家研究读者对某部作品

---

① 第五种方法本身不是认知叙事学的方法,因此不会单独出现,但认知叙事学家在谈及作品的主题意义时,有可能会采纳。

的认知过程时,他们往往是将之当作实例来说明叙事认知的共性。

在探讨认知叙事学时,切忌望文生义,一看到"语境",就联想到有血有肉的读者之不同经历和社会意识形态。认知叙事学以认知科学为根基,聚焦于"叙事"或"某一类型的叙事"之认知规约,往往不考虑个体读者的背景和立场。我们不妨看看弗卢德尼克的下面这段话:

> 此外,读者的个人背景、文学熟悉程度、美学喜恶也会对文本的叙事化产生影响。例如,对现代文学缺乏了解的读者也许难以对弗吉尼亚·吴尔夫的作品加以叙事化。这就像20世纪的读者觉得有的15或17世纪的作品无法阅读,因为这些作品缺乏论证连贯性和目的论式的结构。①

从表面上看,弗卢德尼克既考虑了读者的个人特点,又考虑了历史语境,实际上她关注的仅仅是不同文类的不同叙事规约对认知的影响:是否熟悉某一文类的叙事规约直接左右读者的叙事认知能力。这种由"(文类)叙事规约"构成的所谓"历史语境"与由社会权力关系构成的历史语境有本质区别。无论读者属于什么性别、阶级、种族、时代,只要同样熟悉某一文类的叙事规约,就会具有同样的叙事认知能力(智力低下者除外),就会对文本进行同样的叙事化。就创作而言,认知叙事学关注的往往也是"叙事"这一大文类或"不同类型的叙事"这些次文类的创作规约。当认知叙事学家探讨狄更斯和乔伊斯的作品时,会倾向于将他们分别视为现实主义小说和意识流小说的代表,关注其作品如何体现了这两个次文类不同的创作规约,而忽略两位作家的个体差异。这与女性主义叙事学形成了鲜明对照。后者十分关注个体作者之社会身份和生活经历如何导致了特定的意识形态立场,如何影响了作品的性别政治。我们知道,"后经典叙事学"也称"语境主义叙事学",虽然同为语境主义叙事学的分支,女性主义叙事学关注的是社会历史语境,尤为关注作品的"政治性"生产过程,而认知叙事学关注的往往是文类规约语境,聚焦于作品的"规约性"接受过程。

---

① Monika Fludernik, "Natural Narratology and Cognitive Parameters," *Narrative Theory and the Cognitive Sciences*, ed. David Herman (Stanford: CSLI, 2003), p. 262.

第二节　普适认知模式

与结构主义叙事学对普适(universal)叙事语法的建构相对应,弗卢德尼克在《建构"自然的"叙事学》(1996)中[①],提出了一个以自然叙事(即口头叙事)为基础的叙事认知模式,认为该模式适用于所有的叙事,包括大大拓展了口头叙事框架的近当代虚构作品。该书出版后,在叙事学界引起了较大反响,有不少从事认知叙事学研究的学者借鉴了这一模式,《建构"自然的"叙事学》一书则被称为"认知叙事学领域的奠基文本之一"[②]。在《自然叙事学与认知参数》(2003)一文中,弗卢德尼克总结了先前的观点,并进一步发展了自己的模式。

弗卢德尼克认为叙事的深层结构有三个认知参数:体验性、可讲述性和意旨。读者的认知过程是叙事化的过程。这一过程以三个层次的叙事交流为基础:(1)(以现实生活为依据的)基本层次的认知理解框架,比如读者对什么构成一个行动的理解。(2)五种不同的"视角(perspectival)框架",即"行动""讲述""体验""目击"和"思考评价"等框架,这些框架对叙事材料予以界定。(3)文类和历史框架,比如"讽刺作品"和"戏剧独白"。[③]

弗卢德尼克的模式有以下新意:(1)将注意力转向了日常口头叙事,将之视为一切叙事之基本形式,开拓了新的视野。(2)将注意力从文本结构转向了读者认知,有利于揭示读者和文本在意义产生过程中的互动。(3)从读者认知的角度来看叙事文类的发展(详见下文)。

然而,弗卢德尼克的模式也有以下几方面的问题。首先,该模式有以

[①]　Monika Fludernik, *Towards a "Natural" Narratology* (London: Routledge, 1996). 该书1999年获国际叙事文学研究协会的Perkins最佳叙事研究著作奖。

[②]　Herman, *Narrative Theory and the Cognitive Sciences*, p. 22

[③]　Fludernik, "Natural Narratology and Cognitive Parameters," p. 244. 不难看出,这三个层次的区分标准不一样:第一个层次涉及读者对事件的认知,第二个层次涉及的是叙事文本自身的特点(主要是不同的视角类型),第三个层次涉及的则是文类区分。但第二与第三层次构成读者认知的框架或依据。

第十一章　认知叙事学

偏概全的倾向。口头叙事通常涉及的是对叙述者影响深刻的亲身经历,因此弗卢德尼克的模式将叙事的主题界定为"体验性":叙述者生动地述说往事,根据自己体验事件时的情感反应来评价往事,并将其意义与目前的对话语境相联。弗卢德尼克强调说:"正因为事件对叙述者的情感产生了作用,因此才具有可述性。"①这一模式显然无法涵盖第三人称"历史叙事",也无法涵盖像海明威的《杀人者》那样的摄像式叙事,甚至无法包括全知叙述,也难以包容后现代小说这样的叙事类型。然而,弗卢德尼克的探讨实际上"兼容并包",其途径是引入上文提到的"五'视角'框架":"行动框架"(历史叙事)、"讲述框架"(第一人称叙述和全知叙述)、"体验框架"(第三人称叙述中采用人物的意识来聚焦,如意识流小说)、"目击框架"(摄像式叙事)、"思考评价框架"(后现代和散文型作品)。

可以说,弗卢德尼克的"兼容并包"与其"体验关怀"形成了多方面的冲突。首先,当弗卢德尼克依据口头叙事将叙事主题界定为"体验性"时,该词指涉的是第一人称叙述中的"我"在故事层次上对事件的情感体验;但在"五'视角'框架"中,"体验"指涉的则是在第三人称叙述中采用人物意识来聚焦的视角模式(即我们在第五章中所提到的人物有限视角)。这里"体验"一词的变义源于弗卢德尼克借鉴了斯坦泽尔对"讲述性人物"(第一人称叙述者和全知叙述者)与"反映性人物"(第三人称聚焦人物)之间的区分。② 以斯坦泽尔为参照的"体验"框架不仅不包括第一人称叙述,而且与之形成直接对照,因为第一人称叙述属于"讲述"框架。当弗卢德尼克采用以口头叙事为依据的"体验"一词时,从古到今的第一人称主人公叙述都属于"体验性"叙事,而当她采用以斯坦泽尔为参照的"体验"一词时,我们看到的则是另一番景象:

18 世纪以前,大多数叙事都采用"行动"和"讲述"这两种框架,而

---

① Fludernik, "Natural Narratology and Cognitive Parameters," p. 245. "可述性"就是"可讲述性",原文为"tellability"。
② F. K. Stanzel, *A Theory of Narrative* (Cambridge: Cambridge UP, 1984). 值得注意的是,将全知叙述者称为"讲述性人物"(teller-character)是个概念错误,因为全知叙述者处于故事之外,不是人物。将第一人称叙述者称为"讲述性人物"也混淆了作为叙述者的"我"和作为人物的"我"(过去体验事件的"我")之间的界限。

直到 20 世纪"体验"和"反映"框架才姗姗来迟,受到重视。处于最边缘位置的"目击"框架仅在 19 世纪末、20 世纪初短暂露面。①

这里的"体验"和"反映"均特指采用人物意识来聚焦的第三人称叙述(如詹姆斯的《梅西所知道的》和吴尔夫的《黛洛维夫人》),这种第三人称人物有限视角直至 19 世纪末、20 世纪初方"姗姗来迟"。可以说,弗卢德尼克的这段文字直接解构了她以口头叙事为基础提出的"情感体验"原型(即自从有口头叙事开始,就有了基本的"体验"框架)。为了保留这一原型,弗卢德尼克提出第一人称叙述和第三人称人物聚焦叙述均有"讲述"和"体验"这两个框架,②这反过来又解构了她依据斯坦泽尔的模式对"讲述"和"体验"作为两种叙事类型进行的区分,也解构了上引这段文字所勾勒的历史线条。

其次,弗卢德尼克一方面将叙事的主题界定为叙述者对事件的情感体验,另一方面又用"行动框架"来涵盖历史叙事这种"非体验性叙事",从而造成另一种冲突。再次,弗卢德尼克一方面将叙事的主题界定为叙述者对事件的情感体验,③另一方面又用"目击框架"来涵盖"仅在 19 世纪末、20 世纪初短暂露面"的第三人称摄像式外视角,正如我们在第五章第四节中所看到的,这种视角以冷静旁观为特征。当然,这也有例外,弗卢德尼克举了罗伯-格里耶的《嫉妒》为例,读者可通过规约性的阐释框架将文本解读为充满妒意的丈夫透过百叶窗来观察妻子。但大多数第三人称"摄像式"聚焦确实没有情感介入。此外,弗卢德尼克一方面将叙事的主题界定为叙述者对事件的情感体验,另一方面又用"思考评价框架"来涵盖后现代作品和散文型作品,而这些作品中往往不存在"叙述者对事件的情感体验"。

若要解决这些矛盾冲突,我们首先要认识到口头叙述的情感体验缺乏代表性。真正具有普适性的是"事件"这一层次。除了属于"思考评价框架"的后现代和散文型作品④,其他四种叙事类型一般都是描述事件的模仿型叙事。在这四种中,"行动框架"(历史叙事)和"目击框架"(摄像式叙事)一般不涉及情感体验,只有其他两种涉及情感体验(第一人称叙述中

---

①②③ Fludernik, "Natural Narratology and Cognitive Parameters," p. 247.
④ Ibid., p. 259.

第十一章　认知叙事学

"我"自身的,或第三人称叙述中人物的)。弗卢德尼克以口头叙事为依据的"体验性"仅跟后面这两种叙事类型相关。若要在她的框架中对后者进行区分,最好采用"第一人称体验性叙事"(叙述自我体验)和"第三人称体验性叙事"(叙述他人体验),这样既能保留对"体验性"之界定的一致性,又能廓分两者,还能划清与"行动框架"和"目击框架"这两种"第三人称非体验性叙事"之间的界限。这四种描述事件的模仿型叙事又与属于"思考评价框架"的后现代和散文型作品形成了对照。其实,弗卢德尼克的论点"自然叙事是所有叙事的原型"①并没有错,因为自然(口头)叙事中也有情感不介入的目击叙事(摄像式叙事的原型),也有"非体验性的"历史叙事,还有局部的"思考评价"。② 但在界定"叙事的主题"和"叙事性"时,弗卢德尼克仅关注自然叙事的主体部分,即表达"我"对自身往事之情感体验的叙事,将这一类型视为"所有叙事的原型",故难免以偏概全。

尽管弗卢德尼克的探讨有以偏概全的倾向,但她以口头叙事为参照,以卡勒的"自然化"概念为基础,对"叙事化"展开的探讨,则颇有启迪意义。"叙事化"就是借助于规约性的叙事阐释框架把文本加以"自然化"的一种阅读策略。③ 具体而言,

> 叙事化就是将叙事性这一特定的宏观框架运用于阅读。当遇到带有叙事文这一文类标记,但看上去极不连贯、难以理解的叙事文本时,读者会想方设法将其解读成叙事文。他们会试图按照自然讲述、体验或目击叙事的方式来重新认识在文本里发现的东西;将不连贯的东西组合成最低程度的行动和事件结构。④

这揭示了读者在阅读有些现代或后现代试验性作品时采取的一种认知策略,这是故事层次上的"叙事化"或"自然化"。弗卢德尼克指出:在阅读时,读者若发现第一人称叙述者的话语前后矛盾,会采用"不可靠叙述"

---

① Fludernik, "Natural Narratology and Cognitive Parameters," p. 248.
② 但这种"思考评价"在口头叙事中仅限于局部。散文型作品和后现代作品是笔头写作的"专利"。
③ Fludernik, *Towards a "Natural" Narratology*, p. 34.
④ Ibid., p. 34.

这一阐释框架来予以解释,对之加以"叙事化",①这是话语层次上的一种"叙事化"。

"叙事化"("自然化")这一概念不仅为探讨读者如何认知偏离规约的文本现象提供了工具,而且使我们得以更好地理解读者认知与叙事文类发展之间的关系。弗卢德尼克追溯了英国叙事类型的发展历程,②首先是历史叙事与叙述他人体验相结合,然后在18世纪的小说中,出现了较多对第三人称虚构人物的心理描写,尽管这种描写在自然叙事中难以出现,但读者已经熟知"我"对自己内心的叙述和第三人称文本对他人体验的叙述,因此不难对之加以"自然化"或"叙事化"。至于20世纪出现的非人格化摄像式聚焦,弗卢德尼克认为对之进行"自然化"要困难得多,因为读者业已习惯对主人公的心理透视,因此当小说采用摄像式手段仅仅对人物进行外部观察时,读者难免感到"非常震惊"。③ 但在我们看来,只要具有电影叙事的认知框架,读者就可以很方便地借来对这一书面叙事类型加以"自然化"。至于采用第二人称叙述的作品,读者需要借鉴各种包含第二人称指涉的话语(包括讯问话语、操作指南,含第二人称指涉的内心独白)之认知框架,以及"体验框架"和"讲述框架"来对之加以"自然化"。在此,我们仍应看到创作和阐释的互动。作者依据这些框架创作出第二人称叙述的作品,读者也据之对作品进行认知。两者互动,形成第二人称叙述的"文类规约"。弗卢德尼克指出,当一种"非自然的"叙述类型(如全知叙述)被广为采用后,就会从"习以为常"中获得"第二层次的'自然性'"。④ 这言之有理,但单从采用范围或出现频率这一角度来看问题有失全面。采用摄像式聚焦的作品并不多,而这种叙述类型同样获得了"第二层次的'自然性'"。这是因为该文类已形成自身的规约,并已得到文学界的承认。

在《不可能的故事世界——如何加以解读》一文中,阿尔贝沿着弗卢德尼克关于叙事化的思路,探讨了读者面对后现代"反常"的虚构叙事作品

---

① Fludernik, "Natural Narratology and Cognitive Parameters," p. 251. 关于"不可靠叙述",参见本书第四章。
② Ibid., pp. 252—254.
③ Ibid., p. 253.
④ Ibid., pp. 255—256.

时,如何通过各种阅读策略将其自然化。① 所谓"反常"的叙事,指的是有违现实世界可能性的叙事。这种对现实的违背有可能是存在层面的(比如会说话的螺丝锥),也有可能是逻辑层面的(比如对互不相容的事件的投射)。阿尔贝提出读者可能会采用以下五种阅读策略来对"反常"虚构作品加以叙事化或自然化:

(1)"把事件看成内心活动",即用梦幻、幻觉等来解释某些看上去不可能的叙事成分。

(2)"突出主题",即从主题意义的角度来加以解释,比如在哈罗德·品特的《地下室》里,天气和陈设违背现实的反常变化可从主题的角度理解成毫无意义但不可避免的权力之争。

(3)"寓言性的解读",即读者把反常叙事成分理解成寓言的组成部分,涉及的不是个体人物,而是普遍意义。例如,在克里姆普的《关于她生活的企图》中,女主人公身份的变动不居可以看成一种寓言性表达,暗喻女性的自我以各种方式受制于社会话语。

(4)"合成草案",即将两个不同的认知草案加以合成,以生成新的阐释框架,据此来理解身为动物或尸体的叙述者这类反常叙事成分。

(5)"丰富框架",即超出现实可能性,努力扩展现有的阐释框架,使它能够用于解释相关反常现象。②

认知叙事学这种对"叙事化"或"自然化"的探讨有助于说明读者如何解读后现代派作品,但这种"自然化"或"叙事化"在有的情况下有一种危险,即在某种程度上减少作品意在表达的荒诞性。就"把事件看成内心活动"这一阅读策略而言,阿尔贝以英国剧作家卡里尔·丘吉尔的《内心愿望》为例。在该剧中,一对夫妇热切期待着女儿从澳大利亚归来。在剧的开头,父亲"一边穿一件红色的毛衣一边走了进来",这一开头被重复了两次,一再出现父亲进屋时的情形,只是第二次进来时,往身上穿的是件粗花呢夹克衫,而第三次进来时,往身上穿的则是件旧的羊毛开衫,夫妇俩也基

---

① Jan Alber, "Impossible Storyworlds—and What to Do with Them," *Storyworlds: A Journal of Narrative Studies* 1 (2009), pp. 79—96.

② Ibid., pp. 82—83.

本上在重复他们所做的事。此间,门铃响了好几次,一些出乎意料的人(包括杀手)和动物(10英尺高的鸟)来造访,剧接近结尾时,女儿连续三次进屋,最后,剧情回到开头,以开始时父亲进屋的情形结束。阿尔贝采用"把事件看成内心活动"这一策略来解读这一剧作,认为事情都发生在追求完美的父亲的内心,父亲希望与女儿的重聚达到完美,因此一再在心里预演一切,并排除可能出现的一些障碍。① 这样一来,剧中很多不合情理的成分就成了一种心理需求的正常产物,在很大程度上消解了该剧的荒诞性。如果我们把剧情视为在虚构现实中发生的事,看到的就会是另外一番情形。对父亲进屋的一再重复可看成是对生活单调乏味和缺乏目的性的一种表达,而剧的最后又回到开头则可看成是对生活缺乏意义的一种再现。后面这种解读采取的是接受荒诞现实的态度,而不是设法将荒诞的叙事成分加以"自然化"。诚然,不同的读者可能会采取不同的解读策略,但有一点可以肯定,"自然化"并非唯一的阅读方式,而且,在有的情况下,把"反常"的叙事成分加以"自然化"可能会有损作品意在表达的主题意义。

第三节　作为认知风格的叙事

戴维·赫尔曼是认知叙事学的一位主要领军人物。在他看来,叙事是一种"认知风格",叙事理解就是建构和更新大脑中的认知模式的过程,文中微观和宏观的叙事设计均构成认知策略,是为建构认知模式服务的。若从这一角度来研究叙事,叙事理论和语言理论均应被视为"认知科学的组成成分"②。他的代表性专著是2002年面世的《故事逻辑》一书,该书第九章以"语境固定"(contextual anchoring)为题,探讨了第二人称叙述中"你"在不同"语境"中的不同作用。赫尔曼系统区分了第二人称叙述中五种不同的"你":

(1) 具有普遍性的非人格化的"你"(如谚语、格言中的"你");
(2) 虚构指涉(指涉第二人称叙述者/主人公/叙述接受者——在

---

① Alber, "Impossible Storyworlds—and What to Do with Them," pp. 84—85.
② David Herman, *Story Logic* (Lincoln: U of Nebraska P, 2002).

第二人称叙述中,这三者往往同为一个"你");

(3)"横向"虚构称呼(故事内人物之间的称呼);

(4)"纵向"现实称呼(称呼故事外的读者);

(5)双重指示性的"你"(同时指涉故事里的人物和故事外的读者,这一般发生在读者与人物具有类似经历的时候。从表面上看"你"仅指故事中的人物,但故事外的读者也觉得在说自己)。

不难看出,就前四种而言,赫尔曼所说的不同"语境"实际上是不同的"上下文"(比如"由直接引语构成的语境"①)。同样的人称代词"你"在不同上下文中具有不同的指涉和功能(在直接引语中出现的一般是故事内人物之间的称呼;在格言谚语中出现的则是具有普遍意义的指涉)。然而,第五种用法却与读者的经历和感受相关。但赫尔曼关注的并非个体读者的不同经历,而是"任何人"带有普遍性的经历。② 阅读时,这五种"你"的不同指涉构成五种不同的认知提示,邀请或要求读者区别对待,采取相应的认知方式。

赫尔曼对奥布赖恩的小说《异教之地》进行了详细分析,旨在说明"故事如何在特定的阐释语境中将自己固定"。③ 在探讨第二人称叙述时,叙事理论家倾向于仅关注"你"的第二种用法,这是"你"在第二人称叙述中的所谓"标准"用法。相比之下,赫尔曼从读者如何逐步建构故事世界这一角度出发,密切观察"你"在不同上下文中的变化。在探讨《异教之地》的下面这段文字时,赫尔曼提到了阐释进程对认知的影响:④

这是要警告你。仔细阅读以下文字。

你收到了两封匿名信。一封说……另一封恳求你,哀求你不要去[修道院]……

乍一看前两句话,读者会认为"你"在称呼自己。但接着往下读,就会认识到"你"实际上指的是第二人称主人公。其实,赫尔曼并非要借此证明

---

① David Herman, *Story Logic*, p. 360.
② Ibid., p. 342.
③ Ibid., p. 337.
④ Ibid., p. 362.

阐释进程所起的作用,他之所以给出这一实例,只是因为这是该小说中"唯一"能说明"你"的第四种用法(称呼故事外的读者)的例证,尽管这一说明只是相对于"初次阅读"才有效。总的来说,赫尔曼在探讨叙事的"认知风格"时,十分关注文本的语言、结构特征。然而,像其他认知叙事学家一样,他将这些风格特征视为认知策略或认知"提示"。在赫尔曼看来,"叙事理解过程是以文本提示和这些提示引起的推断为基础的(重新)建构故事世界的过程"①。出现在括号中的"重新"一词体现了以文本为衡量标准的立场:故事世界被编码于文本之内,等待读者根据文本特征来加以重新建构。这样的读者是"文类读者",涉及的阐释语境是"文类阐释语境",作为阐释依据的也是"文类叙事规约"。不过,由于认知叙事学关注读者的阐释过程,因此关注同一文本特征随着上下文的变化而起的不同作用,关注文本特征在读者心中引起的共鸣,也注意同样的文本特征在不同文类中的不同功能和作用,这有利于丰富对语言特征和结构特征的理解。赫尔曼对"你"进行的五种区分,一方面说明了"你"在第二人称叙述中具有不同于在第一人称和第三人称叙述中的功能和作用,因此对第二人称叙述的"次文类诗学"做出了贡献;另一方面,也在更广的意义上拓展了对"你"这一叙事特征的理解,对总体叙事诗学做出了贡献。

在《超越声音和视觉:认知语法与聚焦理论》一文中②,赫尔曼借鉴认知语言学尤其是兰盖克的理论对叙述视角加以探讨。认知语言学家认为一个事情或事件可以通过不同的语言选择进行不同方式的概念化。请比较下面这些句子:③

(1) 这一家子浣熊盯着这个池塘里的金鱼看。

(2) 这个池塘里的金鱼被这一家子浣熊盯着看。(The goldfish in the pond were stared at by the family of raccoons.)

(3) 一家子浣熊盯着一个池塘里有的金鱼看。

---

① Herman, *Story Logic*, p. 6.
② David Herman, "Beyond Voice and Vision: Cognitive Grammar and Focalization Theory," *Point of View, Perspective, and Focalization*, eds. Peter Huhn et al. (Berlin: Walter de Gruyter, 2009), pp. 119–142.
③ Herman, "Beyond Voice and Vision," p. 129.

(4) 这一家子浣熊盯着那边那个池塘里的金鱼看。

(5) 那该死的一家子浣熊盯着这个池塘里的金鱼看。

(6) 这一家子浣熊盯着这个池塘里那些该死的金鱼看。

这些不同的语言表达体现了人们如何可以用不同的方式来理解同一件事。赫尔曼指出,尽管认知语言学家仅仅分析句子层次的概念化,但认知语言学的方法也可用于分析叙事作品话语层次的结构。赫尔曼介绍了兰盖克就视角如何影响对事件的概念化所提出的几种参数:①

(1) 选择,即观察到的多少东西被概念化;

(2) 观察角度,有四种成分:(a) 图形和背景的关系调节,即什么被前景化,显得较为突出,什么则构成相应的背景;(b) 观察点,包括观察的位置以及纵向和横向轴上的定位;(c) 定冠词、指示代词等的指示功能,涉及对背景和发话情景等因素的指涉;(d) 概念化过程的主观性和客观性,在兰盖克看来,背景成分在语言表达中出现得越多,就越客观;

(3) 抽象程度,即概念化涵盖了事情的多少细节。

认知语义学家塔尔米(Leonard Talmy)提出了与兰盖克的模式相并列的以下参数:②

(1) 观察点的位置;

(2) 观察点与所观察的情景之间或远或近的距离;

(3) 观察的方式,包括(a) 运动性,即观察点是处于静止还是运动状态;(b) 是全局观察还是依次连续观察;

(4) 观察的方向,即从一个观察点向特定的时空方向看

赫尔曼综合借鉴了兰盖克和塔尔米的模式。③ 他指出以认知语言学

---

① Herman, "Beyond Voice and Vision," pp. 129−130; Ronald W. Langacker, *Foundations of Cognitive Grammar*, Vol. 1 (Stanford: Stanford UP, 1987).

② Leonard Talmy, *Towards a Cognitive Semantics*, Vols. 1 and 2 (Cambridge, MA: MIT Press, 2000), pp. 68−76; Herman, "Beyond Voice and Vision," p. 130.

③ Herman, "Beyond Voice and Vision," pp. 130−131.

关于概念化的理论为框架来探讨视角,可以注意到经典叙事学家未加关注的一些因素。从这一角度,我们可探讨叙事作品如何再现静止观察或动态观察的场景或事件结构;概念化的场景是宽还是窄;所观察的对象是较为突出还是处于背景位置;在纵向和横向轴上有何方向性定位;客观性程度如何。此外,还可探讨如何从特定的时空方向来观察场景;观察点与观察对象的距离是远还是近;概念化的细节是多还是少(通常情况下,观察距离越近,所再现的细节就越多)。赫尔曼采用这一认知语言学模式分析了乔伊斯《死者》中一段文字的视角:①

> 加布里埃尔看到弗雷迪·马林斯走过来见他母亲,他就起身把椅子让了出来,自己退到了斜面窗洞里。大多数客人已离开了客厅,里屋传来盘碟刀叉相撞击的声音。留在客厅的人好像跳舞跳累了,三三两两聚在一起小声交谈。加布里埃尔温暖颤抖的手指敲打着冰冷的窗玻璃。外面该多么凉爽呀!一个人出去走走该多么惬意,开始沿着河边走,然后从公园穿过去!树枝上会满是雪花,惠林顿纪念碑顶上的积雪也会像是一顶亮闪闪的帽子。在那里不知要比在晚餐桌旁愉快多少!

虽然这是第三人称叙述,但叙述者采用了加布里埃尔这一人物的意识来聚焦,我们通过他的有限视角来观察一切。赫尔曼指出,加布里埃尔的视角构成一个概念化的结构系统,在这一系统中,马林斯和他母亲为连续观察的场景中的初始聚焦对象。动词的过去时标示聚焦者是从事后的时间位置在观察。从空间来说,观察点与所观察之事处于同一平面,而不是像在作品中有的地方,是从下往上看。此外,加布里埃尔开始时中等距离的观察相应再现了中等程度的细节,当他退到窗洞后,他跟所视对象的距离增大了,结果视野拓展了,观察也没那么细了,这时看到的不是单个的

---

① Herman, "Beyond Voice and Vision," pp. 124—135. Herman 在"Cognition, Emotion, and Consciousness"一文中,也分析了这一片段,切入的角度既有重合,又有所不同,比如那篇论文对"弗雷迪·马林斯走过来见他母亲"进行了如下分析:"见他母亲"是加布里埃尔对弗雷迪·马林斯的行为动机的一种推断。这种切入角度的不同源于此处采用了一个不同的理论框架,即 Alan Palmer(其代表作为 *Fictional Minds*)等学者对于如何从人物行动来推断人物心理的探讨,这种推断以我们在日常生活中通过他人的行为对他人心理的推断为基础。

人,而是成组的人。也就是说,在概念化过程中,距离、范围和细节系统性地同步变化。当加布里埃尔靠近窗户后,我们看到的是近距离、窄范围、高度细节化的一个画面:他自己的手指敲打窗玻璃。接下来的自由间接引语"外面该多么凉爽呀!"标志着一个新的概念化过程的开始,涉及想象中的户外场景,距离、范围和细节再次同步变化:想象中的场景距离较远,涵盖范围较大,开始时缺乏细节。但接下来加布里埃尔开始具体想象场景中的某些细节,这种对通常观察距离与观察到的细节之关系的偏离,显现出想象力如何可以超越时空的局限。

不难看出,这种以认知语言学为基础的视角分析与通常的视角分析(详见第五章)构成一种互补关系。视角本身是一个心理问题(感知过程是一个心理过程),因此通常的视角分析在某种意义上说也是关于叙述者或人物认知的分析。以认知语言学为基础的分析可以补充为通常的分析所忽略的一些方面,包括动词时态,距离、范围和细节的交互作用等,但难以考虑不同视角模式之间的分类,因为认知语言学的分析对象毕竟是句子,因此没有关注各种视角模式之间的区别。若仅仅以认知语言学为模式,我们也会忽略叙述声音与叙述视角之间的区分,以及第一人称回顾性叙述中,作为叙述者的"我"的视角与作为人物的"我"的视角的区分,而正如我们在第五章中所看到的,这样的区分在有的作品中十分重要。

在进行具体分析时,修辞性叙事学家和女性主义叙事学家通常会关注作品的主题意义,但以揭示认知规律和认知机制为己任的认知叙事学家则往往忽略作品的主题意义。赫尔曼在此没有提及人物的概念化与主题意义的关联,但在《剑桥叙事指南》中,对同一段文字进行认知叙事学分析时,赫尔曼则关注了加布里埃尔对户外场景的想象与他的思想状态的关联。[①]加布里埃尔晚饭后需要当众讲一番话,他感到紧张不安,担心听众的反应,正因为如此,他希望能独自一人在户外行走,尽管窗外冰天雪地,但他觉得"在那里不知要比在晚餐桌旁愉快多少!",因为那能让他从社会压力中解脱出来。赫尔曼的这种分析从一个侧面表明,对于人物心理再现的认知叙事学探讨,可以为作品主题意义的探讨做某种铺垫。

---

① Herman, "Cognition, Emotion, and Consciousness," p. 247.

认知叙事学家一般仅关注语言媒介,赫尔曼则将注意力拓展到了其他媒介。他分析了丹尼尔·柯罗威斯(Daniel Clowes)的连环漫画小说《幽灵世界》中的视角和概念化。① 他从小说中选取了一页,该页由依据时间进程排列的一系列漫画组成。

---

① Herman, "Beyond Voice and Vision," pp. 120—121, pp. 135—139.

第十一章 认知叙事学

在这些漫画中,观察点和观察方向等因素在变化,图形和背景的关系也不断变化。故事的主要人物是丽贝卡和伊妮德这两位少女。在第一幅和第二幅漫画中,两位少女占据了画面的突出位置,她们面对着坐在桌旁,画面主要再现她们之间的对视和交谈,读者可通过她们之间的空隙看到背景中的其他人物,其中相对突出的就是她们所观察和议论的两位男性(一位站着与人聊天的男子和一位打电话的男子)。读者对场景中的各种因素(包括前景和背景人物协同作用的概念化行为)不断进行概念化。赫尔曼指出,在图文并茂的叙事中,语言和图像可能会突出不同的人或物。在第一幅和第二幅漫画中,视觉形象突出的丽贝卡和伊妮德谈论的是处于背景的两位男子。也就是说,语言信息突出的是处于背景位置的人物,而视觉图像却把丽贝卡和伊妮德再现为焦点人物——视觉图像可通过透视法和人物形象大小的变化很方便地暗示人物与观察点的不同距离和不同的重要性。尽管这两种信息渠道指向相异,但此处的读者在文本总的视角结构中协调两种信息并不困难。然而,赫尔曼指出,在两种媒介或多媒介的叙事中,不同信息渠道大相径庭的提示有时可能会给读者的概念化带来困难。例如,就情感纬度而言,在一部电影里,当屏幕上出现凄惨恐怖的视觉画面时,若同时出现了热情奔放的画面外的伴奏乐曲,观众就可能难以协调这些不同的信息指向。

第三幅漫画中仅出现了那位打电话的男子,他是被解雇了的贝斯手。在他的上方,我们可以看到两个对话气球,标示着两位少女在继续议论这位男性,读者也很可能是通过故事内丽贝卡的"内视角"在观察这位男子(从前一幅画中两位少女的姿势和凝视方向来看,丽贝卡作为观察者的可能性更大)。尽管从视觉上说,这位男子的形象占据了前台,又可以看到他正在打电话,但没有出现他的讲话气球,这也说明我们是通过丽贝卡的有限视角来观察他——丽贝卡听不到相隔较远的他在说什么,所以这幅漫画中未出现他的话语。这与第二幅漫画形成一种对照:尽管那里站着与人聊天的那位男子处于背景位置,但因为他离两位少女相对较近,因此出现了他的讲话气球,这标示着处于前景位置的少女能听到他说的话。

在第四幅以及下面的漫画中,文字与图像交互作用,给读者带来一系列变换的观察丽贝卡和伊妮德的视角。丽贝卡说伊妮德什么男人都看不上眼,标准太高,两位少女就这一问题展开了争论。伊妮德说其实她欣赏丹尼尔·柯罗威斯这样的漫画家,只是不喜欢遭解雇的贝斯手那样搞音乐的人,而丽贝卡则不喜欢漫画(家),喜欢贝斯手。就视觉而言,第四幅和第五幅漫画在某种意义上体现了镜头/反镜头这一电影叙事的技巧:我们先是从伊妮德的斜背后看过去,看到她正在观察的丽贝卡的形象,接着我们又从丽贝卡的斜背后看过去,看到她正在观察的伊妮德的形象。就第六幅漫画而言,镜头拉远了,我们从"外视角"同时看到伊妮德愤怒的表情和(从侧面看到的)丽贝卡不满的表情,两人都坚持自己的立场,在对话中互不相让。最后一幅漫画中出现的也是"外视角",聚焦于伊妮德的表情,我们仅看到丽贝卡三分之一的后脑勺。赫尔曼指出,这种观察角度的转换跟第三人称文字叙述中的视角转换有相通之处,读者进行类似的认知活动,在故事外叙述者的视角和故事内人物的视角之间不断转换。

在这一系列按时间进程排列的漫画中,人物注视的方向、身体姿势、谈话的结构和内容等指向或体现他们的概念化行为,而读者则通过文字和视觉的认知提示,进入不断变化的观察角度和观察距离,对故事世界中的人物言行(包括人物的概念化行为)、前景与背景的关系等因素进行概念化。赫尔曼强调指出,在两种媒介或多媒介的叙事中,不同的信息渠道有可能走向相异,认知者需要在大脑中将之组合成一个较为连贯的故事世界的时间片(time-slice)。未来的研究应该更为关注这种组合过程的认知机制,并关注这些跨媒介组合的认知机制与单一媒介中的认知机制的关系。

值得注意的是,在探讨认知过程时,我们不应忽略作者编码的作用。赫尔曼的探讨聚焦于文本特征与读者或人物认知之间的关系,但我们不能忘记,文本特征是作者依据或参照文类规约和认知框架进行创作的产物。赫尔曼举了这样一个由读者来填补文本空白的例子:如果叙述者提到一个蒙面人拿着一袋子钱从银行里跑出来,那么读者就会推测该人物很可能抢劫了这个银行。赫尔曼认为,从这一角度来看,"使故事成其为故事的"是"文本或话语中明确的提示"与"读者和听众借以处理这些提示的认知草案"的交互作用。① 然而,我们应认识到作者与读者享有同样的认知草案。作者依据"银行抢劫"的规约性认知草案在文本中留下空白,读者则根据同样的认知草案来填补这些空白。帕尔默曾向读者提出了这样的问题:如果小说中的一个场景或人物深深地打动了你,回过头来看时,是否有时会惊奇地发现作品中对场景的描述实际上仅有寥寥数语,对人物的刻画也着墨不多?是否会发现在首次阐释时,是你自己的想象力充实了相关场景和人物形象?② 的确,读者想象力的作用不容忽略,但这些文本空白往往是作者有意留下的。不同读者的不同经历和背景等因素经常会作用于填补空白的过程,但认知叙事学家关注的往往是规约性的解读,作者也往往是依据规约性的认知框架来留下文本空白(在留下偏离规约的空白时,也是期待读者对规约进行相应的偏离)。③ 也就是说,对这些文本空白的理解不仅体现了读者认知的作用,而且也体现了作者的认知特点和认知期待。

第四节 认知地图与叙事空间的建构

认知科学家十分关注"认知地图",即关注大脑对某地的路线或空间环境的记忆,以及对各种地图的记忆。1981 年比约恩森将这一概念运用于文学认知,研究读者对于包括空间关系在内的各种结构和意义的心理再现。④ 在《认知地图与叙事空间的建构》(2003)中⑤,认知叙事学家瑞安研究了一组读者根据阅读记忆所画出的认知地图,探讨了真实或虚构的空间关系之大脑模型,尤为关注阅读时文字所唤起的读者对叙事空间的建构。

---

① David Herman,"Introduction," *Narrative Theory and the Cognitive Sciences*, ed. David Herman, pp. 10—11.

② Palmer, *Fictional Minds*, p. 3.

③ Lisa Zunshine 在探讨小说如何进行认知实验时,较好地考虑了作者的作用(*Why We Read Fiction: Theory of Mind and the Novel*, pp. 22—27).

④ Richard Bjornson, "Cognitive Mapping and the Understanding of Literature," *SubStance* 30 (1981), pp. 51—62.

⑤ Marie-Laure Ryan, "Cognitive Maps and the Construction of Narrative Space," *Narrative Theory and the Cognitive Sciences*, ed. David Herman (Stanford: CSLI, 2003), pp. 214—215.

她的研究颇有特色,也较好地反映了认知叙事学的一些共性。我们不妨从以下多种对照关系入手,来考察她的研究特点:

1. "模范地图"与"实际地图"

瑞安选择了马尔克斯的拟侦探小说《一件事先张扬的凶杀案》①作为认知对象。她首先把自己放在"超级读者"或"模范读者"的位置上,反复阅读作品,根据文中的"空间提示"绘制了一个从她的角度来说尽可能详细准确的"模范地图"(master map)。然后,将这一地图与一组接受实验的高中生根据阅读记忆画出的"实际地图"进行比较。从中可看出刻意关注叙事空间与通常阅读时附带关注叙事空间之间的不同。瑞安将自己的模范地图作为衡量标准,判断中学生的地图在再现空间关系时出现了哪些失误,并探讨为何会出现这些失误。

2. "书面地图"与"认知地图"

"书面地图"不同于大脑中的"认知地图"。画图时,必须将物体在纸上具体定位,因此比大脑图像要明确,同时也会发现文中更多的含混和空白之处。此外,画图还受到"上北下南"等绘制规约的束缚,画出的"书面地图"又作用于读者头脑中的"认知地图"。

3. "认知地图"与"文本提示"

瑞安的研究旨在回答的问题包括:认知地图需要用何细节、在何种程度上再现文中物体之间的空间关系?文本用何策略帮助读者形成这些空间关系的概念?她指出,建构认知地图的主要困难源于语言的时间维度和地图的空间性质之间的差别。文本一般采用"绘图策略"和"旅行策略",前者居高临下地观察,将物体进行空间定位(专门描写背景);后者则是像旅行者那样在地面移动(描写人物行动),动态地再现有关空间。文本可以一开始就给出建构整个空间背景的信息,也可以一点一点地逐步给出。前者为聚焦于空间地图的人提供了方便,但对于关注情节的人来说,却增加了记忆和注意力的负担,何况有的读者倾向于跳过整段的背景描写,因此很

---

① 这是国内通用的译法。但 Ryan 所用英文版的题目是 "Chronicle of a Death Foretold",这是对西班牙原文的忠实英译。原文的题目采用的是"死亡""预告""记事"等中性词语。这一平淡的题目与令人震惊的凶杀内容形成了对照和张力,反映出作者特定的世界观。国内的"渲染性"译法抹去了这一对照和张力,但估计其目的是为了更好地吸引读者。

多作品都是在叙述情节的过程中,通过各种"空间提示"逐步展示空间关系。

4."书面地图"与"文本提示"

文中的空间提示有不同的清晰度。瑞安按照清晰度将马尔克斯小说中的背景描写分为了四个环带:中心一环(谋杀发生之地)最为清晰完整,最外层的则最为遥远和不确定(瑞安没有画出这一环带)。由于书面地图需要给物体定位,因此难以再现这种清晰度上的差别。就中学生画的草图而言,可以看出他们以情节为中心,以主人公的命运为线索来回忆一些突出的叙事空间关系。从图中也能看出最初的印象最为强烈。文中的物体可根据观察者的位置、另一物体的位置和东南西北的绝对方位来定位,为读者的认知和画图提供依据。

5."实际地图"与"科学地图"

瑞安对那组中学生展开的实验不同于正式的心理实验。后者让实验对象读专门设计的较为简单的文本,用严格的量化指标来科学测量其认知能力;而前者则让读者读真正的叙事文本,考察读者的实际认知功能。

6."自上而下"与"自下而上"

认知叙事学关注认知框架与文本提示之间的互动。例如,文中出现"广场"一词时,读者头脑中会显现通常的广场图像,用这一规约性框架来"自上而下"地帮助理解文中的广场。当文本描述那一广场的自身特点时,读者又会自下而上地修正原来的图像。从跨文化的角度来看,未见过西方广场的中国读者,在读到西方小说中的"广场"一词时,脑子里出现的很可能是有关中国广场的规约性认知框架,文中对西方广场的具体描写则会促使读者修正这一框架。瑞安的研究也涉及了这种双向认知运动。叙事作品往往随着情节的发展逐渐将叙事空间展示出来,读者需要综合考虑一系列的"微型地图"和"微型旅行",自下而上地建构整体空间图像;与此同时,逐步充实修正的整体空间图像又提供了一个框架,帮助读者自上而下地理解具体的空间关系。此外,在那组中学生画的草图中,镇上的广场有一个喷泉,但文中并未提及。瑞安推测这是因为他们头脑中"标准的"南美广场的图像所起的作用,也可能是因为他们那个城镇的广场有一个喷泉。无论是哪种情况,这都是受到大脑中既定框架影响的自上而下的认知。

7. "叙事认知者"与"个体认知者"

瑞安的论文分为四大部分:(1)前言,(2)重建虚构世界的地图,(3)实验,(4)讨论。她在"实验"部分考虑了个体认知者:"这些地图不仅再现了《一件事先张扬的凶杀案》的故事世界,而且也讲述了它们自己的故事:读者阅读的故事。"① 在比较不同中学生画的草图时,瑞安提到了他们的性别、经历、宗教等因素的影响。然而,瑞安真正关心的并不是"读者阅读的故事",而是对"故事世界"的规约性"再现"或者"形成大脑图像的认知功能"②。因此她在整个"讨论"部分都聚焦于"叙事认知者"。这一部分的"读者"(the reader, readers)、"我们""他们"成了可以互换的同义词,可以用"叙事认知者"来统一替代。即便提到那些中学生所画草图的差异,也是为了说明阅读叙事作品时,读者认知的一般规律,比如认知的多层次性、长期记忆与短期记忆的交互作用等等。瑞安认为学生画出的草图之所以不同于她自己画出的模范地图"主要在于短期记忆瞬间即逝的性质"③。

与赫尔曼所研究的第二人称"你"不同,瑞安所探讨的叙事空间是一个留有各种空白和含混之处的范畴。正因为如此,瑞安的研究涉及了读者的个人想象力。但她依然聚焦于小说叙事的普遍认知规律,以及作者的创作如何受到读者认知的制约。

第五节　三种方法并用

英国剑桥大学出版社 2003 年出版了加拿大学者博托卢西和狄克逊的《心理叙事学》一书,该书被广为引用,产生了较大影响。该书对以往的认知叙事学研究提出了挑战,认为这些研究没有以客观证据为基础,而只是推测性地描述读者的叙事认知。他们提倡要研究"实际的、真实的读者",

---

① Ryan, "Cognitive Maps and the Construction of Narrative Space," p. 228.
② Ibid., p. 224.
③ Ibid., p. 235.

要对读者的叙事认知展开心理实验。① 我们可以区分三种不同的叙事研究方法:(1)对文本结构特征的研究;(2)以叙事规约为基础对读者的叙事认知展开的推测性探讨;(3)对读者的叙事认知进行的心理实验。博托卢西和狄克逊在理论上质疑和摒除了前两种方法,认为只有第三种方法才行之有效。但实际上,他们三种方法并用:"我们首先为理解相关文本特征提供一个框架;然后探讨与读者建构有关的一些假设;最后,我们报道支持这些假设的实验证据。"② 博托卢西和狄克逊为何会在实践中违背自己的理论宣言呢?我们不妨看看他们对心理叙事学的界定:"研究与叙事文本的结构和特征相对应的思维再现过程"③。既然与文本的结构特征密切相关,那么第一种方法也就必不可缺;同样,既然涉及的是与文本特征"相对应的"思维再现过程,那么关注的也就是规约性的认知过程,因此可以采用第二种方法,依据叙事规约提出相关认知假设。有趣的是,博托卢西和狄克逊展开心理实验,只是为了提供"支持这些假设的实验证据"。也就是说,他们唯一承认的第三种方法只是为了支撑被他们在理论上摒除的第二种方法。这种理论与实践的脱节在很大程度上源于未意识到每一种方法都有其特定的作用,相互之间无法取代。

在谈到著名经典叙事学家热奈特对于"谁看?"(感知者)和"谁说?"(叙述者)之间的区分时,博托卢西和狄克逊提出了这样的挑战:"不能说所有的读者都区分谁看和谁说,因为显然在有的情况下,有的读者(甚至包括很有文学素养的读者)对此不加区分。"从这一角度出发,他们要求在探讨结构特征时,考虑读者类型、文本性质和阅读语境。④ 我们知道,结构区分(包括"主语""谓语"这样的句法区分)涉及的是不同文本中同样的结构之共性,其本质就在于超越了特定语境和读者的束缚。尽管有的读者对谁看和谁说不加区分,但这并不能说明这一理论区分本身有问题。我们在前面已经提到,博托卢西和狄克逊总是"首先为理解相关文本特征提供一个框

---

① Marisa Bortolussi and Peter Dixon, *Psychonarratology* (Cambridge: Cambridge UP, 2003), pp. 168—169.
② Bortolussi and Dixon, *Psychonarratology*, pp. 184—185.
③ Ibid., p. 24.
④ Ibid., pp. 177—178.

架",这都是超出了"阅读语境"的结构框架。让我们看看他们对视角的形式特征进行的区分:(1)描述性的指涉框架(与文中感知者的位置有关,比如"有时一只狗会在远处狂吠";或仅仅与文中物体的空间位置有关,比如"灯在高高的灯杆顶上发出光亮"①;(2)位置约束(感知者的观察位置受到的约束,比如在"然后她就会回到楼上去"中,感知者的位置被限定在这栋房子的楼下);(3)感知属性(提示感知者之存在的文本特征,比如"看着""注意到"等词语)。② 博托卢西和狄克逊从福楼拜的《包法利夫人》等经典小说中抽取了一些句子来说明这一结构区分,但正如语法学家用句子来说明"主语"与"谓语"之分,他们仅仅把这些句子当成结构例证,丝毫未考虑"读者类型、文本性质和阅读语境"。这是第一种方法的特性。只有在采用第三种方法时,才有可能考虑接受语境。

※ ※ ※ ※

与其他后经典叙事学分支相对照,认知叙事学聚焦于叙事与思维或心理的关系,认知叙事学家的探讨较好地揭示了"文本提示""文类规约"和"规约性认知框架"之间各种方式的交互作用。这三者密切关联,相互依存。"文本提示"是作者依据或参照文类规约和认知框架进行创作的产物(最初的创作则是既借鉴又偏离"老文类"的规约,以创作出"新文类"的文本特征);"文类规约"是文类文本特征(作者的创作)和文类认知框架(读者的阐释)交互作用的结果;"文类认知框架"又有赖于文类文本特征和文类规约的作用。认知叙事学家还较好地揭示了叙述者和人物的观察体验,他们的认知框架、认知规律和认知特点;像瑞安那样的研究还能很好地揭示记忆的运作规律,以及读者的想象力在填补文本空白时所起的作用。认知叙事学能很好地揭示这些因素之间的互动,同时又在以"语境主义"外貌出现的同时,在很大程度上保留了一种"科学"的研究立场,给 20 世纪 90 年代一味从事政治批评的西方学术界带来了一种平衡因素,为科学性研究方

---

① Bortolussi 和 Dixon 想用这个例子说明"无论是从上、从下还是从旁观察,对这一场景都可加以同样的描述"(p. 187)。实际上,这种独立于感知的物体描述不应出现在对"视角"的探讨中,而应出现在对"背景"的探讨中,因为就"视角"而言,只有与感知者或感知位置相关的现象才属于讨论范畴。

② Bortolussi and Dixon, *Psychonarratology*, p. 186ff.

法在 21 世纪初的逐渐回归做出了贡献。同时,作为"后经典叙事学"的一个重要分支,认知叙事学也以其特有的方式对叙事学在西方的复兴做出了贡献。

思考题和练习

1. 认知叙事学所聚焦的语境有何特点?
2. 认知叙事学所聚焦的读者有何特点?
3. 认知叙事学展开研究的主要依据是什么?
4. 弗卢德尼克的"兼容并包"与其"体验关怀"为何会形成冲突?
5. "叙事化"("自然化")的研究模式有何长何短?
6. 赫尔曼对第二人称叙述中"你"的探讨有何特点?
7. 赫尔曼以认知语言学为模式的视角探讨有何特点?这种探讨与通常的视角探讨是什么关系?
8. 在两种媒介的叙事中,不同的信息渠道若走向相异,读者需要如何进行认知?请举例说明。
9. 对文本空白的填补如何体现作者与读者之间的互动?
10. 瑞安对认知地图的探讨有哪些特点?
11. 博托卢西和狄克逊的理论与实践是否一致?
12. 博托卢西和狄克逊的心理叙事学研究有何特点?

第十二章　后殖民叙事学

在第十章关于"女性主义叙事学"的介绍与讨论中,我们了解到,这一流派倡导将叙事作品的形式研究与女性主义批评相结合,辨析形式技巧在具体作品中的性别政治。兴起于 20 世纪 90 年代末的"后殖民叙事学"(postcolonial narratology)与之方法相似,但认为后殖民小说在语言方式、形式结构,以及叙述策略上具有独特性。为了揭示后殖民小说形式殊相暗含的国族身份与文化政治,理论家们主张借用后殖民文化批评立场,从历史语境(殖民与后殖民)中辨析暗含在形式差异中的叙述立场与文化观念;同时,以结构主义叙事学理论对一般"规定性"的认识为参照,解释后殖民小说形式差异的语境化生成,以及与叙事一般规律之间的同异对比。

正如"女性主义叙事学"产生之初众说纷纭,"后殖民叙事学"对社会文化语境的关注同样引发争议。一些学者认为,用叙事学方法解读后殖民叙事作品形式艺术,透视形式背后的身份政治,这将有助于促进叙事学界理解"非西方"作品的叙事艺术,对拓展叙事学理论研究也大有裨益;也有学者提出,用叙事学方法解释后殖民小说,不过是文学阐释领域里的一种阅读方法,并非叙事学范畴的诗学研究。立场不同,认识各异,但这一对峙立场表明,关于"后殖民文学"的形式研究已经引发关注。回顾自 20 世纪 90 年代末以来持续展开的阐释实践与理论思考,我们可以看到,"后殖民叙事学"倡导的对比研究以及语境化阐释已经为叙事学界接受,期间涌现的术语与阅读方法已经进入后殖民小说研究,推动了小说形式分析与文化批评之间的互动与对话。

本章介绍"后殖民叙事学"基本立场与阐释方法,评述其理论要义。第一节概述"后殖民叙事学"的发生与发展过程,梳理其思想内涵;第二节以"阅读立场"为观察点,概述"后殖民叙事学"与"后殖民文学批评"在观察角度和分析方法上的差异;第三节以语言种类、叙述人称和"未叙述"

(unnarration)三种现象为例,略述结构主义叙事学分析方法为后殖民叙事学提供的技术支持,以及后者在实际运用中对相关概念和术语的延展。

第一节　后殖民叙事学发生过程

自20世纪90年代开始,如何将叙事形式分析与社会文化批评进行结合,这一议题在叙事学研究领域受到广泛关注。依照弗卢德尼克的看法,这一议题涉及以下三个方面:(1)女性主义批评与结构主义形式分析之间的关系;(2)叙事学对族裔文学与后殖民研究的积极响应;(3)叙事学研究对福柯权力话语理论的借鉴与利用。① 在她看来,叙事形式分析与社会文化批评议题不同,但研究出发点趋同,即,将后结构主义思想引入叙事学研究,打通形式分析与主题阐发、诗学研究与政治批判之间的壁垒,分析蕴含在叙事形式中的权力关系。以"意识形态与权力"为标题,她在讨论第二个议题时选取了常见于族裔小说中的某些形式特征(如人物方言、第二人称叙述),辨析"形式革新"在后殖民小说中的主题意义。弗卢德尼克对"新动向"的洞察,以及对核心议题的把握,为"后殖民叙事学"奠定了理论基础。

"后殖民叙事学"(postcolonial narratology)这一术语的提出和理论阐述开始于2002年。德国学者吉姆尼希(Marion Gymnich)提出,"后殖民叙事学属于叙事学分支",它关注作品叙事结构,同时考察后殖民研究领域里的核心问题,如族裔文化、种族身份、阶级矛盾,以及性别歧视。简言之,"后殖民叙事学"强调"通过分析叙事形式发现蕴含在作品中的权力关系与权威话语"。② 至于具体方法,吉姆尼希认为,"后殖民叙事学"可以借鉴女性主义叙事学批评模式,不过,更多的注意力应该放在作品的语言方式,辨析叙述者与人物的语言方式(包括文体特征),以揭示作品对族裔文化、种族身份、阶级矛

---

① Fludernik, *Towards a "Natural" Narratology* (London: 1996), p. 359.
② Marion Gymnich, "Linguistics and Narratology: The Relevance of Linguistic Criteria to Postcolonial Narratology," *Literature and Linguistics: Approaches, Models, and Applications: Studies in Honour of Jon Erickson*, eds. Marion Gymnich, Ansgar Nünning, and Vera Nünning (Trier: WVT Wissenschaftlicher Verlag Trier, 2002), pp. 61—76, pp. 62—63.

盾，以及性别歧视的象征展现。① 三年后，结构主义叙事学家普林斯发表文章《论一种后殖民叙事学》，文章题目标志了"后殖民叙事学"正式进入叙事学理论视野。回顾后结构思潮下多元化演进的叙事学流派，普林斯指出，后殖民文学批评发展态势强劲，然而，有关叙事学与后殖民小说相关性的理论探究工作却迟滞不前；导致这一局面的一个重要原因在于：关于"叙事"的定义过于狭窄，难以描述与结构主义范式有出入的叙事作品。为了改变这一局面，他倡导理论家们将"后殖民文学"纳入叙事学研究范围，从诗学研究和叙事批评两个方面展开分析。换言之，关于叙事艺术内在规律的探究固然重要，针对具体作品形式特殊性的阐释同样具有意义，"后殖民小说"的形式特殊性无疑属于叙事学研究范畴。他特别提到，"后殖民文学"本身并无文类边界或内在属性，因此，建构"后殖民叙事学"无须重新定义叙事学或后殖民文学，重要的是调整立场，从后殖民批评视域"重新思考"作品的叙事特征。②

普林斯避免把"后殖民小说"看作具有内在形式差异的叙事样式，强调从后殖民文化批评立场"重新思考"作品的形式特点。这一主张表明，"后殖民叙事学"需要读者对作品进行精细的形式分析，也需要读者对隐含在作品中的价值取向保持立场自觉。将价值判断与文化语境引入"叙事学"研究，这一倡导延续了女性主义叙事学的思路，从身份政治视角加以推进。2007年，在俄亥俄大学举办的专题讨论会上，叙事学家们围绕叙事理论对内在规律普遍性与具体阐释特殊性关系展开了广泛讨论。美国学者布莱恩·理查逊出，结构主义叙事学忽视族裔与后殖民小说，殊不知这些作品包含了丰富而别样的形式艺术；对它们展开叙事分析有助于揭示诗学一般原则与文化特殊性之间的历史意义。③ 这一观点与普林斯在20世纪90

---

① Marion Gymnich, "Linguistics and Narratology: The Relevance of Linguistic Criteria to Postcolonial Narratology," *Literature and Linguistics: Approaches, Models, and Applications: Studies in Honour of Jon Erickson*, eds. Marion Gymnich, Ansgar Nünning, and Vera Nünning (Trier: WVT Wissenschaftlicher Verlag Trier, 2002), p. 64.

② Gerald Prince, "On a Postcolonial Narratology," *A Companion to Narrative Theory*, eds. James Phelan and Peter J. Rabinowitz (Oxford: Blackwell, 2005), pp. 372−381, p. 375.

③ Brian Richardson, "U. S. Ethnic and Postcolonial Fiction: Toward a Poetics of Collective Narratives," *Analyzing World Fiction: New Horizons in Narrative Theory*, ed. Frederick Luis Aldama (Austin: U of Texas P, 2011), pp. 3−16, p. 3.

第十二章　后殖民叙事学

年代提出的观点基本一致。在一篇论及"女性主义叙事学"理论依据的文章中,普林斯指出,"结构主义叙事学为阅读与分析一般叙事作品提供了阐释工具",借助这些工具对具有特殊形式的作品展开分析,不失为一种有效的阐释实验,既能验证叙事学提出的各种"分类",还能考察那些"可能被忽视、低估或误解的叙事要素"。①

诚然,有关叙事诗学与叙事批评关系的讨论并非由"后殖民叙事学"引发。20 世纪 80 年代"女性主义叙事学"出现时,叙事学界有过类似的讨论。以诗学研究的内在性、抽象性、普遍性为依据,有学者提出,纯粹的叙事诗学研究无关社会文化语境,也不涉及价值判断。② 也有研究者认为,抽象的理论来源于具体的阐释实践;从性别政治角度解释作品形式技巧,有利于丰富叙事理论。③ 回顾这场讨论,申丹指出,非历史的、抽象的形式主义叙事学的诗学/语法研究与历史的、具体的"语境化"叙事学批评不是相互排斥而是相互补充。首先,形式主义诗学/语法涉及的是从千变万化的具体文本中抽象出来的结构形式(如内视角与外视角之分),这种研究无须关注语境,女性主义叙事学的诗学研究也同样如此(其试图将叙事诗学语境化的努力注定无法成功),只有对具体文本的叙事学批评才需要考虑语境(详见本书第十章第三节)。若能看清这一点,就能进一步认识到形式主义诗学研究与语境化的叙事学批评之间相互促进的对话关系,一方面前者可为后者提供分析工具;另一方面,后者在分析中发现的新的结构技巧又可丰富和拓展前者。④ 从诗学研究内部观察,叙事诗学专注于探究"叙事语法"的构成与内部规律,为理论自身发展注入了内在动力;另一方面,我们也应该看到,从文化历史、性别、阶级立场等外部"语境"切入的具体作

---

① Prince, "On Narratology: Criteria, Corpus, Context," *Narrative* 3. 1 (1995), pp. 73—84, pp. 77, 78.

② Nilli Diengott, "Narratology and Feminism," *Style* 22 (1988), pp. 42—51.

③ Susan Lanser, "Shifting the Paradigm: Feminism and Narratology," *Style* 22 (1988), pp. 52—60.

④ Dan Shen, "Why Contextual and Formal Narratologies Need Each Other?" *JNT: Journal of Narrative Theory* 35. 2 (2005), pp. 141—171, p. 164. See also Dan Shen, "'Contextualized Poetics' and Contextualized Rhetoric: Consolidation or Subversion?" *Emerging Vectors of Narratology*, eds. Per Krogh Hansen, et al. (Berlin: De Gruyter, 2017), pp. 3—24.

品阐释势必顾及形式生成的外部动力。

就理论应用而言,叙事诗学研究揭示了叙事艺术的内在规律与叙事成规,为我们发现、辨识具体作品的形式差异提供了重要理论参照,使得我们对某些背离"成规"与"通则"的形式技巧变得更加敏感。在这一点上,雅柯布森提出的"主导"(dominant)概念具有启发意义。在论述文学语言诗性功能及其结构功能时,雅柯布森指出,文学作品通常以一些具有"主导"地位的样式表达意义,以此确立这些样式在作品表意等级关系中的中心位置,但同时,构成艺术要素与结构关系的"主导"并非一成不变,而是在发展过程中不断衍变,并产生各种偏离"主导"的现象。① 总之,"主导"与"偏离"之间相对独立又互为渗透的奇特关系构成了艺术规律的历史生成与演化。略作引申,我们可以说,结构主义叙事学起初对种种"主导"的描述与归纳主要以欧美小说传统为依托。依照常识可知,以归纳法推演的理论可以概述描述对象的基本特征,但难以涵盖叙事艺术的多样性。但这并不意味着结构主义归纳的诗学不再适用于具体阐释。相反,以叙事学提供的一般形式规律和美学特点为参照,我们可以发现后殖民叙事作品在谋篇布局、运用策略、修辞方式等方面的特殊性。

与经典叙事学理论及其阐释范式为参照,批评家考德威尔(R. C. Caldwell Jr.)在论及加勒比法语作家康斐恩(Raphaël Confidant)的作品时提出,后殖民小说在故事形态、叙述策略,以及语言方式等诸多方面明显不同于欧洲小说传统,而正是通过这些差异化表达,小说家们展现了国族文学传统以及历史意识。② 考德威尔的观点令人联想到后殖民文学批评对"逆写"姿态的强调,即,以"挪用"和"戏仿"为基本策略,表达对西方文学传统及其"东方主义"意识形态的反抗与颠覆。③ 这一认识与后殖民文化

---

① Roman Jakobson, "The Dominant," *Readings in Russian Poetics: Formalist and Structuralist Views*, eds. Ladislav Matejka and Krystyna Pomorska (Ann Arbor: The U of Michigan P, 1978), pp. 82—87, p. 82, 87.

② Roy Chandler Caldwell Jr. "Créolité and Postcoloniality in Raphaël Confidant's L'Allée des soupirs," *The French Review* 73 (1999), pp. 301—311, p. 303.

③ Bill Ashcroft, Gareth Griffiths, and Helen Tiffin, *The Empire Writes Back: Theory and Practice in Post-colonial Literatures* (London: Routledge, 1989), p. 32.

第十二章　后殖民叙事学

批评领域对"后殖民文学"的政治定义密切相关。

依照阿皮亚（Kwame Anthony Appiah）的观点，"后殖民文学"产生于前殖民国家，涵盖国家独立后涌现的所有文学作品。[①] 这一定义表明，后殖民文学具有明确的时间和空间坐标，且有明确的国族身份立场。以20世纪中叶以后持续推进的殖民解放与民族独立运动为时间轴，阿皮亚的"后殖民文学"版图涉及从非洲到加勒比、从亚洲到大洋洲国家与地区的文学园地。后殖民理论家杨（Robert Young）与其立场相似，指出后殖民文学发生于前殖民地国家和地区，与欧洲殖民历史密切相关，因此，"后殖民文学"以揭露殖民历史，展示民族国家文化身份为主要目的。[②] 这些看法表明，"后殖民文学"负有去殖民化和书写国家历史与民族文化的双重使命。不可否认，前殖民地作家大都具有高度的国家与民族身份意识，并以明确的政治立场抨击西方文化（包括文学作品）对"东方"/他者的"东方主义"描绘；不过，以"殖民"/"被殖民"、西方/非西方为二元对立项，这一认识立场有失偏颇，容易忽视后殖民文学内部的差异性。以英语后殖民文学为例，遭遇英帝国殖民统治的前殖民地作家大多用英语进行创作，其作品构成了独特的"英联邦文学"与"新英语文学"（New Literatures in English）。就英语小说而言，英语语言以及叙事艺术传统广泛影响英语世界的后殖民小说；英语小说在不同国家、不同作家笔下形式各异，异彩纷呈，很难将这些差异放置在上述二元对立框架里。此外，地理空间、文学观念，特别是创作主体的个体差异势必在作品主题和形式艺术层面上有所反映。因此，针对具体作品展开分析，尤其是关注作品形式艺术，成为当代后殖民文学研究领域的重要议题。

[①] Kwame Anthony Appiah, "The Postcolonial and the Postmodern," *The Postcolonial Studies Reader*, eds. Bill Ashcroft, Gareth Griffiths, and Helen Tiffin (New York: Routledge, 1995), p. 119.

[②] Robert Young, "What Is the Postcolonial?" *ARIEL: A Review of International Literature* 40.1 (2009), pp. 13—25, p. 13.

第二节　与后殖民文学批评的差异

与"后经典叙事学"名下其他研究范式的命名方式类似,"后殖民叙事学"采用了"后殖民＋叙事学"联合表达式。不过,这并不等于将后殖民文学批评与叙事学进行简单合并。为了更好理解"后殖民叙事学"理论立场以及相应的分析方式,我们有必要先了解后殖民文学批评的基本立场。

前述提到,后殖民文化/文学批评认为,"后殖民文学"与民族国家独立解放事业、去殖民化运动密切相关。以这一认识为阅读立场,后殖民文学批评对西方文学经典展开"重读";同时,将展现民族文学传统视为文化使命,批评家们重视本土化写作,关注作品的叙述立场。[1] 依照不同的研究对象,后殖民文学批评围绕两个方面展开,其一,以后殖民立场重读西方经典,揭示隐含在故事内容与叙述形式中的"东方主义";其二,聚焦于出自前殖民地国家的作品,梳理民族文学传统与文化思想,建构"族裔经典"(ethnic canon)。[2]

在"重读"经典阶段,批评家们主要采取赛义德提出的"对位阅读"方法(contrapuntal reading)。在《文化与帝国主义》中,赛义德认为,18、19世纪英国小说不乏对殖民地历史的描写,但普通读者一般难以察觉,原因在于小说家采取了一些特殊的手法,比如将发生在殖民地的事件括除在情节之外;然而,正是这一处理方式为小说家提供了解决情节冲突的有效方案:譬如安排人物前往殖民地,使得故事"圆满"结尾。依照赛义德的看法,18、19世纪英国小说中常常出现类似笔法,它要求读者在作品结构与外部社会所指之间来回切换,从中发现作品在帝国文化语境中的"态度结构和指涉结构"[3]。英国殖民地这一史实在英国小说中时隐时现,赛义德对其展现方式的关注旨在阐述小说艺术与帝国文化之间的互为构筑关系。这种

---

[1] 任一鸣:《后殖民:批评理论与文学》,北京:外语教学与研究出版社,2008年,第18—19页。
[2] David Palumbo-Liu, ed. *The Ethnic Canon: Histories, Institutions, and Interventions* (Minneapolis: U of Minnesota P, 1995), p. 19.
[3] Edward Said, *Culture and Imperialism* (New York: Alfred A. Knopf, 1993), p. 51, p. 67, p. 53.

阅读方法把小说看作与历史条件相关的知识话语,对于辨析文化展现领域里的知识与权力关系具有重要启发意义。但我们也应该看到,他认为19世纪英国小说与英国殖民主义之间存在互为构筑的内在关系,这一认识有失偏颇。事实上,英帝国时期的英国小说存在诸多差异,其中不乏对帝国与殖民问题的质疑与抨击。这是另外一个庞杂的议题,此处略过。

后殖民叙事学与后殖民文学批评同样重视"重读"经典,有所不同的是,从叙事学角度展开的"重读"不限于"后殖民文学"。普林斯在《论一种后殖民叙事学》一文中提出,后殖民文化研究涉及的一些重要议题,如"混杂、移民、他者、碎片化、多样化,以及权力关系"普遍存在于英语小说中,凡是涉及这些议题的作品均属于"后殖民文学"。[1] 将"后殖民"移出时间与地理范畴,这一做法拓展了"后殖民文学"的研究范围,使得族裔小说、流散裔小说等非主流、非西方叙事类型进入"后殖民叙事学"研究视野。至于阅读方法,普林斯主张参照结构主义叙事学对叙事作品的结构区分,从"故事"和"话语"两个层面展开分析。他特别提到,在故事层诸多要素中,故事空间与后殖民小说中常见的身份主题关系尤为密切;为了揭示这一议题的主题功能,他认为有必要对故事空间与视角、声音之间的结构关系进行深入分析。[2] 他强调,关注视角、声音以及语言方式,尤其是那些以"叙述人称"为标识的个体或群体"声音",有助于发现叙述者与群体之间的异同关系。[3] 除了倡导关注作品宏观结构特征,以及结构成分之间的连接点,普林斯还重视后殖民小说的语言选择。在他看来,后殖民小说家通常具有高度的文化自觉意识,这主要表现在语言选择上,因此有必要仔细分析作品的句法、语义与语用特征。[4] 普林斯提出的这些观点,堪称"后殖民叙事学"研究的技术路线。

前面提到,后殖民文学批评的第二个重点是对前殖民地国家的现当代作品展开讨论,通过分析其形式规则与美学特征,梳理民族文学与文化传统。值得注意的是,站在后殖民立场上进行创作的作家并不总是严格区分

---

[1] Prince, "On a Postcolonial Narratology," p. 373.
[2] Ibid., p. 376.
[3] Ibid., p. 379.
[4] Ibid., p. 375.

"西方"与"非西方"文学传统。或者说,后殖民文学作品既有"西方"文学文化传统,又有民族文学文化传统。这一特点集中体现在当代后殖民作家对西方经典的"改写"现象中。大约自20世纪90年代开始,英语小说界涌现了一批以经典小说为"前文本"进行再创作的叙事作品。英国小说史上的经典作品,如《鲁滨逊漂流记》《简·爱》《远大前程》《黑暗的心》,以不同的互文结构出现在一大批当代英语后殖民小说中,形成了极具特色的"后殖民经典重写"。[①] 有研究者认为,这些作品意在拆解文学经典代表的帝国价值与殖民主义立场,继而"取代"其经典位置,成为后殖民文学经典。[②] 如果我们对这些作品的叙事结构与策略加以观察,或许会有不同的发现。就这些作品的情节结构而言,这些"改写"之作的常规做法是从"前文本"中抽取一条情节辅线展开叙述,使之成为作品的主要情节,以此映衬两部作品在人物关系、时空结构方面的置换与反差。澳大利亚小说家卡里(Peter Carey, 1943—)的小说《杰克·麦格斯》(*Jack Maggs*)便是这样的例子。小说以《远大前程》第三十九章中"英国罪犯"麦格威奇与其"养子"见面这一"情节急转"为开端,讲述前者重返英国后的不幸遭遇,以此展现英国国内社会危机。

当代英语后殖民小说叙事样式新颖,主题丰富,"重写"只是其中的一种样式。透视这一现象,反观英语后殖民小说与小说传统之间的相交关系,我们可以看到,后殖民小说固然有其自身的独特性,但是,由于历史原因,它与英语小说传统有着密切的相关性。从这个角度看,后殖民叙事学的意义不只是拓展了叙事学批评的范围;作为一种跨文化的阐释实践,它有助于突破后殖民文学批评长期囿于"逆写"和"反抗"模式的阅读范式,促使后殖民文学批评走向文化比较与比较诗学研究。

[①] Ankhi Mukherjee, *What Is a Classic? Postcolonial Rewriting and Invention of the Canon* (Stanford: Stanford UP, 2014), p.18.

[②] Peter Widdowson, " 'Writing Back': Contemporary Re-visionary Fiction," *Textual Practice* 20.3 (2006), pp.491—507, p.494.

第十二章 后殖民叙事学

第三节 "后殖民叙事学"形式分析要点

"后殖民叙事学"支持"后殖民批评"立场,主张通过分析形式特点揭示蕴含于作品中的文化、历史与政治意义。以此为主要目标,"后殖民叙事学"集中于两方面的工作:其一,参考后殖民文学批评提出的"抵抗式阅读",重新审视18、19世纪经典小说,剖析情节结构、人物形象、话语方式暗含的种族歧视与文化偏见;其二,利用结构主义叙事学提供的"叙事诗学"理论及其相关概念和术语,分析后殖民小说在语言文体、结构方式、修辞策略方面的特殊处理,辨析作家以形式策略表达的叙述立场,以及希望获得的修辞效果。前者注重读者自觉接受的"后殖民"阅读立场,后者重视作家以特定叙事策略预设于作品中的邀约机制。下面,我们选取语言种类、叙述人称、"未叙述"三个议题略述要点,揭示后殖民叙事学在方法上对结构主义叙事学的倚重。

一、语言种类

语言对于后殖民作家而言意义重大。肯尼亚作家恩古吉(Ngũgĩ wa Thiong'o)初入文坛时用英语写作,但他在1977年宣布"告别英语",改用东非部落语言进行创作,并且倡导非洲作家弃用"殖民语言"——英语。① 尼日利亚小说家阿契贝(Chinua Achebe)则认为,英语在殖民历史条件下的确是殖民者强加给被殖民者的语言,但在国家独立后,英语是非洲英语作家及其作品进入世界文学的重要途径,因此有必要沿用;同时,他强调,为了展现民族文化传统,非洲作家应当对英语加以改造,用"新英语"(new Englishes)的言语方式进行创作。② 对比结构主义和后结构主义对语言的认识,我们可以看出恩古吉和阿契贝对英语语言的不同看法:前者看重民族语言,把语言视为文化的等效展现,后者注重语言的交流功能,关注语言

---

① Ngũgĩ wa Thiong'o, *Decolonizing the Mind: the Politics of Language in African Literature* (London: James Currey, 1986), xiv.
② Chinua Achebe, "English and the African Writer," *Transition*, *The Anniversary Issue: Selections from Transition, 1961—1976* (1997), pp. 342—349, p. 349.

的使用方式。

倘若我们从叙事交流角度看,阿契贝对待英语的看法,以及他倡导的"新英语"更具前瞻性。当今世界,经济全球化挤压着本土文化,影响文化与文明多样性,不过,英语已经成为世界范围的通用语。在文学领域,用英语进行创作的作家早已超越原先的国家与地理范畴。博艾默(Elleke Boehmer)在论及这一态势时认为,用英语进行创作的后殖民作家大致上可分为两大群体,一部分移居在英语为母语的国家,另一部分生活在前殖民国家;不同的生活空间以及不同的历史文化使得语言种类各有差异,表现为各色各样的"混搭"风格。① 反观恩古吉对待英语的看法,我们可以说,问题不在于选择或者摒弃英语,而在于使用英语的方式与方法。

吉姆尼希侧重于英语后殖民小说中多种语言方式"混搭"而成的"文学方言"(literary dialect),倡导将叙事学研究与语用学分析进行结合。在她看来,小说家安排某些人物(或叙述者)使用方言,让另一些人物(或叙述者)说一口"标准英语",这一处理很多时候具有主题意义(64)。吉姆尼希从19世纪英语小说与当代后殖民英语小说中选取一些代表作,考察了"标准英语"和"非标准英语"的不同分布,归纳出三种基本样式。限于篇幅,我们用图表归纳如下:

异故事叙述	同故事叙述
1. 叙述者用标准英语,人物用外来语	1. 叙述者用标准英语,人物用外来语
2. 叙述者用标准英语,人物用非标准英语	2. 叙述者用标准英语,人物用非标准英语
3. 叙述者和人物均用非标准英语	3. 叙述者和人物均用非标准英语

这一图表乍看索然无趣:除了模式不同(异故事和同故事),其余项完全相同。也就是说,无论是"同故事叙述"还是"异故事叙述",均含有三种语言:标准英语、非标准英语,以及"外来语"。不过,细读她对具体作品的分析,我们不难看出其中差异。以美国华裔作家梁文焕(Monfoon Leong)

---

① Elleke Boehmer, *Colonial & Postcolonial Literature* (Oxford: Oxford UP, 1995), p. 249.

的故事《方荣的新年》中的一个细节为例,吉姆尼希指出,故事由全知叙述者讲述,表现为异故事模式,叙述者的标准英语占据主导位置;不过,在提到广东地区的纸牌游戏"番摊"时改用汉语拼音"fan tan"表示,直接呈现游戏参与者的文化背景。此外,玩牌人的对话不时出现"洋泾浜英语",与全知叙述者的语言风格形成对比。叙述者与人物在语言风格上的对比,特别是标准英语映照下的"不标准"折射出玩牌人在英语文化中的边缘地位。与此不同,当标准英语和洋泾浜英语出现在"同故事叙述"情形中时,人物叙述者与故事中其他人物之间的关系发生了变化。吉姆尼希的例子来自加拿大华裔作家英格肯特(Garry Engkent,1948—)的故事《妈妈为什么不会说英语》("Why My Mother Can't Speak English")。作品采用主人公叙述(同故事),讲述了母子二人在加拿大生活的不同感受:儿子生长于加拿大,说着一口流利的英语,而母亲只会说几句"餐馆英语"。吉姆尼希认为,通过描述故事中移民母亲的语言障碍,作品揭示了华人移民在加拿大英语环境中的局外人身份。[①] 细读作品,我们还可以发现,由人物叙述者展示的语言差异,除了彰显加拿大华裔社区内部的文化差异,还揭示了新移民一代与其父辈之间的鸿沟。此外,作家将这一主题渗透在母子关系中,由说着一口流利英语的儿子看待其母亲的语言障碍,引发读者对其母亲的同情。

通过辨析"文学方言"在"异故事叙述"和"同故事叙述"两种情形下的分布情况,我们可以发现语言使用者对所处文化语境的认同感。这一方法有效地避免了对"非标准英语"文化意义的简单解释。"非标准英语"内部存在不同语言混杂产生的差异,需要读者根据具体作品加以辨析。例如,在非洲裔美国小说中,非洲裔英语具有双重意指结构:一方面是黑人土语方言在发音与拼写上的特殊"表意"符号,另一方面是通过模仿标准英语与主流文学传统获得的修辞表意。依照非洲裔文学理论家盖茨(Henry Louis Gates,Jr.)的观点,非洲裔美国文学的表意系统具有"双声"。看似黑白兼有的双声实际上是以黑人文学和白人文学传统为基础的多重表意

[①] Gymnich,"Linguistics and Narratology: The Relevance of Linguistic Criteria to Postcolonial Narratology," pp. 68—69.

结构,它以"戏仿"为基本策略,赋予转义以民族文化意义。① 英语后殖民小说与族裔小说中的"非标准英语"样式丰富,与"标准英语"一起在作品中并行使用的方式也存在很多差异。

应该特别提出的是,英语后殖民小说中的语言种类不只是"标准"与"非标准"之间的分布差异。加勒比文学中的"克里奥"(Creole)语言现象就是一个典型案例。"克里奥"指南美、西非、西印度一带的欧洲后裔,也泛指这些地区白人与黑人的混血后代;这些人群使用的语言叫做"克里奥语",带有两种或多种语言混合而成的杂糅性。② 与英语文学中其他国家和地区的作家不同,加勒比一带的作家没有一般所说的本土语言,只能在标准英语与克里奥语(有时也称作"patios")之间进行选择,但不同作家的"克里奥语"又存在各种差异,其复杂程度远高于"洋泾浜"对"标准英语"的改造。语言的杂糅性,以及语法结构的变体,需要我们针对具体现象展开更为细致的文体分析。

二、叙述人称与集体叙述

叙述"人称"(person)与语言种类密切相关,在后殖民小说中同样重要。英国学者弗雷泽在阐述"后殖民小说诗学"(poetics of postcolonial fiction)时提出,叙述人称不仅是小说文体的重要方面,同时还具有主题象征意义:或者代表叙述者的自我身份意识,或者影射国家身份。③ 依照理查逊的观察,用复数第一人称"我们"来指涉叙述者在后殖民小说中颇为常见,与欧洲小说传统中常规化的第三人称叙述④形成对比。这一独特的"集体叙述"背后大有文章,蕴含了作家对文化身份的集体认同,包括对殖民统治的集体反抗;对这一现象加以归纳、分析,揭示蕴含其中的美学与文

---

① Henry Louis Gates, Jr., *The Signifying Monkey: A Theory of Afro-American Literary Criticism* (New York: Oxford UP, 1988), pp. xxii—xxiv.
② Boehmer, *Colonial & Postcolonial Literature*, p. 9.
③ Robert Fraser, *Lifting the Sentence: A Poetics of Postcolonial Fiction* (Manchester: Manchester UP, 2000), p. 65.
④ 叙事学范畴的叙述者指叙述的主体,这里的"第三人称叙述"指语法人称。

化意义,有助于构建"集体叙述诗学"。①

理查逊的观察指出了"第一人称复数叙述"在后殖民小说中的普遍性,强调了语法人称"我们"与民族、文化身份之间的象征对应关系。这一看法让人想起女性主义叙事学关于叙述声音与主体意识关系的认识。女性主义叙事学倡导人兰瑟在《虚构的权威》中强调,女性主义叙事学关注隐匿在叙述声音中的叙述权威与性别意识。② 她以19世纪英美经典小说为例,分析了一些作家在选择叙述者以及展现人物内心活动时的策略,例如选取故事人物为叙述者,但在描述其意识活动时出现"我们",引导读者把叙述者看作集体立场的"代言人",以此赋予叙述者(叙述主体)"集体愿景"。③ 简言之,兰瑟认为,语法人称"我们"代表了集体视角与"群体声音"。④ 不难看出,女性主义叙事学关于"我们"以及叙述立场的解读启发了后殖民叙事学对"集体叙述"的象征解读。

需要注意的是,第一人称复数"我们"并非"后殖民小说"所独有。以维多利亚小说为例,我们时常发现,许多小说以全知叙述模式开篇,给人以客观和中立之感,但在不经意间冒出"我们"一词,仿佛读者置身于故事之中,或者与叙述者一同"观看"故事世界。米勒(J. Hillis Miller)在谈及这一现象时认为,维多利亚小说家们喜欢使用这一策略,原因在于它能够有效引导读者"进入"故事世界,从而接受全知叙述者的价值与立场。⑤ 也就是说,"我们"不是故事的叙述者,而是作品的叙述立场。正如马戈林(Uri Margolin)所言,"我们"不是指讲述或书写故事的某个主体,而是"介于第一人称和第二/第三人称之间的中间状态";叙述者是故事里的某个成员,但他/她代表的是集体立场。⑥ 后殖民叙事学分析重视"第一人称复数"叙

---

① Richardson, "U. S. Ethnic and Postcolonial Fiction: Toward a Poetics of Collective Narratives," p. 4, p. 3.
② Lanser, *Fictions of Authority: Women Writers and Narrative Voice*, p. 15.
③ Ibid., p. 249.
④ Ibid., p. 21.
⑤ J. Hillis Miller, *The Form of Victorian Fiction* (Notre Dame: Notre Dame UP, 1968), p. 78.
⑥ Uri Margolin, "Person," *Routledge Encyclopedia of Narrative Theory*, eds. David Herman, Manfred Jahn and Marie-Laure Ryan (London: Routledge, 2005), pp. 422−423, p. 423.

述现象,要义大概也在于此。

值得一提的是,第一人称复数在后殖民小说中具有集体象征意义,但这并不是说,以第一人称单数呈现的"自我叙述"只用于表述个体经验。相反,后殖民小说家常借用自传叙事展现民族与国家历史。非洲裔美国作家艾里森(Ralph Ellison)的《隐形人》(*Invisible Man*)、印度作家安纳德(Mulk Raj Anand)的《贱民》(*Untouchable*)、加勒比作家拉明(George Lamming)的《在我皮肤的城堡里》(*In the Castle of My Skin*)都是典型例子。印度裔英国作家拉什迪的《午夜的孩子》(*Midnight's Children*)堪称这方面的代表。小说以主人公萨利姆为叙述者,呈现了主人公的成长经历;同时,叙述者在回溯往事的过程中不时采用魔幻现实主义手法,多次提及与他同时出生(1947年8月8日)的一千零一个孩子。这一安排使得萨利姆的故事具有国家象征意义。或者说,《午夜的孩子》以自传体小说讲述了国家和民族历史。这个例子说明,叙述人称在后殖民小说中固然重要,但是,人称本身并不具有身份政治意义;真正重要的是人称在具体作品中与其他叙事要素之间的合成关系。

三、"未叙述":隐秘的权力关系与叙述立场

普林斯在阐述情节结构与主题的关系时指出,叙事文本中常常含有一些"未被叙述之事"(the unnarratable),它们以缺席的方式暗示其已然发生;与此不同,有些事件虽然并未发生,但叙述者却以"假设语气"暗示读者它们有可能发生,这一现象构成了"未发生之事"(unnarration)。普林斯认为,导致前一种现象的原因有两种,或者受制于"禁忌"(社会习俗、作者立场以及形式规约),或者因为太过寻常而"不值得讲述"。① 与普林斯对"未发生之事"的关注相映成趣,沃霍尔重视"未被叙述之事",将其成因归纳为三种:(1)因为显而易见而不必说;(2)因为顾及社会文化禁忌而不能说;(3)因为难以言表而无法说。② 以维多利亚小说中常有的"未被叙述之事"

---

① Prince, "The Disnarrated," *Style* 22.1 (1988), pp.1—8, p.1.
② Warhol, "Narrating the Unnarratable: Gender and Metonymy in Victorian Novel," *Style* 28.1 (1994), pp.74—94, p.79.

为例子,沃霍尔发现,但凡情节涉及由于男女之间不当行为导致不良后果时,小说家或者一笔带过,或者用象征和意象暗示,使得对人物命运至关重要的事件未见全貌与究竟。①

沃霍尔重视"未被叙述之事",是为了探究这一叙事现象背后的社会历史成因,从文本中辨析作者看待性别问题的叙述立场。受沃霍尔启发,鲁思认为,"未叙述"意味着作者或叙述者"拒绝讲述","有意沉默",因此,重要的不仅仅是未被叙述的事件,而是叙述者对待相关事件的认识与姿态。② 沃霍尔和鲁斯聚焦于维多利亚小说中的"未被叙述之事",分析这一现象暗含的性别意识,分析"不能说""无法说"的社会历史原因。实际上,"未被叙述之事"作为一种叙事现象,同样存在于后殖民小说中。例如在库切(J. M. Coetzee)的小说《伊丽莎白·科斯特洛:八堂课》(*Elizabeth Costello: Eight Lessons*)中,演讲人伊丽莎白告诉听众,她将"省略讲述"动物经历的死亡与恐怖,但她同时表示,那些"恐怖"却是这一堂课的核心。③ 库切小说研究者泰格拉认为,作品表面上围绕人类屠杀动物与纳粹屠犹事件展开叙述,深层意义落在抨击南非种族隔离制度;借用伊丽莎白的演讲,特别是她拒绝讲述"恐怖"的这种叙述方式,库切揭露了种族隔离制度下骇人听闻的种种恶行。④ 这一解释揭示了"未被叙述之事"的社会历史意义,以及叙述者的价值立场。叙述者因为觉得事件太过恐怖而拒绝讲述,使得"未被叙述之事"在听众和读者看来更加重要。

有必要说明的是,后殖民叙事分析重视"未被叙述",但是,与此形成对照的"未发生之事"同样值得关注。我们已经了解,普林斯提出的"未发生之事"指的是叙述者提到,但未发生或可能发生的事件,意在说明"未发生之事"与情节结构之间的潜在关系。用他的话说,"未发生之事"意味着情

---

① Warhol, "Narrating the Unnarratable: Gender and Metonymy in Victorian Novel," *Style* 28.1 (1994), pp. 83—85.

② Rosaler Ruth, *Conspicuous Silence: Implicature and Fictionality in the Victorian Novel* (Oxford: Oxford UP, 2016), p. 2.

③ Coetzee, *Elizabeth Costello* (New York: Penguin, 2003), p. 63.

④ Emanuela Tegla, *J. M. Coetzee and the Ethics of Power: Unsettling Complicity, Complacency and Confession* (Leiden: Brill, 2016), p. 22.

节结构存在其他线头。① 有必要指出的是,叙述过程中提及的"未发生之事"实际上强调的是叙述者对其叙述行为的自我意识,含有明显的立场与价值判断。在分析后殖民小说时,我们有必要对"未发生之事"加以留意。赫斯顿(Zora Neale Hurston)的小说《他们眼望上帝》(*Their Eyes Were Watching God*)以黑人女主人公珍妮出场作为开篇,其中一处"未发生之事"值得细读:珍妮安葬好了逝者回到村里,叙述者强调,得到安葬的不是曾患不治之症、受到亲友哀悼的逝者,而是在河水里浸泡得肿胀的陌生人遗体。费伦在解读这一细节时认为,叙述者介绍主人公登场,提及人物此前所做之事,同时强调"未发生之事",这一策略透露了叙述者对女主人公良善美德的肯定。② 全知叙述者搁置讲述"目前"正在发生的事情,以"插话"方式告诉读者先前事件,并对事件加以评述——这一闲笔看似顺便一提,实际上有意为之,既表达了叙述者立场,又暗示读者留意这一细节。就这个例子而言,"未发生之事"的修辞效果不亚于全知叙述者的介入式评论,具有价值判断之意。

在这一小节关于后殖民叙事学分析要点的讨论中,我们介绍了"语言种类"、叙述人称,以及"未叙述"的不同表现,并以具体例子说明了概念的内涵以及在运用中的意义延展。需要重申的是,后殖民叙事学关注的形式分析远不只是"文学方言"、人称与"未叙述"。倘若以热奈特提出的"叙述语法"来看,后殖民小说在"时态""语式",以及"语态"三个方面的特点都应得到重视,而对于这些形式特殊性与文化意义关系的探究也将在具体阐释中得到推进。

※　※　※　※

后殖民小说在故事样式、语言选择,以及叙事策略上具有特殊性;从这些形式层面分析后殖民小说的艺术特殊性,辨析作品主题意义以及文化意蕴,继而建构"后殖民叙事学"——这一理论倡导以及相应的阐释实践对于

---

① Prince, "The Disnarrated," *Style* 22.1 (1988), pp. 1—8, p. 2.

② James Phelan, "Voice, Politics, and Judgments in *Their Eyes Were Watching God*: The Initiation, the Launch, and the Debate about the Narration," *Analyzing World Fiction: New Horizons in Narrative Theory*, ed. Frederick Luis Aldama (Austin: U of Texas P, 2011), pp. 57—73, p. 60, p. 62, p. 72.

我们解读"非西方""非经典"作品的叙事艺术具有启示作用。以叙事诗学研究提供的一般规律作为范式,反观植根于具体历史文化语境中的叙事作品,我们可以发现形式差异蕴含的意识形态意义;同时,通过观察形式差异对阐释范式提出的新要求,有利于拓展叙事诗学研究的范围与议题。需要强调的是,"后殖民"概念所指十分宽泛,"后殖民小说"同样如此。因此,当我们借助"后殖民叙事学"方法解读"后殖民小说"时,需要以作品的历史语境为参照,针对具体形式进行细致分析,避免简单结论。

思考题和练习

1. 简述产生"后殖民叙事学"的批评语境与理论立场。
2. "后殖民叙事学"与后殖民文学批评有哪些异同点?
3. 什么是"文学方言"?以具体作品为例,分析叙述者与人物语言特点,揭示暗含在语言样式中的身份意识。
4. 小说中的叙述人称"我们"是否等于"集体叙述"?请用具体作品说明。
5. "未叙述之事"与"未发生之事"有什么区别?请用具体例子阐述两种现象在具体作品中的主题意义。
6. 后殖民叙事学重视作品形式特点,同时关注作家意图以及作品历史语境。我们在阅读后殖民小说时,如何综合考虑文本语境与文化语境?

第十三章 "隐性进程"与双重叙事进程

自古希腊亚里士多德以来,批评界一直认为模仿性虚构作品的叙事动力在于情节发展,它可以有不同分支、不同层次,也可从多种角度进行阐释。20世纪80年代以来,批评界认为经典叙事学的情节分析模式过于静态,因此越来越关注对叙事动力的研究。彼得·布鲁克斯的《阅读情节》具有开创性,其借鉴精神分析的方法,将叙事视为阅读过程中,文本的能量、张力、冲动、抗拒和愿望所构成的动态系统,着力探讨连接叙事头尾和推动中部前行的力量[1]。詹姆斯·费伦延续和发展了布鲁克斯的理念,成为近几十年叙事进程研究的领军人物。他发表了六部探讨叙事进程的专著,第一部题为《阅读人,阅读情节》[2]。其他学者也陆续出版探讨叙事进程、时间性和叙事顺序的专著[3];这方面的论文也不断涌现[4]。这些论著联手,进一步阐明了叙事动力的本质和作用,也使我们能更好地把握作者、叙述者、人物和读者之间的复杂关系。

值得注意的是,在很多作品以情节发展为基础的"显性进程"背后,存

---

[1] Peter Brooks, *Reading for the Plot: Design and Intention in Narrative* (New York: Knopf, 1984).

[2] James Phelan, *Reading People, Reading Plots: Character, Progression, and the Interpretation of Narrative* (Chicago: U of Chicago P, 1989). 值得注意的是,叙事的"进程"不仅包含事件和人物,也包含各种表达方式以及读者的阐释过程。我们不妨把"情节发展"作为提喻,用其指代显性的叙事"进程",费伦书名中的"情节"就是这样一种提喻。

[3] 例如 Brian Richardson, ed. *Narrative Dynamics* (Columbus: Ohio State UP, 2002); Michael Toolan, *Narrative Progression in the Short Story* (Amsterdam: John Benjamins, 2009).

[4] 例如 Meir Sternberg 在 *Poetics Today*(1990(4),1992(3),2006(1))上发表的一系列很有影响的期刊论文,Beatrice Sandberg 在论文集中发表的论文也产生了较大影响:"Starting in the Middle? Complications of Narrative Beginnings and Progression in Kafka," in *Franz Kafka: Narration, Rhetoric, and Reading*, eds. Jakob Lothe, Beatrice Sandberg, and Ronald Speirs (Columbus: Ohio State UP, 2011), pp. 123—148.

第十三章 "隐性进程"与双重叙事进程

在申丹命名为"隐性进程"(covert progression)的另一种隐蔽的叙事动力。这股叙事暗流是另外一个自成一体的叙事运动。隐性进程和情节发展构成双重叙事进程,两者从头到尾并列前行,表达出相互对照甚或相互对立的主题意义、人物形象和美学涵义,以各种方式邀请读者做出更为复杂的反应。①

迄今为止,批评界忽略了在不少作品中存在这种双重叙事动力。我们面临一系列新的问题:"隐性进程"如何不同于批评界业已关注的各种深层意义?为何在长期叙事批评传统中,学者们会一直忽略隐性进程和双重叙事动力?读者怎样才能发现作者为了各种目的或出于各种原因而对隐性进程进行的各种伪装?双重叙事进程对现有的叙事学理论提出了什么挑战?应如何拓展和革新叙事学模式来应对这种挑战?

第一节 "隐性进程"如何不同于其他深层意义?

历代研究者一直致力于挖掘虚构叙事作品的深层意义。在过去的半个世纪中,又出现了各种挖掘深层意义的新的理论概念和研究模式。这对更好地理解叙事动力做出了重要贡献。然而,这些概念和模式无一例外地在情节发展的范畴之内运作,因此从本质上不同于申丹所说的"隐性进程"。

一、"隐性进程"与"隐性情节"的本质不同

塞德里克·沃茨提出了"隐性情节"(covert plot)这一与不少现代小说相关的概念,将之界定为"或长或短的情节系列,其非常微妙和隐晦,带有

---

① 自申丹 2013 年在 *Poetics Today* 上提出在一些叙事作品中,情节发展背后还存在"隐性进程"以来(Shen,"Covert Progression"),这一概念在国际上产生了较大影响;从 2015 年夏开始,申丹注重探讨由隐性进程和情节发展构成的双重叙事动力。中外学者已将申丹首创的这一理论运用于对长/中/短篇小说、戏剧、电影、电视连续剧和连环画的分析。美国的 *Style* 期刊将 2021 年春季刊的全部篇幅用于探讨申丹的这一理论,登载了申丹撰写的供多国学者探讨的目标论文(Dan Shen,"'Covert Progression' and Dual Narrative Dynamics," *Style* 55.1 (2021), pp. 1—28),本章是这篇论文的编译和增删版。

裂隙和空白,因此在第一遍甚至第二遍阅读时都容易忽略"①。譬如,在康拉德的《黑暗的心》中,公司经理为了置竞争对手库尔茨于死地,秘密地把船弄坏并阻止其修复。不仅库尔茨本人对此不知情,连从旁观察的叙述者马洛也在库尔茨去世多年之后,还一直蒙在鼓里,更不用说读者了。正如沃茨所指出的,"隐性情节"往往是一种"阴谋或者欺骗",构成"延迟解码"的局部手法,其运作方式是在情节发展的内部"先展现某件事的结果,而(暂时)隐瞒导致这一结果的原因"。沃茨有时也将注意力引向"更长的情节系列",在探讨康拉德的《阿尔迈耶的愚蠢》时,他提出了以下问题:"戴恩为何会遇到埋伏?他被背叛了吗?如果答案是肯定的,那么是谁背叛了他?目的是什么?"沃茨认为,只要提出这样的问题,并追寻答案,就会发现"隐性情节"。在他看来,以往的批评家所忽略的是:阿拉伯商人对戴恩的背叛构成"情节的支点",而根据这一支点来探索情节发展,就能看到其富含反讽意味的复杂主题意义②。无论是聚焦于情节的某个环节还是其持续发展,沃茨的目的始终没有变化,即通过挖掘"隐性情节"来更好地理解情节发展本身。

戴维·里克特在另一意义上采用了"隐性情节",将之用于分析伊萨克·迪内森的《悲伤田地》。③ 小说以18世纪70年代的丹麦为背景,讲述一位寡母竭力救助她独子(被指控放火烧了老爷的粮仓)的故事。显性情节表明:她需要在一天之内割完一大片黑麦田(三个壮男的活儿),老爷才能放她的儿子。寡母做到了,却疲劳致死。里克特所说的"隐性情节"是另一故事线条,其中心人物是老爷的年轻侄子亚当,他在寡母割麦那天刚从英国回来。这一故事线条聚焦于这位开明的侄子与其封建贵族伯伯之间的对照,并描述了侄子的悲剧命运。在以往的批评中,该故事线条或者完全被忽略,或者有所关注但被误解。不难看出,里克特的"隐性情节"是情

---

① Cedric Watts, "Conrad's Covert Plots and Transtextual Narratives," *The Critical Quarterly* 24.3 (1982), p.53.
② Cedric Watts, *The Deceptive Text: An Introduction to Covert Plots* (New York: Barnes & Noble, 1984), pp.47-51.
③ David H. Richter, "Covert Plot in Isak Dinesen's 'Sorrow-Acre,'" *The Journal of Narrative Technique* 15.1 (1985), pp.82-90.

节发展本身的一个分支①,而"隐性进程"则是与情节发展并列前行的一股叙事暗流,其中心人物与情节发展中的人物相同,却暗暗表达出对照甚或对立性质的主题意义。

二、"隐性进程"与"第二故事"的本质不同

A. K. 莫蒂默所提出的"第二故事"(second story)与沃茨的"隐性情节"有一定的相通之处。"第二故事"指涉未被叙述的一个"秘密"(如私通、谋杀等),读者需要将其推导出来才能看到完整的情节线条。② 表面上看,莫蒂默所说的"第二故事"与"隐性进程"十分相似,因为根据莫蒂默的定义,"第二故事"是暗示主题意义的一股叙事暗流,只有看到了这股暗流,才能达到对作品较为全面和正确的理解,而实际上,"第二故事"与"隐性进程"有本质不同。第二故事涉及的是一个叙事秘密,有的故事在结尾处点明了这一秘密,而有的故事则始终未加点明。就前一种情况而言,在曼斯菲尔德的《幸福》中,年轻貌美的女主人公看上去家庭生活十分幸福美满,对丈夫也产生了很强的爱欲,在作品的结尾处却意外发现丈夫与自己的闺蜜私通,自己美满的婚姻只是一种假象。丈夫的私情构成"曾经隐匿的第二故事"③,女主人公和读者开始都蒙在鼓里,最后才发现真相。与此相比,有的第二故事始终处于隐匿的状态。莫蒂默给出的典型例证来自莫泊桑的《11号房间》。在作品的结尾,阿芒东法官的太太与情人的私通被一位警官发现。这位警官放走了他们,但警官"并不谨慎"。次月,阿芒东法官被派往它处高就,并有了新的住所。读者会感到困惑不解:为何阿芒东会获得升迁? 阿芒东本人并不明就里。莫蒂默认为只有第二故事才能提供正确的答案:警官告诉了阿芒东的上司阿太太的婚外情,而上司据此占了阿太太的便宜,欲火旺盛的阿太太让这位上司心满意足;作为对她的奖赏,上司提拔了阿芒东。读者必须推导出第二故事才能理解此处的情节发

---

① 文内着重号皆为笔者所加,下文不再出注。
② Armine Kotin Mortimer, "Second Stories," in *Short Story Theory at a Crossroads*, eds. Susan Lohafer and Jo Ellyn Clarey (Baton Rouge: Louisiana State UP, 1989), pp. 278–293.
③ Armine Kotin Mortimer, "Fortifications of Desire: Reading the Second Story in Katherine Mansfield's 'Bliss,'" *Narrative* 2.1 (1994), p. 41.

展——妻子私情的暴露与丈夫升迁之间的关联。莫蒂默提到的其他"第二故事"也是叙述者没有讲述的"秘密"(比如谋杀、乱伦等),读者需要推导出这个秘密来获取完整的情节发展。

简要地说,"第二故事"与"隐性进程"有以下四个方面的区别。首先,第二故事位于情节中的某个局部位置,而隐性进程则是从头到尾持续展开的叙事运动。其次,构成第二故事的婚外情、谋杀、乱伦等事件是情节发展本身不可或缺的因素,而隐性进程则是与情节并行的另一个叙事进程,在主题意义上往往与情节发展形成对照性质甚或颠覆性质的关系。再次,第二故事是情节中缺失的一环,读者会感受到这种缺失,从而积极加以寻找。与此相对照,隐性进程是显性情节后面的一股叙事暗流,不影响对情节发展的理解,因此读者阅读时往往容易忽略。此外,作为"秘密"的"第二故事"一旦被揭示出来,就显得索然无味了,而追踪发现"隐性进程"的过程则伴随着审美愉悦感的逐步增强和主题思考的不断深入。

三、"隐性进程"与"隐匿情节"的本质不同

让我们再看看"隐性进程"与凯莉·马什所说的"隐匿情节"(submerged plot)有何区别。在美国《叙事》期刊 2009 年第 1 期,马什提出了"隐匿情节"这一概念。她认为奥斯丁的《劝导》中有一个表面情节,围绕安妮与温特沃思的最后重新走到一起展开,另外还有一个隐匿情节,围绕安妮对母亲婚恋中性快感的追寻展开。[①] 该文发表后引起叙事研究界的关注。2016 年,马什出版专著《从简·奥斯丁到阿兰达蒂·洛伊小说中的隐匿情节与母亲的欢愉》,将研究范围加以拓展,从维多利亚小说一直到当代小说。[②] 但无论各个时期不同作者笔下的文本内容如何变化,马什的关注都不离其宗:女主人公的婚恋过程与已故母亲婚恋过程的隐蔽关联。

表面上看,"隐匿情节"与"隐性进程"十分相似,因为涉及的都是表面情节背后的一个持续不断的叙事运动,而实际上两者有较大差别。首先,"隐

---

① Kelly A. Marsh, "The Mother's Unnarratable Pleasure and the Submerged Plot of *Persuasion*," *Narrative* 17 (2009), pp. 76—94.

② Kelly A. Marsh, *The Submerged Plot and the Mother's Pleasure from Jane Austen to Arundhati Roy* (Columbus: Ohio State UP, 2016).

第十三章 "隐性进程"与双重叙事进程

匿情节"涉及的是母亲的性快感这种"不可叙述的事"(the unnarratable),而"隐性进程"则不然。其次,"隐匿情节"为情节发展本身提供解释,构成人物在情节中行动的一种动因。且以《劝导》为例,由于作者对安妮的母亲着墨不多,以往的批评家在很大程度上忽略了母亲的经历对安妮与温特沃思恋爱过程的影响。正如马什所强调的,只有把握了安妮与其母亲经历之间的关联,才能较为全面地理解她与温特沃思爱情故事的发展。与此相对照,"隐性进程"往往不为情节发展提供解释,而是自成一体,沿着自身的主题轨道独立运行。诚然,有的隐性进程解释了导致情节发展中人物行为的社会原因(见下面对曼斯菲尔德《启示》的分析),但却是沿着另外一个主题轨道运行:同样的文本选择会在这两种叙事运动中表达出相互对照甚至互不相容的主题意义。

四、"隐性进程"与"隐匿叙事"的本质不同

我们接下来看看"隐性进程"与"隐匿叙事"(submerged narrative)有何区别。C. J. 艾伦采用"隐匿叙事"这一概念探讨约翰·霍克斯的三部小说:《血橙》(1971)、《死亡、睡眠和旅行者》(1974)、《嘲弄》(1976)。[1] 艾伦所说的"隐匿叙事"指的是这三部小说相关联之后,所呈现的主题发展轨道:思维意识创造田园诗般美好想象的能力逐渐被无意识的需要和恐惧所削弱。这一"隐匿叙事"是作者对这三部小说的总体设计,使这三部小说成为"三部曲"。不难看出,"隐匿叙事"涉及的是情节发展本身(有意识和无意识的对照是在情节发展中产生和运作的),只是考虑范围拓展到了不同小说之间主题发展的关系。

黛博拉·古思也采用了"隐匿叙事",但将视野收回至单部小说。[2] 古思的这一概念指涉与第一人称叙述者的叙述相冲突的故事事实。譬如,在石黑一雄的小说《长日留痕》中,管家史蒂文斯声称其主人达林顿勋爵道德高尚,是正义和人文主义的化身,然而勋爵与法西斯分子和纳粹头目关系

---

[1] C. J. Allen, "Desire, Design, and Debris: The Submerged Narrative of John Hawkes's Recent Trilogy," *Modern Fiction Studies* 25.4 (1979), pp. 579—592.

[2] Deborah Guth, "Submerged Narratives in Kazuo Ishiguro's *The Remains of the Day*," *Forum for Modern Language Studies* 35.2 (1999), pp. 126—137.

亲密,还出于种族主义的考虑,解雇了两个犹太女仆,其话语也暗暗体现出他对法西斯意识形态的赞赏。史蒂文斯因为对主人盲目忠诚和崇拜,因而看不清主人真正的社会政治立场;而这种史蒂文斯认识不清的故事事实,就是隐匿叙事,其与史蒂文斯的叙述话语形成冲突和颠覆关系。在史蒂文斯的私人生活中,他与肯顿小姐之间"看不见"的恋情构成另一种隐匿叙事。这位人物叙述者之所以看不见,一是因为他没有敏锐地观察到肯顿小姐对自己的爱,二是因为他对自己的情感既认识不清,也为了自己的事业而竭力压制。无论属于哪种情况,古思为"隐匿叙事"给出的例证涉及的都是第一人称叙述者的观察、看法或表述与实际情况的不相吻合。这实际上构成各种形式的不可靠叙述,包括事实/事件轴上的"错误报道"和"不充分的报道";价值/判断轴上的"错误判断"和"不充分的判断";知识/感知轴上的"错误解读"和"不充分的解读"。① 也就是说,这种文本内部的"隐匿叙事"依然在情节发展的轨道上运作。

五、"隐性进程"与"潜结构"/"潜叙事"的本质不同

《文学评论》2014年第2期登载了张清华的《"传统潜结构"与红色叙事的文学性问题》,该文借鉴叙事学和精神分析的方法,从文学性的角度,探讨作为集体无意识的"传统潜结构",以及作为个体无意识的"潜文本"。从这一角度,可以看到隐藏于红色文学中的传统的结构模型、主题原型或叙述套路,譬如"男权主义无意识或梦境改装""英雄美人""家族恩怨与复仇故事",等等。其目的是揭示情节本身的深层动因和结构肌理,未把目光拓展到与情节发展并列前行的另一股叙事暗流。《当代作家评论》2016年第5期登载了张清华的《当代文学中的"潜结构"与"潜叙事"研究》,该文集中采用精神分析的方法,来挖掘中国当代文学中的集体无意识("才子佳人""英雄美人"等旧套路)和个体无意识(与性爱相关的人物心理活动)。

---

① James Phelan, *Living to Tell about It* (Ithaca: Cornell UP, 2005), pp. 49—53; Dan Shen, "Unreliability," in *Handbook of Narratology*, 2nd edn., eds. Peter Huhn et al. (Berlin: De Gruyter, 2014), pp. 896—909.

第十三章 "隐性进程"与双重叙事进程

无论涉及的是以往的红色文学还是当代文学,"潜结构"与"潜叙事"始终没有超出情节发展本身的范畴;而"隐性进程"则是在情节背后沿着另一个主题轨道运行的叙事暗流。此外,对"潜结构"与"潜叙事"的探讨旨在把西方精神分析和叙事学的方法运用到中国文学的阐释中;而"隐性进程"则是申丹在国内外原创的理论概念,旨在打破古今中外聚焦于情节发展的传统束缚。

六、"双重进程"与"双重话语"的本质不同

情节发展和隐性进程联手构成双重叙事进程,其双重性有别于以往批评界关注的双重性。在《激进的曼斯菲尔德:凯瑟琳曼斯菲尔德短篇小说的双重话语》一书中,帕梅拉·邓巴提出了"双重话语"(double discourse)的研究框架。[①] 这一框架涉及的范围有大有小。就大的范围而言,指的是不同作品的不同题材;有的作品聚焦于生活中充满阳光的一面,譬如物质的丰富,情感的满足等;而有的作品则聚焦于生活的阴暗面,包括异化、早逝、性变态、婚姻中的困境等。就小的范围而言,则是指在一个作品中,情节发展所涉及的这两个不同方面,一方面表达出生活的平静祥和,另一方面则表达出生活中的矛盾和丑陋。在曼斯菲尔德有的作品中,这两个方面以不同层次或者以对位的形式展现出来。无论是大范围还是小范围,"双重话语"指涉的均为情节发展中互为对照的题材,而双重进程涉及的则是情节发展(其本身可以有不同方面、不同层次)和与之并列前行的隐性进程。

"双重话语"和"双重进程"之间的区别可以从对曼斯菲尔德的《心理》的分析中略见一斑。邓巴从双重话语的角度较为详细地分析了《心理》,聚焦于男女主人公表面上竭力维持的柏拉图式的纯洁友谊和内心互相激情暗恋之间的对照,认为作品揭示出两人所追求的理性关系是"活生生的谎言",构成对内心深处更为"真实"的情感的阻碍。[②] 申丹也对《心理》进行

---

① Pamela Dunbar, *Radical Mansfield: Double Discourse in Katherine Mansfield's Short Stories* (New York: St. Martin's, 1997).
② Dunbar, *Radical Mansfield*, pp. 100—104.

了详细分析。① 若两者对比,则不难看出,邓巴的双重话语仅限于情节发展的范畴,没有涉及申丹所关注的情节背后的隐性进程:女主人公单相思,把自己的激情暗恋投射到毫未动情的男主人公身上,而在各种因素的作用下,她最后跟男主人公协调一致,走到了纯洁友谊的轨道上。邓巴的分析始终囿于情节发展,因此未关注这一隐性进程。

以往的批评家致力于从各种角度挖掘情节的暗含意义;与此相对照,申丹对隐性进程的关注"超越了亚里士多德诗学以来的研究传统,因为这偏离了传统上对情节的重视,转而探索与情节并列前行、甚至有时呈相反走向的叙事暗流"②。

第二节 隐性进程与情节发展之间的不同关系

隐性进程与情节发展以各种方式互为对照,产生互动。我们可将之分为两大类:互补型和颠覆型。在每一大类里,可进一步区分不同亚类型。如果说亚类型纷呈不一,那么产生隐性进程的原因也是复杂多样的。作者经常对这股叙事暗流进行伪装。这可能与作者的认知复杂性或者精巧的艺术手法相关;也可能是因为在特定历史语境中,作者有意遮掩自己的态度和信念;还可能是因为作者意在同时表达出互不相容的主题意义、相互对照的两种冲突,或者不同的反讽效果。

第一大类:隐性与显性进程互为补充

这一大类包含多种次类,无论属于哪一次类,隐性进程和情节发展都沿着各自的主题轨道运行,两者之间相互对照,也经常相互冲突,甚至互不相容。但即便互不相容,隐性进程和情节发展都对表达主题意义有实质性作用——两者联手表达出作品的主题意义,没有哪一个叙事运动是虚假表

---

① Dan Shen,"Dual Textual Dynamics and Dual Readerly Dynamics:Double Narrative Movements in Mansfield's 'Psychology,'" *Style* 49.4 (2015), pp. 411—438;申丹:《双重叙事进程研究》,北京:北京大学出版社,2021年,第156—167页。

② John Pier, "At the Crossroads of Narratology and Stylistics: A Contribution to the Study of Fictional Narrative," *Poetics Today* 36.1—2 (2015), p. 123.

象——这是判断两者之间究竟是互补关系还是颠覆关系的试金石。

在互补关系这一大类中,还可根据两者之间在因果关系上的关联度加以进一步区分。就目前的研究来看,有比例较小的一些双重叙事进程之间存在因果关联:显性进程聚焦于个人弱点或个人之间的冲突,而隐性进程则揭示造成这些弱点或者冲突之间的社会原因。凯瑟琳·曼斯菲尔德的《启示》①就是这样的作品。批评家认为该作品是"对神经质妇女的无情审视"②,曼斯菲尔德"下定决心,非常坦诚和正直地写作,毫不留情地揭露女主人公的弱点,而这些弱点与她自己的十分相似"③。这是作品开头的文字:

> 从早上8点到11点半左右,莫妮卡·泰瑞都神经紧张,她极其难受——这几个小时真是太折磨人了,简直无法控制住自己。"假如我年轻十岁,也许……"她老爱这样说。因为她已经三十三岁了,在所有场合提到自己的年龄时,她都有点怪怪的,她会严肃而孩子气地盯着朋友说:"是啊,我还记得二十年前……"在饭店吃饭时,她会把拉尔夫的注意力吸引到坐在附近的女孩子身上——真正的女孩——那些手臂和脖子鲜嫩可爱,动作敏捷又显犹疑的女孩。"假如我年轻十岁……"(190)

从时间安排来说,这里采用的是概述模式;从叙述视角来说,采用的是全知模式。这两种模式交互作用,拉开了读者与人物的距离。在第一句话中,没有日期限定的(即暗示天天如此的)"从早上8点到11点半左右",让人觉得是一种反讽性的叙述夸张。这句话中出现了微妙的视角转换:"真是太难受了"(—agonizing, simply)显然是莫妮卡自己的话语,也就是说叙述者暗暗转用了人物的眼光和语气,这两种话语交互作用,突出揭示了莫妮卡神经质和爱抱怨的特点。接下来读者看到的是:莫妮卡"在所有场合"

---

① Katherine Mansfield, "Revelations," in *Collected Stories of Katherine Mansfield* (London: Constable, 1945), pp. 190—196.
② Sylvia Berkman, *Katherine Mansfield: A Critical Study* (New Haven: Yale UP, 1951), p. 121.
③ Joanna Woods, "Katherine Mansfield, 1888—1923," *Kōtare* 7.1 (2007), p. 84.

都"老爱"叹老憾老。由于直接引语前面没有引导句,突然出现的"假如我年轻十岁……"在读者的阅读心理中显得相当突出,后面出现的叙述评论又不无反讽,于是产生了一种张力。而在寥寥数行中,从"假如我年轻十岁……"到"是啊,我还记得二十年前……"的递进,再到"假如我年轻十岁……"的循环,近乎漫画式地勾勒出人物无聊琐碎、神经过敏的性格缺陷。

从开头这几句,已可看到情节发展如何反讽莫妮卡这位女主人公,把她描绘成"神经质的自私女人"[①];她"看上去是如此自私,根本不值得关注"[②]。与此相对照,隐性进程却通过女主人公,转而反讽父权制的歧视和压迫。莫妮卡是英国中上层妇女的代表,她们不能外出工作,社交活动惯常安排在下午和晚上,因此上午尤其百无聊赖,倍感孤独。这是莫妮卡在上午神经紧张的重要原因。已年满33岁的莫妮卡几个月前才开始与男友交往,有可能会失去嫁人的机会。值得注意的是,在英国维多利亚时期,人们认为嫁不出去的女人缺乏吸引力,愚钝无用,故经常被社会抛弃[③]。父权制社会让中上层妇女沦为男人的"玩偶",让莫妮卡失去除青春美貌之外的所有价值,而33岁的年龄又不饶人,因此她难免对自己的青春不再和年轻姑娘的外貌有了一种神经质的关注。在情节发展中,这种痴迷源于她自己的肤浅和琐碎,而在隐性进程里,我们则看到这是性别歧视和压迫强加给她的,她是父权制社会可怜的牺牲品。

不过,我们需要牢记隐性进程是从头到尾与情节发展并列前行的,作品开头本身无法包含这种持续前行的叙事暗流。在作品中部,有一些片段提示这股暗流的存在:

> 男人多么不可信赖啊!……自从几个月前那次晚宴后,他送她回家,问以后是否可以来拜访她,"再次见到那恬静的阿拉伯式的微笑",

---

[①] Rhoda B. Nathan, "'With Deliberate Care': The Mansfield Short Story," in *Critical Essays on Katherine Mansfield*, ed. Rhoda B. Nathan (New York: Hall, 1993), p. 104.

[②] J. F. Kobler, *Katherine Mansfield: A Study of the Short Fiction* (New York: Hall, 1990), p. 88.

[③] Nina Auerbach, *Woman and the Demon: The Life of a Victorian Myth* (London: Harvard UP, 1982), p. 111.

第十三章 "隐性进程"与双重叙事进程

随后几个月她究竟干了些什么啊?啊,多么荒唐——简直太荒唐了……啊,可以摆脱王子饭店的午餐,用不着去扮作天鹅绒篮子里的小猫咪,不用扮作阿拉伯人,以及大胆、欢乐的小孩和小野家伙……"再也不用了,"她紧握小拳头大声喊道。(192)

莫妮卡的男友作为父权制的化身,把莫妮卡视为玩偶,仅对她那"恬静的阿拉伯式的微笑"感兴趣。从上引自由间接话语和莫妮卡的大声直呼"再也不用了",可以看到莫妮卡意识的觉醒,开始认识到父权制对自己的压迫。从莫妮卡想摆脱的一系列事情也可看到,在男友眼里,她只不过是一个玩偶。这一令她感到屈辱、毫无意义的恋爱关系很可能是造成她神经质的重要原因。莫妮卡此处的自由呼声与她前面的自由呼声相互加强:"'我自由了,我自由了。我像风一样自由了。'而现在这个震颤、晃动、兴奋、飘飞的世界属于她了。这是她的王国。不,不,她只属于生活,不属于任何人"(192)。

这些抗议父权制和表达莫妮卡自由愿望的片段偏离了聚焦于莫妮卡个人弱点的情节发展轨道。在亚里士多德以来的研究传统中,当批评家遇到这样的文本成分时,他们或者忽略不计,或者依据这些新的因素,重新考虑情节的走向,或者想方设法将其纳入情节既定的发展轨道。一位学者这样评论道:"当莫妮卡获得第一个启示,即首次短暂感受到自由时,叙述者说她拥有这个世界,但或许是为了纠正错误,接着补了一句:'不,不,她只属于生活,不属于任何人'……这为在曼斯菲尔德之前早就存在的一个教义提供了例证:'警惕各种形式的贪婪,因为无论一个人多么富有,他的生活都不是由他的财产构成的'(引自《圣经·新约》)"①。曼斯菲尔德采用自由间接引语正面表达了莫妮卡希望摆脱父权制压迫的愿望,而这位批评家却将其误解为叙述者对莫妮卡贪婪的批评,因为这样才符合情节的主题发展轨道。

当我们遇到这种棘手的文本成分时,应该着力探寻是否存在另外一个叙事运动。诚然,这种探求有时会一无所获,因为棘手的成分可能仅仅在

---

① Patrick D. Morrow, *Katherine Mansfield's Fiction* (Bowling Green: Bowling Green State U Popular P, 1993), p. 98.

局部偏离了情节发展的轨道。不过,有时我们的努力则可能会得到回报。我们会发现,相关文本成分与其他地方的文本成分联手,构成一个持续不断的叙事暗流,沿着与情节发展不同的主题轨道向前运行。如果这样展开追寻,可以看到从《启示》的开头直到结尾,存在一个抗议父权制压迫的反讽性隐性进程[1]。正如上文对《启示》开头的分析所示,由于这一叙事暗流与情节发展的并存,同样的文本选择经常会同时产生两种相互对照的主题意义。就情节发展而言,作品的结局是相当传统的,莫妮卡像男友安排的那样,去了王子饭店与他共进午餐。但在隐性进程里,作者则暗暗将莫妮卡转化为一个温顺的玩偶,与小女孩的尸体融为一体,含而不露地创造出一个悲剧性的结尾,隐蔽地抗议父权制社会对妇女的压制[2]。

也许有人会问,曼斯菲尔德为何不让情节发展本身抗议父权制社会呢?她是在20世纪初进行创作,尽管新女性运动产生了一定影响,然而那时的英国依然十分保守。在这样的语境中,反叛社会的作品必然会遭到众多因循守旧的读者的抵制。曼斯菲尔德当时靠写作挣钱谋生[3],因此不得不考虑在一个十分保守的环境中读者的接受意愿。这就不难理解她为何会同时创造出两种叙事进程:一方面是描绘"神经质的自私女人"的显性情节,另一方面是抨击导致其陷入这种状态的社会力量的隐性进程。就后面这股叙事暗流而言,读者会理解和同情女主人公,读者的阐释、伦理和审美判断[4]都会与在解读显性情节时的这些判断迥然而异;作者—叙述者—人物—读者之间的距离也会大大缩短。

这一作品与其他含有双重叙事进程的作品有一定共性。我们可以在对这一作品的分析的基础上,提出一些对其他作品也具有参考价值的命题:

命题一:若要发现隐性进程,首先需要打破亚里士多德以来研究传统

---

[1] Dan Shen, *Style and Rhetoric of Short Narrative Fiction: Covert Progressions Behind Overt Plots* (London: Routledge, 2016 [2014]), pp. 95—110.

[2] Shen, *Style and Rhetoric of Short Narrative Fiction*, pp. 106—108.

[3] J. Middleton Murry, ed., *Journal of Katherine Mansfield* (London: Constable, 1954), p. 64.

[4] See James Phelan, *Experiencing Fiction* (Columbus: Ohio State UP, 2007).

的束缚。这一传统将注意力囿于情节发展,致力于挖掘情节本身的深层意义,包括含混或矛盾的意义。解构主义学者也仅仅关注在情节范畴中互不相容的解读①。在评论隐性进程时,H. 波特·阿博特指出,"读者看不到隐性进程,并非因为它十分隐蔽,而是因为读者的阐释框架不允许他们看到就在眼前的东西"②。为了发现这股叙事暗流,当我们在情节发展中遇到棘手的文本成分时,既不能忽略不计,也不能设法将其纳入对情节的阐释,而是需要探寻这些文本成分是否与其他文本成分相呼应,构成另外一个叙事运动,沿着与情节对照甚或对立的主题轨道向前运行。

命题二:我们必须打破固定的作者形象的束缚。批评界有这样一个共识:曼斯菲尔德不关注社会问题,因此批评家大都聚焦于她对人物观察的敏锐和刻画的精微,以及对氛围的精心营造。这也阻碍我们看到《启示》中的双重叙事动力:在反讽女主人公的显性情节背后,还存在一个抗议社会压迫的隐性进程。值得注意的是,不少作者在创作不同作品时,会采取不同的立场;此外,在同一作品中,作者很可能会在显性进程和隐性进程中采取不同的立场,以不同的面貌出现,我们需要打破对某一作者较为固定的印象的束缚,才能更好地研究双重叙事进程。

命题三:对历史语境的考虑可能会帮助我们发现隐性进程。倘若读者了解英国中上层妇女在维多利亚时期和 21 世纪初的生活状况,了解当时英国社会的婚恋观和对老处女的歧视,就更容易发现《启示》中抨击父权制社会的隐性进程。在不少作品中,关注社会历史语境,可以帮助发现隐性进程。

命题四:互文比较可能会对发现隐性进程有帮助。易卜生的《玩偶之家》是女性主义的作品,对曼斯菲尔德产生了较大影响③。如果将其与《启示》加以比较,能更清楚地看到曼斯菲尔德如何在叙事暗流里着力揭示父权制社会对妇女的"扭曲"④。

---

① J. Hillis Miller, *Reading Narrative* (Norman: U of Oklahoma P, 1998).
② H. Porter Abbott, "Review: *Style and Rhetoric of Short Narrative Fiction: Covert Progressions Behind Overt Plots*," Style 47.4 (2013), p.560.
③ J. Middleton Murry, ed. *Journal of Katherine Mansfield* (London: Constable), 1954.
④ Shen, *Style and Rhetoric of Short Narrative Fiction*, pp.100−105.

就目前的发现来说,大多数,也可以说绝大多数,隐性进程和情节发展不仅各自独立运行,而且两者之间也不存在因果关联。一般来说,不存在因果关联的双重叙事进程更容易被忽略。我们不妨看看安布罗斯·比尔斯的《空中骑士》[1]中的双重叙事进程。这是学界公认的著名反战作品。在同一小说集中面世的还有比尔斯笔下的《峡谷事件》[2],以往的批评家将这两篇作品相提并论[3];一位学者以这两篇作品为例,说明比尔斯的小说"特别注重针对盲目履职展开反讽"[4]。

当注意力囿于情节发展时,我们会对这两篇作品之间的本质差异视而不见。在《峡谷事件》中,中心人物库尔特不得不服从将军恶毒专横的命令。将军与库尔特的妻子有染,并因此遭到处罚。他出于嫉妒和报复心理,残忍地欲将库尔特在那一"致命的"峡谷中置于死地,并通过迫使他向环绕自家房子的敌军开炮,让他意外杀害了自己的爱妻和幼儿。

与此相对照,在《空中骑士》中,放哨的卡特·德鲁士为了保护五个团的数千战友,下决心杀死身为敌军侦察兵的父亲:

> 在他的耳中,宛如神圣的命令,响起了父亲的临别叮嘱:"无论发生什么事情,都要履行你心目中应尽的职责。"他现在很镇静,坚定但并非僵硬地咬紧了牙关;他的神经像熟睡的婴儿那样的安宁——身上的肌肉没有任何颤抖;他的呼吸平稳而缓慢,直到瞄准时屏住呼吸。职责战胜了一切;精神对身体说:"平静,安静。"他扣动了扳机(30)。

在情节发展里,儿子被迫弑父惨绝人寰,辛辣地抨击战争的残酷。对"婴儿"的指涉令人联想起父亲的养育之恩,而弑父的儿子却是那样的安宁和平静。他"身上的肌肉没有任何颤抖",他的呼吸不仅"平稳"而且"缓

---

[1] Ambrose Bierce, "A Horseman in the Sky," in *Civil War Stories* (New York: Dover, 1994[1891]), pp. 27—32.

[2] Ambrose Bierce, "The Affair at Coulter's Notch," in *Civil War Stories* (New York: Dover, 1994[1891]), pp. 69—76.

[3] S. T. Joshi, "Ambrose Bierce: Horror as Satire," in *Twentieth-Century Literary Criticism*, vol. 44, ed. Laurie DiMauro (Detroit: Gale Research, 1992 [1990]), p. 44.

[4] David Yost, "Skins before Reputations: Subversions of Masculinity in Ambrose Bierce and Stephen Crane," *War, Literature and the Arts* 18.1—2 (2007), pp. 249—250.

第十三章 "隐性进程"与双重叙事进程

慢",这着重表达出战争如何让儿子变得毫无人性,令人感到毛骨悚然。

在与情节并行的隐性进程里,儿子的行为表达的则是迥然相异的主题意义。让儿子履职弑父的,恰恰是他参军时父亲的临别叮嘱:"无论"发生什么事情,儿子都必须履行职责。父亲的叮嘱被形容为"神圣的命令"。此前,把儿子从睡梦中唤醒,使其能够履职的是"天使"(29)。儿子的身体接受的命令"平静,安静"就是基督遭遇狂风大浪时对大海下的命令,话一出口,马上风平浪静①。值得注意的是,对儿子身体下命令的是"the spirit"(请比较 his spirit),这使人联想到指涉上帝的 the Holy Spirit(圣灵)。这些宗教上的关联不仅使儿子的履职在西方读者眼里显得更加合乎情理,而且在某种意义上将隐性进程变成了一个履职寓言。儿子履职时的平和镇静("坚定但并非僵硬")邀请西方读者对他感到钦佩。

从作品的开头到结尾,在抨击战争残酷无情的情节发展背后,存在强调履职至高无上的隐性进程。文字沿着相互冲突的两条主题轨道,同时表达出相互对照的两种主题意义,邀请读者做出复杂的反应。尽管两种意义互不相容,但就作品的总体意义而言,则是缺一不可,需要同时看到两者,才能较为全面和平衡地把握作品丰富的主题意义和复杂多维的人物形象②。以此处的探讨为基础,特提出两个新的命题:

命题五:面对在很大程度上本质相异的两篇作品,倘若注意力囿于情节发展,那就仅能观察到两者在表层情节上的相似:例如,假如一篇作品像《空中骑士》那样在情节发展背后还有一个隐性进程,而另一篇作品像《峡谷事件》那样仅含有类似的情节发展,而没有隐性进程,那么,只有将视野拓展到情节发展背后,才有可能看到两篇作品在相似背后的本质差异。

命题六:同一作者在不同作品中描述同一类事件(例如战士履职)时,都有可能会采取大相径庭的立场。

双重叙事进程不仅在书面媒介中存在,而且也见于文字和图像密切互动的连环漫画。譬如,在弗兰克·米勒的《斯巴达300勇士》这一连环画小

---

① *Holy Bible*: *English Standard Version*, Mark 4: 39 (Crossway Books, 2002).
② Dan Shen, "Joint Functioning of Two Parallel Trajectories of Signification: Ambrose Bierce's 'A Horseman in the Sky,'" *Style* 51.2 (2017), pp. 125−145.

说中,情节发展聚焦于横行疯狂的波斯军队与列奥尼达国王率领的由 300 斯巴达自由战士组成的精锐部队之间的冲突。斯巴达人也有其复杂性:既有自由愿望,又有过度的集体主义激情。通过细致考察叙事顺序中的图像、图像与文字的互动,可以发现一个隐性进程。① 这股暗流与情节发展走向相左,突出的是斯巴达人身上与自由精神相悖的过于强烈的集体主义精神。例如,在小说的前面部分,图像上出现了列奥尼达国王年少时杀死一匹野狼的画面,预示着同样野性的波斯人将会入侵。这张图像在两个叙事进程中起着截然不同的作用:在情节发展中,它仅仅预示着斯巴达人将为自由而战;而在聚焦于斯巴达人过度的集体主义激情的隐性进程中,这张图像则暗示列奥尼达国王和 300 勇士以及他们所代表的一切是真正的野兽,突出了他们身上的负面因素。这一作品中图像、文本和进程中富有张力的因素意味着连环画小说有可能是生产和探索双重叙事进程的肥沃土壤。②

命题七:在文字之外的媒介中,也可能存在双重叙事动力,因此在阅读其他媒介中的作品时,也需要探寻在情节发展背后,是否还存在隐性进程。

第二大类:隐性和显性进程相互颠覆

在有的作品中,隐性进程和情节发展在不同程度上相互颠覆。若忽略隐性进程,就很可能会严重误解作品的主题意义和人物形象。曼斯菲尔德的《心理》③(1919)就是较为典型的例证,其情节发展和隐性进程不仅表达出截然不同的人物关系,而且发现隐性进程之后,就会看到情节发展仅仅是虚假表象。批评家一致认为这一作品的情节发展"描述了两位恋人的会面……故事聚焦于这样一种反差:这对恋人宁静的柏拉图式的理想与他们心中暗恋对方的躁动的激情和复杂的情感"④。与此相对照,在隐性进程

---

① Daniel Candel Bormann, "Covert Progression in Comics: A Reading of Frank Miller's 300," *Poetics Today* 41.4 (2020), pp. 705−729.
② Daniel Candel Bormann, "Covert Progression in Comics," pp. 725−727.
③ Katherine Mansfield, "Psychology," in *Bliss, and Other Stories by Katherine Mansfield* (New York: Alfred A. Knopf, 1920), pp. 145−156.
④ Pamela Dunbar, *Radical Mansfield: Double Discourse in Katherine Mansfield's Short Stories* (New York: St. Martin's, 1997), pp. 100−101.

中,单相思的女方暗恋男方,并持续不断地把自己的情感投射到男方身上①。后者的支点是一些微妙的文本选择。譬如,表达女方想法的自由间接引语"是什么魔鬼让他这样说而不那样说(What the devil made him say this instead of the other)?"就暗暗改变了男方想法的性质②。女方想法中的"而不那样说"指涉前文中的文字"他想用这种新的方式轻轻说:'你也感觉到这点了吗?你能明白吗?'"。我们知道,一个人无法透视另一人的内心,女方无法知道男方想说什么,因此"而不那样说"微妙又确切地体现出男方"想用这种新的方式轻轻"对女方说的话实际上是女方想象出来的。若根据这一提示,从头到尾仔细考察各种精巧的文本选择,就会发现与情节发展走向相左的隐性进程。在情节发展里男女双方相互激情暗恋,而在隐性进程里,女方则对男方单相思。对于隐性进程至关重要的巧妙文本选择,对于情节发展则显得无足轻重,因此容易被忽略。

命题八:尽管隐性进程是从头到尾运行的叙事运动,但在有的作品中,这股叙事暗流的支点则仅仅是由几个微妙的文体选择所构成的,因此我们需要非常仔细地考察作者的文体选择,否则极易忽略隐性进程。

命题九:因为隐性进程的支点可能会在作品的中部或者尾部出现,若要发现它,我们需要反复阅读作品,仔细考察作品不同地方的文体和结构选择是否暗暗交互作用,构成了贯穿全文的叙事暗流。

颠覆型这一大类中的隐性进程也可分为不同次类,但它们有一个共同点,即无论情节发展起什么作用,它都是一种虚假的表象,只有隐性进程才具有实质性意义。

第三节 理论拓展和革新

迄今为止,研究虚构叙事作品的理论概念和批评模式都未考虑隐性进程和双重叙事进程,故具有以下缺陷:首先,这些概念和模式无法用于解释

---

① Dan Shen, "Dual Textual Dynamics and Dual Readerly Dynamics: Double Narrative Movements in Mansfield's 'Psychology,'" *Style* 49.4 (2015), pp.411-438.

② Mansfield, "Psychology," p.153.

隐性进程和双重叙事进程;此外,它们可能会阻碍对这种复杂叙事动力的探索。我们急需拓展和革新叙事学的理论概念和研究模式。

一、双重冲突/张力与双重事件结构模式

情节发展和隐性进程常常分别聚焦于不同的冲突,产生不同的张力。此外,在像《心理》那样的作品中,在宏观事件结构上,两种叙事进程的走向也会大相径庭。事件结构可以分为"结局性的"和"展示性的"[1],《心理》情节发展中的事件结构属于"展示性的",男女双方的关系一直未发生变化。与此相比,在隐性进程里,则可看到事件朝着结局曲折地前进:女方最终放弃了自己的单相思,接受了男方想要的纯洁友谊。为了解释这样的对照,也为了鼓励读者对之加以探索,我们需要一个双重模式:

双重事件结构模式

(1)情节发展的事件结构:情节中的事件围绕什么展开冲突和产生张力?事件结构是属于展示性质还是结局性质?

(2)隐性进程的事件结构:隐性进程中的事件围绕什么展开冲突和产生张力?事件结构是属于展示性质还是结局性质?

(3)两者之间的关系:这两种事件结构是相互补充还是相互颠覆?

即便双重叙事进程在宏观事件结构层面均属于结局性质或展示性质,两者在微观具体结构上,也一定会有所不同,因此我们总是需要分别对其加以探讨,并关注它们之间的互动。

二、双重人物塑造与双重人物形象模式

情节发展和隐性进程会突出人物的不同特征,塑造出相异的人物形象。例如,在《空中骑士》中,父亲在情节发展里仅仅是战争可怜的牺牲品,而在隐形进程里,他却成为受人尊敬的尽责典范,甚至在一定程度上被神

---

[1] Seymour Chatman, *Story and Discourse: Narrative Structure in Fiction and Film* (Ithaca: Cornell UP, 1978), pp. 47−48.

化①。面对这样的复杂性,我们也需要建构双重模式:

双重人物塑造和人物形象模式

(1)情节发展中的人物塑造和人物形象:情节发展突出表达了人物的什么特征?塑造了什么样的人物形象?

(2)隐性进程中的人物塑造和人物形象:隐性进程突出表达了人物的什么特征?塑造了什么样的人物形象?

(3)两者之间的关系:它们是相互补充还是相互颠覆?

不少双重叙事进程既突出人物的不同特征也塑造出不同的人物形象,其余的也会至少突出人物的不同特征,因此这一模式具有普遍意义。

三、双重不可靠叙述模式

批评界广为接受了布思提出的衡量不可靠叙述的标准,即叙述者与隐含作者之间是否存在距离②。然而,在有的作品(尤其是采用第三人称叙述的作品)中,双重叙事进程将问题复杂化了。譬如,在《心理》的情节发展中,叙述者所描述的男女双方相互暗恋是一种假象,但这并不是叙述者本人的"错误报道",而是隐含作者在情节层面有意误导读者,以便取得认知和艺术上的丰富性。也就是说,尽管叙述不可靠,但在叙述者和隐含作者之间却不存在距离。在这样的作品中,我们需要改用其他判断不可靠叙述的标准,例如叙述者的报道是否与虚构现实相吻合,不吻合的就是"错误报道";又如在评判事件时,叙述者/作者的道德立场是否与社会正义相符,若不符,就是"错误判断"。

值得注意的是,在《心理》中,叙述者关于男女双方关系的报道只是在情节发展层面不可靠,而在隐性进程里则是可靠的,我们显然需要双重不可靠叙述模式:

---

① Dan Shen, "Joint Functioning of Two parallel Trajectories of Signification: Ambrose Bierce's 'A Horseman in the Sky,'" *Style* 51.2 (2017), pp.125—145.

② Dan Shen, "Unreliability," in *Handbook of Narratology*, 2nd edn., eds. Peter Huhn et al. (Berlin: De Gruyter, 2014), pp.896—909.

双重不可靠叙述模式

(1)在情节发展中,判断不可靠叙述的标准是什么?叙述者的叙述是否可靠?

(2)在隐性进程中,判断不可靠叙述的标准是什么?叙述者的叙述是否可靠?

(3)两者之间的关系:它们是相互补充还是相互颠覆?

与前面两种模式不同,这一双重模式仅适用于含有不可靠叙述的作品。

四、双重作者型叙事交流模式

进入新世纪以来,以费伦为首的修辞批评家十分关注几种主体之间的关系:历史语境中的人(日常生活中的作者)、隐含作者(在某一作品写作过程中的作者,其做出的文本选择隐含其形象,读者也从这一作品中推导出其形象)、叙述者、人物、作者的读者(隐含作者心目中的理想读者)、不同的个体读者(其生活经历和社会身份可能会导致对同一作品的多种理解)①。

如前所述,一个作品的隐含作者在创造两种并列前行的叙事运动时,倾向于采取两种相对照的立场,因此,文本邀请读者从这两种叙事运动中推导出两种不同的作者形象(譬如从针对女主人公个人弱点的情节发展中推导出非女性主义的作者形象;又从抨击父权制压迫的隐性进程中推导出女性主义的作者形象)。

与隐含作者的双重形象相呼应,也会出现"作者的读者"(authorial audience)的两种互为对照或者互为对立的阅读立场。就曼斯菲尔德的《启示》而言,情节发展的"作者的读者"的阅读立场是非女性主义的,而隐性进程的"作者的读者"的阅读立场则是女性主义的。

双重隐含作者和双重"作者的读者"模式

(1)隐含作者在情节发展中采取了什么立场?作者的读者对这一

---

① James Phelan,"Authors, Resources, Audiences: Towards a Rhetorical Poetics of Narrative," *Style* 52.1—2 (2018), pp.1—34.

第十三章 "隐性进程"与双重叙事进程

叙事运动持何种立场?

(2)隐含作者在隐性进程中采取了什么立场?作者的读者对这一叙事暗流持何种立场?

(3)两者之间的关系:它们是相互补充还是相互颠覆?

这一模式也可用于解释上文提到的比尔斯笔下两篇作品在隐含作者和阅读位置上的本质异同。

毋庸讳言,我们只能试图推导隐含作者和其理想读者的立场——正如历代批评家一直试图从文本选择中推导作品的主题意义和人物形象。无人可说自己的推导是绝对正确的,但我们不应放弃,而且我们经常发现有的分析是令人信服,可以共享的。此外,毋庸置疑,从作者立场出发探讨叙事交流的修辞研究与认知研究是互为补充的。后者关注(身份经历各不相同的)实际读者纷呈不一的阐释。假如我们仅仅进行这种认知研究,就难以发现双重叙事进程,至少目前是如此,因为读者仍然受到传统阐释框架的束缚,囿于情节发展这一种叙事运动。

除了上面建构的那些双重模式,我们还需要**双重叙事距离模式、双重叙述视角模式**(在《心理》的情节发展中,视角在男女主人公之间来回转换,而在隐性进程里,则由女主人公一人持续聚焦)、**双重叙述语气模式**,如此等等;在更为宏观的层次上,我们还需要**双重故事与话语模式**。

※ ※ ※ ※

综上所述,在有的叙事作品中,情节发展背后还存在隐性进程。由于显性和隐性进程的共存,同样的文本选择会朝着两个不同的主题方向运作,发挥不同的主题作用。也就是说,在这样的文本内部,决定词语意思的并非通常所说的上下文,而是一个特定叙事运动构成的表意轨道,它与文中其他叙事运动构成的表意轨道形成对照甚或对立的关系。不同的叙事运动会表达或呈现出相对照甚或相对立的主题意义、人物形象以及审美价值,邀请读者做出复杂的反应。当作品中存在这样的双重叙事进程时,若将注意力囿于情节发展——无论批评家从何种角度切入探讨——都会片面理解甚或严重误解作品。当隐性进程被挖掘出来之后,从情节的角度来看,很多显得奇怪、令人困惑、琐碎离题的文本细节会在叙事暗流中找到自己的位置，获得主题和审美相关性和重要性。逐渐发现共存的不同叙事进程的过程，就是获得对作品越来越全面和平衡的理解的过程。

为了发现"隐性进程"和解释其与情节发展的关系，我们需要拓展和革新相关理论概念和研究模式。值得注意的是，这种迄今为止被忽略的双重叙事动力不仅对叙事作品研究构成重大挑战，而且也为拓展和丰富叙事理论和叙事批评带来了宝贵机遇和新的生机。

思考题和练习

1. "隐性进程"如何不同于"隐性情节""第二故事""隐匿情节"和"隐匿叙事"？
2. "隐性进程"如何不同于"潜结构"和"潜叙事"？
3. "双重进程"如何不同于"双重话语"？
4. 隐性进程与情节发展之间有哪两大类不同关系？其根本区分标准是什么？
5. 在阅读作品时，如果遇到偏离情节发展主题轨道的"棘手的"文本成分，我们应该怎么做？
6. 若要发现隐性进程，我们首先需要打破研究传统中哪方面的束缚？
7. 探究同一位作家不同作品中是否含有隐性进程，我们需要打破关于作者立场和形象的什么束缚？
8. 面对含有双重叙事进程的作品，为何需要建构"双重事件结构模式"？
9. 面对含有双重叙事进程的作品，为何需要建构"双重人物塑造和人物形象模式"？
10. 面对含有双重叙事进程的作品，为何需要建构"双重隐含作者和'作者的读者'模式"？
11. 在含有双重叙事进程的作品中，决定文本选择之主题意义的依然是上下文吗？
12. 在含有双重叙事进程的作品中，若忽略了隐性进程，会有什么样的阐释后果？

第十四章　非文字媒介的叙事

20世纪80年代以来,经典叙事学与女性主义批评、修辞学、认知科学等相结合,极大地丰富了叙事理论,拓展了叙事学研究的对象。同时,叙事学领域的一些概念和模式也逐渐进入绘画和影视作品等非文字媒介的叙事艺术分析。这一态势曾在叙事学界引发了热烈的讨论。持保留意见的学者认为这种现象有可能模糊叙事学研究的边界,拆解结构主义叙事学诞生时的"科学"宗旨;持欣赏态度的则认为跨媒介的叙事研究有利于拓展"大文学"范畴的规律性探索,尤其有助于当代数码时代的各种叙事行为研究。从总体上看,学者们趋于这样一种共识:以文学经典为分析对象、以语言学模式为基本方法的经典叙事学功不可没,它为20世纪90年代以来发展势头强劲的"后经典叙事学"提供了必不可少的理论基础和研究方法。以已有的方法论为基础,通过分析文字叙事与非文字媒介叙事在内容、形式以及接受等方面的异同,我们可以进一步探索叙事艺术的形式结构,分析叙事艺术研究范式的嬗变及其原因。进入新世纪后的经典叙事学研究与后经典叙事理论构成了多维度的互补与互动关系。也正是在这种情形下,研究者越来越关注非文字媒介叙事。其中关于电影、绘画、戏剧的叙事研究尤为瞩目。

第一节　电影叙事

众所周知,电影属于后工业时代的技术产物。1894年爱迪生(Thomas Edison)在改进活动转盘的基础上发明了"电影视镜"(kinetoscope peephole)。紧接其后,1895年12月28日,卢米埃尔兄弟(les frères Lumière)在巴黎卡普辛路14号咖啡馆的地下室里放映了12部电影(每部只有1分钟)。电影理论史家将这一天定为电影的诞生日。与其他艺术形式相比(如,音乐、舞蹈、诗歌、绘画、雕塑、戏剧),电影的确是新兴艺术。

电影产生后最初的 20 年间,大多数电影以记录现实生活片段为内容。不过,随着故事片的出现,20 世纪初出现了两部重要的评论著作:林赛(Vachel Lindsay)的《动态图像艺术》(1915)和闵斯特堡(Hugo Münsterberg)的《电影:一次心理学研究》(1916)。值得注意的是,林赛是一位诗人,而闵斯特堡则是一位心理学家。两位作者都从文字艺术角度谈论电影艺术,强调了电影的艺术地位以及电影艺术与观众审美心理之间的密切关系。林赛提出,电影与建筑、雕塑、诗歌一样,以不同形式表述人类对审美感受的共同体验;闵斯特堡认为,电影观众在观看电影的过程中摆脱了现实生活中时间与空间对思维的束缚,自由地运用想象力,建构另一个世界。[①] 不过,真正从理论角度将电影提升到"艺术"范畴的讨论始于美国著名导演格里菲斯(D. W. Griffith)。[②] 格里菲斯认为电影应该依照自身的工业技术追求一种文字艺术无法达到的技艺,例如,可以将摄影机放在几个不同的位置对一场戏进行多角度拍摄,或者通过交叉使用远景、近景、大特写,然后把镜头进行剪接和重新排列。如同小说理论家詹姆斯当年通过"小说艺术"一文为小说正名一样,这位导演通过阐述"剪辑"手法的重要性强调了电影虽然依赖技术,但是可以通过技术实现艺术效果。这一立场为苏联电影导演库里肖夫(Lev Kuleshov)从理论上论述"蒙太奇"手法奠定了理论基础。我们知道,蒙太奇是法语"montage"的音译,原意指装配、构成。它在电影艺术中指"通过镜头、场面、段落的分切与组接,从而对素材进行选择、取舍、修改、加工,并且创造出独特的电影后时间与空间,或者通过象征、隐喻、和电影节奏产生强烈的艺术效果,进而创造出电影艺术"[③]。继库里肖夫之后,爱森斯坦(Eisenstein)、普多夫金(Pudovkin)都反复阐述了如何通过组合、剪辑、拼接镜头对故事片内容进行重新安排。[④] 可以说,这种以探讨蒙太奇艺术效果为关注点的电影理论雏形体现了明显

---

① 彭吉象:《影视美学》,北京:北京大学出版社,2002 年,第 4 页。
② 贝拉·巴拉兹:《电影美学》,北京:中国电影出版社,1982 年,第 16 页。
③ 彭吉象:《影视美学》,第 21 页。
④ 参见彭吉象:《影视美学》,第 28—33 页。

第十四章 非文字媒介的叙事

的形式主义倾向。

1945年,巴拉兹(Béla Balázs)在他的《电影艺术》中明确提出,要使故事片成为艺术,就必须对故事素材进行重新处理。不同于电影诞生时人们将电影看作记录现实的工具,20世纪中期,越来越多的电影研究者提倡将文学研究中的形式主义引入电影学研究。[1] 法国电影理论家安德烈·巴赞在《摄影影像的本体论》和《"完整电影"的神话》等文章中,反驳了那种把电影看作科学发现或工业技术的观点,提出电影是人类在漫长历史发展过程中追求逼真复现现实的心理产物,强调了电影艺术同时作为展现真实与创造幻境的双重美学功能。[2] 这些伴随着电影业发展不断推进的电影评论为20世纪60年代以后逐渐形成的电影叙事研究提供了丰富的理论资源。

1964年,克里斯蒂安·麦茨(Christian Metz)发表了著作《电影:语言还是言语》,明确提倡用结构主义语言学方法来分析电影作品的结构形式。在他看来,结构主义语言学关于符号之间的组合与聚类关系同样可以用来解释电影的表意结构。不过,他承认,"电影语言"中不存作为最小单位的音素和语素,每个镜头也不能代表该镜头本身的单独意义,因此,人们无法从"电影语言"中找到最小叙事单位。据此,他认为应该将镜头组合关系看作研究电影叙事结构的关键问题。[3] 这一观点为他著名的"大组合段"观念(即,镜头与镜头之间、段落与段落之间的结构关系)奠定了理论基础。[4] 他强调了电影叙事与文字叙事在媒介性质方面的差异,同时,通过强调影像组合方式与文字叙事一样具有结构关系,他倡导人们探索电影叙事作品的内在规律性。正如当代电影学者注意到的,麦茨的电影叙事理论将文本叙事研究中的符号学引入了电影叙事讨论,使后人开始思考电影画面的符号学属性,即,电影如何表示连续、进展、时间的间断、因果性、对立关系、空

---

[1] 路易斯·贾内梯:《认识电影》,焦雄屏译,世界图书出版公司,2008年,第2—7页。
[2] 安德烈·巴赞:《电影是什么?》,北京:中国电影出版社,1987年,第283—286页。
[3] 李恒基、杨远婴:《外国电影理论文选》,上海:上海文艺出版社,1995年,第382—386页。
[4] 戴锦华:《电影批评》,北京:北京大学出版社,2004年,第22页。

间的远近等等。① 至 20 世纪 60 年代结构主义叙事学产生时,电影是一种特殊的叙事艺术,这一观念已被普遍接受,由此,研究者们开始尝试用叙事学研究领域的一些概念来描述、分析电影艺术,"视点""叙述""透视中心"等术语开始出现在一些电影评论人的论述中。②

  从叙事符号学角度讨论电影艺术的另一位先驱是阿尔贝·拉费(Albert Laffay)。他在《电影逻辑》(1964)一书中以"叙事"作为核心概念阐述了影片情节与电影画面之间的关系结构,强调了电影通过画面组合显现其逻辑情节、讲述故事的特点。③ 这一观点明确了电影叙述不同于文本叙述的一个基本特点,即,通过隐藏摄影机操纵画面场景的一系列整体运作。研究者们意识到,电影进入有声时代以后在声音和视觉两方面的独特性质使电影叙事分析与文本叙事分析产生了明显的差异。一个看不见的叙述策源地通过声音和画面技术将被叙述对象直接展现在荧幕上,使观众觉得自己所看到的一切是在自我呈现。如果说,"展示"(showing)在卢伯克的《小说技巧》里仅仅是自詹姆斯以后现代小说理论家们使用的一个象征术语,那么,该词在电影艺术中完全成为一种事实上的"自我呈现"。可以说,力求隐藏摄影机构成了电影叙事的一项基本原则。④ 当代电影叙事理论通常把用于表现电影叙述对象的材料归纳为五种:画面、音响、话语、文字、音乐,这五种材料共同制造出一个视觉化的叙述者。⑤ 也就是说,电影叙事的机制不是单一的,我们无法指认一个明确的叙述者,也不能依照热奈特提出的叙述层次模式在影片中指认谁是第一层叙述者谁是第二层叙述者。事实上,呈现在荧幕上的内容都源于视觉化的一整套叙述机制。这种叙述机制操纵着各种表现材料,对即将被展现的内容进行安排,以便将所述内容通过图像、语言、音乐的集合同时展现给观众。因此,当我们说"电影叙述者"的时候,实际上是指一种机制,而不是指人格化或非人格化

---

① 安德烈·戈德罗、弗朗索瓦·若斯特:《什么是电影叙事学》,刘云舟译,北京:商务印书馆,2005 年,第 2 页。
② 同上书,第 2 页。
③ 同上书,第 14 页。
④ 戴锦华:《电影批评》,第 5 页。
⑤ 安德烈·戈德罗、弗朗索瓦·若斯特:《什么是电影叙事学》,第 63 页。

的叙述者。① 例如,看过电影《蝴蝶梦》的人一定记得电影开始时的情景。随着画面上出现的曼德里庄园,我们听到一个女性画外音:"我又梦见自己回到了曼德里。"我们可以认为女主角是整个故事的叙述者,但是,随着剧情展开,叙述自己故事的"我"很快成为摄像镜头的聚焦对象。

将电影叙述者理解为一整套由声音和影像来表意的综合机制,这一观点有利于我们认识"电影作者"概念。早在 1943 年,巴赞就指出:"电影的价值来自作者,信赖导演比信赖主演可靠得多。"②很明显,这一提法突出了电影导演在一部影片整个过程中的重要作用。在这之前,在好莱坞电影工业程序中,人们习惯于用电影明星或主演的名字来指称一部影片。1948 年,法国导演阿斯-特吕克提出了一个著名的主张:"摄影机——自来水笔",即主张电影摄影机的主掌者——导演与一部电影的关系类似于作者与作品的关系。1951 年,《电影手册》创刊号的主题是"导演即作者"。1954 年的一期关于希区柯克(Alfred Hitchcock)作品的专辑讨论实际上就是关于"电影作者论"的电影批评实践。在这之前,大部分人认为希区柯克导演的电影除了依靠技术手段为观看者提供娱乐消遣之外,并没有别的价值。随着电影作者论逐渐被接受,电影理论家们开始注意到希区柯克在技术形式上对电影进行的处理实际上已经是电影内容的重要部分。例如,经常出现在希区柯克电影中的追逐场景、往返运动镜头,这种技巧与希氏所有影片中不断出现的"交替"主题紧密交错,不仅在于传达精神状态(罪恶感的移转),同时也刻画了心理方面(悬念)、戏剧方面(勒索)或素材方面(叙事节奏)。这些论述表现了电影叙事的话语层面。"电影作者论"的第一要旨是强调导演对一部影片的核心作用。一部影片从题材的选取到剪辑制作,导演应当是这个过程的掌控者。从电影历史的角度看,这种观点动摇了以往电影明星或者电影公司在电影观众心目中占据的重要位置。不过,就电影分析而言,"电影作者论"很容易将一部电影的主题解释和意义看作导演的世界观。我们知道,在结构主义小说分析理论确立之前,大

---

① 安德烈·戈德罗、弗朗索瓦·若斯特:《什么是电影叙事学》,第 72 页;也请参见 Seymour Chatman, *Coming to Terms* (Ithaca:Cornell UP, 1990), pp.124—136.
② 戴锦华:《电影批评》,第 45 页。

量的小说评论通常将一部作品的主题意义与真实作者的价值观、信仰体系相联系。在电影分析中,如果一味强调"导演"对影片直接或间接显现的世界观负责,一个不良的结果可能是这样:无论电影主题如何改变,观众都会以近似的价值观(政治的或审美的)来衡量"电影作者"。因此,我们可以认为,电影作者论在表面上看似以作品为重心的分析方法,实质上却是一种关于影片的诠释方法,影片的每一项特殊因素都被分析者顺着导演的世界观方向加以解释(或过分解释)。不过,电影作者论无疑有其积极作用。正如我国学者戴锦华所说,电影作者论的提出及其实践,将一些重要的文学批评范畴,如作者、主题、风格、结构、聚焦等重新带回了电影创作、批评与理论中。① 其中关于电影聚焦的概念尤其重要。

在讨论叙述视角时,我们已经了解,与叙述声音相应的另一个同等重要问题是:"谁是观察者?"或者说,通过谁的眼睛观察对于一部叙事作品而言具有结构意义,同时也会影响读者对故事的理解。为了避免"视点""视角"这些术语蕴含的视觉意义,热奈特提出用"聚焦"这个术语来描述观察者与被观察者、叙述者与被叙述对象之间的认知关系。从字面意义上看,"聚焦"一词包含的视觉意义似乎更加贴近电影艺术,几乎等于摄影机。不过,电影叙事理论家们意识到这样一个事实:在热奈特的三分法聚焦模式中,真正的视角人物不可能让读者看到他/她的外部行为。与此不同,在电影中,聚焦可以"指镜头提供画面的光学系统,又可以指看见某物的人、目睹的见证人",因此,电影叙事分析中的聚焦引发了这样一个问题:为了在摄影机展示内容和被认作是人物所看见之物之间建立关系,需要怎么做才能明确我们在电影中所见的就是影片中人物所看见的?而这也是电影叙事学关注的重要内容之一。② 前面提到,电影叙述机制中一个重要的概念是电影镜头,而镜头组合、剪辑而成的蒙太奇曾是无声电影时代使得电影成为艺术的一个关键技术。事实上,镜头,以及与镜头相关的画面、场面调度被电影工作者和理论家视为极其重要的基本支点。③ 电影镜头(视点)

---

① 戴锦华:《电影批评》,第47页。
② 安德烈·戈德罗、弗朗索瓦·若斯特:《什么是电影叙事学》,第177—178页。
③ 戴锦华:《电影批评》,第12页。

第十四章　非文字媒介的叙事

并不显现在荧幕上,但却是电影视觉语言中的一个根本要素。不过,与文字叙事作品中的情形一样,电影在选择视点(摄影机位置)时同样会考虑由谁看、如何去看、为什么这样看这类问题。

弗莱什曼指出,一些电影评论人在讨论电影聚焦(camera focalization)时不自觉地用一些人格化的用语来形容摄影机,让人感到选择拍摄的对象、停留在对象身上的时间以及摄影机位的高低等等,都是由机器选定;这种倾向恰恰忽视了电影艺术除了自身审美艺术之外同样具有的意识形态问题。① 这一观点将评论者的注意力转向了操纵摄影机的人,同时也将电影艺术对电影观众的价值影响作为一个重要问题提到了当代电影批评领域。其中最为瞩目的是由女性主义学者发起的电影批评理论。在《观影快感和叙事电影》一文中,穆尔维(Mulvey)指出,主流商业电影的影像与叙事的基本构成原则是:男人是看的主体,而女人则是被看的客体,这种主客体、主动/被动关系构成了电影中叙述与影像序列的基本结构。通过对好莱坞故事片的分析,穆尔维认为,商业电影中的故事情节并非像人们以为的那样,依照故事情节线索构建一个流畅的线型发展过程,而是通过将影片中女性人物(或身体局部)作为摄像机聚焦的中心对象,突出女性容貌之美或身体的性感符号,将电影院中观众的观影行为转换为一个观察者的位置,从而在观众想象的三维空间中将女性身体夸张为一个审美或欲望的客体。穆尔维提出的观点对于后来不少女性电影批评家产生了重要影响,使得一部分评论家们开始将电影叙事的研究从原先关注电影故事和电影画面的审美分析转向关于影像处理对观众接受的意识形态影响研究方面。②

当代关于电影的研究已经成为一门独立的"电影学"。同时,"电影叙事学"提倡从电影自身技术的独特性和作为叙事艺术的普遍规律性两个角

---

① Avrom Fleishman, *Narrated Films: Storytelling Situations in Cinema History* (Baltimore: Johns Hopkins UP, 1992), p. 3.

② See John Berger, *Ways of Seeing* (London: B. B. C. and Penguin, 1972); Lorraine Gamman and Margaret Marshment, eds. *The Female Gaze: Women as Viewers of Popular Culture* (Seattle: Real Comet Press, 1989).

度对电影加以分析。①

第二节　绘画叙事

我们在讨论叙事空间时曾提到,莱辛在《拉奥孔》中关于雕塑与诗歌的区别对于后人论述文字艺术与非文字艺术的差异性产生了深远的影响。长期以来,西方学者普遍认为,文字与图像属于时间和空间两个不同范畴。不难理解,当评论界有人提出可以用评论诗歌或者小说的方法来分析绘画艺术时,唯美主义理论家佩特立即予以反驳。在他看来,绘画艺术采用的感性材料决定了绘画艺术之美具有不同状态或特性,因此,不能用文学批评术语来表述绘画艺术,因为绘画"不能被翻译成任何其他形式"。② 从绘画艺术本身的角度讲,沃尔特的观点不无道理。绘画艺术自身以色彩、构图和材料构成的特殊表现形式必然决定了视觉效果是绘画艺术的根本属性。但是,这并不能说明绘画与文字叙事之间没有共性。我们知道,绘画与文学等其他艺术形式均属于人类文化领域的"展现"艺术。对此,柏拉图在《国家篇》中在论述模仿艺术本质时有明确的论述。柏拉图认为,"悲剧诗人的艺术是展现的艺术",其他艺术家,如画家,他们的艺术创作也不例外。③ 众所周知,柏拉图是从艺术的伦理功能角度论述艺术展现的对象是摹本的摹本。但是,他强调艺术的本质为"展现",这一点揭示了不同媒介艺术之间具有的共性。按照中国古代观念,所有艺术都可以归入到"文"的范畴。文学是言语的文饰;绘画是器物、墙壁或织物上的文饰。文与画不仅在起源上相同,甚至在功能和地位上也难以裁定孰轻孰重。例如,隋文帝时代的画家姚最(537—603)在《续画品》中提出"图在书前;取譬《连山》;

---

① 根据小说改编的电影研究近年来也备受关注。值得推荐的一本读物是:Jakob Lothe, *Narrative in Fiction and Film: An Introduction* (Oxford: Oxford UP, 2000);关于电影对现代小说叙述形式的影响,请参见 Keith Cohen, *Film and Fiction: The Dynamics of Exchange* (New Haven & London: Yale UP, 1979).
② 沃尔特·佩特:《文艺复兴》,张岩冰译,桂林:广西师范大学出版社,2000年,第150页。
③ Plato, *The Republic* (London: Penguin, 2003), p.339.

第十四章 非文字媒介的叙事

则言由象著"①。唐张彦远(815—875)则明确指出,"书画同体而未分":"无以传其意故有书,无以见其形故有画。"② 这些古代画论表示,绘画与"书"(指书法、文字、文学)具有同等重要的艺术地位,画与书在功能上都能达到记录历史、表述意义的功能;二者之间的差别在于:绘画描绘形象,书写记叙事情。

无论在中国还是在西方,绘画艺术在艺术史和美学思想史中一直占据十分重要的位置,其恢宏的历史以及斑斓艺术形式显然不是本篇所能概述的。我们只能简介绘画与叙事之间的关系。

依照《叙事理论百科全书》对"视觉叙事性"(visual narrativity)的界定,"视觉叙事"(visual narrative)主要涉及两方面的问题:第一,如何阅读图像;第二,图像本身的叙事功能;前者主要是从视觉艺术角度解读图像内容,后者是探讨图像中的叙事性。③ 也就是说,第一个问题强调的是从读者(观看者)角度分析图像的被认知过程,通常涉及对于图像艺术的前理解;第二个问题主要关注绘画形式本身展示的"事"。不难看出,两个方面实际上互为一体。

与文字一样,绘画也是一种记录方式。甚至可以说,绘画本身就是某种表意符号。这一点充分体现在人类远古洪荒时代的原始图像艺术上。中国的甲骨文以及新石器时代出现在磨制石器和彩陶器皿上的图像就是很好的例子。图像与文字不仅记录了人们的劳动与生活面貌,同时也显现了图像本身的视觉之美。欧洲中世纪时代教堂里雕刻在墙壁和柱子上的圣经故事同样证明了绘画与文字同样具有叙事功能。这种叙事功能与现实生活密切相关。图像以一种不同的叙事方式记录、反映了欧洲历史上上帝主宰一切的社会生活。在那个时代,教堂里虽然有《圣经》,但大多数人读不懂或不识字,圣经故事及其神圣的教义只能通过图像艺术来传递。绘画中的叙事成分集中体现在中世纪的宗教绘画艺术中。例如,佛罗伦萨画

---

① 姚最:《续画品》,引自张建军:《中国画论史》,济南:山东人民出版社,2008年,第57—60页。
② 张彦远:《历代名记》(节选),引自张建军:《中国画论史》,济南:山东人民出版社,2008年,第87—97页。
③ Herman et al., eds, *Routledge Encyclopedia of Narrative Theory*, p.629.

派重要代表人物安哲利柯(1387—1455)的《受胎告知》描绘了耶稣诞生的第一个故事。《新约·圣经》里说,在加利利的拿撒勒,有一名少女叫玛利亚,她是大卫王后代的未婚妻。一天,耶和华派遣天使加百利来到玛利亚家,宣告她将怀孕生下一名男孩。玛利亚十分吃惊,说自己尚未结婚怎么会生孩子?天使跪在地上告诉她,这是上帝的意志。安哲利柯的《受胎告知》描述的就是天使前来告知玛利亚时的情形。画面左边是半跪的天使,右边是端坐在长凳上的玛利亚,她双手相叠轻轻护着腹部,略带疑惑地看着天使。安哲利柯的另一幅《告知受胎》描述了同一题材。画面上的圣母躬身下跪,低着头,虔诚地听着天使的话,站在圣母旁边的是圣彼得,他双手合十,凝神谛听。① 宗教画大量采用圣经故事内容,充分体现了文艺复兴时期人类(欧洲人)关于神的想象。艺术家们以《圣经》故事及其情节为依托,将人们已知的内容展现为视觉形象,使得某些抽象的教义变得生动形象,故事本身也得到了广泛的传播。此外,画家们在色彩、构图方面的创意使得绘画本身成为艺术。代表人类自身创造力的形式与关于神的想象力在绘画艺术中得到了完美展现。随着欧洲启蒙思想的推进,现实世界的图像开始占据越来越重要的地位。17世纪开始盛行的荷兰风景画在题材上完全取消了一切人物形象与故事情节,但画面上展示的森林、牧场、海洋等自然风景栩栩如生,表现了现实世界的真实性。犹如小说中的背景描写,荷兰风景画强调的"写实"将自然世界的实际物象作为临摹的对象。绘制图像与实际物象之间的对应关系得到了强化。至19世纪,随着新古典主义的出现,一大批画家借用古代英雄主义题材,直接描绘远古时代现实生活中的重大事件。例如,新古典主义领军人物大卫(1748—1852)的三幅力作:《贺拉斯三兄弟的宣誓》《苏格拉底之死》《运送布鲁特斯儿子尸体的军士们》将人们熟悉的古罗马英雄人物及其故事展现在画面上。《贺拉斯三兄弟的宣誓》叙述了贺拉斯三兄弟在年长父亲面前宣誓效忠祖国的庄严场面。左边站着三兄弟,他们身着戎装、体格健壮、神情坚毅,伸出右手臂,

---

① 作品见《世界名画品鉴》,郑春兴主编,呼和浩特:内蒙古人民出版社,2007年,第20—21页。

第十四章　非文字媒介的叙事

向画面中间的父亲宣誓;右侧是三位年轻的母亲,以及两个年幼的孩子。①这些例子不仅说明了绘画如何记录故事,同时也对如何理解图画中的故事作出了一定程度的规定。画面中的场景都是采用人们熟悉的故事,经过画家构图、运用色彩、描绘人物形象及动作,画面上的叙事犹如小说叙事对某个事件进行的定格,也像是影视艺术的特写镜头;故事时间仅仅是通过画面的空间性质被暂时悬置,而未曾在画面上显现的情节依然是连贯的。西方绘画史上这类依照虚构故事或历史题材的作品十分众多,使得熟悉相关题材与背景的观画者能够从视觉享受中重新回味画面中的故事。例如,法国画家杰洛姆(J. Gerome,1824—1904)的作品《恺撒被刺》描绘了发生在公元前44年的一个重大事件。画面以暗红色为主色调,宏伟的元老院议事厅左侧一角,恺撒倒地气绝,鲜血已经浸染了他的袍子,一群元老拥挤着跑向门廊,昏暗的议事厅右侧席位上只有一位元老木然而坐,仿佛尚未从惊愕中缓过神来。② 美国画家特朗布尔(J. Trumbull,1756—1843)的油画《独立宣言》则记录了1776年7月4日大陆会议上通过《独立宣言》时的情景。画面中央是宣言的五位起草人:托马斯·杰斐逊、约翰·亚当斯、本杰明·富兰克林、罗杰·谢尔曼、罗伯特·利文斯顿,他们目光坚定,神采奕奕。特朗布尔的这幅作品因为形象地记录了美国历史上这个重大事件曾被制成版画在全国发行。除了绘画本身的艺术性,这显然与题材的历史意义密切相关。从这个角度看,绘画艺术不仅可以记叙当前现实世界中的事件,而且可以将历史事件直观地展现在人们眼前。

绘画叙事除了突出表现绘制图像与实际物象之间的对应关系,还通过构图体现绘画中的情节结构。依照查特曼的观点,绘画叙事同样具有情节安排。通常情况下,画面展示的事件依照先后次序从左到右排序。③ 不言而喻,这种情形通常指根据一定故事创作的画作。例如,我国东晋时期顾恺之的《女史箴图》是画家根据西晋文学家张华所作《女史箴》创作的长卷画,每一段描绘了不同人物及事件发展。另一幅长卷画《洛神赋图》是根据

---

① 画作见《视觉地图》,白莹编著,重庆:重庆出版社,2007年,第211页。
② 画作见李行远:《看与思:读解西方艺术图像》,北京:中国人民大学出版社,2004年,第56页。
③ Chatman, *Story and Discourse*, p.34.

曹植的同名诗篇所绘。敦煌莫高窟壁画的许多本生故事画则是依照印度民间故事对同一人物(如,尸毗王本生、须达那本生)牺牲自我、拯救生灵事迹的图像描绘。当然,依照现实生活内容描绘的画作同样具有丰富的情节。如,北宋张择端的绢本《清明上河图》,长527.8厘米,宽25厘米,从左到右,全卷呈现为全景式构图,但在内容上展现为三个段落:开端描绘北宋首都农村风光,中段叙述汴河两岸车船来往、手工业生产及商业活动的繁茂景象,后段展示城门内外街道纵横有序、店铺林立、人流涌动的热闹景观。而每一个段落中都出现衣着、气度迥异的人物形象和动作造型,从中我们可以推测各种生动形象的生活内容。如果我们随着缓缓展开的画卷仔细"阅读"每一个画面,就会感觉像是跟随一位全知全能的叙述者俯瞰北宋汴河两岸清明时节的社会风貌,其间,各种细节、故事随着画卷的展开一一尽收眼底。[①] 宋代一些根据历史故事创作的历史画则将故事情节的来龙去脉描绘得更为清晰。如宋代佚名画家的《胡笳十八拍》按照同名诗绘作的连续性画面,讲述了文姬被俘、去胡、归汉、露营、回长安等18个情节。

当然,这种从左到右在同一幅画面或是不同画面展示情节的方法并不是绘画叙事的统一做法。正如查特曼所示,意大利画家本佐尼·戈佐里(Benozzo Gozzoli,1421—1497)的《莎乐美之舞与约翰头颅被砍》就是一个例外。该作品在一幅画中展示了福音书里记载的一个故事:先知约翰因为预言基督是救世主被巴比伦国王希律王抓捕。国王和王后希罗德都希望约翰死,因为希罗德原是希律王弟弟菲力的妻子,约翰对她说这是要遭惩罚的。巴比伦公主莎乐美是王后希罗德与菲力的女儿,在希律王的生日宴会上,莎乐美爱上了约翰,并向他示爱,但遭到约翰拒绝。继父希律王要求莎乐美为自己献舞,并承诺只要能够让他满意,就可以答应她一切要求。莎乐美因为没有得到约翰的爱情而产生了强烈的复仇欲望。用曼妙的舞姿迷惑国王,并让他杀害了约翰。戈佐里的《莎乐美之舞与约翰头颅被砍》则在画面上对故事事件进行了重新安排。从左到右的安排是:约翰头颅被砍、莎乐美将约翰的头颅给了她母亲、莎乐美跳舞。故事最后一个事

[①] 画作见薄松年:《中国美术史教程》(增订本),西安:陕西人民美术出版社,2007年,第234页。

件——莎乐美把约翰的头颅交给她母亲——被安排在了画面的中央。①这种安排虽然是少数现象,但表明了这样一个事实:依照人们已知的故事重新安排事件在画面上的布局类似于小说叙事中对事件的重新安排。但是,与小说叙事相对照,像《莎乐美之舞与约翰头颅被砍》这样的构图在一定程度上是以观画者对故事本身的了解为前提。画家将莎乐美置于图画中央,使得这一引发悲剧故事的核心人物及其行为成为观者的聚焦中心,其优美的舞姿与左侧举刀的士兵、下跪的约翰,以及中央后景莎乐美母亲手捧约翰头颅的场景形成强烈的视觉反差,成功地将爱情与死亡、诱惑与圣洁、乱伦与规训等一系列主题集合在以莎乐美这一人物为中心的构图中。

当然,最能体现绘画叙事故事情节连贯性的莫过于漫画故事、连环画。在连环漫画故事中,前一个画面与后一个画面之间通过画格作出区分,每一个画面都表现了一个动作,代表一个事件,而画面与画面之间的关系都是依照事件的先后进行排列,最终构成一个完整的故事。家喻户晓的漫画,如美国漫画家查尔斯·舒尔兹(Charles Shelz)的史努比(Snoopy)系列、我国著名漫画家张乐平先生的《三毛流浪记》,都是以漫画讲述故事的上品。直观的画面、不变的形象和生动的情节,展示了绘画叙事与文字叙事之间的相通性。

第三节　戏剧叙事

将戏剧纳入叙事范畴进行讨论,或是探讨戏剧中的叙事要素,这种做法毫不奇怪。亚里士多德在《诗学》里关于戏剧的大量论述早就显示了戏剧在文学艺术中的重要地位以及在内容及形式结构上具有的普遍意义。亚里士多德指出,"史诗和悲剧、喜剧和酒神颂以及大部分双管箫乐和竖琴乐",这一切都是模仿。② 事实上,《诗学》通篇用于讨论戏剧的篇幅远远大于史诗,而论述过程涉及的一些基本概念也是依照戏剧进行。如,人物、情

---

① 画作见 Chatman, *Story and Discourse*, p. 34.
② 亚里士多德:《诗学》,第3页。

节、开端、结尾。这些概念和术语表明,亚里士多德把戏剧看作一种表演文本,既有文字叙事的共同点,又有表演自身的特点。如,他将歌曲列入悲剧艺术的六大要素之一。正如他明确所说,由于模仿所用的媒介不同,所采取的对象不同,所采用的方式也不同。① 戏剧艺术既包括剧本故事的文字性质,同时又涉及舞台表演的非文字性,这一特点使得关于戏剧的讨论同样显现为两个方面的研究视角。也就是说,关于戏剧文本(dramatic text)的研究与关于戏剧表演(dramatic performance)的研究同样重要。一方面,研究者们关注剧本在人物、情节、布景、人物对话等方面的文字叙述,另一方面,由演员扮演的角色,以及与舞台艺术密切相关的诸多因素(布景、道具等)同样备受关注。现代戏剧学研究将剧本、演员和观众看作戏剧的三个核心要素,② 提倡将关于演员的研究纳入舞台艺术研究(Theatre Studies),以强调演员表演对于展现故事的重要作用;关注戏剧观众的研究者们认为,剧院里的观众相当于叙事文本的读者,认为观众的观看行为类似于读者的阅读行为,为此,研究者们强调从观众审美心理角度分析舞台表演的接受过程。③ 与文本叙事分析最为接近、并且试图借鉴叙事分析模式的一派则关注剧本叙述故事的形式结构。④ 与小说叙事分析相似,关注剧本的研究者强调细读剧本的故事以及叙述故事情节的话语方式。⑤

当然,戏剧研究涉及的方面以及相应的方法远远不止这些。越来越多的学者意识到,戏剧是一种高度综合的艺术。有些学者把戏剧称作是继诗、音乐、绘画、雕刻、建筑和舞蹈之后的"第七艺术"。⑥ 也就是说,戏剧既有其他六艺包含的时间性、空间性、视觉性,又有人的形体媒介和说话艺术同时兼有的特点。不过,就戏剧与叙事关的系而言,研究者们通常关注的

---

① 亚里士多德:《诗学》,第3页。
② 叶长海:《中国戏剧学史稿》,北京:中国戏剧出版社,2005年,第1页。
③ See Manfred Pfister, *The Theory and Analysis of Drama* (Cambridge: Cambridge UP, 1984).
④ Manfred Jahn, "Narrative Voice and Agency in Drama: Aspects of a Narratology of Drama," *New Literary History* 32 (2001), pp. 659—679, p. 661.
⑤ See J. L. Styan, *Modern Drama in Theory and Practice: Realism and Naturalism* (Cambridge: Cambridge UP, 1981).
⑥ 叶长海:《中国戏剧学史稿》,第16页。

是剧本对人物形象的塑造和故事情节的建构。以下作简要阐述。

先说人物。我们知道,亚里士多德意义上的人物(character)不仅指人物形象,而且也指人物性格。这一点在古希腊悲剧中显得尤为显著。例如,据说埃斯库罗斯(Aeschylus,前525—前456)一生写了九十部剧本,虽然流传下来的只有七部,但是,几乎每一部作品都以悲剧人物作为故事主人公,通过描写人物行动来表现人物性格。其中的《普罗米修斯》三部曲虽然题材十分巨大,但是,作为拯救者形象的盗火者普罗米修斯一直是剧情的核心人物,而作为悲剧人物"悲剧缺陷"(tragic flaw)的"胡布里精神"(Hubris,即,过分自信)一直伴随着普罗米修斯这一人物的性格特征,强调了这一悲剧人物敢于努力争取克服一切不可逾越之障碍的奋力搏斗精神。19世纪现实主义戏剧提倡的似真性几乎与小说叙事强调的"写实"原则完全吻合。例如,左拉根据自己同名小说改编的剧本《黛蕾斯·拉甘》基本上以主人公拉甘的故事展开故事情节,刻画人物性格。易卜生的《玩偶之家》以大量的细节描写表现女主人公的性格转变过程。不过,这种刻画人物形象、展现人物性格的叙述方式与"荒诞派戏剧"侧重于表现人物外部活动的手法形成鲜明对比。例如,贝克特(Beckett)的《等待戈多》第一幕描写了两位无家可归者弗拉迪米尔和伊斯特拉根在一条荒芜的道路上等待一个叫戈多的人。第二幕开场时两人依然在等待,却未见有人到来。我们知道,不同于小说叙事,剧本无法对人物心理活动进行详细的说明与剖析。贝克特恰到好处地利用了剧本叙事的这一限制性,并且将这种限定性推向了一个极端,使得剧中人物关系、行为动机、事件因果关系等等被限定在单调、重复的人物外部行为上,有效地表现了该剧关于人类存在意义的深层思考。

与小说叙事一样,结构有致的情节对于戏剧剧本十分重要。我们已经知道,亚里士多德强调戏剧情节必须是一个统一的有机结构,认为情节的完整性通常表现为"对一个完整行动的模仿","里面的事件要有紧密的组织",假如"某一部分可有可无,并不引起显著的差异,那不是完整体中的有机部分"。① 这种情节观十分恰当地解释了古典悲剧中围绕一位悲剧人物

---

① 亚里士多德:《诗学》,第28页。

展开的事件安排。在古希腊戏剧史上,索福克勒斯(前496—前406)以擅长使用"经济手法"著称。据说,他在写作中对剧情细节不断加工,采用巧妙的布局,使得剧情中的每一个事件都与其他事件构成剧情冲突,并且最后使得情节戛然而止。著名的《安提戈涅》就是这样一个典范。波吕尼克斯在反对篡夺王位的兄弟厄忒俄克勒斯时丧生,国王克瑞翁宣布他是叛国者,并下令禁止埋葬他的尸体,还威胁说若有人想收尸将被处以极刑。妹妹安提戈涅决心去埋葬波吕尼克斯的遗骸。但她在埋葬哥哥时被发现,将被处死。克瑞翁的儿子赫蒙为安提戈涅说情但没有结果,赫蒙冲进幽禁安提戈涅的地牢,但发现她已经自缢身亡,赫蒙痛不欲生,自刎而死。正如古希腊文学史家默雷(Murray)所说,这一情节处理的意义并不在于突出克瑞翁的残暴,而是在于强调这位君王的顽固不化,同时,赫蒙的角色及其行动不仅以突兀的情节转变为国王随即产生的后悔作了铺垫,而且也让观众感悟到事情本身的不可逆转。①"本不该如此"与"事实就是如此"之间的张力构成了悲剧情节冲突。剧情发展一直围绕着安提戈涅展开,当赫蒙发现她自缢身亡时,剧情基本上也已接近尾声。我国古典戏剧也不乏这样的例子。例如,李渔提出,为了增强戏剧效果,单一剧情十分重要。在他看来,《金钗记》《刘知远》《拜月记》《杀狗记》这四大南戏之所以能够留传于后,就是因为采用了"一线到底,并无旁见侧出之情",剧情中"始终无二事,贯串只一人"。②

与剧情布局密切相关的是剧作家对开端与结尾的设计。不同于小说叙事通常以描述段落引出故事开端的做法,剧本中的开端往往截取某个关键事件,使得观众能够很快地进入剧情。正如亚里士多德所说,所谓开端,"指事之不必然上承他事,但自然引起他事发生者"③。也就是说,剧情中的开端可能是突然发生的某个场景。例如,《哈姆雷特》第一幕来接班的守卫柏纳多首先问弗朗西斯哥:"谁在那儿?"——立即将观众带入两位守卫之间的对话情景。当然,这种传统的开端在荒诞派戏剧作品中几乎被彻底

---

① 吉尔伯特·默雷:《古希腊文学史》,孙席珍、蒋炳贤、郭智石译,上海:上海译文出版社,1988年,第261页。
② 叶长海:《中国戏剧学史稿》,第395页。
③ 亚里士多德:《诗学》,第25页。

第十四章 非文字媒介的叙事

抛弃。如,贝克特的《终局》。

与小说叙事相比,戏剧艺术关于空间与时间的展现十分独特。据说,一位导演在彩排《仲夏夜之梦》时感到最为难的一件事是如何展现剧情需要的月光和高墙。① 这里的问题实际上涉及关于舞台表演时如何展现时间与空间。导演显然不可能在舞台上砌一堵墙,也不可能真的让月光洒满舞台。只能通过象征手段将剧情需要的时间与空间展现给观众。不过,剧本中关于时间与空间的处理与小说叙事一样,只能通过文字叙述加以说明。所不同的是,剧作家通常对每一幕、每一场的场景予以明确。如,莎士比亚的《亨利五世》第一幕第一场地点为伦敦王宫前厅;第二场为王宫议事厅。第二幕第四场为法国王宫。随着每一幕剧情的展开,剧情也在英国和法国两个地点之间交替呈现。又如,米勒(Miller)的《推销员之死》第一幕场景介绍明确指出:"我们看到的是推销员的房子。……厨房后面,六英尺半高的地方是儿子们的卧室,此刻看不太清楚。只能隐约看到两张床。"② 不过,并非所有剧本都会对故事空间予以明确交代。如,拜伦的诗剧《该隐》,第一幕第一场题名为"没有天堂的地方"(The Land without Paradise),第二幕第一场题名为"无尽头的空间"(The Abyss of Space)。除此以外,有些剧作家通过采用一个与剧情事件无关的人物对着观众说话,从而将叙述者所处空间与剧情人物所处空间和时间加以区分。最具代表性的是布莱希特(Brecht)的《高加索灰阑记》。剧本以"山谷里的争执"作为引子,介绍了在一个被摧毁的高加索村庄的废墟里,一些村民为了欢迎一个专家代表团,演出一个叫做《灰阑记》的戏剧,其中一位将在《灰阑记》里扮演歌手的青年漫不经心地告诉一位专家"这是一个非常古老的传说。它叫《灰阑记》,从中国来",同时还告诉专家故事要演好几个钟头。③ 这种戏中戏的叙述方式与小说叙事中的多个叙述层结构十分相似,同样使得不同的故事空间同时呈现。

---

① J. L. Styan, *Modern Drama in Theory and Practice: Symbolism, Surrealism and the Absurd* (Cambridge: Cambridge UP, 1981), p. 1.
② Arthur Miller, *Death of a Salesman* (New York: Penguin, 1979), p. 11.
③ 布莱希特:《高加索灰阑记》,张黎、卞之琳译,《布莱希特戏剧选》,北京:人民文学出版社,1980年,第250—359页。

当然,戏剧艺术的叙事成分同样存在于戏剧舞台设计和表演艺术本身极其丰富的内容之中。舞台道具、制景,以及演员如何展现人物对话、体现剧情要求的氛围等等,都是戏剧叙事探讨的重要内容。关于这些问题的阐述与研究,需要戏剧艺术研究专家从戏剧艺术范畴作专门讨论。此处涉及的戏剧叙事只论及戏剧故事与小说艺术在"叙事"概念上的某些共享特点。

※　　※　　※　　※

以上关于电影叙事、绘画叙事和戏剧叙事的介绍都是以文字叙事为参照,揭示视觉艺术在展现"故事"时显现的一些共同特性。从艺术本质角度讲,文字与非文字叙事的要旨在于肯定人的感受力与想象力,通过不同的媒介与展现方式,揭示"我"与他人之间一种"设身处地"的知觉能力和交流行为。[①] 因此,纵然文字与非文字艺术(包括音乐、舞蹈、雕刻、建筑等)在媒介和形式上存在诸多差异,但它们之间从根本上说是相通的。从"叙事"的角度观察非文字艺术对人感受力、理解力的诉求,不失为一种有效途径。

思考题和练习

1. 非文字媒介叙事主要指哪些?
2. 非文字媒介叙事与文字叙事在哪些方面存在相似性?
3. 举例说明根据经典小说改编的电影与小说本身在情节结构方面的差异性或相似性。
4. 结构主义叙事学理论对"电影学"产生了哪些影响?
5. 电影叙事与文字叙事有哪些相似之处?请举例说明。
6. 电影叙事与文字叙事有哪些相异之处?请举例说明。
7. 中国画论史上有"书画同源论",你如何理解?举例说明。
8. 斯坦尼斯拉夫斯基(Stanislavsky)是20世纪中期著名的剧作家、戏剧演员和导演,他执导的《奥赛罗》十分强调演员对于剧情细节和人物对话的理解和表现。对比莎士比亚的《奥赛罗》,他执导的《奥赛罗》在剧情与人物对话方面有什么差异?

---

① 梅洛-庞蒂:《哲学赞词》,杨大春译,北京:商务印书馆,2000年,第156—158页。

第十五章　叙事学与文体学的互补性

本书第一章探讨了叙事学的"故事"与"话语"之分,从本质上说,这是"内容"与"形式"之分。就文字叙事作品而言,这一区分表面上看与文体学对"内容"和"文体"的区分殊途同归:"话语"指涉"故事是如何讲述的"①,"文体"也指涉"内容是如何表达的"②。而实际上这种表面上的相似遮盖了本质上的差异,两者之间其实仅有部分重合。在本章中,我们将说明两者之间的本质区别。既然存在这种本质差异,在探讨文字叙事作品时,就有必要将叙事学和文体学的方法结合起来,从跨学科的角度探讨"叙事是如何表达的"。我们将采用这一方法来分析海明威的一个短篇小说,以便具体展示这种跨学科研究方法的价值。③

第一节　"话语"与"文体"的差异

"话语"与"文体"只是表面相似,实质相异,因为"话语"主要指涉超越了语言选择这一层次的表达方式,而"文体"则主要涉及语言选择本身。在《语言学与小说》一书中,罗杰·福勒写道:

---

① Seymour Chatman, *Story and Discourse* (Ithaca: Cornell UP, 1978), p. 9; see also Dan Shen, "Defence and Challenge: Reflections on the Relation Between Story and Discourse," *Narrative* 10 (2002), pp. 422—443.

② Katie Wales, *A Dictionary of Stylistics*, 2nd edn. (Essex: Pearson Education Limited, 2001), p. 158; Leech and Short, *Style in Fiction*, p. 38.

③ 申丹(Dan Shen)在 *A Companion to Narrative Theory* (Oxford: Blackwell, 2005, pp. 136—149)中发表的论文"What Narratology and Stylistics Can Do for Each Other"(叙事学与文体学能相互做什么)引起了西方叙事学界的广泛关注,本教材这一章以该文为基础。也请参见申丹的另一篇相关论文:Dan Shen, "How Stylisticians Draw on Narratology: Approaches, Advantages, and Disadvantages," *Style* 39.4 (2005), pp. 381—395.

法国学者区分了文学结构的两个层次,即他们所说的"故事"（*histoire*）与"话语"（*discours*）,也就是我们所说的故事与语言。故事（或情节）和其他小说结构的抽象成分可以类比式地采用语言学概念来描述,但语言学的直接应用范围则自然是"话语"这一层次。①

实际上,法国叙事学的"话语"与福勒所说的"小说语言本身"（即文体学的"文体"）相去甚远,两者之间存在隐含的界限,尽管两者也有一定程度的重合。

在叙事学领域,最有影响的探讨"话语"的著作是前文已反复提到的热奈特的《叙述话语》。热奈特将话语分成三个范畴:一为时态范畴,即话语时间和故事时间的关系;二为语式范畴,它包含叙述距离和叙述聚焦这两种调节信息的方式;三为语态范畴,涉及叙述情景及其两个主角（叙述者与接受者）的表现形式。

"时态"这一范畴有三个方面:时序、时距和频率（详见本书第六章）。"时序"涉及故事事件的自然顺序与这些事件在文本中被重新排列的顺序之间的关系。热奈特对"时序"的探讨在微观与宏观这两个不同层次上展开。微观层次的分析对象为短小的叙事片段,根据故事时间的变化对片段中过去、现在、将来等不同的时间位置进行划分,并注意事件之间的从属、并列关系,但不关注句子成分之间的从属、并列关系等语言问题。热奈特将注意力主要放在宏观层次上。他将普鲁斯特卷帙浩繁的长篇巨著《追忆似水年华》分成了十来个大的时间段,有的时间段占去了 200 多页的篇幅。这样的分析仅涉及从文本中抽象出来的事件之间的时间关系,不涉及对语言本身的选择问题。值得注意的是,在探讨时序时,热奈特聚焦于各种"时间倒错",即话语顺序和故事顺序不相吻合的现象,譬如倒叙和预叙。文体学家通常不关注这些错序现象,但有一个例外:即关注从中间开始的叙述,这一技巧往往与指称语的使用密切相关。举例说,海明威的《弗朗西斯·麦康伯的短暂幸福生活》是这样开头的:

现在是吃午饭的时间,他们都坐在这个就餐帐篷的双重绿色帐帘

---

① Roger Fowler, *Linguistics and the Novel* (London: Methuen, 1983[1977]), p. xi.

第十五章 叙事学与文体学的互补性

下,假装什么事也没有发生。(It was now lunchtime and they were all sitting under the double green fly of the dining tent pretending that nothing had happened.)

在这一开头语中,没有文中回指对象的代词"他们"(they)、定冠词"这个"(the)和对"现在"(now)之前所发生之事的暗暗指涉均表明海明威是从中间开始叙述的。

与热奈特的《叙述话语》相对应,上文曾提及的利奇和肖特的《小说文体论》是具有开创性的系统探讨小说文体的著作。该书更为关注微观层次上的时间顺序,而基本忽略了宏观层次上的时间顺序,与《叙述话语》呈现出不同走向。利奇和肖特区分了三种顺序:"表达顺序""时间顺序"和"心理顺序"。① "表达顺序"聚焦于读者接受,所涉及的问题是:什么是让读者得知故事信息的恰当顺序? 至于"时间顺序",利奇和肖特举了这么一个例子:"这位孤独的护林员骑入了日暮之中,跃上马背,给马装好了鞍"(请比较"这位孤独的护林员给马装好了鞍,跃上马背,骑入了日暮之中"),这显然是句法顺序的问题。至于心理顺序,利奇和肖特给出的实例是:

> 加布里埃尔没有跟其他人一起去门口。他站在门厅的暗处盯着楼梯上看。一位女士正站在靠近第一层楼梯顶端之处,也罩在阴影里。他虽然看不到她的脸,但能看到她身上赤褐色和橙红色的裙饰布块,这些布块在阴影中显得黑白相间。那是他的妻子。(乔伊斯《故去的人》)

利奇和肖特指出:作者之所以开始时不告诉读者那位女士是谁,是因为加布里埃尔尚未认出自己的妻子,作者的语言选择反映出人物的心理认知顺序。我们"仿佛跟加布里埃尔站在同一位置,朝着楼上看,看到阴影里一个模糊的人影,脸被遮住……如果乔伊斯在第三句句首没有写'一位女士',而写了'他的妻子正站在……',前面所提到的效果也就不复存在了"②。也就是说,只要词语发生了一定的变动,所谓"心理顺序"的效果也

---

① Leech and Short, *Style in Fiction*, pp. 176—180, pp. 233—239.
② Ibid., pp. 177—178.

就荡然无存。值得注意的是,在微观层次上,利奇和肖特所分析的基本都是展示性较强的场景叙事片段,其中均只有一个时间位置"现在",不涉及对过去、现在、将来等不同时间位置的重新组合,而仅仅涉及为了产生某种效果而对语言做出的特定选择。他们聚焦于句法上的逻辑或从属关系,句中的信息结构等语言问题。与此相对照,热奈特在微观层次上分析的均为总结性较强的叙事片断,总是涉及过去、现在、将来等不同时间位置,尤为关注各种形式的倒叙、预叙等时间倒错的现象。

"时态"这一范畴的第二个方面为"时距"(叙述速度),涉及事件实际延续的时间与叙述它们的文本长度之间的关系。① 正如热奈特所分析的,在普鲁斯特的《追忆似水年华》中,时距的变化很大,有时用150页来叙述在三小时之内发生的事,有时则用三行文字来叙述延续了12年的事。"也就是说,粗略一算,或者用一页纸对应于事件的一分钟,或者用一页纸对应于事件的一个世纪。"②这种变化显然超出了词语选择这一范畴。在热奈特看来,"叙事可以没有'错序',但不能没有'非等时'",即叙述中的加速或减速等文本时间和故事时间不对等的情况。用较少的篇幅叙述延续了较长时间的事,为叙述中的"加速";反之则为叙述中的"减速"。若用直接引语来记录人物的对话,文本与故事就会做到基本"等时"。这种速度上的变化就是叙事学家眼中的叙述"节奏"(正常速度、加速、减速、省略、停顿等)。与此相对照,文体学家不关注这种叙述节奏,而聚焦于文字节奏。文字节奏仅仅涉及文字组合的特征,譬如重读音节与非重读音节之间的交替,标点符号的使用,或单词、短语、句子本身的长度等。这些文字特征所构成的节奏在叙事学家眼里无关紧要。的确,对于叙事学家来说,无论采用什么文字来描述一个事件,只要这些文字所占文本长度不变,叙述速度就不会改变。

"时态"这一范畴的第三个方面为叙述"频率"。作品可以叙述一次发生了一次的事,叙述 n 次发生了 n 次的事,叙述 n 次发生了一次的事,或叙述一次发生了 n 次的事。究竟是对一个事件进行一次叙述还是多次叙述,

---

① Genette, *Narrative Discourse*, pp. 87—88.
② Ibid., p. 92.

第十五章 叙事学与文体学的互补性

并非语言选择本身的问题,因此也超出了文体学考虑的范围。

上文提到了"话语"的三个范畴:时态、语式和语态,后面这两个范畴与语言媒介更为相关,尤其是叙述聚焦(叙述视角)和人物话语的表达方式,因此得到了叙事学家和文体学家的共同关注。[①] 但即便在这些范畴里,有的因素从本质上说依然属于非语言性质。就不同叙述类型而言,叙事学"对于叙述者的分析强调的是叙述者相对于其所述故事的结构位置,而不是像语法中的人称这样的语言问题"[②]。这种语言问题一般仅为文体学家所关注。的确,占据同样结构位置的两位叙述者可能会对语言做出大相径庭的选择,说出截然不同的话,但往往只有文体学家才会考虑语言选择上的差异。

叙事学的话语也涉及人物塑造,尤其是直接界定、间接展示、类比强化等塑造人物的不同模式(详见第三章)。叙事学家关注的是什么样的叙述属于"直接界定",这种模式具有何种结构功能,而文体学家则聚焦于在描述人物时选择了哪些具体的文字,这些文字与其他可能的语言选择相比,产生了什么特定的效果。至于"间接展示"这一模式,里蒙-凯南对不同种类的人物行为、言语、外表和环境进行了结构区分。[③] 文体学一般不关注人物的行为、外表、环境本身的结构,而会研究作者究竟选择了什么词语来表达这些"虚构事实"[④]。

跟叙事学一样,文体学也与时俱进,日益关注读者和语境。诚然,文体学的研究更多地反映出语言学而非文学评论的发展。迄今为止,出现了多种文体学的分支,包括文学文体学、功能文体学、话语文体学、批评文体学、计算文体学、语用文体学、认知文体学,如此等等。[⑤] 无论采用何种分析模

[①] 对不同聚焦模式的选择从本质上说是结构上的选择,但不同的聚焦模式有不同的语言特征,因此也引起了文体学家的关注。

[②] Shlomith Rimmo-Kenan, "How the Model Neglects the Medium: Linguistics, Language, and the Crisis of Narratology," *The Journal of Narrative Technique* 19 (1989), p.159.

[③] Rimmon-Kenan, *Narrative Fiction*, pp.57—71.

[④] 当然也有例外,参见 Sara Mills, *Feminist Stylistics* (London & New York: Routledge, 1995), pp.159—163.

[⑤] 参见 Katie Wales, *A Dictionary of Stylistics*, 2nd edn. (Harlow, UK: Pearson Education, 2001);申丹编著:《西方文体学的新发展》,上海:上海外语教育出版社,2008年。

式或批评框架,无论对"文体"如何界定,无论与读者和语境的关系如何,文体学一般都聚焦于语言特征的功能和效果。

第二节 "话语"与"文体"的差异之源

叙事学的"话语"与文体学的"文体"之间的差异在一定程度上源于这两个学科与诗歌研究的不同关系。文体学的小说分析与诗歌分析没有明显差别,两者都聚焦于作者的语言选择(诚然,在两种文类中,使用语言的方式不尽相同)。与此相对照,叙事学的小说分析在很大程度上摆脱了诗歌分析的传统,将注意力转向了文本如何对故事事件进行重新安排。文体学家在小说研究中,沿用了布拉格学派针对诗歌提出的"前景化"(foregrounding)概念。"前景化"是出于特定审美或主题目的而创造的语言上和心理上的突出。相对于普通语言或文本中的语言常规而言,它可表现为对语言、语法、语义规则的违背或偏离,也可表现为语言成分超过常量的重复或排比。语音、词汇、句型、比喻等各种语言成分的"前景化",对文体学来说可谓至关重要。在叙事学中,相对语言常规而言的"前景化"这一概念几乎销声匿迹,相对于事件的自然形态而言的"错序"(如倒叙、预叙等)则成了十分重要的概念,它特指对事件之间的自然顺序(而非对语法规则)的背离。

"话语"和"文体"之所以会分道扬镳,另一根本原因是两者与语言学建立了不同的关系。文体学采用语言学模式对文字作品加以分析,从而增强了分析力度,但与此同时,又受到语言学的一些限制——局限于文字作品,也局限于语言选择。与此相对照,叙事学只是比喻性地借鉴语言学。如前所述,热奈特采用了"时态"这一语言学术语来描述"时序""时距""频率"等话语时间与故事时间的关系。就顺序而言,"错序"往往与时态无关,譬如,"当我五年前第一次上学时"(When I first *went* to school five years ago, …)或"五年之后,我再次见到了他"(Five years later, I *saw* him again)——这两者用的都是过去时,尽管前者为倒叙,而后者为预叙。值得注意的是,动词的时态变化通常顺应事件或动作的自然形态(过去发生的事用过去时,将来发生的则用将来时),而热奈特的"错序"(倒叙、预叙等)则主要涉及话语如何偏离事件的自然顺序。在这一点上,热奈特的"错序"与动词的时态变化实质上是对立而非对应的关系。至于"时距"和"频率",则更加难以与动词的时态变化真正挂上钩。另一语言学术语"语式"与叙述话语中的"语式"(叙述距离与叙述聚焦)之间也仅有比喻性质的关联。同样,叙述话语的"语态"(主要涉及叙述层次和类型)跟语法中的"语态"(主动语态或被动语态)也相去甚远。

第三节 跨越"话语"与"文体"的界限

有一些视野较为开阔的学者跨越了"文体"与"话语"之间的界限。就叙事学和文体学这两个阵营来说,跨学科研究主要来自文体学这一边。在叙事学这一边,里蒙-凯南1989年发表了一篇富有洞见、引人深思的论文《模式怎样忽略了媒介》,该文提出了一种"违反直觉"的观点:"排除语言"是造成叙事学的危机的一个根本原因。但里蒙-凯南所说的语言是另外一回事:

> 我说的"语言"到底是什么呢?我关注的是这一词语的两个意思:1)作为媒介的语言,即故事是用文字表达的(而不是用电影镜头、哑剧动作,如此等等);2)语言作为动作,即故事是由一个人向另一个人叙述的,且这样的叙述不仅是述事性质的,而且是施为性质的。①

里蒙-凯南加了一个注释来说明语言的第一个意思:"本文与费伦[在1981年出版的《文字组成的世界》中②]的研究方向迥然相异。费伦说:'然而,我就小说的媒介所提出的问题不会将我们引向小说之外,探讨语言与其他表达媒介的相似和相异;而只会使我们关注小说内部的文体问题'(6—7)。"③由于方向不同,里蒙-凯南将注意力从"文体"转向了语言本身的一些特性:语言的线性、数字性、区分性、任意性、不确定性、可重复性和抽象性等。由于着重点挪到了这样的"媒介本身的技术和符号特性"上,里蒙-凯

---

① Rimmon-Kenan, "How the Model Neglects the Medium," p. 160.
② James Phelan, *Worlds from Words* (Chicago: U of Chicago P, 1981).
③ Rimmon-Kenan, "How the Model Neglects the Medium," p. 164, n. 4.

南有意绕开了文体问题。至于语言的第二种意思(语言作为动作),里蒙-凯南聚焦于叙述的一般功能和动机,而不是文体。毫不奇怪,她没有借鉴文体学。

叙事学家借鉴文体学的著述屈指可数,且一般出自文学语言学家(literary linguists)之手,如弗卢德尼克①和赫尔曼②。这两位著名叙事学家在事业起步时同时从事文体学和叙事学研究,然后将重点逐渐转向了叙事学领域。他们具有文体学和语言学方面的专长,这在他们的叙事学论著中依然清晰可见。那么,为何文体学没有对其他叙事学家产生较大影响呢?这可能主要有以下三个原因:(1)不少叙事学家聚焦于对事件超出语言层面的结构安排,而有意或无意地"排除语言";(2)文体学中有不少复杂的语言学术语,这让圈外人望而生畏;(3)尽管文体学在英国以及欧洲大陆和澳大利亚等地得到了长足发展,但20世纪80年代以来在北美的发展势头很弱③,而英语国家的叙事学家大多集中在北美。

就文体学阵营而言,出现了不少借鉴叙事学的跨学科论著,包括辛普森的《语言、意识形态和视角》④、米尔斯的《女性主义文体学》⑤、卡尔佩珀的《语言与人物塑造》⑥和斯托克韦尔的《认知诗学》⑦。这样的著述往往横跨各种学科,广为借鉴不同方法,但保持了鲜明的文体学特征——依然聚焦于语言,并以语言学为工具。既然这些文体学论著只是借鉴叙事学,因此一般只是在探讨语言的作用时,采用叙事学的模式和概念作为分析

---

① See Monika Fludernik, *Towards a "Natural" Narratology* (London & New York: Routledge, 1996); Fludernik, "Chronology, Time, Tense and Experientiality in Narrative," *Language and Literature* 12 (2003), pp. 117—134。

② See David Herman, *Story Logic* (Lincoln & London: U of Nebraska P, 2002).

③ 进入新世纪以来,美国的文体学研究呈现出逐渐复兴的态势。

④ Paul Simpson, *Language, Ideology, and Point of View* (London & New York: Routledge, 1993).

⑤ Sara Mills, *Feminist Stylistics* (London & New York: Routledge, 1995).

⑥ Jonathan Culpeper, *Language and Characterization in Plays and Texts* (London: Longman, 2001).

⑦ Peter Stockwell, *Cognitive Poetics* (London & New York: Routledge, 2002). 此外,值得注意的是,Katie Wales 所著《文体学辞典》(2nd edn., Essex: Pearson Education Limited, 2001)收入了不少叙事学的概念,有助于促进文体学与叙事学相结合。

第十五章　叙事学与文体学的互补性

框架。

值得一提的是，近来的跨学科研究倾向于借鉴认知语言学或认知科学。认知文体学（认知修辞学、认知诗学）是 20 世纪 90 年代开始兴起的新型学科，发展相当迅速，与叙事学领域的认知转向相呼应。文体学与叙事学之间的互补关系可见于斯托克韦尔《认知诗学》中的以下文字：

> 文学语境中的这种图示理论涉及三个不同范畴：**世界图示**、**文本图示**和**语言图示**。世界图示是与内容有关的图示；文本图示体现了我们对世界图示在文中出现方式的期待，即世界图示的顺序和结构组织；语言图示包含我们的另一种期待：故事内容以恰当的语言模式和文体形式出现在文中。如果我们将后两种图示综合起来考虑，在文本结构和文体结构上打破我们的期待就会构成话语偏离，这就有可能更新思维图示……然而，我们也可以从文体特征与叙事特征的角度来探讨图式内的主要位置、空缺位置和穿越图式的路径。①

在此，我们可以清楚地看到故事内容和话语表达之间的界限。诚然，在阐释过程中，这些不同种类的图示会同时作用，交互影响。重要的是，"话语"包含两个范畴：文本结构范畴（叙事学的话语）②和语言选择范畴（文体学的文体）。这与本章所探讨的问题直接相关：既然作品表达层涵盖结构方面（叙事学）的选择和语言方面（文体学）的选择，如果仅仅聚焦于其中一个方面，就难以全面揭示"故事是怎样表达的"。若要全面了解叙事作品表达层的运作，就需要将叙事学和文体学的方法结合起来对作品进行探讨。

第四节　跨学科实例分析

为了更好地看清叙事学与文体学之间的互补性，我们不妨对海明威的一个短小叙事作品展开跨学科的分析：

---

① Stockwell, *Cognitive Poetics*, pp. 80—82. 此处的黑体对应于原文中的黑体，着重号则对应于原文中的斜体。

② 当然还有其他的文本组织成分，譬如章节的标题或章节、段落的区分等等。

They shot the six cabinet ministers at half past six in the morning against the wall of a hospital. There were pools of water in the courtyard. There were wet dead leaves on the paving of the courtyard. It rained hard. All the shutters of the hospital were nailed shut. One of the ministers was sick with typhoid. Two soldiers carried him downstairs and out into the rain. They tried to hold him up against the wall but he sat down in a puddle of water. The other five stood very quietly against the wall. Finally the officer told the soldiers it was no good trying to make him stand up. When they fired the first volley he was sitting in the water with his head on his knees.①(他们早晨六点半在一所医院的围墙边枪杀了这六位内阁部长。院子里有一摊摊的水。院子的路面上有湿漉漉的死了的叶子②。下了大雨。医院所有的百叶窗都用钉子钉死了。一位部长身患伤寒。两个士兵把他架到了楼下,拖到了雨水中。他们想架着他靠墙站起来,但是他坐到了一摊水里。另外五位部长非常安静地靠墙站着。最后,军官告诉士兵想让生病的部长站起来是没用的。士兵们齐射了一排子弹之后,他坐在水中,头倒在膝盖上。)

这是海明威1924年在巴黎出版的《在我们的时代里》的一个短篇故事,1925年这一短篇又以插章的形式出现在美国出版的同名集子中。这一故事以一个历史事件为素材:当希腊在与土耳其的武装冲突中失败之后,土耳其士兵1922年在雅典惨无人道地枪杀了六位希腊前内阁部长(包括前首相)。③

从文本结构来说,这篇故事具有重复叙述的突出特征:分两次叙述了仅

---

① Ernest Hemingway, *In Our Time* (Collier Books Edition, New York: Macmillan, 1986), p.51 (first published: Scribner, 1925).

② 在通常情况下,"dead leaves"可译成"枯叶",但此处涉及的是大雨刚从树上打落的树叶,尚未枯萎。在描述这样的树叶时,一般会选用"fallen leaves"(落叶),而海明威为了表达象征意义,则刻意选用了"dead leaves"。

③ See Paul Simpson, *Language through Literature* (London & New York: Routledge, 1996), pp.120—122.

第十五章 叙事学与文体学的互补性

发生了一次的事件。作品以简要概述开头,接着是景物描写,然后再次对同一事件进行了详细的场景展示。两种叙述相互呼应,增强了描述效果。

在读这一短篇故事时,读者会感受到一种明显的张力:事件本身令人毛骨悚然,但表达方式却自然平淡。这种张力一方面源于一个叙述方面的特征:叙述者处于故事之外,超然客观地观察所述事件;另一方面,在遣词造句这一文体层次上,就事论事,不带任何感情色彩。开篇第一句话:"他们早晨六点半在一所医院的围墙边枪杀了这六位内阁部长"听起来像是陈述一件很平常的事情,似乎根本没有加以评论和渲染的必要。在此,我们不妨比较一下海明威曾读过的对同一事件的一篇新闻报道,其标题是全部大写的"ATROCITIES MARKED GREEK EXECUTIONS OF FORMER LEADERS"(在希腊处决前领导时的种种暴行)。正文中出现了这么一些词语:"那天早上的恐怖(horrors)……可怕的(ghastly)一排人……骇人听闻的(appalling)情景……"① 海明威在创作这一短篇故事时,已经亲身体验了第一次世界大战的残暴,在那之前,他还当过专门报道犯罪事件的新闻记者。由于这些经历,海明威在创作《在我们的时代里》这一故事集时,聚焦于战争、斗牛和枪杀。可以说,在海明威所描写的世界里,暴力和死亡已成为家常便饭。正如这一短篇所示,海明威往往通过事件的可怕和描写的平淡这两者之间的张力来微妙地增强效果。对于那些一直处于和平环境中的读者而言,海明威用习以为常的手法来描述对内阁部长惨无人道的任意残杀,可能会产生尤其强烈的心理冲击。

这一片段一方面以客观超脱的叙述立场为特点,另一方面又通过人称代词"They"(他们)和定冠词"*the* six cabinet ministers"(这六位内阁部长)等文体选择,一开始就紧紧抓住了读者。这些确定的指称在读者心中造成了一系列悬念:"他们"为何人?谁是"这六位内阁部长"?这一残酷事件是在(虚构世界的)何国何地、何年何月何日发生的?虽然海明威在创作这一短篇时,距离那一历史事件仅有三个月之遥,但读者在读到这一短篇时至少已是两年之后。读者,尤其是后来的读者很可能不会将这一短篇故事与那一历史事件相联。既然从海明威的作品中无法得知这一事件发生的日

---

① See Simpson, *Language through Literature*, p. 121.

期和地点,甚至无法得知人物(内阁部长和士兵)的国籍,这一事件就有了一种超越时空的普适性。海明威似乎在暗示这样的枪杀可以在任何时候、任何地方发生。

有趣的是,在第一句话里有一个不定冠词"a",这一不定冠词与前面的人称代词"They"和定冠词"the"等确定的指称形成一种冲突。请比较:

They shot *the* six cabinet ministers at half past six in the morning against the wall of *the* hospital.〔他们早晨六点半在(这所)医院的围墙边枪杀了这六位内阁部长。〕

A group of soldiers shot six cabinet ministers at half past six in the morning against the wall of *a* hospital.(一群士兵早晨六点半在一所医院的围墙边枪杀了六位内阁部长。)

这两种形式都比海明威的原文显得自然协调。然而,正是因为自然协调,"医院"在读者的阅读心理中就没有占据同样突出的位置。在海明威的原文中,在确定的指涉中出现的不定冠词"a",暗示"一所医院"是新信息,而非已知信息。这一偏离常规的文体选择似乎在强调这一枪杀事件发生的地点不是刑场,也不是野外,而是在本应救死扶伤的医院。这一事件与其发生的地点在性质上的矛盾很微妙地突出了事件本身的残酷。其实,那一历史上的枪杀事件发生在离城约1.5英里的郊外,而且是中午时分①。身患重病的首相是从医院拉去的,另五位部长则是从监狱拉去的。在海明威的文本中,这六位部长被枪杀的时间是通常象征生命苏醒的黎明时分,地点则是本应救死扶伤的医院,由此产生了很强的反讽效果。

现在让我们看看对于这一事件的场景再现。这一场景由六句话组成,其中五句都用于描述身患伤寒的那位部长。在那一历史事件中,一位本来看似健康的部长在从监狱去刑场的途中因为突发心脏病而去世,但他的尸体仍然被支在活人旁边,一起被枪决。那么,海明威为何略去这一惨无人道的事实,而只是重点突出患病部长的遭遇呢?这一结构上的突出很可能源于个人和艺术两方面的原因。海明威自己在意大利西部前线参战时受了重伤,这一经

---

① See Simpson, *Language through Literature*, p. 121.

第十五章 叙事学与文体学的互补性

历很可能导致他对患病者的特殊关注和特别同情。也许正因为如此,他才选择了一所医院作为枪杀事件的场地。从艺术创作的角度来说,海明威对生病部长的结构安排独具匠心,很好地表达了枪杀事件的惨无人道。在那一历史事件中,那位生病的首相被注射了中枢神经兴奋剂,与其他部长一起站在那里被抢决。在海明威的文本中,我们看到的则是一步一步走向高潮的描述:开始是病人不能行走("两个士兵把他架到了楼下"),然后是病人无法站立("他们想架着他靠墙站起来"),最后是病人坐在泥水里连头都抬不起来("他坐在水中,头倒在膝盖上")。最后一句话是全文的结尾,在读者的阅读心理中占有突出位置,很可能会激发读者对受害者的强烈同情和对凶手的极大愤慨:怎么忍心射杀这么一个身患重病的人?描写其他五位部长的惟一一句话"另外五位部长非常安静地靠墙站着",用极为简练的手法表达了海明威英勇的行为准则:勇敢沉着地面对毁灭和死亡。这句话表达的勇敢沉着与那位患病部长的悲惨境地形成一种对位,达到了某种平衡。同时,还可以通过与阐释期待相冲突,引起读者的震惊和赞赏。

然而,海明威这一插章最为突出的叙事学特征是"描写停顿",即从身处故事之外的叙述者的角度进行景物描写,这种描写仅仅占据文本空间,而不占故事时间,因此被视为故事时间的"停顿"。这一描写停顿夹在对事件的简要概述和详细再现之间,占了约四分之一的文本篇幅:

> There were pools of water in the courtyard. There were wet dead leaves on the paving of the courtyard. It rained hard. All the shutters of the hospital were nailed shut. (院子里有一摊摊的水。院子的路面上有湿漉漉的死了的叶子。下了大雨。医院所有的百叶窗都用钉子钉死了。)

在海明威的《在我们的时代里》这一故事集中,其他的插章以对行动和对话的描述为主,很少出现"描写停顿"。就其他八篇用第三人称叙述的插章而言,有六篇不含任何纯粹的景物描写,余下两篇虽然有这种描写,但所占文本篇幅要相对少得多。那么为何在这一插章中,海明威会进行这样较大比例的纯景物描写呢?要回答这一问题,必须进行细致的文体分析。在这一结构上突出的"描写停顿"中,有三个文体特征被前景化:(1)对于

"there were"和"in the courtyard"的重复;(2)第一句话与第二句话之间的反常句号;(3)因果关系在描述上的颠倒。请比较:

> It rained hard. There were pools of water on the ground and wet dead leaves on the paving of the courtyard. (下了大雨。院子里有一摊摊的水,路面上有湿漉漉的死了的叶子。)

这样一改写,我们看到的就是一个简单的景物描绘。而在海明威的原文中,作者却通过一些偏离常规的文体手法,使景物描写具有了象征意义。对"there were"和"in the courtyard"看上去没有必要的重复,以及两句话之间看上去没有必要的界限使"pools of water"(一摊摊的水)和"dead leaves"(死了的叶子)显得格外突出。这一前景化的手法与下面会谈到的对因果关系的颠倒旨在将"pools of water"(一摊摊的水)与"pools of blood"(一摊摊的血)相联,以及将"dead leaves"(死了的叶子)与"dead bodies"(尸体)相联。在英文中,可以说"All my old buddies were gone, I was the last leaf"("我的一些老伙伴都离去了,就剩下我这片叶子了")或者"as insignificant as an autumn leaf"("像一片秋叶那样无足轻重")。那六位希腊部长在人类历史上曾占据了重要地位,但现在却像无用的秋天残叶一样被清除,他们的尸体就像落叶一样无足轻重。这显然与海明威虚无主义的世界观不无关联。值得强调的是,此处笨拙的词语重复和反常的句间界限增加了"水"和"叶"这些象征物体的语义分量。海明威将"下了大雨"挪到那两句话之后,显然更加突出了"一摊摊的水"和"死了的叶子"的地位。在上面的改写版中,由于先描述"下了大雨",那么这一句话在读者的阅读心理中就变得较为突出,而"一摊摊的水"和"死了的叶子"则被相对弱化。此外,海明威对于"in the courtyard"(在院子里)的重复,暗示着这不是普通的"一摊摊的水"和"死了的叶子",而是在这一发生残酷枪杀的院子里面的"一摊摊的血"和"尸体"。再者,句法顺序上的偏离常规:先描写积水、落叶这些下雨造成的结果,再描写下雨这一原因,起到了减弱自然因果关系的作用,微妙地暗示着这并不是一个简单的下雨造成积水、落叶的问题,而是具有象征意义的景物描写。从这一角度来看,可以把"湿漉漉的死了的叶子"看成对浸泡在血水里的尸体的象征。且从这一角度来看,我

第十五章 叙事学与文体学的互补性

们也能更好地理解海明威的另一重复:"他坐到了一摊水里"和"他坐在水中,头倒在膝盖上"——一个病人蜷缩在血水中的悲惨景象。如果说医院的院子象征着一个遍布尸体和鲜血的杀人场地的话,那么医院大楼则象征着一个巨大的棺材或坟墓:"医院所有的百叶窗都用钉子钉死了"。不难看出,这一段富有象征意义的景物描写与对事件本身的双重叙述暗暗呼应,极大地增强了描写效果。

总而言之,若要欣赏海明威是"如何表达故事"的,有必要同时进行叙事学和文体学的分析。叙事分析聚焦于结构技巧,包括简要概述与详细场景再现之间的相互加强,这两者与插在中间的"描写停顿"的交互作用,故事外叙述者超脱的观察角度,对于患病部长结构上的突出和渐进的描述,以及这一描述与对其他受害者的描述之间的对位。另一方面,文体分析聚焦于以下成分:开头处确定的指称词语,它们与不定冠词"a"之间的对照,对时间、地点和人物国籍的不加说明,词语的平淡和不加渲染,描写停顿中前景化的词语重复、句间界限和偏离规约的句子顺序。以上这些叙事特征和文体特征交相呼应,相互加强。若要了解海明威是"如何"艺术性地表达故事的,就必须考察这两者之间的相互作用。

※　　※　　※　　※

叙事学和文体学互不通气的情况在国内较为严重。国内从事叙事学教学和研究的学者一般不关注文体学,而从事文体学教学和研究的学者一般也不关注叙事学。倘若仅阅读一个领域的论著,或仅学习一个领域的课程,就很可能会认为文字叙事作品的艺术形式仅仅在于结构技巧或者文字技巧,得到一种片面的印象。国外近年来跨学科的分析呈上升趋势。我们相信,无论在国外还是国内的叙事批评领域,通过更清楚地认识到作为结构技巧的"话语"和作为遣词造句的"文体"之间的互补性,有更多的人会努力综合采用叙事学和文体学的方法,对文字叙事作品的形式技巧进行更为全面的分析解读。

思考题和练习
1. 就作品形式而言,叙事学的研究对象与文体学的研究对象有何差异?
2. 叙事学家关心的"时态"与文体学家关心的"时态"有何不同?

3. 叙事学家关心的"节奏"与文体学家关心的"节奏"有何不同?
4. 是什么原因造成了"话语"与"文体"之间的差异?
5. 叙事学的"话语"与文体学的"文体"有何重合之处?
6. 为何文体学对很多叙事学家没有产生明显影响?
7. 里蒙-凯南所说的"语言"与"文体"是什么关系?
8. 借鉴叙事学的文体学论著有何特点?
9. 若仅仅采用叙事学的方法对海明威的那一短篇进行分析会有何缺憾?
10. 请综合采用叙事学和文体学的方法,对一短篇小说进行分析。

引用文献

Abbott, H. Porter. *The Cambridge Introduction to Narrative*. Cambridge: Cambridge UP, 2002.

——. "Review: Style and Rhetoric of Short Narrative Fiction: Covert Progressions Behind Overt Plots." *Style* 47.4 (2013): 560—565.

Achebe, Chinua. "English and the African Writer." *Transition, The Anniversary Issue: Selections from Transition 1961—1976* (1997): 342—349.

Alber, Jan. "Impossible Storyworlds—and What to Do with Them." *Storyworlds: A Journal of Narrative Studies* 1 (2009): 79—96.

Allen, C. J. "Desire, Design, and Debris: The Submerged Narrative of JohnHaukes's Recent Trilogy." *Modern Fiction Studies* 25.4 (1979): 579—592.

Allott, Miriam. *Novelists on the Novel*. London: Routledge & Kegan Paul, 1959.

Appiah, Kwame Anthony. "The Postcolonial and the Postmodern." *The Postcolonial Studies Reader*. Eds. Bill Ashcroft, Gareth Griffiths, Helen Tiffin. New York: Routledge, 1995.

Ashcroft, Bill, Gareth Griffiths, and Helen Tiffin. *The Empire Writes Back: Theory and Practice in Post-colonial Literatures*. London: Routledge, 1989.

Auerbach, Nina. *Woman and the Demon: The Life of a Victorian Myth*. London: Harvard UP, 1982.

Austen, Jane. *Pride and Prejudice*. New York: Pocket Books, 2004.

Auster, Paul. *The New York Trilogy*. New York: Penguin, 1986.

Baak, Jan Joost. *The Place of Space in Narration: A Semiotic Approach to the Problem of Literary Space*. Amsterdam: Rodopi, 1983.

Bakhtin, M. M. *The Dialogic Imagination*. Trans. Caryl Emerson and Michael Holquist. Austin: U of Texas P, 1996[1981].

Bal, Mieke. *Narratologie*. Paris: Klincksieck, 1977.

——. "Sexuality, Semiosis and Binarism: A Narratological Comment on Bergen and Arthur." *Arethusa* 16 (1983): 117—135.

——. *Femmes imaginaries*. Paris: Nizet; Montreal: HMH, 1986.

——. *Narratology*. 2nd edn. Trans. C. van Boheemen. Toronto: U of Toronto P,

1997[1985].

——. "Close Reading Today: From Narratology to Cultural Analysis." *Transcending Boundaries: Narratology in Context*. Eds. Walter Grünzweig and Andreas Solbach. Tübingen: Gunter Narr Verlag, 1999. 19—40.

Banfield, Ann. *Unspeakable Sentences*. London: Routledge, 1982.

Barthes, Roland. "The Death of the Author." *Image-Music-Text*. London: Fontana, 1977.

Beach, W. Joseph. *The Twentieth Century Novel*. New York: The Century, 1932.

Berger, John. *Ways of Seeing*. London: B. B. C. and Penguin, 1972.

Berkman, Sylvia. *Katherine Mansfield: A Critical Study*. New Haven: Yale UP, 1951. 121.

Bierce, Ambrose. "The Crimson Candle." *The Collected Writings of Ambrose Bierce*. New York: The Citadel Press, 1946. 543.

——. "A Horseman in the Sky." *Civil War Stories*. New York: Dover, 1994[1891]. 27—32.

——. "The Affair at Coulter's Notch." *Civil War Stories*, Dover, 1994[1891]. 69—76.

Bjornson, Richard. "Cognitive Mapping and the Understanding of Literature." *SubStance* 30 (1981): 51—62.

Boehmer, Elleke. *Colonial & Postcolonial Literature*. Oxford: Oxford UP, 1995.

Booth, Wayne C. *The Rhetoric of Fiction*. Chicago: U of Chicago P, 1961.

——. *The Rhetoric of Fiction*. 2nd edn. Harmondsworth: Penguin Books, 1983.

——. *The Company We Keep: An Ethics of Fiction*. Berkeley: U of California Press, 1988.

——. "Introduction." *Problems of Dostoevsky's Poetics*. Mikhail Bakhtin. Ed. & Trans. Caryl Emerson. Minneapolis : U of Minnesota P, 1984. xiii—xxvii.

——. "The Struggle to Tell the Story of the Struggle to Get the Story Told." *Narrative* 5.1 (1997): 50—59.

——. "Resurrection of the Implied Author: Why Bother?" *A Companion to Narrative Theory*. Eds. James Phelan and Peter J. Rabinowitz. Oxford: Blackwell, 2005. 75—88.

Bortolussi, Marisa and Peter Dixon. *Psychonarratology*. Cambridge: Cambridge UP, 2003.

Branigan, Edward. *Film Art: An Introduction*. 6th edn. New York: McGraw-Hill, 2001.

——. *Point of View in the Cinema*. New York: Mouton, 1984.

Bremond, Claude. "Le messagenarritif," *Communications* 4 (1964): 4—32.

Brewer, MariaMinich. "A Loosening of Tongues: From Narrative Economy to Women Writing." *Modern Language Notes* 99 (1984): 1141—1161.

Brooker, Peter. *New York Fictions: Modernity, Postmodernism, the New Modern*. London and New York: Longman, 1996.

Brooks, Peter. *Reading for the Plot: Design and Intention in Narrative*. Oxford: Clarendon Press, 1984.

Bowen, Elizabeth. *Pictures and Conversations*. New York: Alfred A. Knopf, 1975.

Buell, Lawrence. *The Future of Environmental Criticism*. MA: Blackwell, 2005.

Caldwell Jr., Roy Chandler. "Créolité and Postcoloniality in Raphaël Confidant's L'Allée des soupirs." *The French Review* 73 (1999): 301—311.

Candel Bormann, Daniel. "Covert Progression in Comics: A Reading of Frank Miller's 300." *Poetics Today* 41.4 (2020): 705—729.

Case, Alison A. *Plotting Women*. Charlottesville: Virginia UP, 1999.

——. "Gender and History in Narrative Theory: The Problem of Retrospective Distance in David Copperfield and Bleak House." *A Companion to Narrative Theory*. Eds. James Phelan and Peter J. Rabinowitz. Oxford: Blackwell, 2005. 312—321.

Cather, Willa. *O Pioneers*! New York: Bantam Books, 1989.

——. *The Professor's House*. New York: Vintage Classics, 1990.

Chatman, Seymour. *Story and Discourse: Narrative Structure in Fiction and Film*. Ithaca: Cornell UP, 1978.

——. *Coming to Terms*. Ithaca: Cornell UP, 1990.

Clery, E. J. *The Rise of Supernatural Fiction, 1762—1800*. Cambridge: Cambridge UP, 1995.

Coetzee, J. M. *Doubling the Point: Essays and Interviews*. Ed. David Attwell. Cambridge MA: Harvard UP, 1992.

Cohen, Keith. *Film and Fiction: The Dynamics of Exchange*. New Haven and London: Yale UP, 1979.

Cohn, Dorrit. *Transparent Minds*. Princeton: Princeton UP, 1978.

Coste, Didier. *Narrative as Communication*. Minneapolis: U of Minnesota P, 1989.

Crane, R. S. "The Concept of Plot," *The Theory of the Novel*. Ed. Philip Stevick. London: The Free Press, 1967. 141—145.

Crane, Stephen. *Maggie, a Girl of the Streets & Other Stories*. London: Wordsworth, 2005.

Craps, Stef and GertBuelens, Introduction: Postcolonial Trauma Novels. *Studies in the Novel*. 40/1—2 (2008): 1—22.

Culpeper, Jonathan. *Language and Characterization in Plays and Texts*. London: Longman, 2001.

Defoe, Daniel. *Robinson Crusoe*. Hertfordshire: Wordsworth, 2000.

Dembo, L. S. ed. *Nabokov: the Man and His Work*. Madison: U of Wisconsin P, 1967.

Dickens, Charles. *David Copperfield*. Oxford: Oxford UP, 1989.

——. *Great Expectations*. London: Penguin Books, 1994.

Diengott, Nilli. "Narratology and Feminism." *Style* 22 (1988): 42—51.

Donovan, Josephine. "Feminist Style Criticism." *Images of Women in Fiction*. Ed. Susan Koppelman Cornillon. Bowling Green: Bowling Green State UP, 1981. 348—352.

Dreiser, Theodore, *Sister Carrie*. New York: Signet Classic, 1980.

Dunbar, Pamela. *Radical Mansfield: Double Discourse in Katherine Mansfield's Short Stories*. New York: St. Martin's, 1997.

Eco, Umberto. *The Role of the Reader: Explorations in the Semiotics of Texts*. London: Hutichinson, 1981.

Eyerman, Ron. *Cultural Trauma: Slavery and the Formation of African-American Identity*. Berkeley: U of California P, 2002.

Fanon, Frantz. *Black Skin, White Masks*. Trans. Charles Lam Markmann. New York: Grove Press, 1967.

Feng, Zongxin and Dan Shen. "The Play off the Stage: The Writer-Reader Relationship in Drama." *Language and Literature* 10 [2001]: 79—93.

Fielding, Henry. *Tom Jones*. Hertfordshire: Wordsworth, 1999.

Fisher, Walter R. *Human Communication as Narration: Toward a Philosophy of Reason, Value and Action*. Columbia: University of South Carolina P, 1987.

Fitzgerald, F. Scott. *The Great Gatsby*. New York: Penguin, 1986.

Fleishman, Avrom. *Narrated Films: Storytelling Situations in Cinema History.* Baltimore: Johns Hopkins UP, 1992.

Fludernik, Monika. *Towards a "Natural" Narratology.* London: Routledge, 1996.

——. "Chronology, Time, Tense and Experientiality in Narrative." *Language and Literature* 12 (2003): 117—134.

——. "Natural Narratology and Cognitive Parameters." *Narrative Theory and the Cognitive Sciences.* Ed. David Herman Stanford: CSLI, 2003.

——. "Speech Presentation." *Routledge Encyclopedia of Narrative Theory.* Eds. David Herman et al. London & New York: Routldege, 2005. 558—563.

——. "Temporality, story, and discourse," *Routledge Encyclopedia of Narrative Theory.* Eds. David Herman et al. London & New York: Routldege, 2005. 608—609.

Forster, E. M. *Aspects of the Novel.* London: Hodder & Stoughton, reprinted, 1993.

Fowler, Roger. *Linguistics and the Novel.* London: Methuen, 1983[1977].

Frank, Joseph. "Spatial Form in Modern Literature." *Sewanee Review* 53 (1945): 23—28.

——. *The Widening Gyre: Crisis and Mastery in Modern Literature.* New Brunswick: Putgers UP, 1963.

Friedman, Norman. "Point of View in Fiction: The Development of a Critical Concept." *PMLA* 70 (1955): 1160—1184. Reprinted in *The Theory of the Novel.* Ed. Philip Stevick. London: The Free Press, 1967. 108—137.

——. "Forms of the Plot." *The Theory of the Novel.* Ed. Philip Stevick. London: The Free Press, 1967. 145—166.

Gamman, Lorraine and Margaret Marshment, eds. *The Female Gaze: Women as Viewers of Popular Culture.* Seattle: Real Comet Press, 1989.

Gates, Jr., Henry Louis. *The Signifying Monkey: A Theory of Afro-American Literary Criticism.* New York: Oxford UP, 1988.

Genette, Gérard. *Figures III.* Paris: Seuil, 1972.

——. *Narrative Discourse.* Trans. Jane E. Lewin. Ithaca: Cornell UP, 1980.

——. *Narrative Discourse Revisited.* Trans. Jane E. Lewin. Ithaca: Cornell UP, 1988.

Gilbert, Sandra M. and Susan Gubar, *The Madwoman in the Attic.* New Haven: Yale UP, 1979.

Gunn, Daniel P. "Free Indirect Discourse and Narrative Authority in *Emma*." *Narrative* 12 (2004): 35—54.

Guth, Deborah. "Submerged Narratives in Kazuo Ishiguro's *The Remains of the Day*." *Forum for Modern Language Studies* 35.2 (1999): 126—137.

Gymnich, Marion. "Linguistics and Narratology: The Relevance of Linguistic Criteria to Postcolonial Narratology." *Literature and Linguistics: Approaches, Models, and Applications: Studies in Honour of Jon Erickson*. Eds. Marion Gymnich, Ansgar Nünning, and Vera Nünning. Trier: WVT Wissenschaftlicher Verlag Trier, 2002. 61—76.

Hardy, Thomas. *The Return of the Native*. 外语教学与研究出版社, 1997.

Harvey, W. J. *Character and the Novel*. London: Chatto & Windus, 1965.

Hawkes, David, trans. *The Story of the Stone*, by Cao Xueqin. Harmondsworth: Penguin, 1973—1980. 3 vols.

Hawthorn, Jeremy. *A Concise Glossary of Contemporary Literary Theory*. London and New York: Arnold, 1997.

Hawthorne, Nathaniel. "My Kinsman, Major Molineux." *Literature*. Eds. James H. Pickering and Jeffrey D. Hoeper. New York: Mcmillan, 1982.

Hemingway, Ernest. *In Our Time*. Collier Books Edition, New York: Macmillan, 1986 (first published: Scribner, 1925).

Herman, David. "Introduction." Narratologies. Ed. David Herman. Columbus: Ohio State UP, 1999.

——. *Narratologies*. Columbus: Ohio State UP, 1999.

——. *Story Logic*. Lincoln and London: U of Nebraska P, 2002.

——. ed. *Narrative Theory and the Cognitive Sciences*. Stanford: CSLI, 2003.

——. "Actant," *Routledge Encyclopedia of Narrative Theory*. Eds. David Herman et al. London: Routledge, 2005. 1—2.

——. "Histories of Narrative Theory (I): A Genealogy of Early Developments in the Field." *Blackwell Companion to Narrative Theory*. Eds. James Phelan and Peter Rabinowitz. Oxford: Blackwell, 2005. 19—35.

——. "Cognition, Emotion, and Consciousness." *The Cambridge Companion to Narrative*. Ed. David Herman. Cambridge: Cambridge UP, 2007. 245—259.

——. ed. *The Cambridge Companion to Narrative*. Cambridge: Cambridge UP, 2007.

——. "Cognitive Narratology." *Handbook of Narratology*. Eds. Peter Hühn et al.

Berlin & New York: Walter de Gruyter, 2009.

——. "Beyond Voice and Vision: Cognitive Grammar and Focalization Theory." *Point of View, Perspective, and Focalization*. Eds. Peter Huhn et al. Berlin: Walter de Gruyter, 2009. 119—142.

Herman, David, Manfred Jahn and Marie-Laure Ryan, eds. *Routledge Encyclopedia of Narrative Theory*. London: Routledge, 2005.

Hinchman, Lewis P. and Sandra Hinchman, eds. *Memory, Identity, Community: The Idea of Narrative in the Human Sciences*. Albany: State U of New York P, 1997.

Holland, Horman N. *5 Readers Reading*. London: Yale UP, 1975.

Holy Bible: English Standard Version. Crossway Books, 2002.

Homans, Margaret. "Feminist Fictions and Feminist Theories of Narrative." *Narrative* 2 (1994): 3—16.

Howells, William Dean. *The Rise of Silas Lapham*. New York: Norton, 1982.

Hühn, Peter et al., eds. *Handbook of Narratology*. Berlin & New York: Walter de Gruyter, 2009.

Irving, Washington, *Rip Van Winkle*. Barcelona: The Vancouver Sun, 2005.

Jahn, Manfred. "Frames, Preferences, and the Reading of Third-Person Narratives: Toward a Cognitive Narratology." *Poetics Today* 18 (1997): 441—468.

——. "The Mechanics of Focalization: Extending the Narratological Toolbox." *GRATT* 21 (1999): 85—110.

——. "Cognitive Narratology." *Routledge Encyclopedia of Narrative Theory*. Eds. David Herman et al. London: Routledge, 2005. 67—71.

——. "Focalization." *Routledge Encyclopedia of Narrative Theory*. Eds. David Herman et al. London & New York: Routledge, 2005. 173—177.

——. "Focalization." *The Cambridge Companion to Narrative*. Ed. David Herman. Cambridge UP, 2007. 94—108.

——. "Narrative Voice and Agency in Drama: Aspects of a Narratology of Drama." *New Literary History* 32 (2001): 659—679.

Jakobson, Roman. "The Dominant." *Readings in Russian Poetics: Formalist and Structuralist Views*. Eds. Ladislav Matejka and Krystyna Pomorska. Ann Arbor: The U of Michigan P, 1978. 82—87.

James, Henry. *The Art of the Novel*. Ed. R. P. Blackmur. Boston: Northeastern

UP, 1984.

———. *The Portrait of a Lady*. Oxford: Oxford UP, 1981.

———. *The Golden Bowl*. Oxford: Oxford UP, 1983.

———. *The Turn of the Screw*. London: Penguin Books, 1994.

Jameson, Fredric. *Marxism and Form*. Princeton: Princeton UP, 1971.

Joshi, S. T. "Ambrose Bierce: Horror as Satire." *Twentieth-Century Literary Criticism*, vol. 44. Ed. Laurie DiMauro. Detroit: Gale Research, 1992 [1990]. 43—51.

Kearns, Michael. *Rhetorical Narratology*. Lincoln: U of Nebraska P, 1999.

Keating, Patrick. "Point of View (Cinema)." *Routledge Encyclopedia of Narrative Theory*. Eds. David Herman et al. London & New York: Routledge, 2005. 440—441.

Keitel, Evelyne. "Reading as/like a Woman." *Feminism and Psychoanalysis: A Critical Dictionary*. Ed. Elizabeth Wright. Oxford: Blackwell, 1992. 371—374.

Kermode, Frank. *The Sense of an Ending*. New York: Oxford UP, 1968.

Kobler, J. F. *Katherine Mansfield: A Study of the Short Fiction*. New York: Hall, 1990.

Langacker, Ronald W. *Foundations of Cognitive Grammar*, Vol. 1. Stanford: Stanford UP, 1987.

Lanser, Susan S. "Shifting the Paradigm: Feminism and Narratology." *Style* 22 (1988): 52—60.

———. "Toward a Feminist Narratology." *Style* 20 (1986): 341—363. Reprinted in *Feminisms*. Eds. Robyn R. Warhol and Diane Price Herndl. New Jersey: Rutgers UP, 1991. 610—629.

———. *Fictions of Authority: Women Writers and Narrative Voice*. Ithaca: Cornell UP, 1992.

———. "Sexing the Narrative: Propriety, Desire, and the Engendering of Narratology." *Narrative* 3 (1995): 85—94.

———. "(Im)plying the Author." *Narrative* 9 (2001): 153—160.

———. "Towards (a Queerer and) More (Feminist) Narratology." *Narrative Theory Unbound: Queer and Feminist Interventions*. Eds. Robyn Warhol and Susan S. Lanser. Columbus: Ohio UP, 2015. 23—42.

Leech, Geoffrey and Michael Short. *Style in Fiction*. London: Longman, 1981.

Lessing, Gotthold Ephraim. "LaocoÖn." *The Great Critics: An Anthology of Literary Criticism*. Eds. James Harry Smith and Edd Winfield Parks. New York & London: Northon, 1967. 472—478.

Lodge, David. *Language of Fiction*. New York: Columbia UP, 1966.

London, Jack. *Martin Eden*. 青岛:青岛出版社,2004.

Lothe, Jakob. *Narrative in Fiction and Film: An Introduction*. Oxford: Oxford UP, 2000.

Lubbock, Percy. *The Craft of Fiction*. New York: Viking P, 1957.

Mansfield, Katherine. "Psychology." *Bliss, and Other Stories by Katherine Mansfield*. New York: Alfred A. Knopf, 1920. 145—156.

——. "Revelations." *Collected Stories of Katherine Mansfield*. London: Constable, 1945. 190—196.

Margolin, Uri. "Cognitive Science, the Thinking Mind, and Literary Narrative." *Narrative Theory and the Cognitive Sciences*. Ed. David Herman. Stanford: CSLI, 2003. 271—294.

——. "Person." *Routledge Encyclopedia of Narrative Theory*. Eds. David Herman, Manfred Jahn and Marie-Laure Ryan. London: Routledge, 2005. 422—423.

Márquez, Gabriel Garcia. *One Hundred Years of Solitude*. New York: Penguin, 2000.

Marsh, Kelly A. "The Mother's Unnarratable Pleasure and the Submerged Plot of *Persuasion*." *Narrative* 17.1 (2009): 76—94.

——. *The Submerged Plot and the Mother's Pleasure from Jane Austen to Arundhati Roy*. Columbus: Ohio State UP, 2016.

McHale, Brian. "Free Indirect Discourse: A Survey of Recent Accounts." *Poetics and Theory of Literature* 3 (1978): 249—287.

——. "Speech Representation." *Handbook of Narratology*. Eds. Peter Hühn et al. Belin & New York: Walter de Gruyter, 2009. 434—446.

Mezei, Kathy, ed. *Ambiguous Discourse*. Chapel Hill: U of North Carolina P, 1996.

——. "Who Is Speaking Here? Free Indirect Discourse, Gender, and Authority in *Emma*, *Howards End*, and *Mrs. Dallowy*." *Ambiguous Discourse*. Ed. Kathy Mezei. Chapel Hill: U of North Carolina P, 1996. 66—92.

Miller, Arthur. *The Death of a Salesman*. New York: Penguin, 1979.

Miller, J. Hillis. *The Form of Victorian Fiction*. Notre Dame: Notre Dame

UP, 1968.

——. *Reading Narrative*. Norman: U of Oklahoma P, 1998.

Mills, Sara. *Feminist Stylistics*. London: Routledge, 1995.

Mitchell, W. J. T. "Spatial Form in Literature." *Critical Inquiry* 6 (1980): 539—567.

More, Thomas. *Utopia*. 北京:外语教学与研究出版社,1997.

Moretti, Franco. *Atlas of the European Novel*, 1800—1900. London: Verso, 1999.

Morrison, Toni. *The Bluest Eye*. New York: Penguin, 1994.

Morrow, Patrick D. *Katherine Mansfield's Fiction*. Bowling Green: Bowling Green State U Popular P, 1993.

Mortimer, ArmineKotin. "Second Stories." *Short Story Theory at a Crossroads*. Eds. Susan Lohafer and Jo Ellyn Clarey. Louisiana State UP, 1989. 276—298.

——. "Fortifications of Desire: Reading the Second Story in Katherine Mansfield's 'Bliss.'" *Narrative* 2.1 (1994): 41—52.

Mukherjee, Ankhi. *What Is a Classic? Postcolonial Rewriting and Invention of the Canon*. Stanford: Stanford UP, 2014.

Murry, J. Middleton, ed. *Journal of Katherine Mansfield*. London: Constable, 1954.

Nathan, Rhoda B. "'With Deliberate Care': The Mansfield Short Story." *Critical Essays on Katherine Mansfield*. Ed. Rhoda B. Nathan. New York: Hall, 1993. 93—100.

Newman, Charles & Marie Kinzie, eds. *Prose for Borges*. Evanston: Northwestern UP, 1974.

Niederhoff, Burkhard. "Focalization." *Handbook of Narratology*. Eds. Peter Hühn et al. Belin & New York: Walter de Gruyter, 2009. 115—123.

——. "Perspective/Point of View." *Handbook of Narratology*. Eds. Peter Hühn et al. Belin & New York: Walter de Gruyter, 2009. 384—397.

Nünning, Ansgar. "Unreliable, Compared to What? Towards a Cognitive Theory of Unreliable Narration: Prolegomena and Hypotheses." *Transcending Boundaries: Narratology in Context*. Eds. Walter Grünzweig and Andreas Solbach. Tübingen: Gunter Narr Verlag, 1999. 53—73.

——. "Implied Author." *Routlege Encyclopedia of Narrative Theory*. Eds. David Herman et al. London: Routledge, 2005. 239—240.

——. "Reconceptualizing Unreliable Narration: Synthesizing Cognitive and Rhetorical

Approaches." *A Companion to Narrative Theory*. Eds. James Phelan and Peter J. Rabinowitz. Oxford: Blackwell, 2005. 89—107.

Page, Norman. *Speech in the English Novel*. London: Longman, 1973.

——. *Speech in the English Novel*. 2nd edn. London: Macmillan, 1988.

Page, Ruth. "Gender." *The Cambridge Companion to Narrative*. Ed. David Herman. Cambridge: Cambridge UP, 2007. 189—202.

Palmer, Alan. *Fictional Minds*. Lincoln and London: U of Nebraska P, 2004.

——. "Thought and Consciousness Representation (Literature)." *Routledge Encyclopedia of Narrative Theory*. Eds. David Herman et al. London, Routldege, 2005. 602—607.

Palumbo-Liu, David. ed. *The Ethnic Canon: Histories, Institutions, and Interventions*. Minneapolis: U of Minnesota P, 1995.

Pascal, Roy. *The Dual Voice*. Manchester: Manchester UP, 1977.

Petrey, Sandy. *Speech Acts and Literary Theory*. London: Routledge, 1990.

Pfister, Manfred. *The Theory and Analysis of Drama*. Cambridge: Cambridge UP, 1984.

Phelan, James. *Worlds from Words*. U of Chicago P, 1981.

——. *Reading People, Reading Plots*. Chicago: U of Chicago P, 1989.

——. *Narrative as Rhetoric*. Columbus: Ohio State UP, 1996.

——. *Living to Tell about It*. Ithaca: Cornell UP, 2005.

——. "Narrative Judgments and the Rhetorical Theory of Narrative." *A Companion to Narrative Theory*. Eds. James Phelan and Peter J. Rabinowitz. Oxford: Blackwell, 2005. 322—336.

——. "The Chicago School." *Routledge Encyclopedia of Narrative Theory*. Eds. David Herman et al. London & New York: Routledge, 2005. 57—59.

——. "Delayed Disclosure and the Problem of Other Minds: Ian McEwan's *Atonement*." *Experiencing Fiction*. Columbus: The Ohio State UP, 2007: 109—132.

——. *Experiencing Fiction*. Columbus: The Ohio State UP, 2007.

——. "Voice, Politics, and Judgments in *Their Eyes Were Watching God*: The Initiation, the Launch, and the Debate about the Narration." *Analyzing World Fiction: New Horizons in Narrative Theory*. Ed. Frederick Luis Aldama. Austin: U of Texas P, 2011. 57—73.

——. "Authors, Resources, Audiences: Towards a Rhetorical Poetics of Narrative." *Style* 52. 1—2 (2018): 1—34.

——. "Debating Rhetorical Poetics: Interventions, Amendments, Extensions." *Style* 52. 1—2 (2018): 153—172.

Phelan, James and Mary Patricia Martin. "The Lessons of 'Waymouth': Homodiegesis, Unreliability, Ethics and 'The Remains of the Day'." *Narratologies*. Ed. David Herman. Columbus: Ohio State UP, 1999. 88—112.

Pickering, James H. & Jeffrey D. Hoeper. *Literature*. New York: Mcmillan, 1982.

Pier, John. "At the Crossroads of Narratology and Stylistics: A Contribution to the Study of Fictional Narrative." *Poetics Today* 36. 1—2 (2015): 111—125.

Plato. *The Republic*. London: Penguin, 2003.

Poe, Edgar Allen. "The Fall of the House of Usher." *18 Best Stories by Edgar Allan Poe*. New York: Dell Publishing, 1965. 21—40.

Pratt, Mary Louise. *Towards a Speech Act Theory of Literary Discourse*. Bloomington: Indiana UP, 1977.

Preston, Elisabeth. "Implied Author in *The Great Gatsby*." *Narrative* 5 (1997): 143—164.

Prince, Gerald. *Narratology: The Form and Functioning of Narrative*. New York: Mouton, 1982.

——. "Narratology." *The Johns Hopkins Guide to Literary Theory and Criticism*. Eds. Michael Groden and Martin Kreiswirth. Baltimore: The Johns Hopkins UP, 1994. 524—527.

——. "A Point of View on Point of View or Refocusing Focalization." *New Perspectives on Narrative Perspective*. Eds. Willie van Peer and Seymour Chatman. Albany: State U of New York P, 2001. 43—50.

——. *A Dictionary of Narratology*. Revised ed. Lincoln: U of Nebraska P, 2003 [1987].

——. "Point of View (Literary)." *Routledge Encyclopedia of Narrative Theory*. Eds. David Herman et al. London & New York: Routledge, 2005. 442—443.

——. "On a Postcolonial Narratology." *A Companion to Narrative Theory*. Eds. James Phelan and Peter J. Rabinowitz. Oxford: Blackwell, 2005. 372—381.

——. "On Narratology: Criteria, Corpus, Context," *Narrative* 3. 1 (1995): 73—84.

Punday, Daniel. *Narrative Bodies: Toward a Corporeal Narratology*. Palgrave:

引用文献

McMillan, 2003.

Rabinowitz, Peter J. "Truth in Fiction: A Reexamination of Audiences." *Critical Inquiry* 4 (1976): 121—141.

——. *Before Reading*. Ithaca: Cornell UP, 1987.

Richardson, Brian, ed. *Narrative Dynamics*. Columbus: Ohio State UP, 2002.

Richter, David H. "Covert Plot in Isak Dinesen's 'Sorrow-Acre.'" *The Journal of Narrative Technique* 15.1 (1985): 82—90.

Robbe-Grillet, Allain. *For a New Novel: Essays on Fiction*. Trans. Richard Howard. New York: Grove P, 1966.

Richards, I. A. *Practical Criticism*. New York: Harcourt, Brace and Company, 1929.

Richardson, Brian. "'Time Is out of Joint': Narrative Models and the Temporality of the Drama." *Poetics Today* 8 (1987): 299—309.

——. "Denarration in Fiction: Erasing the Story in Beckett and Others." *Narrative* 9 (2001): 168—175.

——. "U. S. Ethnic and Postcolonial Fiction: Toward a Poetics of Collective Narratives." *Analyzing World Fiction: New Horizons in Narrative Theory*. Ed. Frederick Luis Aldama. Austin: U of Texas P, 2011. 3—16.

Rimmon-Kenan, Shlomith. "How the Model Neglects the Medium: Linguistics, Language, and the Crisis of Narratology." *The Journal of Narrative Technique* 19 (1989): 157—166.

——. *Narrative Fiction: Contemporary Poetics*, 2nd edn. London: Routledge, 2002.

Robinson, Sally. *Gender and Self-Representation in Contemporary Women's Fiction*. Albany: State U of New York P, 1991.

Ron, Moshe. "Free Indirect Discourse, Mimetic Language Games and the Subject of Fiction." *Poetics Today* 2 (1981): 17—39.

Rushdie, Salman. *Midnight's Children*. London: Vintage Books, 2008.

Ryan, Marie-Laure. "Cognitive Maps and the Construction of Narrative Space." *Narrative Theory and the Cognitive Sciences*. Ed. David Herman. Stanford: CSLI, 2003. 214—215.

Said, Edward. *Culture and Imperialism*. New York: Alfred A. Knopf, 1993.

Salinger, J. D. *The Catcher in the Rye*. New York: Penguin, 1987.

Sandberg, Beatrice. "Starting in the Middle? Complications of Narrative Beginnings and Progression in Kafka." *Franz Kafka: Narration, Rhetoric, and Reading*. Eds. Jakob Lothe, Beatrice Sandberg, and Ronald Speirs. Columbus: Ohio State UP, 2011. 123—148.

Saussure, Ferdinand. *Course in General Linguistics*. Ed. & Trans. Wade Baskin. London: Peter Owen, 1959.

Scholes, Robert & Robert Kellogg. *The Nature of Narrative*. Oxford: Oxford UP, 1966.

Schorer, Mark. "Technique as Discovery." *20th Century Literary Criticism: A Reader*. Ed. David Lodge. London: Longman, 1972. 387—402.

Schwarz, Daniel. "Performative Saying and the Ethics of Reading: Adam Zachary Newton's 'Narrative Ethics'." *Narrative* 5 (1997): 188—206.

Seyler, Dorothy and Richard Wilan. *Introduction to Literature*. California: Alfred, 1981.

Shen, Dan. "Narrative, Reality and Narrator as Construct: Reflections on Genette's Narration." *Narrative* 9 (2001): 123—129.

——. "Defense and Challenge: Reflections on the Relation Between Story and Discourse." *Narrative* 10 (2002): 422—443.

——. "Difference Behind Similarity: Focalization in First-Person Narration and Third-Person Center of Consciousness." *Acts of Narrative*. Eds. Carol Jacobs and Henry Sussman. Stanford: Stanford UP, 2003. 81—92.

——. "What Do Temporal Antinomies Do to the Story-Discourse Distinction?: A Reply to Brian Richardson's Response." *Narrative* 11 (2003): 237—241.

——. "How Stylisticians Draw on Narratology: Approaches, Advantages, and Disadvantages." *Style* 39.4 (2005): 381—395.

——. "Mind-style." *Routledge Encyclopedia of Narrative Theory*. Eds. David Herman et al. London: Routledge, 2005. 311—312.

——. "Story-Discourse Distinction." *Routledge Encyclopedia of Narrative Theory*. Eds. David Herman et al. London & New York: Routledge, 2005. 566—568.

——. "What Narratology and Stylistics Can Do for Each Other." *A Companion to Narrative Theory*. Oxford: Blackwell, 2005. 136—149.

——. "Why Contextual and Formal Narratologies Need Each Other." *JNT: Journal of Narrative Theory* 35.2 (2005): 141—171.

——. "Booth's *The Rhetoric of Fiction* and China's Critical Context," *Narrative* 15

(2007): 167—186.

——. "What Is the Implied Author?" *Style* 45 (2011): 80—98.

——. "Covert Progression behind Plot Development: Katherine Mansfield's 'The Fly.'" *Poetics Today* 34.1—2 (2013): 147—175.

——. "Unreliability." *Handbook of Narratology*, 2nd edn. Eds. Peter Huhn et al. Berlin: De Gruyter, 2014. 896—909.

——. "Dual Textual Dynamics and Dual Readerly Dynamics: Double Narrative Movements in Mansfield's 'Psychology.'" *Style* 49.4 (2015): 411—438.

——. *Style and Rhetoric of Short Narrative Fiction: Covert Progressions Behind Overt Plots*. New York: Routledge, 2016 [2014].

——. "Joint Functioning of Two parallel Trajectories of Signification: Ambrose Bierce's 'A Horseman in the Sky.'" *Style* 51.2 (2017): 125—145.

——. "'Contextualized Poetics' and Contextualized Rhetoric: Consolidation or Subversion?" *Emerging Vectors of Narratology*. Eds. Per Krogh Hansen, et al. Berlin & Boston: De Gruyter, 2017. 3—24.

——. "'Covert Progression' and Dual Narrative Dynamics." *Style* 55.1 (2021): 1—28.

Shen, Dan and Dejin Xu, "Intratextuality, Extratextuality, Intertextuality: Unreliability in Autobiography vs. Fiction," *Poetics Today*, 28.1 (2007): 43—87.

Sherard, Tracey Lynn. "Gender and Narrative Theory in the Twentieth-Century Novel." Ph.D. dissertation. Washington State U, 1998.

Shklovsky, Victor. "Sterne's *Tristram Shandy*: Stylistic Commentary," *Russian Formalist Criticism: Four Essays*, Trans. Lee T. Lemon & Marion J. Reis. Lincoln: U of Nebraska P, 1965. 25—56.

Simpson, Paul. *Language, Ideology, and Point of View*. London & New York: Routledge, 1993.

——. *Language through Literature*. London & New York: Routledge, 1996.

Smitten, Jeffrey R. and Ann Daghistany, eds. *Spatial Form in Narrative*. Ithaca and London: Cornell UP, 1981.

Sommer, Roy. "Drama and Narrative." *Routledge Encyclopedia of Narrative Theory*. Eds. David Herman et al. London & New York: Routledge, 2005. 119—124.

Stanzel, F. K. *A Theory of Narrative*. Cambridge: Cambridge UP, 1984.

Sternberg, Meir. "Telling in Time (I): Chronology and Narrative Theory." *Poetics Today* 11.4 (1990): 901—948.

——. "Telling in Time (II): Chronology, Teleology, Narrativity." *Poetics Today* 13.3 (1992): 463—541.

——. "Telling in Time (III): Chronology, Estrangement, and Stories of Literary History." *Poetics Today* 27.1 (2006): 125—135.

Stevick, Philip. ed. *The Theory of the Novel*. London: The Free Press, 1967.

Stockwell, Peter. *Cognitive Poetics*. London & New York: Routledge, 2002.

Styan, J. L. *Modern Drama in Theory and Practice: Realism and Naturalism*. Cambridge: Cambridge UP, 1981.

Talmy, Leonard. *Towards a Cognitive Semantics*, Vols. 1 and 2. Cambridge, MA: MIT Press, 2000.

Thoreau, Henry David. *Walden*. New York: Dover Publications, 1995.

Thiong'o, Ngũgĩ wa. *Decolonizing the Mind: The Politics of Language in African Literature*. London: James Currey, 1986.

——. *A Grain of Wheat*. Nairobi: East African Educational, 1993.

Todorov, Tzvetan. "Lescatégories du récit littéraire." *Communications* 8 (1966): 125—151.

——. *Litterature et signification*. Paris: Larousse, 1967.

——. *Grammaire du Décaméron*. The Hague: Mouton, 1969.

——. "Structural Analysis of Narrative," *Contemporary Literary Criticism*. Ed. Robert Con Davis. New York & London: Longman, 1986. 323—329.

——. *The Poetics of Prose*. Trans. Richard Howard. Ithaca: Cornel UP, 1977.

Tomashevsky, Boris. "Thematics," *Russian Formalist Criticism: Four Essays*. Trans. Lee T. Lemon & Marion J. Reis. Lincoln: U of Nebraska P, 1965. 61—139.

Toolan, Michael. *Narrative Progression in the Short Story*. Amsterdam: John Benjamins, 2009.

Tracy, Laura. "Catching the Drift." *Authority, Gender, and Narrative Strategy in Fiction*. New Brunswick, N. J.: Rutgers UP, 1988.

Van Ghent, Dorothy. *The English Novel: Form and Function*. New York: Harper Torchbooks, 1953.

Walcutt, Charles. *Man's Changing Mask: Modes and Methods of Characterization in Fiction*. Minneapolis: U of Minnesota P, 1966.

Wales, Katie. *A Dictionary of Stylistics*. 2nd edn. Essex: Pearson Education Limited, 2001.

Warhol, Robyn R. "Toward a Theory of the Engaging Narrator: Earnest Interventions in Gaskell, Stowe, and Eliot." *PMLA* 101 (1986): 811—818.

———. *Gendered Interventions: Narrative Discourse in the Victorian Novel*. New Brunswick, N. J.: Rutgers UP, 1989.

———. "The Look, the Body, and the Heroine of Persuasion: A Feminist-Narratological View of Jane Austen." *Ambiguous Discourse*. Ed. Kathy Mezei. Chapel Hill: U of North Carolina P, 1996. 21—39.

———. *Having a Good Cry: Effeminate Feelings and Narrative Forms*. Columbus: Ohio State UP, 2003.

———. "Feminist Narratology." *Routledge Encyclopedia of Narrative Theory*. Eds. David Herman et al. London & New York: Routldege, 2005. 161—163.

Warhol, RobynR. and Susan S. Lanser, eds. *Narrative Theory Unbound: Queer and Feminist Interventions*. Columbus: Ohio UP, 2015.

Watts, Cedric. "Conrad's Covert Plots and Transtextual Narratives." *The Critical Quarterly* 24.3 (1982): 53—64.

———. *The Deceptive Text: An Introduction to Covert Plots*. New York: Barnes & Noble, 1984.

Waugh, Evelyn. *Brideshead Revisited: The Sacred and Profane Memories of Captain Charles Ryder*. London: Penguin, 2000.

Widdowson, Peter. "'Writing Back': Contemporary Re-visionary Fiction." *Textual Practice* 20.3 (2006): 491—507.

Wimsatt, W. K. and Monroe C. Beardsley. *The Verbal Icon*. Lexington, Kentucky: U of Kentucky P, 1954.

Woods, Joanna. "Katherine Mansfield, 1888—1923." *Kōtare* 7.1 (2007): 63—98.

Yacobi, Tamar. "Authorial Rhetoric, Narratorial (Un) Reliability, Divergent Readings: Tolstoy's 'Kreutzer Sonata'." *A Companion to Narrative Theory*. Eds. James Phelan and Peter J. Rabinowitz, Oxford: Blackwell, 2005. 108—123.

Yang, Hsienyi and Gladys Yang, trans. *A Dream of Red Mansions*, by Cao Xueqin. Beijing: Foreign Languages Press, 1978. 3 vols.

Yost, David. "Skins before Reputations: Subversions of Masculinity in Ambrose Bierce and Stephen Crane." *War, Literature and the Arts* 18.1—2 (2007): 247—260.

Young, Robert, "What Is the Postcolonial?" *ARIEL: A Review of International Literature* 40.1 (2009): 13-25.

Zunshine, Lisa. *Why We Read Fiction: Theory of Mind and the Novel*. Columbus: Ohio State UP, 2006.

巴尔扎克:《欧也妮·葛朗台》,张冠尧译,北京:人民文学出版社,2000年。

巴尔特:《罗兰·巴尔特文集》,李幼蒸译,北京:人民大学出版社,2008年。

巴拉兹:《电影美学》,中国电影出版社,1982年。

巴赞:《电影是什么?》,中国电影出版社,1987年。

白莹编著:《视觉地图》,重庆:重庆出版社,2007年。

布莱希特:《高加索灰阑记》,张黎、卞之琳译,《布莱希特戏剧选》,北京:人民文学出版社,1980年。

布思:《修辞的复兴:韦恩·布思精粹》,穆雷等译,南京:译林出版社,2009年。

薄松年:《中国美术史教程》(增订本),陕西人民美术出版社,2007年。

曹雪芹、高鹗:《红楼梦》,北京:人民文学出版社,1982年。

戴锦华:《电影批评》,北京:北京大学出版社,2004年。

狄更斯:《荒凉山庄》,黄邦杰等译,上海:上海译文出版社,1979年。

费伦:《作为修辞的叙事》,陈永国译,北京:北京大学出版社,2002年。

福楼拜:《包法利夫人》,许渊冲译,南京:译林出版社,2003年。

戈德罗:《什么是电影叙事学》,刘云舟译,北京:商务印书馆,2005年。

贾内梯:《认识电影》,焦雄屏译,世界图书出版公司,2008年。

卡尔维诺:《寒冬夜行人》,萧天佑译,南京:译林出版社,2001年。

兰瑟:《虚构的权威——女性作家与叙述声音》,黄必康译,北京:北京大学出版社,2002年。

李恒基、杨远婴:《外国电影理论文选》,上海:上海文艺出版社,1995年。

李行远:《看与思:读解西方艺术图像》,北京:中国人民大学出版社,2004年。

刘再复:《性格组合论》,上海:上海文艺出版社,1986年。

卢梭:《忏悔录》,黎星等译,北京:人民文学出版社,1992年。

鲁迅:《鲁迅小说全集》,武汉:长江文艺出版社,2005年。

罗贯中:《三国志通俗演义》,上海古籍出版社,1980年。

吕同六:《二十世纪世界小说理论经典》,北京:华夏出版社,1995年。

马丁:《当代叙事学》,伍晓明译,北京:北京大学出版社,2005年。

马振方:《小说艺术论》,北京:北京大学出版社,1999年。

梅洛-庞蒂:《哲学赞词》,杨大春译,北京:商务印书馆,2000年。

莫泊桑:《漂亮朋友》,张冠尧译,北京:人民文学出版社,1989年。
默雷:《古希腊文学史》,孙席珍等译,上海:上海译文出版社,1988年。
佩特:《文艺复兴》,张岩冰译,桂林:广西师范大学出版社,2000年。
彭吉象:《影视美学》,北京:北京大学出版社,2002年。
普罗普:《故事形态学》,贾放译,北京:中华书局,2006年。
饶芃子等:《中西小说比较》,合肥:安徽教育出版社,1994年。
热奈特:《叙事话语 新叙事话语》,王文融译,北京:中国社会科学出版社,1990年。
任一鸣:《后殖民:批评理论与文学》,北京:外语教学与研究出版社,2008年。
申丹:《文学文体学与小说翻译》,北京:北京大学出版社,1995年。
申丹:《叙述学与小说文体学研究》(第三版),北京:北京大学出版社,2004年。
申丹主编:《西方文体学的新发展》,上海:上海外语教育出版社,2008年。
申丹:《也谈"叙事"还是"叙述"?》,《外国文学评论》2009年第3期。
申丹:《叙事、文体与潜文本——重读英美经典短篇小说》,北京:北京大学出版社,2009年。
申丹:《西方文论关键词:修辞性叙事学》,《外国文学》2020年第1期。
申丹:《关于修辞性叙事学的辩论:挑战、修正、捍卫及互补》,《思想战线》2021年第2期。
申丹:《双重叙事进程研究》,北京:北京大学出版社,2021年。
申丹、韩加明、王丽亚:《英美小说叙事理论研究》,北京:北京大学出版社,2005年。
王丽亚:《西方文论关键词:女性主义叙事学》,《外国文学》2019年第2期。
雅柯布森:《雅柯布森文集》,钱军、王力丽注,长沙:湖南教育出版社,2001年。
亚里士多德:《诗学》,罗念生译,北京:人民人学出版社,2000年。
杨俊蕾:《从权利、性别到整体的人——20世纪欧美女权主义文论述要》,《外国文学》2002年第5期。
叶长海:《中国戏剧学史稿》,北京:中国戏剧出版社,2005年。
张建军:《中国画论史》,济南:山东人民出版社,2008年。
张京媛主编:《当代女性主义文学批评》的前言,北京:北京大学出版社,1992年。
张清华:《"传统潜结构"与红色叙事的文学性问题》,《文学评论》2014年第2期。
张清华:《当代文学中的"潜结构"与"潜叙事"研究》,《当代作家评论》2016年第5期。
张寅德:《叙述学研究》,北京:中国社会科学出版社,1989年。
郑春兴主编:《世界名画品鉴》,呼和浩特:内蒙古人民出版社,2007年。